»Herausragend«, schrieb die *Chicago Tribune* über *Tanz im Schlachthof* und lobte es als »eine extrem spannende, raffiniert konstruierte und milieusichere Studie über Perversion und Zufall, die immer wieder unvorhergesehene Wendungen nimmt«.

Tanz im Schlachthof, der neunte Roman mit Lawrence Blocks fesselndster Figur Matthew Scudder, bietet tiefe Einblicke in die dunkelsten Bereiche einer dunklen Stadt. Scudder hat inzwischen dem Alkohol abgeschworen, lebt aber immer noch in demselben spartanischen Hotelzimmer und verdient sich das Geld, das er zum Leben braucht, als Privatdetektiv, der, wie er es selbst nennt, »Freunden hin und wieder einen Gefallen tut«.

Einen solchen Gefallen tut er in diesem Fall Lyman Warriner, dessen Schwester Amanda Opfer eines brutalen Mordes wurde. Warriner ist fest davon überzeugt, dass der Mörder Amandas Mann Richard Thurman ist. Scudders Ermittlungen führen ihn in New Yorks bedrückendste Ecken, unter anderem auch auf den Times Square in seinen schlimmsten Zeiten. Dort trifft er auf TJ, einen gewieften Jugendlichen, der im weiteren Verlauf der Serie eine tragende Rolle spielen wird. Auch Elaine Mardell, deren Beziehung zu Matt sich vertieft hat, ist wieder mit dabei. Und am Ende kommt noch Mick Ballou ins Spiel.

Die Handlung lässt einen nicht mehr los, das Ende ist hochdramatisch und verstörend. Sie werden es nicht vergessen.

»Schockierend«, schrieb Marilyn Stasio in der *New York Times Book Review*. »Düster und packend.« *Entertainment Weekly* bezeichnet das Buch als einen »ebenso bedrückenden wie gekonnt geschriebenen Thriller«. Und Matthew Scudder, heißt es weiter, »hat sich zu einem perfekten Noir-Helden entwickelt«.

Tanz im Schlachthof

LAWRENCE BLOCK

Aus dem Amerikanischen übersetzt von Sepp Leeb

Für Philip Friedman

DANKSAGUNG

Für ihre Unterstützung bei der Entstehung dieses Buchs möchte der Autor dem Virginia Center for the Creative Arts danken, wo es begonnen wurde, und der Ragdale Foundation, wo es zum Abschluss gebracht wurde.

Würde Gott die Menschen so bestrafen, wie sie es verdient haben, ließ er nicht ein Lebewesen auf dem Rücken der Erde.

DER KORAN

Kapitel 1

In der Mitte der fünften Runde konnte der Boxer in der blauen Hose einen satten Kinnhaken landen, dem er sofort eine rechte Gerade an den Kopf seines Gegners hinterherschickte.

»Der bleibt nicht mehr lange auf den Beinen«, murmelte Mick Ballou neben mir.

Ganz so sah es aus. Aber als der Kerl in der blauen Hose weiter angriff, konnte sein Gegner einen Punch abwehren und ihn in den Clinch zwingen. Gerade als der Schiedsrichter dazwischenging, erhaschte ich einen kurzen Blick auf seine Augen. Sie wirkten glasig und leicht weggetreten.

»Wie lange noch?«

»Mehr als eine Minute.«

»Dann schafft er es nicht mehr, sich über die Runde zu retten«, meinte Mick. »Pass auf, wie der Junge in der blauen Hose den Kerl gleich auf die Bretter schickt. Für seine Größe hat der Bursche ganz schön Dampf hinter seinen Schlägen.«

So mickrig waren die beiden allerdings gar nicht. Als Juniormittelgewichtler brachten sie schätzungsweise um die siebzig Kilo auf die Waage. Früher hatte ich mal sämtliche Gewichtsbegrenzungen gewusst. Damals hatte es allerdings noch nicht so viele Gewichtsklassen gegeben. Inzwischen sind es mehr als doppelt so viele, mit Junior dies und Super das und drei verschiedenen Boxverbänden, die alle ihre eigenen Weltmeister küren. Angefangen hat das Ganze damit, dass jemand auf die glorreiche Idee kam, dass ein Titelkampf wesentlich publikumswirksamer ist als ein gewöhnlicher Fight, und mittlerweile nähern wir uns dem Punkt, wo man kaum mehr was anderes zu sehen bekommt.

Bei diesem Kampf ging es allerdings um keinen Titel, und entsprechend war auch nichts von dem ganzen Showrummel zu spüren, wie man ihn von den Titelkämpfen in den Casinos von Las Vegas oder Atlantic City kennt. Wir befanden uns in einer trostlosen Lagerhalle in einer dunklen Straße von Maspeth, einem Gewerbegebiet, das zu Queens gehört und im Süden und Osten an die Brooklyner Bezirke Greenpoint und Bushwick grenzt und vom Rest von Queens durch einen Ring aus Friedhöfen abgegrenzt ist. Man könnte ein ganzes Leben lang in New York leben, ohne je nach Maspeth zu kommen. Genauso gut könnte man hier dutzende Male durchfahren, ohne überhaupt Notiz davon zu nehmen. Mit seinen Lagerhallen, Fabriken und trostlosen Wohnvierteln zählt Maspeth nicht unbedingt zu den aussichtsreichsten Kandidaten für die nächste Luxussanierung, obwohl man natürlich nie wissen kann. Früher oder später gehen den Immobilienhaien einfach die Spekulationsobjekte aus, und dann werden aus abbruchreifen Fabrikbauten plötzlich Ateliers und Lofts, und jungdynamische Eigenheimbesitzer reißen die bröckeligen Asbestverkleidungen von stereotypen Reihenhausfassaden und machen sich daran, ihr entkerntes Inneres von Grund auf neu zu gestalten. Und ehe man sich's versieht, wird die Grand Avenue plötzlich von Ginkgo-Bäumen gesäumt, und man kann an jeder Straßenecke bei einem Koreaner einkaufen.

Vorläufig war allerdings die New Maspeth Arena das einzige Indiz für den grandiosen Aufschwung, den das Viertel nehmen würde. Seit das Felt Forum im Madison Square Garden vor ein paar Monaten wegen Renovierungsarbeiten geschlossen worden war, stand in der New Maspeth Arena jeden Donnerstag eine Boxveranstaltung auf dem Programm, die meistens gegen sieben Uhr abends mit dem ersten Vorkampf begann.

Etwas kleiner als das Felt Forum, war die Halle mit ihren nackten Betonwänden und dem Wellblechdach von einer schmucklosen Kargheit, die schon fast wieder etwas Faszinierendes an sich hatte. Sie hatte einen rechteckigen Grundriss. Der Ring war direkt an der Längswand gegenüber vom Eingang aufgebaut und auf den drei offenen Seiten von Stuhlreihen eingefasst. Die metallenen Klappstühle waren alle grau. Nur die in den beiden vordersten Reihen waren blutrot. Das waren auch die reservierten Plätze, während man sich in den grauen Sitzreihen setzen konnte, wo man wollte. Für einen grauen Sitz zahlte man ganze fünf Dollar, also zwei Dollar weniger als für eine Kinokarte. Trotzdem war fast die Hälfte der grauen Sitze leer.

Der Eintrittspreis war deshalb so niedrig, um möglichst viele Zuschauer in die Halle zu locken, damit die Leute, die sich die Kämpfe im Fernsehen ansahen, nicht merkten, dass das ganze Spektakel sowieso nur ihretwegen veranstaltet wurde. Die New Maspeth Arena hatte ihre Existenz nämlich mehr oder weniger nur dem Kabelfernsehen zu verdanken, sozusagen als Programmlieferant für den neuen Sportkanal Five Borough Cable Sportscasts, kurz FBCS, der in New York gerade Fuß zu fassen versuchte. Dementsprechend hatten auch mehrere FBCS-Aufnahmewagen auf dem Parkplatz gestanden, als Mick und ich kurz nach sieben angekommen waren; sie würden um acht Uhr mit der Übertragung beginnen.

Mittlerweile ging die fünfte Runde des letzten Vorkampfs ihrem Ende zu, und der Kerl in der weißen Hose hielt sich immer noch auf den Beinen. Beide Kämpfer waren Schwarze, junge Burschen aus Brooklyn, der eine aus Bedford Stuyvesant, der andere aus Crown Heights. Beide hatten kurzes Haar und noch ungezeichnete Gesichter, und sie waren etwa gleich groß, obwohl der Kerl in der blauen Hose kleiner wirkte, weil er sich im Ring ständig leicht geduckt hielt. Wenn ihre Hosen nicht verschiedene Farben gehabt hätten, wäre es gar nicht so leicht gewesen, sie auseinanderzuhalten.

»Er hätte ihn vorhin unbedingt auf die Bretter schicken müssen«, meinte Mick. »Der Junge war praktisch stehend k.o. Und trotzdem hat er ihn nicht kleingekriegt.«

»Der Kerl in der weißen Hose hat eben Stehvermögen.«

»Trotzdem hatte er schon diesen glasigen Blick. Wie heißt der Kerl eigentlich – der Blaue, meine ich?« Er warf einen kurzen Blick aufs Programm – ein blaues Blatt Papier mit den Kämpfen des heutigen Abends. »McCann«, murmelte er nach einer Weile. »McCann hat seine Chance nicht genutzt.«

»Dabei hatte er ihn schon ordentlich weichgeklopft.«

»Und ob! Trotzdem hat er ihn nicht kleingekriegt. Aber das kennt man ja von vielen anderen auch. Erst heizen sie dem Gegner ordentlich ein, aber auf die Bretter kriegen sie ihn dann doch nicht. Das ist was, was ich wohl nie verstehen werde.«

»Er hat ja noch drei Runden Zeit.«

Mick schüttelte nur den Kopf. »Die Chance hat er längst verpasst.«

Er sollte recht behalten. McCann entschied zwar auch die restlichen drei Runden für sich, aber einem K.o. kam er trotzdem keinen Deut mehr näher als in der fünften Runde. Beim Schlussgong umarmten sich die beiden Kämpfer kurz, worauf McCann mit hoch erhobenen Armen triumphierend in seine Ecke hopste.

Die Punktrichter stimmten mit seiner Einschätzung des Kampfs überein.

Zwei von ihnen sprachen ihm alle Runden zu; nur der Dritte sah seinen Gegner in einer Runde als Sieger.

»Ich geh mir mal ein Bier holen«, sagte Mick. »Soll ich dir auch was mitbringen?«

»Nein, danke, im Augenblick nicht.«

Wir saßen in der ersten grauen Sitzreihe auf der rechten Seite des Rings, von wo ich auch den Eingang im Auge hatte. Allerdings hatte ich mich die ganze Zeit vorwiegend auf den Kampf konzentriert. Erst jetzt, als Mick auf den Erfrischungsstand zusteuerte, schaute ich zum ersten Mal wieder den Mittelgang zum Eingang hoch. Und zur Abwechslung sah ich sogar jemand, den ich kannte. Ein groß gewachsener Schwarzer in einem maßgeschneiderten blauen Nadelstreifenanzug kam auf mich zu. Ich stand auf und schüttelte ihm die Hand.

»Na, wen haben wir denn da?«, begrüßte er mich. »Habe ich mich vorhin also doch nicht getäuscht. Ich bin eben erst gekommen und habe mir den Rest des letzten Kampfes hinten vom Eingang aus angesehen. Und wen sehe ich da auf den billigen Plätzen? Meinen alten Freund Matthew.«

»In Maspeth haben sie nur billige Plätze.«

»Aber klar doch, Mann.« Er legte mir die Hand auf die Schulter. »Als wir uns das erste Mal gesehen haben, war das doch auch beim Boxen. Im Felt Forum?«

»Ja.«

»Du warst damals mit Danny Boy Bell da.«

»Und du mit Sunny. An ihren Nachnamen kann ich mich nicht mehr erinnern.«

»Sunny Hendryx. Eigentlich hieß sie Sonya, aber alle haben sie Sunny genannt.«

»Warum setzt du dich nicht zu uns? Mein Freund holt sich gerade ein Bier, und außerdem ist sowieso noch die ganze Reihe frei – zumindest fast. Es sei denn, es macht dir was aus, auf einem billigen Platz zu sitzen.«

Er grinste. »Ich habe schon einen Platz. Drüben bei der blauen Ecke. Muss schließlich meinen Mann ein bisschen anfeuern. Du kannst dich doch sicher an Kid Bascomb erinnern?«

»Klar. Er hat an dem Abend, an dem wir uns kennengelernt haben, irgendeinen Italiener zur Schnecke gemacht. Wie der hieß, weiß ich allerdings nicht mehr.«

»An den kann sich auch sonst niemand mehr erinnern.«

»Ich hab bis heute den tollen Leberhaken nicht vergessen, mit dem er ihn schließlich auf die Bretter geschickt hat. Aber Kid steigt doch heute Abend nicht in den Ring? Zumindest steht er nicht auf dem Programm.«

»Nein, natürlich nicht. Er hat die Boxhandschuhe schon vor ein paar Jahren an den Nagel gehängt.«

»Hab ich mir fast gedacht.«

»Er sitzt dort drüben.« Er deutete zur blauen Ringecke hinüber. »Nein, mein Mann im Hauptkampf ist Eldon Rasheed. Eigentlich müsste er den Kampf gewinnen, obwohl der Junge, gegen den er antritt, schon elf Siege vorzuweisen hat. Und bei den zwei Niederlagen, die er bisher einstecken musste, ist es bei einer nicht mit rechten Dingen zugegangen. Ein einfacher Gegner wird das also ganz bestimmt nicht.«

Er erläuterte mir gerade Rasheeds Taktik, als Mick zurückkam. In der einen Hand hielt er einen Pappbecher mit Bier, in der anderen einen mit Coke.

»Für den Fall, dass du doch noch Durst kriegst«, meinte er. »Außerdem hatte ich keine Lust, nur wegen eines Biers so lange anzustehen.«

Ich machte die beiden miteinander bekannt. »Mickey Ballou, Chance ...«

»Coulter«, kam mir Chance zu Hilfe. Ich hörte seinen Nachnamen bei dieser Gelegenheit zum ersten Mal.

»Freut mich.« Da Mick noch immer die beiden Becher mit unseren Getränken hielt, konnte er Chance nicht die Hand schütteln. Plötzlich reckte Chance den Kopf und sagte: »Da kommt ja Dominguez schon.« Gefolgt von seinen Betreuern, kam ein Boxer in einem königsblauen Mantel mit schwarzen Paspeln den Mittelgang herunter. Mit seinem langgezogenen, energischen Gesicht und dem sauber gestutzten Schnurrbart sah der Bursche auffallend gut aus. Er winkte mit hoch erhobenen Armen seinen jubelnden Fans zu und kletterte in den Ring.

»Macht einen verdammt guten Eindruck, dieser Dominguez«, murmelte Chance anerkennend. »Da wird Eldon einiges zu tun bekommen.«

»Halten Sie denn zu dem anderen?«, fragte Mick.

»Ja, Eldon Rasheed ist mein Mann. Da kommt er schon. Wie wär's? Sollen wir hinterher noch einen trinken gehen?«

»Gute Idee«, sagte ich, worauf uns Chance kurz zunickte und sich zu seinem Platz an der blauen Ecke entfernte.

Mick drückte mir beide Becher in die Hände, bevor er sich setzte. »Eldon Rasheed gegen Peter Dominguez«, las er vom Programmzettel ab. »Wie kommen die Jungs eigentlich zu solchen Namen?«

»Wieso? Peter Dominguez klingt doch gar nicht so ausgefallen.«

Mick sah mich nur an, und als der andere Boxer in den Ring kletterte, sagte er: »Eldon Rasheed.« Es hörte sich an, als spuckte er etwas aus. »Wenn das hier ein Schönheitswettbewerb wäre, würde ich auf Pedro setzen. Dieser Rasheed sieht aus, als hätte ihm Gott mit einem Vorschlaghammer die Fresse poliert.«

»Wie kann Gott nur so etwas tun?«

»Das könnte man sich bei einer ganzen Menge Dinge fragen. Macht übrigens einen sympathischen Eindruck, dein Freund Chance. Woher kennst du ihn?«

»Ich hab vor ein paar Jahren mal für ihn gearbeitet.«

»Als Detektiv?«

»Ja.«

»Sieht aus wie ein Anwalt. Ist jedenfalls angezogen wie einer.«

»Er hat aber eine Galerie für afrikanische Kunst.«

»Mit so Schnitzereien und Masken?«

»In etwa.«

Inzwischen war auch der Ansager in den Ring geklettert, um den nächsten Kampf anzukündigen. Außerdem legte er sich mächtig ins Zeug, um dem Publikum das Programm von nächster Woche schmackhaft zu machen. Er stellte einen Weltergewichtler vor, der bei dieser Gelegenheit antreten würde, und begrüßte ein paar alte Boxgrößen, die ganz vorne am Ring saßen, darunter auch Arthur ›Kid‹ Bascomb. Kid wurde mit demselben höflichen Applaus bedacht wie alle anderen auch.

Schließlich wurden auch noch der Ringrichter, die drei Punktrichter, der Zeitnehmer und der Mann, der im Fall eines Niederschlags das Zählen übernehmen musste, vorgestellt. Letzterer rechnete vermutlich damit, dass er an diesem Abend einiges zu tun bekommen würde. Es handelte sich um einen Schwergewichtskampf, und beide Kontrahenten hatten eine stattliche Liste von K.o.-Siegen vorzuweisen. In Dominguez' Fall waren das immerhin acht von elf gewonnenen Kämpfen, und Rasheed hatte noch keinen einzigen seiner zehn Profikämpfe verloren und nur in einem davon über die volle Länge gehen müssen.

Dominguez wurde von einer Gruppe Latinos auf der anderen Seite der Halle stürmisch begrüßt.

In Rasheeds Fall hielten sich die Ovationen in Grenzen.

Mit gesenkten Köpfen standen sich die beiden Fighter in der Ringmitte gegenüber und hörten geduldig zu, als ihnen der Ringrichter die Regeln, die sie längst im Schlaf kannten, herunterbetete. Dann stießen sie mit den Handschuhen aneinander und zogen sich in ihre Ecken zurück. Der Gong ertönte, und der Kampf begann.

In der ersten Runde tasteten sie sich erst einmal gegenseitig ab. Trotzdem konnten beide schon ein paar Treffer landen. Rasheed hatte eine brandgefährliche linke Gerade und ging ziemlich massiv an den Mann ran. Für einen Brocken von seiner Größe war er erstaunlich flink. Im Vergleich dazu wirkte Dominguez ziemlich schwerfällig, aber seine Rechte kam höllisch schnell, und dreißig Sekunden vor dem Schlussgong erwischte er Rasheed über dem linken Auge. Der ließ sich dadurch zwar nicht aus der Fassung bringen, aber ihm war trotzdem anzusehen, dass der Schlag gesessen hatte.

In der Pause sagte Mick: »Ganz schön stark, dieser Pedro. Nach dem Treffer ist die Runde wahrscheinlich auf sein Konto gegangen.«

»Ich werde wohl nie begreifen, wie die Kampfrichter sowas eigentlich bewerten.«

»Noch ein paar solche Treffer, und sie werden sich um die Punktewertung keine allzu großen Gedanken mehr machen müssen.«

Die zweite Runde konnte Rasheed für sich verbuchen. Er ging Dominguez' Rechten geschickt aus dem Weg und konnte seinerseits ein paar gezielte Körpertreffer landen. Irgendwann im Verlauf dieser Runde wurde ich auf einen Mann aufmerksam, der ganz vorn an der Breitseite des Rings saß. Aus irgendeinem Grund wanderte mein Blick immer wieder zu ihm hinüber.

Er war schätzungsweise Mitte Vierzig, mit schütterem, dunkelbraunem Haar und stark vorspringenden Augenbrauen. Seinem verdellten Gesicht nach zu schließen, könnte er selbst mal im Ring gestanden haben. Wäre dem jedoch tatsächlich so gewesen, wäre er vermutlich zu Beginn des Kampfes vorgestellt worden. So üppig waren sie hier nun auch nicht mit Prominenz gesegnet, dass sie sich irgendeine Berühmtheit hätten entgehen lassen. Deshalb konnte sich eigentlich jeder, der bei den Golden Gloves mal mehr als drei Runden überstanden hatte, eine berechtigte Chance ausrechnen, aufgerufen zu werden und sich für die FBCS-Kameras verneigen zu dürfen. Außerdem saß der Mann direkt am Ring; er hätte sich also nur durch die Seile zu zwängen und huldvoll den Applaus der Menge entgegenzunehmen gebraucht.

Neben ihm saß ein etwa fünfzehn- bis sechzehnjähriger Junge, dem er den Arm um die Schulter gelegt hatte. Mit der anderen Hand deutete er immer wieder in den Ring, um ihm die Feinheiten des Kampfes zu erläutern. Obwohl ich keinerlei Ähnlichkeit zwischen den beiden feststellen konnte, hielt ich die beiden spontan für Vater und Sohn. Der Junge hatte hellbraunes Haar und einen auffallend tiefen Haaransatz. Falls den der Vater auch mal gehabt hatte, war inzwischen nichts mehr davon zu sehen. Der Mann trug eine graue Hose, einen blauen Blazer und eine hellblaue Krawatte mit großen dunkelblauen oder schwarzen Punkten. Der Junge hatte ein rotkariertes Flanellhemd und eine marineblaue Cordhose an.

Irgendwoher kannte ich den Mann. Aber ich kam einfach nicht drauf, woher.

Die dritte Runde ging in meinen Augen unentschieden aus. Obwohl ich nicht mitgezählt hatte, hatte ich den Eindruck, dass Rasheed ein paar Treffer mehr gelandet hatte. Dafür war hinter Dominguez' Schlägen eindeutig mehr Saft. Nachdem Pausengong sah ich nicht wieder zu dem Mann mit der gepunkteten Krawatte hinüber, weil ein anderer Mann meine Aufmerksamkeit auf sich gelenkt hatte.

Er war um einiges jünger – zweiunddreißig, um genau zu sein –, knapp eins neunzig groß und gebaut wie ein Leichtschwergewichtler. Er hatte seine Anzugjacke und seine Krawatte abgelegt und trug ein weißes Hemd mit feinen blauen Streifen. Er kam ziemlich nahe an die Sorte von gutem Aussehen ran, wie man sie aus unzähligen Herrenbekleidungskatalogen kennt – ein herb-männliches Erscheinungsbild gepaart mit dem dazu passenden Auftreten, beeinträchtigt nur durch seine etwas zu volle Unterlippe und die leicht brutal wirkende Nase. Sein dichtes, dunkles Haar war sorgfältig geschnitten und geföhnt. Dazu eine gesunde Bräune, wie von einer Woche Urlaub in der Karibik.

Er hieß Richard Thurman und war Produktionsleiter bei Five Boroughs Cable Sportscasts. Er war gerade nach vorn zum Ring gegangen, um mit einem Kameramann zu sprechen, als das Nummerngirl seinen großen Auftritt hatte. Zum Zeichen, dass gleich die vierte Runde begann, stolzierte sie in einem ziemlich knappen Badeanzug gemächlich durch den Ring und zeigte dabei außer dem Pappschild mit der großen Vier drauf auch sonst noch so einiges. Den Zuschauern zu Hause vor den Bildschirmen blieb dieser Anblick allerdings verwehrt, da sie in der Zwischenzeit einen Werbespot eingeblendet bekamen. Und ich muss sagen, dass ihnen wirklich etwas entging. Das Mädchen war groß gewachsen, mit langen Beinen und einer tollen Figur, und sie geizte nicht mit ihren Reizen.

Als sie am Ende ihrer Runde neben der Kamera stehenblieb und kurz etwas zu Thurman sagte, nickte er und gab ihr einen Klaps auf den Hintern, von dem sie jedoch keine Notiz zu nehmen schien. Vielleicht war sie es genauso gewöhnt, von Männern begrapscht zu werden, wie er es gewöhnt war, Frauen zu begrapschen. Aber vielleicht waren sie auch nur alte Freunde. Da sie jedoch nicht annähernd so braun war wie er, hielt ich es für ziemlich unwahrscheinlich, dass er sie in die Karibik mitgenommen hatte.

Das Mädchen kletterte aus dem Ring, Thurman kehrte an seinen Platz zurück, und der Gong ertönte. Die beiden Boxer standen auf. Die vierte Runde hatte begonnen.

Gleich in der ersten Minute konnte Dominguez eine seiner gefürchteten rechten Geraden landen, und Rasheed begann über dem linken Auge heftig zu bluten. Dessen ungeachtet ging Rasheed jedoch nun seinerseits in die Offensive und attackierte Dominguez mit zahlreichen Schlägen gegen den Körper. Gegen Ende der Runde verpasste er ihm auch noch einen satten Kinnhaken. Als der Gong ertönte, konnte auch Dominguez noch einmal einen Treffer landen. Ich hatte keine Ahnung, wie die Runde ausgegangen war, und sagte das auch zu Mick.

»Ist ja auch egal«, meinte er brummend. »Weil der Kampf sowieso nicht über die vollen zehn Runden geht.«

»Wen favorisierst du?«

»An sich gefällt mir der Schwarze sehr gut. Aber ich glaube, dass er gegen diesen Pedro keine Chance hat. Dazu ist der Kerl zu stark.«

Ich warf einen Blick zu dem Mann mit dem Jungen hinüber. »Der Kerl dort drüben in der ersten Reihe, der mit dem blauen Jackett und der gepunkteten Krawatte. Er hat einen Jungen neben sich sitzen.«

»Was ist mit ihm?«

»Ich bilde mir ein, ihn zu kennen«, sagte ich. »Aber ich weiß nicht, woher. Kennst du ihn zufällig?«

»Nie gesehen.«

»Ich kann mir einfach nicht denken, woher ich ihn kennen könnte.«

»Sieht ein bisschen aus wie ein Polizist.«

Ich schüttelte den Kopf. »Na, ich weiß nicht. Findest du wirklich?«

»Ich sage ja nicht, dass er Polizist ist, sondern nur, dass er wie einer aussieht. Weißt du übrigens, wem er ähnlich sieht? Es gibt da einen Schauspieler, der meistens Polizisten spielt. Mir fällt zwar sein Name nicht ein, aber er liegt mir auf der Zunge.«

»Ein Schauspieler, der Polizisten spielt? Spielen die denn überhaupt mal was anderes als Polizisten?«

»Gene Hackman«, sagte Mick.

Ich sah noch eimnal zu dem Mann hinüber. »Hackman ist aber älter. Und schmaler. Und er hat mehr Haare.«

»Jetzt hör aber mal, Matt. Ich habe nicht gesagt, dass der Kerl Gene Hackman ist. Ich habe nur gesagt, dass er ihm ähnlich sieht.«

»Wenn er tatsächlich Hackman wäre, hätten sie ihn außerdem vorgestellt.«

»Die sind hier so geil auf Prominenz, dass sie das sogar getan hätten, wenn er Hackmans Cousin wäre.«

»Aber du hast recht«, musste ich zugeben. »Eine gewisse Ähnlichkeit hat er mit ihm.«

»Nicht unbedingt wie aus dem Gesicht geschnitten, aber ...«

»Eine gewisse Ähnlichkeit ist ihm nicht abzusprechen. Trotzdem ist das nicht der Grund, weshalb er mir bekannt vorkommt. Wenn ich nur wüsste, woher ich den Kerl kenne.«

»Vielleicht von einem deiner Treffen.«

»Das wäre möglich.«

»Wenn das dann aber bloß kein Bier ist, was er gerade trinkt. Wenn er bei den Anonymen Alkoholikern wäre, würde er doch wohl kaum ein Bier trinken?«

»Vermutlich nicht.«

»Andererseits bleiben natürlich auch nicht alle von euch trocken, oder?«

»Nein, ganz und gar nicht.«

»Na, dann hoffen wir mal, dass es ein Coke ist, was er in seinem Becher hat. Und wenn es doch ein Bier ist, dann können wir ja immer noch darum beten, dass er es den Jungen trinken lässt.«

In der fünften Runde hatte eindeutig Dominguez die Oberhand. Eine ganze Reihe seiner Dampfhammergeraden gingen zwar daneben, aber ein paar trafen mitten ins Ziel und machten Rasheed mächtig zu schaffen. Obwohl der sich gegen Ende wieder auf die Taktik seines Gegners eingestellt hatte und sich sehr geschickt zur Wehr setzte, ging die Runde trotzdem an Dominguez.

In der sechsten Runde fing sich Rasheed eine rechte Gerade direkt ans Kinn und ging zu Boden.

Die Menge tobte vor Begeisterung. Bei fünf war Rasheed jedoch wieder auf den Beinen, und als der Ringrichter den Kampf fortsetzen ließ, ging Dominguez sofort zum Großangriff über. Rasheed wirkte zwar ziemlich angeschlagen, konnte sich aber trotzdem bis zum Schluss der Runde auf den Beinen halten.

»Dann ist der Kerl eben in der nächsten Runde fällig«, sagte Mick Ballou.

»Das glaube ich nicht.«

»Warum nicht?«

»Er hat seine Chance bereits vertan«, erklärte ich. »Genau wie der Kerl im letzten Kampf – wie hieß er gleich wieder? Du weißt schon, dieser Ire.‹

»Ein Ire? Welcher Ire?«

»McCann.«

»Ach so. Dann muss das wohl ein schwarzer Ire gewesen sein. Meinst du, Dominguez ist auch einer von der Sorte, die nicht wissen, wie man den Gegner auf die Bretter schickt, ohne dass er noch mal hochkommt?«

»Das ist weniger eine Frage des Wissens als der nötigen Kraft. Er hat einfach zu viele Schläge ausgeteilt, und das zehrt bekanntlich an den Kräften – vor allem, wenn man nicht trifft. Wenn du mich fragst, hat ihn diese Runde mehr Kraft gekostet als Rasheed.«

»Glaubst du, der Kampf wird doch nach Punkten entschieden? Dann geht diese Runde auf jeden Fall an Pedro – es sei denn, dein Freund Chance hat die Punktrichter geschmiert.«

Da auf so einen Kampf keine Wetten angenommen wurden, käme kein Mensch auf die Idee, die Punktrichter zu bestechen. Deshalb sagte ich: »Es wird deshalb zu keiner Entscheidung nach Punkten kommen, weil ihn Rasheed k.o. schlagen wird.«

»Das möchte ich mal sehen, Matt.«

»Dann warte mal ab.«

»Sollen wir wetten? Ich möchte zwar nicht um Geld wetten, nicht mit dir, aber um was könnten wir sonst wetten?«

»Keine Ahnung.«

Ich sah zu dem Mann mit dem Jungen hinüber. Und je länger ich ihn beobachtete, desto deutlicher spürte ich, wie eine verschwommene Ahnung in meinem Hinterkopf herumspukte und sich Zugang zu meinem Bewusstsein zu verschaffen versuchte.

»Wenn ich recht behalte«, schlug Mick vor, »dann machen wir heute Nacht durch und gehen morgen früh in St.Bernard's zur Frühmesse. Zur Metzgermesse.«

»Und wenn ich gewinne?«

»Dann gehen wir nicht.«

Ich lachte. »Tolle Wette. Was würde dabei für mich schon rausspringen? Wir haben doch sowieso nicht vor zu gehen.«

»Na schön«, schlug Ballou vor. »Dann komme ich eben zu einem Treffen mit.«

»Zu einem Treffen?«

»Zu einem deiner bescheuerten AA-Treffen.«

»Wieso willst du denn das?«

»Will ich ja auch gar nicht«, brummte er. »Aber darum geht es doch. Ich würde es tun, weil ich die Wette verloren hätte.«

»Und was sollte ich für ein Interesse daran haben, dass du zu einem Treffen mitkommst?«

»Keine Ahnung.«

»Wenn du wirklich mal Lust haben solltest mitzukommen«, sagte ich, »nehme ich dich selbstverständlich gern mit. Aber ich möchte auf keinen Fall, dass du nur meinetwegen mitkommst.«

In diesem Moment legte der Vater seinem Sohn die Hand auf die Stirn und strich ihm das Haar aus dem Gesicht. Irgendetwas an dieser Geste versetzte mir einen heftigen Stich ins Herz. Mick sagte etwas, aber ich war für einen Moment so in Gedanken, dass ich ihn bitten musste, es noch mal zu sagen.

»Dann wetten wir eben nicht«, brummte er.

»Auch gut.«

Der Gong ertönte, und die beiden Boxer erhoben sich von ihren Hockern.

»Ist vermutlich auch besser so«, murmelte Mick. »Du hast übrigens, glaube ich, recht. Sieht tatsächlich so aus, als hätte sich dieser bescheuerte Pedro eben selbst außer Gefecht gesetzt.«

Und so war es tatsächlich. In der siebten Runde war das zwar noch nicht so deutlich zu erkennen, da Dominguez immer noch ein paar Treffer landen konnte, die von der Menge mit tosendem Applaus quittiert wurden. Aber es war wesentlich einfacher, die Menge auf die Beine zu bringen als Rasheed von den Beinen. Jedenfalls wirkte der schwarze Fighter noch immer erstaunlich frisch und standfest und konnte gegen Ende der Runde eine kurze Rechte gegen den Bauch seines Gegners anbringen, worauf Mick und ich uns nur wortlos ansahen und nickten. Niemand hatte applaudiert, niemand war in stürmische Anfeuerungsrufe ausgebrochen, aber so war das nun mal bei diesem Kampf. Wir wussten es. Eldon Rasheed wusste es. Und ich glaube, dass es auch Dominguez wusste.

In der Pause sagte Mick: »Eines muss man dir lassen. Du hast bereits in der letzten Runde etwas gemerkt, was mir völlig entgangen ist. Diese Schläge gegen den Körper – so was ist wie Geld auf der Bank. Sieht zwar erst nicht nach viel aus, macht sich aber langfristig doch bezahlt. Irgendwann bleibt dem Gegner einfach die Puste weg, und dann kann er sehen, wie er sich auf den Beinen hält. Apropos Beine.«

Das Nummerngirl kündigte in diesem Augenblick die achte Runde an.

»Sie kommt mir übrigens auch bekannt vor«, sagte ich.

»Die hast du ganz bestimmt mal bei einem Treffen kennengelernt«, stichelte Mick.

»Das würde mich sehr wundern.«

»Dann könntest du dich vermutlich auch noch an sie erinnern. Halt, ich hab's. Vielleicht bist du ihr mal im Traum begegnet.«

»Das schon eher.« Ich ließ meinen Blick von ihr zu dem Mann mit der gepunkteten Krawatte weiterwandern und dann wieder zurück zu ihr. »Das soll übrigens ein untrügliches Zeichen dafür sein, dass man langsam alt wird«, wandte ich mich wieder Mick zu. »Wenn einen jeder, den man sieht, an jemand anderen erinnert.«

»Von wem hast du denn das?«

»Alte Volksweisheit«, murmelte ich achselzuckend, und im selben Moment ertönte der Gong für die achte Runde. Zwei Minuten später erwischte Eldon Rasheed Peter Dominguez mit einem brutalen Leberhaken. Und als Dominguez darauf die Fäuste sinken ließ, schickte ihn Rasheed mit einer Rechten ans Kinn auf die Bretter. Dominguez war zwar bei acht wieder auf den Beinen, aber es konnte eigentlich nur noch falsch verstandener Mannesstolz sein, was ihn noch mal aufstehen ließ. Drei gezielte Schläge Rasheeds gegen den Körper, und er lag wieder flach. Diesmal machte sich der Ringrichter erst gar nicht mehr die Mühe, mit dem Zählen anzufangen. Er stellte sich zwischen die beiden Boxer und hob Rasheeds Ann hoch.

Noch bis vor kurzem hatte der größte Teil des Publikums Dominguez angefeuert. Jetzt waren sie auf den Beinen, um Rasheed zuzujubeln.

Wir standen bereits an der blauen Ecke bei Chance und Kid Bascomb, als es dem Ansager schließlich gelang, die Menge soweit zu beruhigen, dass er verkünden konnte, was sowieso schon jeder wusste: dass nämlich der Ringrichter den Kampf zwei Minuten und achtunddreißig Sekunden nach Beginn der achten Runde abgebrochen und Eldon ›die Bulldogge‹ Rasheed zum Sieger durch technischen K.o. erklärt hatte. Dem fügte er noch hinzu, dass im Anschluss daran noch zwei Vier-Runden-Kämpfe stattfinden würden und dass wir uns auf keinen Fall auch nur eine Sekunde von diesem Boxereignis entgehen lassen sollten. Die Boxer, die diese zwei Vier-Runden-Fights zu absolvieren hatten, hatten die ziemlich undankbare Aufgabe, sich vor leeren Rängen die Köpfe einschlagen zu müssen. Diese Abschlusskämpfe standen nämlich nur wegen FBCS auf dem Programm – damit notfalls die Sendezeit aufgefüllt werden konnte, wenn die Vorkämpfe zu früh zu Ende gegangen wären oder wenn Rasheed Dominguez schon in der zweiten Runde auf die Bretter geschickt hätte. Da es inzwischen allerdings schon fast elf Uhr abends war, bestand keine Notwendigkeit mehr, diese Kämpfe ins Programm zu nehmen. Und genauso, wie die Baseballfans bei einem Dodgers-Match, an dessen Ausgang nichts mehr zu ändern ist, schon im siebten Inning in Richtung Ausgang zu strömen beginnen, so machten sich auch jetzt die meisten Zuschauer auf den Heimweg.

Richard Thurman war in den Ring geklettert und half seinem Kameramann beim Zusammenpacken der Ausrüstung. Das Nummerngirl hatte bereits seinen Abgang gemacht, und auch Vater und Sohn konnte ich von meinem Platz direkt am Ring nicht mehr sehen, obwohl ich überall nach ihnen Ausschau hielt. Ich hatte sie nämlich Chance zeigen wollen, ob er sie vielleicht zufällig kannte.

Was machte ich eigentlich so einen Aufstand wegen der beiden?

Kein Mensch kümmerte sich einen Dreck darum, ob ich nun herausfand, warum mir ein treusorgender Familienvater bekannt vorkam. Mein Job war, mir einen Eindruck von Richard Thurman zu verschaffen und herauszufinden, ob er seine Frau ermordet hatte oder nicht.

Kapitel 2

Im November letzten Jahres waren Richard und Amanda Thurman bei Freunden in der Central Park West zu einer Party eingeladen, von der sie sich kurz vor Mitternacht wieder verabschiedeten. Da es ein ungewöhnlich milder Herbstabend war, beschlossen die Thurmans, zu Fuß nach Hause zu gehen.

Ihre Wohnung lag im Dachgeschoss eines fünfstöckigen Backsteinbaus in der West Fifty-second Street zwischen Eighth und Ninth Avenue. Im Erdgeschoss befand sich ein italienisches Restaurant, den ersten Stock teilten sich ein Reisebüro und eine Konzertkartenagentur. Im zweiten Stock waren zwei Wohnungen; eine davon bewohnte eine pensionierte Bühnenschauspielerin, die andere teilten sich ein junger Börsenmakler und ein Dressman. Die Wohnung im dritten Stock gehörte einem pensionierten Anwalt und seiner Frau, die am Ersten des Monats nach Florida geflogen waren und erst Anfang Mai wieder in New York zurückerwartet wurden.

Als die Thurmans irgendwann zwischen zwölf und halb eins nach Hause kamen, überraschten sie zwei Einbrecher, die gerade im dritten Stock aus der leeren Wohnung des Anwalts kamen. Die beiden Männer, zwei große, bullige Weiße, zwangen die Thurmans mit vorgehaltener Waffe in die Wohnung zu gehen, die sie eben ausgeräumt hatten. Dort erleichterten sie Richard Thurman um Uhr und Brieftasche und seine Frau um ihren Schmuck, und dann machten sie den beiden klar, dass zwei geldgeile miese Yuppies wie sie nichts anderes verdient hätten, als zu verrecken.

Sie schlugen Thurman zusammen, fesselten ihn und verklebten ihm mit Heftpflaster den Mund. Dann vergewaltigten sie vor seinen Augen seine Frau. Zum Schluss versetzte einer der beiden Thurman mit einem Stemmeisen oder einem ähnlichen Gegenstand einen Schlag auf den Kopf, so dass er das Bewusstsein verlor. Als er wieder zu sich kam, waren die Einbrecher verschwunden. Seine Frau lag auf dem Boden. Sie war nackt und scheinbar bewusstlos.

Mit viel Mühe gelang es Thurman schließlich, sich vom Bett zu wälzen. Verzweifelt versuchte er mit den Füßen auf den Boden zu schlagen. Aber wegen des dicken Teppichs konnte er nicht genügend Lärm machen, um die Bewohner der darunterliegenden Wohnung auf sich aufmerksam zu machen.

Schließlich stieß er eine Lampe um. Aber auch davon schien niemand Notiz zu nehmen. Daraufhin wälzte er sich zu der Stelle, wo seine Frau lag, und versuchte, sie aus ihrer Ohnmacht zu wecken. Sie zeigte jedoch keinerlei Reaktion und schien nicht mehr zu atmen. Zudem fühlte sich ihre Haut ungewöhnlich kühl an, so dass Thurman bereits das Schlimmste befürchtete.

Seine Hände waren noch immer gefesselt, sein Mund mit Heftpflaster zugeklebt. Unter vielen Mühen gelang es ihm schließlich, das Heftpflaster so weit abzubekommen, dass er um Hilfe rufen konnte. Aber niemand hörte ihn. Die Fenster waren geschlossen, und das alte Haus hatte sehr massive Decken und Wände. Schließlich gelang es ihm einen Tisch umzuwerfen, auf dem ein Telefon stand. Außerdem hatte auf dem Tisch ein kleiner Pfeifenstopfer gelegen, den Thurman zwischen die Zähne nahm, um damit die Notrufnummer der Polizei zu wählen. Er gab seinen Namen und seine Adresse an und meldete, dass seine Frau im Sterben lag oder bereits tot war. Dann verlor er wieder das Bewusstsein, und in diesem Zustand wurde er auch von der Polizei gefunden.

Das alles war am zweiten Novemberwochenende von Samstagnacht auf Sonntagmorgen passiert. Inzwischen schrieben wir den letzten Dienstag im Januar, es war zwei Uhr nachmittags, und ich saß im Armstrong's und trank Kaffee. Der Mann, der mir gegenüber saß, war um die Vierzig und hatte kurz geschnittenes dunkles Haar und einen penibel gestutzten Vollbart, in dem sich die ersten grauen Strähnen bemerkbar machten. Er trug einen beigen Rollkragenpullover und ein braunes Tweedjackett und war auffallend blass, was aber mitten im tiefsten New Yorker Winter nicht weiter ungewöhnlich war. Er sah mich durch seine strenge Metallrahmenbrille nachdenklich an und sagte: »Ich bin fest davon überzeugt, dass dieses Schwein meine Schwester umgebracht hat.« Das war nun weiß Gott keine harmlose Anschuldigung. Trotzdem war der Ton, in dem er sie vorbrachte, erstaunlich ruhig und sachlich. »Ebenso fest, wie ich davon überzeugt bin, dass er sie ermordet hat, bin ich auch davon überzeugt, dass er ungeschoren davonkommen wird. Und das möchte ich mit allen Mitteln verhindern.«

Das Armstrong's liegt an der Ecke von Tenth Avenue und Fifty-seventh. Bis vor ein paar Jahren war es allerdings noch in der Ninth Avenue zwischen

Fifty-seventh und Fifty-eighth, wo sich inzwischen ein chinesisches Restaurant befindet. Damals war das Armstrong's mehr oder weniger mein zweites Wohnzimmer. Mein Hotel lag gleich um die Ecke, weshalb ich im Armstrong's pro Tag mindestens eine Mahlzeit zu mir nahm, mich mit meinen Klienten traf und die meisten meiner Abende verbrachte. Wenn ich niemanden hatte, mit dem ich mich unterhalten konnte, brütete ich einfach vor mich hin und ließ mich mit Bourbon volllaufen, pur, on the rocks oder, wenn ich mich wachhalten wollte, mit Kaffee.

Als ich zu trinken aufhörte, stand das Armstrong's ganz oben auf meiner ungeschriebenen Liste von Orten, Personen und Dingen, um die ich einen weiten Bogen machte. Ganz wesentlich wurde mir dieser gute Vorsatz dadurch erleichtert, dass wenig später Jimmy Armstrongs Pachtvertrag nicht mehr verlängert wurde und er mit seinem Lokal einen Block weiter westlich in eine Gegend umzog, die außerhalb meines gewohnten Einzugsbereichs lag. Ich hatte mich also ziemlich lange nicht mehr im Armstrong's blicken lassen, bis eines schon ziemlich vorangerückten Abends eine trockene Bekannte den Vorschlag gemacht hatte, dort noch eine Kleinigkeit zu essen. Und seitdem schaue ich gelegentlich wieder im Armstrong's vorbei. Es heißt zwar, dass man lieber einen weiten Bogen um jede Kneipe machen soll, wenn man nüchtern bleiben will. Andrerseits ist das Armstrong's aber mehr ein Restaurant als eine Kneipe, und das vor allem in seiner gegenwärtigen Aufmachung mit den freigelegten Ziegelwänden und den von der Decke hängenden Zimmerfarnen. Die Musikauswahl beschränkte sich strikt auf klassische Sachen, und an den Wochenenden spielte nachmittags sogar ein Kammermusiktrio. Das Armstrong's war also nicht unbedingt das, was man sich unter einer zwielichtigen Hell's Kitchen-Klitsche vorstellt.

Als Lyman Warriner am Telefon sagte, dass er aus Boston war, schlug ich vor, uns in seinem Hotel zu treffen. Aber er wohnte bei einem Freund. Mein Hotelzimmer ist zu klein, um dort jemanden zu empfangen, und das Foyer zu schäbig und zu wenig vertrauenerweckend. Was lag also näher, als mich mit meinem potentiellen Klienten im Armstrong's zu treffen. Aus den Lautsprechern kam gerade ein barockes Holzbläserquintett, als ich meinen Kaffee trank und Warriner, Earl Grey trinkend, Richard Thurman des Mordes an seiner Frau beschuldigte.

Als Erstes wollte ich von ihm wissen, wie sich die Polizei zu diesen Anschuldigungen geäußert hatte.

»Zumindest haben sie mir versichert, dass sie den Fall noch nicht zu den Akten gelegt haben.« Er runzelte die Stirn. »Damit wollten sie vermutlich nur den Anschein erwecken, dass sie der Sache weiterhin nachgehen. Ich fürchte aber, dass genau das Gegenteil der Fall ist und dass sie längst jede Hoffnung aufgegeben haben, dass dabei noch etwas herauskommen könnte.«

»So pessimistisch wäre ich da an Ihrer Stelle nicht«, versuchte ich ihn zu beruhigen. »In der Regel bedeutet das nur, dass keine aktiven Ermittlungen mehr durchgeführt werden.«

Er nickte. »Ich habe mit einem gewissen Joseph Durkin gesprochen. Wenn ich ihn richtig verstanden habe, sind Sie beide befreundet.«

»Sagen wir mal so: Wir sind uns freundlich gesonnen.«

Er zog eine Augenbraue hoch. »Eine ebenso feine wie treffende Unterscheidung. Wie dem auch sei, Detective Durkin hat zwar nicht ausdrücklich gesagt, dass Richard Amanda tatsächlich selbst ermordet haben könnte; es war eher die Art, wie er diese Möglichkeit nicht grundsätzlich ausgeschlossen hat, was mir zu denken gegeben hat – wenn Sie verstehen, was ich meine.«

»Ich glaube schon.«

»Als ich Durkin daraufhin um einen Rat bat, was ich persönlich zur Klärung des Falls beitragen könnte, gab er mir zu verstehen, dass von offizieller Seite bereits alles, was in so einem Fall getan werden könne, getan worden sei. Es dauerte eine Weile, bis mir klar wurde, dass er mir nicht direkt dazu raten durfte, einen Privatdetektiv hinzuzuziehen, obwohl er mir natürlich genau das vorschlagen wollte. Erst als ich von mir aus den Vorschlag machte, ob ich mich vielleicht an einen Privatdetektiv wenden sollte, grinste er plötzlich, als wollte er sagen: Na endlich haben Sie kapiert, worauf ich schon die ganze Zeit hinauswill.«

»Laut Vorschrift ist es ihm strikt untersagt, Ihnen einen derartigen Vorschlag zu machen.«

»Das ist mir inzwischen auch klar geworden. Ebenso wenig hätte er mir natürlich auch eine bestimmte Person, wie zum Beispiel Sie, empfehlen dürfen. ›Was irgendwelche Empfehlungen angeht‹, sagte er deshalb auch, ›kann ich Sie nur an das Branchenfernsprechbuch verweisen. Aber vielleicht sollte ich Sie bei dieser Gelegenheit trotzdem darauf hinweisen, dass es hier gleich in der Gegend einen Mann gibt, den Sie nicht im Telefonbuch finden werden, weil er nämlich keine Lizenz hat, womit er natürlich noch weniger einen offiziellen Status hat.‹ Was grinsen Sie denn so?«

»Sie gäben gar keinen so schlechten Joe-Durkin-Imitator ab.«

»Danke. Nur dürfte danach keine sonderlich große Nachfrage bestehen. Stört es Sie, wenn ich rauche?«

»Überhaupt nicht.«

»Wirklich nicht? Es gibt ja fast niemand mehr, der nicht damit aufgehört hat. Ich übrigens auch. Nur habe ich wieder angefangen.« Er machte den Eindruck, als wollte er sich darüber noch länger auslassen. Doch dann holte er eine Marlboro heraus und steckte sie sich an. Er zog an der Zigarette, als hinge sein Leben davon ab.

»Detective Durkin meinte«, fuhr er schließlich fort, »Ihre Methoden wären etwas unorthodox, um nicht zu sagen exzentrisch.«

»Hat er tatsächlich diese Ausdrücke verwendet?«

»Nicht wortwörtlich, aber sie kommen dem, was er damit sagen wollte, ziemlich nahe. Was ihre Honorarforderungen betrifft, meinte er, wären sie ziemlich unberechenbar und kapriziös – übrigens ist auch das nicht O-Ton Durkin. Des Weiteren hat er mich darauf hingewiesen, dass Sie keine schriftlichen Berichte abfassen und nicht über Ihre Ausgaben Buch führen.« Er beugte sich vor. »Damit könnte ich durchaus leben. Außerdem hat er nämlich gesagt, dass Sie so schnell nicht mehr locker lassen, wenn Sie sich mal in eine Sache verbissen haben. Und genau so jemanden brauche ich. Falls dieses Schwein Amanda tatsächlich umgebracht hat, möchte ich, dass die Wahrheit an den Tag kommt.«

»Wie kommen Sie überhaupt darauf, er könnte es selbst gewesen sein?«

»Nur so ein Gefühl. Aber Sie wissen ja selbst, dass das nicht viel zu bedeuten hat.«

»Es heißt aber auch nicht, dass es falsch ist.«

»Nein.« Er starrte auf die Glut seiner Zigarette. »Ich konnte ihn noch nie leiden. Ich habe mir zwar Mühe gegeben, weil Amanda ihn geliebt hat oder in ihn verliebt war oder wie Sie es sonst nennen wollen. Aber es ist nun mal nicht einfach, jemanden zu mögen, der einem mit offener Abneigung begegnet. Zumindest war das für mich bisher immer so.«

»Thurman hatte also was gegen Sie.«

»Ja, vom ersten Augenblick an und ohne dass das Ganze etwas mit meiner Person zu tun hatte. Ich bin nämlich schwul.«

»Und deshalb mochte er Sie nicht?«

»Vielleicht hatte er für seine Abneigung auch andere Gründe. Jedenfalls waren meine homosexuellen Neigungen für ihn Anlass genug, nichts mit mir zu tun haben zu wollen. Haben Sie Thurman schon mal gesehen?«

»Nur auf Fotos.«

»Mein Geständnis, dass ich schwul bin, scheint Sie nicht sonderlich zu überraschen. Haben Sie es sich bereits gedacht?«

»Mir kam kurz so ein Gedanke.«

»Aber doch hoffentlich nur aufgrund meines Aussehens und nicht wegen meines Verhaltens, Matthew. Ich darf Sie doch Matthew nennen?«

»Natürlich.«

»Oder ist Ihnen Matt lieber?«

»Ganz, wie Sie wollen.«

»Und nennen Sie mich bitte Lyman. Was ich damit sagen will, ist nur, dass ich schwul aussehe, was auch immer das bedeuten mag. Andrerseits ist für Leute, die nicht viel mit Schwulen zu tun haben, meine Homosexualität gar nicht so offensichtlich. Tja, und wenn Sie nun meine persönliche Meinung über Richard Thurman wissen wollen, die freilich auf recht spärlichen Eindrücken beruht, so kann ich nur sagen, dass er so tief im Schrank steckt, dass er vor lauter Klamotten nichts mehr sehen kann.«

»Könnten Sie mir das vielleicht übersetzen?«

»Damit will ich nichts anderes sagen, als dass ich nicht glaube, dass er sich je über die wahre Natur seiner sexuellen Neigungen bewusst geworden ist. Wenn Sie mich fragen, steht nämlich auch er auf Männer. Sexuell, meine ich. Und aus lauter Angst vor seinen latenten homosexuellen Neigungen reagiert er auf alle schwulen Männer ganz besonders allergisch.«

Die Bedienung kam an unseren Tisch und schenkte mir Kaffee nach. Warriner fragte sie, ob er noch heißes Wasser für seinen Tee wolle. Das bejahte er und bestellte auch einen frischen Teebeutel dazu.

»Auch so ein typischer Fall von Diskriminierung, der so tief in unserem

Denken verankert ist, dass sich kein Mensch mehr darüber Gedanken macht«, fuhr er fort. »Kaffeetrinker bekommen umsonst nachgeschenkt. Als Teetrinker kann man dagegen nur heißes Wasser nach haben; wenn man allerdings einen zweiten Teebeutel will, muss man für eine zweite Tasse bezahlen – und das, obwohl Tee billiger ist als Kaffee.« Er seufzte. »Wenn ich Anwalt wäre, würde ich deswegen einen Musterprozess anstrengen. Das meine ich natürlich nicht wirklich ernst, obwohl es mich nicht wundern würde, wenn bereits ein solches Verfahren liefe.«

»Kann ich mir gut vorstellen.«

»Sie war übrigens schwanger. Fast im dritten Monat. Sie hatte einen Schwangerschaftstest machen lassen.«

»Das stand in der Zeitung.«

»Außer ihr hatte ich keine Geschwister. Unsere Familie stirbt also aus, wenn ich nicht mehr bin. Zwar denke ich ständig, dass mir das etwas ausmachen sollte, aber es stört mich nicht im Geringsten. Das Einzige, was mir wirklich etwas ausmacht, ist der Gedanke, dass Amanda von ihrem eigenen Mann ermordet wurde und dass er ungeschoren davonkommt. Aber das Schlimmste ist eigentlich diese quälende Ungewissheit. Wenn ich in diesem Punkt wirklich Gewissheit hätte ...«

»Was wäre dann?«

»Dann würde es mich weniger belasten.«

Die Bedienung brachte seinen Tee. Während er den Teebeutel in das heiße Wasser tauchte, fragte ich ihn, welche Gründe Thurman gehabt haben könnte, Amanda umzubringen.

»Geld«, sagte er. »Sie hatte nicht gerade wenig.«

»Wieviel genau?«

»Unser Vater hat sehr gut verdient. Er war Immobilienmakler. Mutter hat zwar auf großem Fuß gelebt, aber trotzdem war nach ihrem Tod noch einiges vom Vermögen unseres Vaters übrig.«

»Wann ist Ihre Mutter gestorben?«

»Vor acht Jahren. Amanda und ich haben damals beide etwas über sechshunderttausend Dollar geerbt, und ich bezweifle, dass Amanda in der Zwischenzeit alles ausgegeben hat.«

*   *   *

Als wir schließlich fertig waren, ging es bereits auf fünf zu, und das Lokal begann sich langsam zu füllen. Ich hatte mehrere Seiten meines Notizbuchs vollgeschrieben und mehrere Anfragen, ob ich noch Kaffee haben wollte, abgelehnt. Lyman Warriner war inzwischen von Tee auf Bier umgestiegen und hatte ein halb volles Glas dunkles Prior vor sich stehen.

Nun war der Zeitpunkt gekommen, die leidige Honorarfrage zu klären, und wie immer wusste ich nicht, wieviel ich verlangen sollte. Ich hatte zwar nicht den Eindruck, dass es ihm auf ein paar hundert Dollar mehr oder weniger ankäme, aber das hatte noch nie großen Einfluss auf meine Honorarforderungen gehabt. Schließlich einigte ich mich mit mir selbst auf 2500 Dollar. Er fragte nicht, wie ich ausgerechnet auf diesen Betrag kam, sondern holte nur sein Scheckheft heraus und zückte seinen Füllfederhalter. Ich könnte beim besten Willen nicht sagen, wann ich so ein Ding zum letzten Mal gesehen habe.

Er sah mich kurz an. »Matthew Scudder? Mit zwei *t* und zwei *d*?« Ich nickte, worauf er den Scheck ausstellte und ihn anschließend ein paarmal durch die Luft fächelte, damit die Tinte trocknete. Ich erklärte ihm, dass er etwas rückerstattet bekäme, wenn sich die Sache schneller erledigen sollte als erwartet, dass ich ihn aber auch um mehr Geld bitten würde, falls ich das für gerechtfertigt hielt. Er nickte. Der finanzielle Aspekt schien ihn nicht sonderlich zu interessieren.

Als ich den Scheck an mich nahm, sagte er: »Ich möchte nur die Wahrheit wissen. Das ist alles.«

»Das ist vielleicht auch alles, womit Sie rechnen können. Selbst wenn es mir gelingt herauszufinden, dass er es tatsächlich war, heißt das noch lange nicht, dass Sie es auch vor Gericht beweisen können. Machen Sie sich also schon mal darauf gefasst, dass Ihr Schwager auch dann ungestraft davonkommt, wenn sich Ihr Verdacht bestätigt.«

»Sie brauchen nur mir den Beweis zu erbringen, Matthew, keinem Gericht.«

Das wollte ich nicht einfach so stehen lassen. »Das hört sich fast so an, als wollten Sie die Sache dann gegebenenfalls selbst in die Hand nehmen.«

»Das habe ich doch bereits, oder nicht? Ich habe einen Privatdetektiv damit beauftragt, der Sache auf den Grund zu gehen. Ich habe den Dingen nicht einfach ihren Lauf gelassen und alles weitere den bekanntlich sehr langsam mahlenden Mühlen der Bürokratie überlassen.«

»Nur um eines klarzustellen, Lyman: Ich möchte nicht schuld daran sein, wenn Sie eines Tages wegen Mordes an Richard Thurman vor Gericht stehen.«

Er schwieg einen Moment, bevor er sagte: »Ich möchte keineswegs leugnen, dass mir ein derartiger Gedanke nicht schon gekommen wäre. Aber ehrlich gesagt, kann ich mir nicht vorstellen, dass ich tatsächlich zu so etwas imstande wäre. So etwas ist einfach nicht meine Art.«

»Das sagen sie vorher alle.«

»Na, ich weiß nicht.« Er winkte der Bedienung, gab ihr zwanzig Dollar und winkte energisch ab, als sie ihm herausgeben wollte. Unsere Zeche konnte sich bestenfalls auf ein Viertel dieses Betrags belaufen haben, aber andererseits hatten wir mindestens drei Stunden lang einen Tisch in Beschlag genommen. Er sagte: »Wenn er sie tatsächlich umgebracht hat, war das ganz schön dumm von ihm.«

»Mord ist immer dumm.«

»Finden Sie? Ich weiß nicht, ob ich Ihnen da wirklich zustimme, obwohl Sie mit so etwas natürlich wesentlich mehr Erfahrung haben. Aber eigentlich wollte ich damit etwas ganz anderes sagen. Ich finde, er hat zu vorschnell gehandelt; er hätte noch etwas warten sollen.«

»Warum?«

»Weil dann noch mehr für ihn herausgesprungen wäre. Wie bereits gesagt, habe ich genauso viel geerbt wie Amanda, und glauben Sie mir, ich habe mein Geld gut angelegt. Amanda hätte mein gesamtes Vermögen geerbt und meine Lebensversicherung bekommen.« Er nahm eine Zigarette heraus, steckte sie aber wieder zurück. »Sonst gab es ja niemand, dem ich alles hätte vererben können. Mein Partner ist vor eineinhalb Jahren an einer Krankheit mit vier Buchstaben gestorben.« Über seine Lippen legte sich ein gequältes Lächeln. »Und es war nicht die Pest, sondern die andere.«

Als ich darauf nichts erwiderte, fuhr er fort: »Ich bin HIV positiv. Schon seit mehreren Jahren. Allerdings habe ich Amanda nie etwas davon erzählt. Statt dessen habe ich ihr gesagt, ich hätte einen Test gemacht und wäre negativ; sie bräuchte sich also keine Sorgen zu machen.« Sein Blick suchte den meinen. »Das ist doch eine moralisch zu vertretende Lüge, finden Sie nicht auch? Weshalb hätte ich sie mit der Wahrheit belasten sollen, zumal ich nicht vorhatte, mich sexuell mit ihr einzulassen?« Er nahm die Zigarette wieder heraus, zündete sie aber nicht an. »Außerdem bestand die Möglichkeit, dass die Krankheit bei mir nicht zum Ausbruch kommt. Wenn man den Antikörper im Blut hat, heißt das nicht notgedrungen, dass man auch das Virus in sich trägt. Allerdings hat sich inzwischen auch diese letzte Hoffnung zerschlagen. Im vergangenen August hat sich der erste verräterische rote Fleck bemerkbar gemacht. KS. Das Karposi-Sarkom.«

»Ich weiß.«

»Bis vor kurzem hätte das noch bedeutet, dass ich nicht mehr lange zu leben habe. Wie es jedoch inzwischen aussieht, können mir durchaus noch zehn Jahre bleiben, wenn nicht sogar mehr.« Jetzt zündete er die Zigarette an. »Aber irgendwie habe ich das Gefühl, dass das nicht der Fall sein wird.«

Er stand auf und nahm seinen Mantel von der Garderobe. Ich griff nach meinem und folgte ihm nach draußen. Zufällig kam gerade ein Taxi vorbei. Er winkte es an den Straßenrand und öffnete die Tür. Dann drehte er sich noch einmal um.

»Leider bin ich nicht mehr dazu gekommen, Amanda die Wahrheit zu sagen. Eigentlich wollte ich ihr an Thanksgiving alles erzählen. Aber daraus wurde leider nichts mehr. Sie hat also nichts von meiner Krankheit gewusst. Und da deshalb auch er nichts davon gewusst haben kann, konnte er nicht ahnen, dass er noch wesentlich mehr hätte abkassieren können, wenn er mit ihrer Ermordung noch etwas gewartet hätte.« Er warf die Zigarette weg. »Welche Ironie des Schicksals«, fuhr er mit einem bitteren Lächeln fort. »Hätte ich ihr gesagt, dass ich dem Tod geweiht bin, wäre sie vielleicht noch am Leben.«

Kapitel 3

Am nächsten Morgen brachte ich als Erstes Warriners Scheck auf die Bank und hob bei dieser Gelegenheit auch etwas Geld von meinem Konto ab. Übers Wochenende war Schnee gefallen, von dem allerdings nur noch ein paar schmutzverkrustete Haufen am Straßenrand übrig waren. Es war ziemlich kalt, aber da kein Wind ging, war es für Januar relativ angenehm.

In der Hoffnung, Joe Durkin anzutreffen, machte ich mich auf den Weg zum Revier Midtown North. Er war jedoch nicht da. Ich hinterließ ihm eine Nachricht, dass er mich anrufen sollte, und ging zur Bibliothek in der Forty-second, Ecke Fifth. Dort verbrachte ich ein paar Stunden damit, alles zu lesen, was die Zeitungen über den Mord an Amanda Warriner Thurman geschrieben hatten. Weil ich schon mal dabei war, schlug ich auch noch im Index der *New York Times* nach, was die Zeitungen in den letzten zehn Jahren über sie und ihren Mann zu berichten gehabt hatten. Dabei stieß ich auf ihre Heiratsanzeige, die vor vier Jahren im September erschienen war. Demzufolge hatte sie ihre Erbschaft damals schon angetreten.

Zwar wusste ich bereits von Warriner, wann die beiden geheiratet hatten, aber es konnte nie schaden, noch einmal zu überprüfen, was einem ein Klient erzählt. Außerdem konnte ich der Heiratsanzeige noch ein paar weitere Informationen entnehmen, wie zum Beispiel die Namen von Thurmans Eltern und mehreren anderen Hochzeitsgästen sowie die Schule, die er besucht hatte, und die Stationen seiner beruflichen Laufbahn, bevor er die Stelle bei Five Borough Cable angetreten hatte.

Hinter nichts von all dem verbargen sich jedoch irgendwelche versteckten Anhaltspunkte, ob er seine Frau ermordet hatte oder nicht. Allerdings hatte ich auch nicht damit gerechnet, den Fall mit ein paar Stunden Archivwühlerei lösen zu können.

Anschließend rief ich von einer Zelle gleich um die Ecke in Midtown North an. Joe Durkin war immer noch nicht zurück. Ich genehmigte mir einen Hot Dog und einen Knish zum Mittagessen und ging zu der schwedischen Kirche in der Forty-eighth, wo wochentags um halb eins ein Treffen stattfindet. Der Sprecher war ein Pendler, der mit seiner Familie auf Long Island lebte und für eine renommierte Steuerkanzlei arbeitete. Er war seit zehn Monaten trocken und konnte sich gar nicht mehr einkriegen, wie toll das war.

»Ich hab deine Nachricht erhalten«, sagte Joe Durkin. »Aber als ich versucht habe, dich im Hotel anzurufen, hieß es, du wärst nicht auf deinem Zimmer.«

»Da war ich wohl gerade auf dem Weg hierher. Ich dachte, vielleicht habe ich Glück und erwische dich hier.«

»Tja, dann ist das heute wohl dein Glückstag, Matt. Nimm doch Platz.«

»Seit gestern habe ich einen neuen Klienten«, kam ich gleich zur Sache. »Ein gewisser Lyman Warriner.«

»Ach, ihr Bruder. Hab mir fast gedacht, dass er sich bei dir melden würde. Willst du für ihn arbeiten?«

»Wenn es geht.« Ich hatte einen Hundert-Dollar-Schein in der Hand und steckte ihn Durkin diskret zu. »Vielen Dank für die Empfehlung.«

Da wir allein waren, faltete er den Schein jedoch ganz ungeniert auseinander und nahm ihn in aller Ruhe in Augenschein. »Er ist bestimmt echt«, versicherte ich ihm. »Ich habe selbst gesehen, wie er aus der Presse gekommen ist.«

»Da bin ich aber beruhigt«, brummte er. »Mich hat eben allerdings mehr der Gedanke beschäftigt, dass ich eigentlich kein Geld von dir annehmen sollte. Und soll ich dir sagen, warum? Weil es in diesem Fall nämlich nicht nur darum geht, dass ich dir einen kleinen Auftrag zuschanze und einem hilfesuchenden Bürger unter die Arme greife. Ehrlich gestanden, bin ich sogar ausgesprochen froh, dass du den Fall übernommen hast. Und noch mehr würde es mich freuen, wenn du deinem Klienten auch helfen könntest.«

»Glaubst du denn, dass Thurman seine Frau umgebracht hat?«

»Was heißt hier glauben? Ich weiß es.«

»Woher?«

Er ließ er sich meine Frage kurz durch den Kopf gehen, bevor er antwortete: »Das kann ich auch nicht sagen. Mein Riecher vermutlich, wenn dir das als Erklärung genügt.«

»Vollauf. Demnach kann Thurman wohl von Glück reden, dass er trotz deines Riechers und Warriners femininer Intuition noch immer auf freiem Fuß ist.«

»Hast du diese Type schon mal kennengelernt, Matt?«

»Nein.«

»Dann würde mich interessieren, was du für einen Eindruck von ihm hast. In meinen Augen ist das der falscheste Fuffziger, der mir seit langem über den Weg gelaufen ist. Ich habe übrigens selbst die Ermittlungen zu dem Fall geleitet. Und ich war auch nach den beiden Streifenpolizisten, die wir auf seinen Anruf hin losgeschickt haben, als Erster am Tatort. Er stand noch unter Schock, als ich ankam. Von seiner Kopfverletzung hat der Kerl geblutet wie eine geschlachtete Sau, und sein Gesicht war von dem Heftpflaster, das er sich vom Mund gerissen hat, noch ganz wund und rot. Wie gesagt, ich hatte im Lauf der Ermittlungen mehrere Wochen lang regelmäßig mit ihm zu tun. Aber ich hatte von Anfang an den Eindruck, dass an dem Kerl was faul ist. Irgendwie habe ich ihm einfach nicht abgenommen, dass ihm ihr Tod wirklich leid tat.«

»Das heißt aber nicht notgedrungen, dass er sie umgebracht hat.«

»Das ist natürlich richtig. Ich habe auch schon Mörder gesehen, denen es aufrichtig leidgetan hat, dass ihr Opfer tot war. Aber umgekehrt ist es manchmal sicher genauso. Und denk bloß nicht, ich will mich hier als Joseph Durkin, der menschliche Lügendetektor, aufspielen. Ich merke weiß Gott nicht immer, wenn mir jemand was vorzumachen versucht. Aber bei diesem Kerl war das so was von klar. Wenn der den Mund aufgemacht hat, kam nichts raus als ein einziger Haufen Scheiße.«

»Und glaubst du, dass er's ganz allein war?«

Durkin schüttelte den Kopf »Das wäre schlecht möglich. Die Frau war eindeutig mehrmals vergewaltigt worden. Von vorne und von hinten. Aber die Spermaspuren, die bei der Obduktion in ihrer Vagina entdeckt wurden, stammten eindeutig nicht von ihrem Mann. Andere Blutgruppe.«

»Und hinten?«

»Im Anus konnten keine Spermaspuren festgestellt werden. Offensichtlich hat sich der Kerl, der's ihr von hinten besorgt hat, die Ratschläge von wegen Safer Sex zu Herzen genommen.«

»Das nenne ich Vergewaltigung in modernen Zeiten«, brummte ich finster.

»Wie es scheint, haben diese ständigen Safer-Sex-Kampagnen doch gefruchtet. Jedenfalls deutet einiges darauf hin, dass an der Geschichte tatsächlich zwei Einbrecher beteiligt waren, wie Thurman immer behauptet hat.«

»Habt ihr außer dem Sperma sonst noch irgendwelche Spuren gefunden?«

Durkin nickte. »Schamhaare. Wie es scheint, zwei verschiedene Typen. Eines davon eindeutig nicht von Thurman, beim zweiten wäre es nicht grundsätzlich auszuschließen. Die Sache ist nur, dass man mit Schamhaaren nicht allzu viel anfangen kann. Im Grunde genommen lässt sich damit nur feststellen, dass es von männlichen Weißen stammt; aber das ist auch schon alles. Abgesehen davon, ließe sich absolut nichts damit beweisen, wenn ein paar Haare tatsächlich von Thurman wären. Erstens waren die beiden verheiratet, und zweitens wäre es nicht das erste Mal, dass eine Frau ein paar Tage mit Schamhaaren ihres Manns rumläuft.«

Ich dachte kurz nach, bevor ich sagte: »Wenn Thurman das Ganze allein durchgezogen hätte, müsste er ...«

»Vollkommen ausgeschlossen.«

»Warum? Er hätte dazu nur etwas fremdes Sperma und Schamhaar gebraucht.«

»Wie hätte er sich das denn besorgen sollen? Einem schwulen Seemann einen blasen und anschließend in eine Plastiktüte spucken?«

Unwillkürlich musste ich dabei an Lyman Warriners Verdacht denken, Thurman könnte verkappt schwul sein. »Das wäre zumindest eine von vielen Möglichkeiten. Ich spiele nur mal in Gedanken durch, was grundsätzlich möglich wäre und was nicht. Jedenfalls ist nicht von vorneherein auszuschließen, dass er sich fremdes Sperma und Schamhaar beschafft hat. Er geht mit seiner Frau auf diese Party, kommt kurz nach Mitternacht nach Hause ...«

»Geht mit ihr in den zweiten Stock hoch und sagt dann, sie soll kurz warten, bis er in die Wohnung der Gottschalks eingebrochen ist. Nach dem Motto: ›Ich will dir nur mal kurz zeigen, Schatz, wie man eine Tür auch ohne Schlüssel aufbekommt‹.«

»War die Tür denn aufgebrochen?«

›Ja, mit einem Stemmeisen.«

»Das könnte er auch danach gemacht haben.«

»Wonach?«

»Nachdem er sie umgebracht und bei der Polizei angerufen hat. Könnte doch sein, dass er einen Schlüssel zu der Wohnung hatte.«

»Nicht, wenn man den Behauptungen der Gottschalks glauben darf.«

»Er könnte ja auch einen gehabt haben, ohne dass sie es wussten.«

»Sie hatten die Tür mit mehreren Schlössern gesichert.«

»Er könnte ja auch mehrere Schlüssel gehabt haben. ›Einen Augenblick, Liebling, ich muss nur noch schnell bei Roy und Irma die Pflanzen gießen.‹«

»Er heißt aber Alfred Gottschalk. Wie seine Frau heißt, weiß ich nicht mehr.«

»Na schön, dann hat er eben gesagt: ›Ich will noch schnell bei Alfred und Wie-heißt-sie-gleich-wieder? Blumen gießen.‹«

»Um ein Uhr nachts?«

»Warum nicht? Oder er hat gesagt, er wollte sich noch ein Buch oder sonst was von den Gottschalks ausleihen. Was weiß ich, sie hatten nach der Party vielleicht beide einen leichten Zacken in der Krone, und er hat ihr den Vorschlag gemacht: ›Gehen wir doch in die Wohnung der Gottschalks und schieben eine Nummer in ihrem Bett.‹«

»Nach dem Motto: ›Damit es wieder mal so richtig aufregend ist wie früher, als wir uns gerade kennengelernt haben‹.«

»Genau. Er lockt sie in die Wohnung, bringt sie um, erweckt den Anschein, als wäre es eine Vergewaltigung gewesen, und platziert das Sperma und das Schamhaar an den entsprechenden Stellen. Habt ihr was unter ihren Nägeln gefunden – irgendwelche Anzeichen, dass sie jemanden gekratzt hat?«

»Nein, aber seinen Aussagen zufolge hat sie sich nicht zur Wehr gesetzt. Außerdem waren sie zu zweit. Der eine könnte sie festgehalten haben, während sich der andere über sie hergemacht hat.«

»Versuchen wir doch alles noch mal so durchzuspielen, als hätte er das Ganze solo durchgezogen. Er bringt sie um und täuscht eine Vergewaltigung vor. Außerdem sorgt er dafür, dass es in der Wohnung der Gottschalks aussieht, als wäre dort eingebrochen worden. Habt ihr die Gottschalks eigentlich aus Florida hochkommen lassen? Ich meine, um festzustellen, was aus der Wohnung abhandengekommen ist?«

Durkin nickte. »Gottschalk kam für ein paar Tage her. Die Frau blieb in Florida; war wohl krank und konnte deshalb nicht mitkommen. Sie hatten ein paar hundert Dollar im Kühlschrank versteckt – sozusagen für Notfälle. Die waren zum Beispiel weg. Außerdem fehlte etwas Schmuck, hauptsächlich alte Familienstücke, Manschettenknöpfe und Ringe, die er mal geerbt hat, aber nicht trägt. Auch etwas Schmuck von ihr. Wieviel jedoch genau fehlt, konnte er nicht sagen, weil er nicht wusste, was sie mit nach Florida genommen hatte und was im Schließfach war. Da die wertvolleren Stücke auf jeden Fall auf der Bank oder in Florida waren, meinte Gottschalk, der Verlust könnte nicht allzu groß sein, aber er wollte Ruth bitten, eine genaue Aufstellung der fehlenden Stücke zu machen. So heißt übrigens seine Frau – Ruth. Wusste ich's doch, dass mir ihr Name wieder einfallen würde.«

»Wie sieht's mit Pelzen aus?«

»Hat sie keine. Sie ist eine von diesen Tierschützerinnen. Ganz abgesehen davon, dass sie wohl kaum mehr einen Pelzmantel braucht, wo sie doch sowieso sechs Monate und einen Tag in Florida ist.«

»Sechs Monate und einen Tag?«

»So lange muss man sich jedes Jahr in Florida aufhalten, um aus Steuergründen als dort ansässig zu gelten. In Florida haben sie nämlich keine staatliche Einkommensteuer.«

»Ich dachte, Gottschalk wäre sowieso schon pensioniert.«

»Trotzdem hat er noch ein Einkommen. Von irgendwelchen Investitionen und was weiß ich noch allem.«

›Jedenfalls keine Pelzmäntel. Irgendwas Sperriges? Ein Fernseher, eine Stereoanlage?«

»Nein. In der Wohnung waren zwei Fernseher, ein Gerät mit Projektionswand im Wohnraum und ein kleinerer Apparat im Schlafzimmer. Den im Schlafzimmer hatten sie bereits ins Wohnzimmer gebracht, aber dann dort stehen lassen. Wie es aussieht, wollten sie den Kasten erst mitnehmen, haben ihn dann aber in der Aufregung vergessen, oder es wurde ihnen zu riskant, das schwere Ding mitzuschleppen – vor allem mit der toten Frau in der Wohnung.«

»Vorausgesetzt, sie wussten, dass sie tot war.«

»Ihr Gesicht war ziemlich übel zugerichtet, und außerdem haben sie ihr eine Strumpfhose um den Hals geschlungen und kräftig dran gezogen. Demnach müsste ihnen eigentlich klar gewesen sein, dass es ihr nicht mehr allzu gut ging.«

»Außer etwas Bargeld und ein bisschen Schmuck haben sie aber nichts mitgenommen.«

»So sieht es jedenfalls aus. Das war alles, was Gottschalk gemeldet hat. Aber da ist noch etwas, Matt. Sie haben die ganze Wohnung auf den Kopf gestellt.«

»Wer? Die Spurensicherung?«

»Nein, die Einbrecher. Sie haben alles durchsucht und dabei ein fürchterliches Chaos angerichtet. Jede Schublade auf den Boden geleert, alle Bücher aus den Regalen gerissen – du kennst das ja. Es sah zwar nicht so aus, als hätten sie nach einem geheimen Versteck gesucht – Matratzen oder Polster waren nicht aufgeschlitzt –, aber trotzdem sind sie sehr gründlich vorgegangen. Wenn du mich fragst, haben die nach Bargeld gesucht, und nicht nur nach den paar hundert Dollar im Butterfach des Kühlschranks.«

»Wie hat sich Gottschalk dazu geäußert?«

»Was hätte er schon groß sagen sollen? ›Ich hatte jede Menge Schwarzgeld in der Wohnung versteckt, und diese Schweine haben es gefunden.‹ Seinen Aussagen zufolge hat sich nichts von nennenswertem Wert in der Wohnung befunden – mit Ausnahme von ein paar Kunstwerken, die sie aber nicht angerührt haben. Er hatte ein paar gerahmte Originaldrucke, signiert und nummeriert, von Matisse und Chagall und ich weiß nicht von wem sonst noch. Sie waren übrigens versichert, und ihr Gesamtwert beläuft sich auf irgendwas um die achtzigtausend. Ein paar Bilder haben die Einbrecher zwar von den Wänden genommen – vermutlich, um nach einem Wandsafe zu suchen –, aber mitgenommen haben sie keins.«

»Das heißt, dass er es selbst war«, sagte ich.

»Fängst du schon wieder damit an.«

»In der Wohnung herrschte zwar ein fürchterliches Chaos, damit es auch wirklich nach einem Einbruch aussah, aber alles, was anschließend gefehlt hat, waren ein bisschen Bargeld und eine Handvoll Schmuck. Habt ihr ihn durchsucht?«

»Thurman?« Er schüttelte den Kopf. »Der Kerl war ganz schön übel zugerichtet. Seine Hände waren auf den Rücken gefesselt, und seine Frau lag tot auf dem Boden. So jemand kannst du doch nicht gleich als Erstes gründlich filzen und vielleicht auch noch nachsehen, ob er sich nicht ein paar Platinmanschettenknöpfe den Arsch hochgeschoben hat? Abgesehen davon könnte er den ganzen Kram nach deiner Version in der Zwischenzeit längst in seiner Wohnung versteckt haben.«

»Das wollte ich auch gerade sagen.«

»Wie du dir die Sache vorstellst, müsste er sich erst mal mit einem oder mehreren Schlüsseln Zutritt zur Wohnung der Gottschalks verschafft haben. Dort bringt er dann seine Frau um, fingiert eine Vergewaltigung, stiehlt das Geld und den Schmuck, bringt das Ganze nach oben und versteckt es in einem Paar Socken oder zwischen seinen Unterhosen. Dann geht er wieder nach unten und macht sich mit einem Stemmeisen an der Wohnungstür zu schaffen, damit der Eindruck entsteht, sie wäre aufgebrochen worden. Dann müsste er allerdings noch mal nach oben gegangen sein, um das Stemmeisen verschwinden zulassen, weil wir es nämlich in der Wohnung der Gottschalk nicht gefunden haben.«

»Habt ihr denn auch Thurmans Wohnung durchsucht?«

Durkin nickte. »Sogar mit seiner ausdrücklichen Erlaubnis. Ich habe ihm nämlich zu verstehen gegeben, dass durchaus die Möglichkeit bestünde, dass die Einbrecher erst in seiner Wohnung waren und sich dann die der Gottschalks vorgenommen haben. Natürlich war mir von Anfang an klar, dass das nicht der Fall gewesen sein kann, weil sich an Thurmans Wohnungstür keinerlei Spuren von Gewaltanwendung feststellen ließen. Sie hätten zwar auch über die Feuerleiter kommen können, aber diese Möglichkeit lässt sich ebenfalls ausschließen, weil schlicht und einfach niemand in seiner Wohnung war. Trotzdem habe ich sie gründlich nach irgendwelchen Gegenständen durchsuchen lassen, die aus der Wohnung der Gottschalks hätten stammen können.«

»Und ihr habt nichts gefunden?«

»Nichts. Andererseits – was beweist das schon? Um die Wohnung wirklich gründlich zu durchsuchen, hatte ich keine Gelegenheit. Außerdem hätte er den Schmuck der Gottschalks nur in seine Schatulle zu legen brauchen, ohne dass ich etwas gemerkt hätte. Schließlich wusste ich ja gar nicht, wonach ich eigentlich Ausschau halten sollte. Und was das Geld betrifft – die paar Hunderter aus dem Kühlschrank, meine ich –, hätte er sie nur in seine Brieftasche zu stecken gebraucht.«

»Ich dachte, die hätten ihm die Einbrecher abgenommen.«

»Ach ja, richtig. Seine Uhr und die Brieftasche. Sie haben sie einfach auf der Treppe liegen gelassen. Die Kreditkarten waren noch drin, nur das Bargeld hat gefehlt.«

»Er könnte auch selbst nach unten gelaufen sein und die Brieftasche hingelegt haben.«

»Oder er hat sie einfach das Treppenhaus runtergeworfen, um sich die mühsame Treppensteigerei zu ersparen.«

»Und den Schmuck, den sie angeblich seiner Frau abgenommen haben?«

»Könnte er einfach wieder in die Schmuckschatulle zurückgelegt haben. Und seine Rolex? Na ja, wer weiß? Vielleicht hat er sie gar nicht getragen. Oder vielleicht hat er sie auch zwischen seinen Unterhosen versteckt.«

»Und wie geht es dann weiter? Er prügelt sich selbst halb tot, fesselt sich die Hände auf den Rücken, klebt sich den Mund mit Heftpflaster zu ...«

»Wenn ich sowas täte«, unterbrach mich Durkin, »würde ich mir auf jeden Fall erst den Mund verkleben, bevor ich mir die Hände auf den Rücken fessle.«

»Du warst in organisatorischen Dingen schon immer besser als ich, Joe. Wie war er gefesselt? Hast du ihn gesehen, als er noch gefesselt war?«

»Nein. Blöderweise nicht. Du kannst mir glauben, dass ich die beiden Streifenpolizisten, die ihn losgebunden haben, am liebsten zu Hackfleisch gemacht hätte. Aber was hätten sie in so einer Situation schon anderes machen sollen? Da ist ein Mann, gut gekleidet, gut situiert. Er liegt gefesselt auf dem Boden, und seine Frau liegt ein paar Meter weiter tot neben ihm. Wie willst du so jemandem klar machen, er soll erst mal gefälligst warten, bis ein Detective am Tatort anrückt? In so einem Fall ist doch das Naheliegendste, dass du den Betreffenden erst mal losbindest. Ich hätte an ihrer Stelle genau das Gleiche getan.«

»Klar.«

»Trotzdem hätte ich mir den Kerl lieber erst selbst angesehen. Aber um noch mal auf deine Theorie zurückzukommen: Du willst vermutlich wissen, ob er sich selbst gefesselt haben könnte?«

»Ja.«

»Die Fesseln an seinen Beinen hätte er sich natürlich ohne weiteres selbst anlegen können. Allerdings waren auch seine Hände gefesselt – auf dem Rücken! Und das, möchte man meinen, müsste eigentlich unmöglich sein, was es aber keineswegs ist.« Er zog eine Schublade heraus, kramte eine Weile darin herum und hob schließlich ein Paar Handschellen hoch. »Streck mal deine Hände aus, Matt.« Er legte mir die Handschellen an. »Und jetzt«, forderte er mich auf, »beugst du dich nach vorn und versuchst jeweils ein Bein zwischen deinen Armen durchzubekommen. Setz dich dazu am besten auf die Schreibtischkante. Nur zu! Du wirst sehen, es geht.«

»Jetzt hör aber mal, Joe.«

»Im Fernsehen kannst du so was ständig sehen. Einem Kerl haben sie am Rücken Handschellen angelegt. Und dann springt er sozusagen durch seine eigenen Arme. Danach hat er die Handschellen zwar immer noch an, aber seine Hände sind nicht mehr auf dem Rücken. Also, jetzt steh mal auf und versuch deine Hände auf den Rücken zu bekommen.«

»Ich kann mir nicht vorstellen, dass das geht.«

»Es wäre jedenfalls einfacher, wenn du etwas schlanker wärst. Thurman hat übrigens Kleidergröße neunzig und so gut wie keinen Bauch.«

»Hat er auch lange Arme? Ich täte mich sicher auch leichter, wenn ich längere Arme hätte.«

»Seine Ärmellänge habe ich leider nicht nachgemessen. Aber das wäre ja schon mal was, das du bei deinen Ermittlungen nachprüfen könntest. Am besten du klapperst als Erstes alle Wäschereien in der näheren Umgebung seiner Wohnung ab und versuchst seine Hemdengröße herauszufinden.«

»Nimm mir endlich die blöden Handschellen wieder ab, Joe.«

»Immer mit der Ruhe, Matt. Was hast du eigentlich daran auszusetzen, dass du dich damit ständig selbst in den Arsch kneifst und weder gerade stehen noch sitzen kannst? Also, ich an deiner Stelle würde mir dieses Vergnügen nicht so schnell wieder entgehen lassen.«

»Jetzt mach endlich, Joe.«

»Ich war eigentlich ganz sicher, dass ich hier irgendwo einen Schlüssel rumliegen habe. Na, und wenn schon. Gehen wir eben schnell zur Aufnahme runter. Da muss sicher jemand einen passenden Schlüssel haben. Ach, da ist er ja.« Er hob einen Schlüssel hoch und öffnete die Handschellen. Ich richtete mich auf. Meine Schulter schmerzte, und im rechten Oberschenkel hatte ich einen Krampf. »Also, ich weiß nicht«, murmelte er kopfschüttelnd. »Im Fernsehen sieht das immer wesentlich einfacher aus.«

»Allerdings.«

»Die Sache ist die«, fuhr er fort. »Da ich nicht gesehen habe, wie er gefesselt war, kann ich nicht beurteilen, wie gründlich sie dabei vorgegangen sind oder ob er es möglicherweise selbst getan hat. Wohl oder übel werde ich also weiter davon ausgehen müssen, dass er von den Einbrechern gefesselt wurde. Aber weißt du, was mir dabei schon die ganze Zeit etwas eigenartig vorkommt?«

»Was?«

»Er war noch gefesselt, als die zwei Polizisten in die Wohnung kamen. Er wälzte sich vom Bett, stieß einen Tisch um, telefonierte ...«

»Mit einem Pfeifenreiniger zwischen den Zähnen.«

»Ja, richtig. Das alles hat er getan, und sogar das Heftpflaster hat er sich mit gefesselten Händen vom Mund gerissen, womit ich nicht behaupten will, dass das nicht möglich wäre. Wieso probieren wir das nicht auch gleich an dir aus?«

»Prima Idee.«

»Ich werde dir mit Heftpflaster den Mund verkleben, und du versuchst, es wieder abzukriegen. Aber nichts für ungut, Matt. Weißt du übrigens, was das Problem mit dir ist? Du hast keinen Humor.«

»Wenn du wüsstest, wie lange ich schon darauf warte, dass mir endlich mal jemand sagt, was mein Problem ist.«

»Na, siehst du. Jetzt weißt du es jedenfalls. Doch Spaß beiseite. Alles andere schafft er, nur seine Hände bekommt er nicht frei. Ist ja auch wirklich nicht einfach, wenn man nicht gerade Houdini ist. Wenn du keinen Bewegungsspielraum hast und die Fesseln nicht nachgeben, hast du praktisch keine Chance. Aber Thurman hat sich eine ganze Menge bewegt, und wenn man sich mal vor Augen führt, wie stümperhaft diese beiden bei ihrem Einbruch vorgegangen sind, kann ich mir nicht vorstellen, dass sie ihn besonders gründlich gefesselt haben. Ich hätte wirklich gern selbst gesehen, wie er gefesselt war, weil ich nämlich das Gefühl nicht loswerde, dass er sich durchaus hätte befreien können, wenn er wirklich gewollt hätte. Nun ist allerdings die Frage, warum er es nicht wollte.«

»Weil er gefesselt sein wollte, wenn die Polizei kam.«

»Genau. Damit kam er praktisch von vornherein nicht als Mörder in Frage. Hätte er sich von den Fesseln befreit, hätten wir sagen können, dass er in Wirklichkeit gar nicht gefesselt war und sie möglicherweise selbst getötet hat. Aber wie die Dinge jetzt stehen, können wir nur sagen, dass er sich deshalb nicht befreit hat, weil er so gefunden werden wollte. Das beweist natürlich noch gar nichts, denn wenn man das Ganze unter diesem Gesichtspunkt betrachtet, beweist das eine genauso wenig wie das andere. Was dagegen sein Motiv angeht …«

»Ich weiß, worauf du hinauswillst.«

»Deshalb hätte ich ihn wirklich gern gesehen, bevor sie ihm die Fesseln abgenommen haben.«

»Ich auch. Wie war er übrigens gefesselt?«

»Ich habe doch gerade gesagt …«

»Ich meine, womit war er gefesselt? Mit einem Seil, einer Wäscheleine, mit was?«

»Ach so. Sie haben eine ganz normale Paketschnur dafür verwendet, wie man sie, wie der Name sagt, zum Pakete verschnüren verwendet – oder auch um seine Freundin zu fesseln, wenn man auf so was steht. Hatten sie die Schnur schon dabei? Keine Ahnung. In der Küche der Gottschalks gibt es jedenfalls eine Werkzeugschublade mit Hammer, Zange, Schraubenzieher und was man sonst alles braucht. Gottschalk konnte sich allerdings nicht mehr erinnern, ob sie dort auch ein Knäuel Paketschnur hatten. Wer hat sowas auch im Kopf, vor allem, wenn er schon achtundsiebzig ist und die Hälfte der Zeit ganz woanders lebt? Jedenfalls haben die Einbrecher diese Schublade ausgeleert, und wenn ein Knäuel Schnur drin war, müssten sie es gesehen haben.«

»Was ist übrigens mit dem Heftpflaster?«

»Es war ganz normales weißes Heftpflaster, wie man es in jeder Hausapotheke findet.«

»In meiner hättest du da allerdings Pech. Alles was du dort finden würdest, sind eine Packung Aspirin und Zahnseide.«

»Na ja, dann eben, wie man es in der Hausapotheke jedes halbwegs zivilisierten Menschen findet. Gottschalk meinte jedenfalls, dass sie Heftpflaster gehabt haben müssten, aber wir haben in ihrem Bad keins gefunden. Auch sonst haben wir den Rest der Rolle nirgendwo gefunden – ebenso wenig übrigens wie den Rest Schnur.«

»Ein bisschen seltsam, findest du nicht auch?«

»Wieso? Waren eben sparsame Typen, die Einbrecher meine ich. Das Stemmeisen haben sie ja auch wieder mitgenommen. Wenn ich gerade aus einer Wohnung käme, in der eine tote Frau liegt, würde ich zwar nicht unbedingt mit meinem ganzen Einbruchswerkzeug durch die Gegend laufen, aber vielleicht waren die beiden ja wahre Genies ...«

»Dann hätten sie sich bestimmt eine andere Branche ausgesucht.«

»Da hast du allerdings auch wieder recht. Warum haben sie den Krempel also mitgenommen? Falls tatsächlich Thurman selbst dahintersteckt und alles vorher schon selbst besorgt hat, könnte er vielleicht aus Angst, diese Gegenstände könnten nachträglich mit ihm in Verbindung gebracht werden, alles verschwinden haben lassen. Wenn die Täter allerdings nur Dinge benutzt haben, die sie in der Wohnung vorgefunden haben ... also, ich weiß nicht, Matt, das sind doch alles nur Spekulationen.«

»Ich weiß. Trotzdem fällt einem hin und wieder ein faules Ei vor die Füße, wenn man nur lange genug mit sämtlichen Wenn und Aber herumjongliert.«

»Weshalb wir ja auch so eifrig jonglieren.«

»Konnte er die Einbrecher beschreiben?«

»Aber klar. In Detailfragen waren seine Aussagen zwar etwas vage, aber er hat sich bei den zahlreichen Vernehmungen, denen wir ihn unterzogen haben, kein einziges Mal in Widersprüche verwickelt – jedenfalls nicht so, dass irgendwelche Verdachtsmomente gegen ihn aufgekommen wären. Die Personenbeschreibungen sind übrigens bei den Akten. Wenn du willst, kannst du sie gern mal einsehen. Es waren zwei Weiße, groß und kräftig und etwa so alt wie Thurman und seine Frau. Beide hatten Schnurrbärte, und der größere der beiden trug das Haar hinten etwas länger – du weißt schon, wie das jetzt gerade in Mode ist, mit so einem kleinen Pferdeschwanz.«

»Ich weiß, was du meinst.«

»Wie man sich eben einen ordentlichen Haarschnitt vorstellt, damit jeder gleich weiß, mit wem er es zu tun hat. Wie diese Bimbos mit ihren dämlichen Topffrisuren, die aussehen, als hätte ihnen jemand einen Fez aufgesetzt und dann mit einer Heckenschere losgelegt – Zeichen absoluter Stilsicherheit. Wo war ich gerade stehengeblieben?«

»Bei den zwei Einbrechern.«

»Ach ja, richtig. Er hat auch unsere Verbrecherkarteien nach den beiden durchgesehen. Fehlanzeige. Aber er war wirklich sehr hilfsbereit und aufgeschlossen, muss ich sagen. Außerdem habe ich ihn mit einem unserer Zeichner ein Phantombild erstellen lassen. Wenn mich nicht alles täuscht, kennst du ihn sogar. Ray Galindez.«

»Aber klar.«

»Echt gut der Junge. Nur finde ich, dass die Gesichter, die er zeichnet, immer einen leichten Latino-Einschlag haben. Wir haben jedenfalls zwei Kopien der Zeichnungen bei den Akten. Soviel ich mich erinnern kann, hat sie sogar eine Zeitung veröffentlicht.«

»Tatsächlich? Das ist mir neu.«

»Ich glaube, es war in der *Newsday*. Wir haben danach auch ein paar Anrufe bekommen, aber wie nicht anders zu erwarten, ist dabei nicht viel herausgekommen. Weißt du übrigens, was ich glaube?«

»Nein.«

»Ich glaube nicht, dass er es allein getan hat.«

»Das kann ich mir eigentlich auch nicht vorstellen.«

»Ich meine, diese Möglichkeit lässt sich natürlich nicht grundsätzlich ausschließen, weil er sich durchaus auch selbst hätte fesseln können. Und anschließend das Stemmeisen, die Schnur und das Heftpflaster verschwinden zu lassen, hätte ihn auch nicht vor allzu große Problem stellen dürfen. Aber ich glaube trotzdem nicht, dass er alles allein gemacht hat. Wenn du mich fragst, hat ihm jemand geholfen.«

»Das glaube ich auch.«

»Er arrangiert sich mit ein paar Ganoven, sagt, hier habt ihr den Haustürschlüssel, Jungs, die Sache ist ganz einfach, ihr braucht nur aufschließen, die Treppe raufgehen und in die Wohnung einbrechen. Und keine Sorge, es ist niemand zu Hause, und auch in der Wohnung drüber ist niemand da. Tut euch keinen Zwang an, stellt die ganze Wohnung auf den Kopf und steckt alles ein, was ihr an Geld und Schmuck findet. Aber dass ihr mir auch auf dem Posten seid, wenn ich gegen halb eins mit meiner Frau nach Hause komme.«

»Sie gehen extra zu Fuß nach Hause, damit sie nicht zu früh da sind.«

»Schon möglich. Aber vielleicht sind sie auch nur zu Fuß gegangen, weil es ein schöner Abend war. Sie kommen an der Wohnung der Gottschalks vorbei, und sie sagt: ›Schau mal, bei Ruth und Alfred steht ja die Tür offen.‹ Und er schiebt sie durch die Tür. Die beiden packen sie, schlagen sie bewusstlos, machen sich über sie her und bringen sie um. Und als sie abziehen wollen, sagt er: ›Wie habt ihr euch das eigentlich vorgestellt, ihr Idioten. Ihr könnt doch nicht mitten in der Nacht mit einem Fernseher durch die Gegend rennen. Außerdem könnt ihr euch mit dem Geld, das ihr für diesen Job kriegt, zehn

Fernseher kaufen.‹ Sie lassen den Fernseher also stehen, aber sie nehmen das Stemmeisen, die Schnur und das Heftpflaster mit, weil das nachträglich möglicherweise zurückverfolgt werden könnte. Nein, Quatsch, wie sollte jemand solchen Allerweltskram auf irgendjemand zurückverfolgen können?«

»Wie wär's damit? Sie nehmen das ganze Zeug mit, damit wir glauben, dass er es nicht selbst getan haben kann; außer wir gehen davon aus, dass sich Heftpflaster und Schnur von selbst in Luft aufgelöst haben.«

»Das wäre zumindest eine mögliche Erklärung. Bevor sie dann endgültig abziehen, vermöbeln sie ihn noch ein bisschen – nicht wirklich schlimm, aber so, dass es nach was aussieht – du solltest dir wirklich mal das Foto von ihm ansehen, das wir bei den Akten haben. Dann fesseln sie ihn, kleben ihm den Mund zu, und vielleicht reißen sie das Heftpflaster gleich wieder ein Stück ab, damit er auch wirklich bei der Polizei anrufen kann, wenn es so weit ist.«

»Oder vielleicht haben sie ihn auch so locker gefesselt, dass er eine Hand frei bekam und sie anschließend, nachdem er alles Nötige erledigt hatte, wieder zurückstecken konnte.«

»Darauf wollte ich auch gerade kommen. Wirklich zu dumm, dass ihn die zwei Cops schon losgebunden haben, als ich am Tatort eingetroffen bin.«

»Wie dem auch sei, die beiden machen sich aus dem Staub. Thurman wartet eine Weile und ruft dann bei der Polizei an.«

»Alles wie aus einem Guss – nicht ein kritischer Punkt in der Beweisführung. Absolut lückenlos.«

Ich nickte nur beistimmend.

»Ich meine, welche andere vernünftige Erklärung gäbe es schließlich dafür, dass sie ihn am Leben gelassen haben. Sie haben sie gerade umgebracht. Sie liegt tot auf dem Fußboden. Warum sollten sie sich da die Mühe machen, ihn zu fesseln, obwohl es doch viel einfacher gewesen wäre, ihm kurz eine überzuziehen und ihn für immer zum Schweigen zu bringen?«

»Sie haben ihn schon gefesselt und geknebelt, bevor sie seine Frau umgebracht haben.«

»Ach ja, stimmt. Hat er zumindest behauptet. Trotzdem. Aus welchem Grund hätten sie ihn am Leben lassen sollen? Er hätte sie doch später identifizieren können. Und an den Kragen wäre es ihnen in jedem Fall gegangen – egal, ob sie nur sie umbringen oder ihn gleich mit ...«

»Nicht in unserem Bundesstaat.«

»Erinnere mich bloß nicht, ja? Jedenfalls kommt es für die beiden aufs Gleiche raus, ob sie nun nur sie allein oder alle beide abmurksen. Sie haben doch das Stemmeisen. Damit hätten sie ihm nur mal kurz eine überzuziehen gebraucht.«

»Vielleicht haben sie das ja auch tatsächlich getan.«

»Was sollen sie getan haben?«

»Ihm eine überziehen, um ihn für immer zum Schweigen zu bringen. Du darfst dabei nicht vergessen, dass sie nur sie umgebracht haben, und vielleicht hatten sie ja auch das ursprünglich gar nicht vor ...«

»Du meinst, falls er die Wahrheit sagt.«

»Natürlich. Hör zu, ich will doch nur mal kurz den Advocatus Diaboli spielen. Angenommen, sie haben sie versehentlich umgebracht ...«

»Klar, sie wickeln ihr die Strumpfhose rein aus Versehen um den Hals ...«

»... und sie geraten nicht wirklich in Panik, sondern werden nur ein bisschen hektisch. Sie ziehen ihm eine über, sodass er das Bewusstsein verliert, aber sie glauben, er ist tot – so ein Schlag mit dem Stemmeisen müsste nämlich an sich tödlich sein – und außerdem wollen sie sowieso schleunigst weg aus der Wohnung, da fühlen sie ihm doch nicht erst noch lange den Puls oder halten ihm einen Spiegel vor den Mund, ob er noch atmet.«

»Sicher nicht.«

»Na, siehst du.«

Durkin seufzte. »Jedenfalls weiß ich, worauf du hinauswillst. Darum haben wir den Fall ja auch noch nicht zu den Akten gelegt. Die Indizien sind nicht hundertprozentig schlüssig, und mit den Fakten, die uns vorliegen, ließen sich zig Theorien untermauern.« Er stand auf. »Ich brauche jetzt dringend einen Kaffee. Soll ich dir auch einen mitbringen?«

Ich nickte. »Gern. Wenn du noch so lange Zeit für mich hast.«

»Ich weiß wirklich nicht, warum der Kaffee hier so beschissen schmecken muss«, brummte Durkin. »Früher hatten wir einen dieser Automaten, wo du oben Geld reinschmeißt und unten dann so eine Pissbrühe rauskommt. Doch dann legen wir eines Tages alle zusammen und kaufen uns eine richtige Kaffeemaschine und verwenden immer nur erstklassigen Kaffee. Und nun sieh dir mal das Ergebnis an. Muss wohl ein Naturgesetz sein, dass der Kaffee in einer Polizeistation absolut beschissen zu schmecken hat.«

Ich fand ihn gar nicht so schlecht. »Wenn wir in dieser Sache weiterkommen wollen – hast du eine Idee, wie?«

»Durch einen Informanten.«

»Ja, einem Informanten kommt irgendwas zu Ohren, und er meldet es, oder einer von unseren beiden Helden baut Scheiße und geht uns wegen irgendwas anderem ins Netz. Und um eine kleine Straferleichterung für sich rauszuholen, verpfeift er seinen Partner. Und natürlich auch Thurman – vorausgesetzt, wir liegen mit unserer Vermutung richtig, und hinter allem steckt tatsächlich er.«

»Und selbst wenn es nicht so war.«

»Wie soll ich das jetzt verstehen, Joe?«

»Warum sollten sie es nicht grundsätzlich so darstellen: ›Sie war noch am Leben, als wir abgezogen sind, Mann. Wir haben's ihr ordentlich besorgt, aber glauben Sie nicht, es hätte ihr nicht irgendwann richtig Spaß gemacht. Auf jeden Fall haben wir ihr diese Strumpfhose nicht um den Hals gewickelt. Das muss schon ihr Mann gewesen sein – kann ja sein, dass er sich auf die Schnelle scheiden lassen wollte.‹«

»Klar, genauso würden sie es hindrehen.«

»Ich weiß. So und nicht anders würden sie es darstellen, selbst wenn Thurman vollkommen unschuldig wäre. ›Wir haben sie doch nicht umgebracht. Sie war noch am Leben, als wir abgezogen sind.‹ Und im Grund genommen könnte es sogar tatsächlich so gewesen sein.«

»Wie bitte?«

»Könnte doch sein, dass er die Gelegenheit einfach beim Schopf ergriffen hat. Die Thurmans kommen nach Hause und werden zufällig Zeuge eines Einbruchs. Die zwei Ganoven überwältigen die beiden, nehmen ihnen die Wertsachen ab, schlagen ihn zusammen und vergewaltigen sie. Und als sie weg sind, bekommt Thurman eine Hand frei. Seine Frau ist bewusstlos, aber er denkt, sie ist tot ...«

»Was sie aber nicht ist. Aber es bringt ihn auf eine Idee ...«

»Ihre Strumpfhose liegt griffbereit neben ihr auf dem Bett. Schwupp, hat sie das Ding auch schon um den Hals, und ehe sie weiß, wie ihr geschieht, ist sie wirklich tot.«

Das ließ sich Durkin eine Weile durch den Kopf gehen, bevor er sagte: »Durchaus möglich, dass es so war. Laut Obduktionsbefund ist sie gegen ein Uhr früh gestorben, was erst mal Thurmans Darstellung bestätigen würde. Aber genauso gut käme das Ganze zeitlich hin, wenn er sie umgebracht hat, gleich nachdem die beiden abgezogen sind, und dann einfach ein bisschen Zeit hat verstreichen lassen – gerade so viel eben, wie er angeblich bewusstlos war und anschließend gebraucht hat, um sich von seinen Fesseln zu befreien.«

»Siehst du?«

»Und kein Mensch hätte ihm was anhängen können. Denn selbst wenn die beiden Einbrecher geltend gemacht hätten, sie wäre noch am Leben gewesen, als sie die Wohnung verließen, hätte ihnen das vor Gericht nicht viel genutzt, weil jeder gedacht hätte, dass sie das in jedem Fall behaupten würden.«

Er trank seinen Kaffee aus und warf den Pappbecher in den Müll.

»Aber du kannst dir noch so lange den Kopf über die ganze Geschichte zerbrechen, und es kommt trotzdem nichts dabei heraus. Jedenfalls bin ich ziemlich sicher, dass er es war. Ob er es nun geplant hat oder nur die Gelegenheit beim Schopf ergriffen hat, mag dahingestellt sein. Aber dass er's war, ist für mich keine Frage. Bei dem vielen Geld.«

»Laut Aussage ihres Bruders dürfte er mehr als eine halbe Million geerbt haben.«

Durkin nickte. »Und dazu noch die Lebensversicherung.«

»Von einer Versicherung hat ihr Bruder gar nichts erwähnt.«

»Davon wusste er wahrscheinlich auch noch nichts, als ihr mit ihm geredet habt. Die beiden haben kurz nach ihrer Hochzeit eine Lebensversicherung abgeschlossen, mit dem jeweils anderen als Begünstigtem. Hunderttausend Dollar im Fall eines natürlichen Todes, die doppelte Summe bei einem Unglücksfall.«

»Dann streicht er also noch mal zweihunderttausend mehr ein.«

Durkin schüttelte den Kopf.

»Was ist? Habe ich mich verrechnet?«

»Nein. Sie hat doch ein Kind erwartet. Unmittelbar nachdem sie im September einen Schwangerschaftstest hatte machen lassen, hat er bei seinem Agenten angerufen und die Versicherungssumme erhöhen lassen. Mit einem Kind kommen schließlich gleich ganz andere Verpflichtungen auf einen zu.

Du weißt ja, die Verantwortung, die man als Familienvater hat. Klingt doch einleuchtend, oder?«

»Um wieviel hat er die Versicherungssumme erhöhen lassen?«

»Seine eigene auf eine Million. Damit die Familie ohne ihn nicht plötzlich auf dem Trockenen gesessen hätte. Schließlich war er derjenige, der das Geld rangeschafft hat. Aber ihre Versicherung hat er auch auf eine halbe Million erhöhen lassen.«

»Demnach hat ihm also ihr Tod ...«

»... allein durch die Lebensversicherung eine Million eingebracht, weil sie nach wie vor diese Klausel beibehalten hatten, dass sich die Versicherungssumme bei einem Unglücksfall verdoppelt. Und wenn du jetzt noch ihr Vermögen dazurechnest, springen dabei anderthalb Millionen für ihn raus.«

»Nicht übel.«

»Was sage ich denn? Er hatte also ein Motiv und eine Gelegenheit, und außerdem ist er genau der eiskalte, berechnende Geldgeier, dem so was zuzutrauen wäre. Trotzdem konnten wir ihm nicht die Spur einer möglichen Beteiligung an der Sache nachweisen.«

Er schloss einen Moment die Augen und sah mich dann eindringlich an.

»Darf ich dich mal was fragen, Matt?«

»Klar.«

»Benutzt du eigentlich Zahnseide?«

»Wie bitte?«

»Aspirin und Zahnseide. Du hast doch vorhin selbst gesagt, dass das alles ist, was du in deiner Hausapotheke hast. Benutzt du sie denn?«

»Ach so. Hin und wieder, wenn ich gerade dran denke. Mein Zahnarzt liegt mir jedenfalls ständig in den Ohren, dass das meinen Zähnen nicht schaden könnte.«

»Bei mir ist es genau das Gleiche. Aber ich verwende nie welche.«

»Ich, ehrlich gestanden, auch nicht. So kann sie uns wenigstens nie ausgehen.«

»Da hast du's wieder«, sagte Durkin. »Wenigstens etwas, wovon wir einen Vorrat haben, der uns nie ausgehen wird.«

Kapitel 4

Am selben Abend traf ich mich mit Elaine Mardell vor einem Theater in der Forty-second Street. Sie trug enge Jeans, spitze Cowboystiefel und eine schwarze Motorradjacke mit Reißverschlüssen. Ich fand, dass sie richtig klasse aussah, und sagte ihr das auch.

»Ich weiß nicht so recht«, meinte sie dazu. »Eigentlich wollte ich mich auf off-Broadway stylen. Aber ich fürchte, dass es eher off-off-Broadway geworden ist.«

Unsere Sitze waren ziemlich weit vorn. Allerdings war das Theater so klein, dass es egal war, wie weit vorn oder hinten man saß. An den Titel des Stücks kann ich mich nicht mehr erinnern, aber es ging darin um Themen wie Entwurzelung und Heimatlosigkeit. Einer der Schauspieler war Harley Ziegler. Er gehörte zu den festen Teilnehmern von ›Immer schön einfach‹, einer AA-Gruppe, die sich jeden Abend in St. Paul the Apostle traf, einer Kirche nicht weit von meinem Hotel. In dem Stück spielte Harley einen Penner, der in einem großen Verpackungskarton hauste. Ich fand ihn in der Rolle sehr überzeugend. War ja auch kein Wunder. Vor ein paar Jahren hatte er sie noch im richtigen Leben gespielt.

Als wir nach der Aufführung in Harleys Garderobe gingen, um ihm zu gratulieren, begegneten wir einem guten halben Dutzend anderer Leute, die ich von AA-Treffen kannte. Sie wollten uns überreden, auf einen Kaffee mitzukommen. Aber wir machten einen längeren Spaziergang die Ninth Avenue rauf zum Paris Green, einem Restaurant, in dem wir öfter essen gingen.

Ich entschied mich für das gegrillte Schwertfischsteak, und Elaine bestellte Linguini al pesto.

»Manchmal werde ich wirklich nicht recht schlau aus dir«, sagte ich. »Für eine heterosexuelle Vegetarierin trägst du eigentlich eine Menge Leder.«

»Das ist eben eine der verrückten kleinen Unstimmigkeiten, die meinen ganz besonderen Charme ausmachen.«

»War ja nur so 'ne Frage.«

»Und? Zufrieden?«

Ich nickte. »Nur ein paar hundert Meter von hier wurde eine Frau ermordet. Sie und ihr Mann haben in der Wohnung unter ihrer zwei Einbrecher überrascht. Die Kerle haben sie erst vergewaltigt und dann umgebracht.«

»An den Fall kann ich mich noch erinnern.«

»Es ist jetzt mein Fall. Gestern hat mich der Bruder der Ermordeten angeheuert. Er denkt, dass es in Wirklichkeit ihr Mann war. Die Wohnung, in der es passiert ist, gehört einem jüdischen Anwalt, stinkreich und schon lange pensioniert. Seiner Frau haben sie nicht einen einzigen Pelzmantel gestohlen. Und jetzt rate mal, warum?«

»Weil sie alle auf einmal anhatte.«

Ich schüttelte den Kopf. »Sie ist eine von diesen engagierten Tierschützerinnen.«

»Na ja, warum nicht?«

»Mich würde nur interessieren, ob sie dann auch keine Lederschuhe trägt.«

»Eher schon. Aber wen interessieren solche Haarspaltereien schon?« Sie beugte sich vor. »Du könntest zum Beispiel auch aufhören, Brot zu essen, weil bei seiner Herstellung jede Menge Hefepilze draufgehen. Oder du dürftest keine Antibiotika mehr nehmen. Denn welches Recht haben wir, irgendwelche Bakterien zu töten? Sie trägt also Leder, aber keine Pelze. Na und?«

»Na ja ...«

»Außerdem ist Leder hygienisch und Pelz ein ausgesprochener Schmutzfänger.«

»Das ist natürlich ein Argument.«

»Na siehst du. Und war es tatsächlich der Mann selbst?«

»Keine Ahnung. Ich bin heute mal an dem Haus vorbeigegangen. Erinnere mich dran, dass ich es dir nachher zeige. Wir kommen auf dem Weg zu dir direkt daran vorbei. Vielleicht strahlt es ja irgendwelche komischen Schwingungen aus, und du löst den Fall, indem du nur mal kurz am Tatort vorbeigehst.«

»Du hast also noch keinerlei Anhaltspunkte?«

»Nein. Er hatte eineinhalb Millionen Gründe, um sie umzubringen.«

»Eineinhalb Millionen ...«

»Dollar«, half ich ihr auf die Sprünge. »Ihre Lebensversicherung und das, was sie ihm vererbt hat.« Darauf erzählte ich ihr alles, was ich von Joe Durkin und Lyman Warriner über die Thurmans erfahren hatte. »Ich weiß nur nicht recht, was ich in der Sache noch unternehmen könnte. Die Polizei hat sowieso schon alles versucht. Es wird also wieder mal auf das Übliche rauslaufen: mich ein bisschen umhören, Klinken putzen gehen und mit allen möglichen Leuten reden. Wäre natürlich schön, wenn sich zum Beispiel rausstellen würde, dass er fremdgegangen ist. Aber das war natürlich das Erste, was auch Durkin rauszufinden versucht hat – leider ohne Erfolg.«

»Vielleicht hatte er ja einen Freund.«

»Das würde hervorragend zu der Theorie meines Klienten passen. Andererseits neigen Homosexuelle grundsätzlich dazu, alle Welt für latent schwul zu halten.«

»Während wir beide den Rest der Welt für absolut trostlos halten.«

»Mhm. Hast du Lust, morgen nach Maspeth mitzukommen?«

»Wie kommst du denn plötzlich darauf? Weil wir gerade davon gesprochen haben, wie hoffnungslos trostlos das Leben ist?«

»Nein, ich dachte nur ...«

»Maspeth hört sich zumindest ziemlich trostlos an. Eigentlich dürfte ich aber gar nicht reden, weil ich nämlich noch nie dort war. Was soll in Maspeth sein?« Als ich ihr das erklärte, sagte sie: »Ich steh nicht besonders auf Boxen. Aber nicht aus ethischen Gründen. Ich habe lediglich andere Vorstellungen von Unterhaltung, als zwei erwachsenen Menschen dabei zuzuschauen, wie sie sich gegenseitig die Birne weich prügeln. Außerdem habe ich morgen Abend Kurs.«

»Was macht ihr denn dieses Semester?«

»Zeitgenössische lateinamerikanische Literatur – lauter Bücher, die ich schon immer mal lesen wollte. Und jetzt muss ich es.«

Letzten Herbst hatte sie einen Kurs in Großstadtarchitektur belegt, und wir waren damals öfter gemeinsam losgezogen, um uns bestimmte architektonisch interessante Gebäude anzusehen.

»Wenn du wüsstest, was für städtebauliche Glanzlichter du dir in Maspeth entgehen lässt«, stichelte ich deshalb. »Ehrlich gestanden, habe ich auch keine besondere Lust, so weit rauszufahren, bloß um Thurman ein bisschen unter die Lupe zu nehmen. Im Grunde genommen könnte ich das hier genauso gut. Er wohnt nämlich gar nicht weit von hier, und sein Büro liegt in der Forty-eighth, Ecke Sixth. Letzten Endes ist das Ganze nur ein Vorwand, um mir wieder mal ein paar Boxkämpfe ansehen zu können. Würden sie in der New Maspeth Arena statt Boxkämpfen Squash-Turniere abhalten, würde ich vermutlich zu Hause bleiben.«

»Hast du was gegen Squash?«

»Hin und wieder mal trinke ich Orange Squash, und wenn ich ehrlich bin, habe ich eigentlich noch nie ein Squash-Match gesehen. Was kann ich also schon groß dazu sagen? Vielleicht würde es mir sogar gefallen.«

»Durchaus möglich. Ich kannte mal jemand, der zu den besten Squash-Spielern Amerikas gehörte. Ein Psychologe aus Schenectady, der wegen eines Turniers im Athletic Club nach New York gekommen ist. Allerdings habe ich ihn nie spielen sehen.«

»Ich werde dir jedenfalls Bescheid sagen, wenn ich ihm in Maspeth über den Weg laufe.«

»Warum auch nicht? Die Welt kann manchmal verdammt klein sein. Hast du nicht gesagt, die Thurmans haben hier ganz in der Nähe gewohnt?«

»Ja, nur ein Stück die Straße runter.«

»Vielleicht sind sie sogar ab und zu hier essen gewesen. Könnte doch sein, dass Gary sie zufällig kennt.« Sie runzelte die Stirn. »Kannte. Oder noch genauer: ihn kennt, sie kannte.«

»Das ist durchaus möglich. Fragen wir ihn doch einfach.«

»Das übernimmst lieber du. Ich habe bei dieser Geschichte zu viele Probleme, die Zeiten richtig hinzukriegen.«

Nachdem wir gezahlt hatten, standen wir auf und gingen an die Bar. Gary, der Barkeeper, war ein großer, schlaksiger Kerl mit einem ausgesprochen skurrilen Humor und einem Bart wie ein alter Chinese. Nachdem er uns mit Handschlag begrüßt hatte, wollte er gleich wissen, wann ich wieder mal einen Auftrag für ihn hätte.

»Ich durfte dem Herrn da nämlich mal bei einem außerordentlich wichtigen Fall behilflich sein«, wandte er sich kurz Elaine zu. »Hab sozusagen als V-Mann für ihn gearbeitet. Und wenn mich nicht alles täuscht, habe ich mich dabei gar nicht so dumm angestellt.«

»Hätte mich auch gewundert, wenn es anders gewesen wäre.«

Als ich ihn nach Richard und Amanda Thurman fragte, sagte er, dass sie tatsächlich ab und zu im Paris Green waren – manchmal zu zweit, manchmal mit Freunden. »Er trank immer einen Wodka Martini vor dem Essen, sie meistens ein Glas Wein. Manchmal kam er auch allein vorbei und zischte an der Theke schnell ein Bier. Welche Sorte, kann ich mich leider nicht mehr erinnern. Bud Light, Coors Light. Irgendwas Alkoholfreies jedenfalls.«

»War er seit dem Mord wieder mal hier?«

»Soviel ich weiß, nur ein einziges Mal. Das muss vor ein, zwei Wochen gewesen sein. Er war mit einem anderen Mann zum Essen hier. Sonst habe ich ihn seit dieser Geschichte nicht mehr gesehen. Dass er ganz in der Nähe wohnt, wissen Sie vermutlich.«

Ich nickte.

»Nur ein Stück die Straße runter.« Er beugte sich über den Tresen und senkte die Stimme. »Warum wollen Sie das eigentlich alles so genau wissen? War an der Sache irgendwas faul?«

»Das will ich doch meinen. Immerhin wurde seine Frau vergewaltigt und anschließend stranguliert.«

»Sie wissen ganz genau, was ich meine, Matt. Hat er es selbst getan?«

»Wie kommen Sie denn darauf? Sieht er in Ihren Augen wie ein Mörder aus?«

»Wissen Sie, Matt«, sagte er darauf und sah mich lange an. »Ich lebe schon so lange in New York, dass für mich jeder wie ein Mörder aussieht.«

Als wir schließlich gingen, sagte Elaine: »Weißt du übrigens, wer dich morgen nach Maspeth begleiten könnte? Mick Ballou.«

»Keine schlechte Idee. Hättest du Lust, noch kurz im Grogan's vorbeizuschauen?«

»Klar. Wäre schön, wenn Mick da wäre.«

Er war da und freute sich sichtlich, uns zu sehen, und geradezu begeistert war er von der Idee, mit mir nach Maspeth rauszufahren und ein paar erwachsenen Männern dabei zuzusehen, wie sie sich gegenseitig die Birne weich prügelten. Wir blieben nicht lange im Grogan's, und als wir gingen, nahmen wir uns ein Taxi. Deshalb kamen wir doch nicht mehr an dem Haus vorbei, in dem Amanda Thurman, sei es nun zum Entsetzen oder unter Mitwirkung ihres Mannes, den Tod gefunden hatte.

Ich blieb über Nacht bei Elaine und verbrachte den nächsten Tag damit, die dunklen Ecken von Richard Thurmans Leben auszuleuchten. Am Abend kam ich gerade rechtzeitig in mein Hotel zurück, um mir auf CNN die Fünf-Uhr-Nachrichten ansehen zu können. Anschließend stellte ich mich unter die Dusche, zog mir was Frisches an und ging wieder nach unten, wo vor dem Eingang bereits Micks silberner Cadillac wartete. Direkt neben einem Feuerhydranten.

»Also nach Maspeth«, sagte er, nachdem ich eingestiegen war. Ich fragte ihn, ob er wüsste, wie er fahren musste. Er nickte. »Ich kannte mal einen Mann, der hatte da draußen eine kleine Fabrik. Ein rumänischer Jude. Er hatte etwa ein Dutzend Frauen für sich arbeiten. Sie setzten ein paar Metall- und Plastikteile zusammen, und raus kam dabei schließlich ein Heftklammern-entferner.«

»Was ist das denn?«

»Angenommen, du hast ein paar lose Blätter Papier aneinandergeheftet und möchtest sie wieder auseinandernehmen. Du nimmst also so einen Heftklammernentferner und ziehst damit die Klammer wieder raus. Ein paar Frauen haben die Dinger zusammengesetzt, und ein paar haben sie in Kartons verpackt.« Er seufzte. »Ob du's glaubst oder nicht – er hat damit nicht mal so schlecht verdient. Aber dummerweise hat er auch gespielt. Und wie das bei Spielern so ist, hat er sich dabei immer mehr in Schulden gestürzt, bis er irgendwann das Geld nicht mehr zurückzahlen konnte.«

»Und was ist dann passiert?«

»Das ist eine lange Geschichte, die ich dir wohl besser ein andermal erzähle.«

Fünf Stunden später fuhren wir über die Queensboro Bridge wieder nach Manhattan zurück. Mick war nicht mehr auf den Fabrikbesitzer in Maspeth zu sprechen gekommen. Stattdessen erzählte ich ihm von meinem Fernsehfritzen.

Er seufzte. »Wozu Menschen nicht alles fähig sind.«

Das wusste Mick aus eigener Erfahrung nur zu gut. Unter anderem wurde nämlich gemunkelt, dass er mal einen gewissen Paddy Farrelly umgebracht hatte. Und danach hatte er seinen Kopf in eine Bowlingtasche gepackt, war damit durch sämtliche einschlägigen Kneipen im Viertel gezogen und hatte jeden, der wollte, einen Blick hineinwerfen lassen. Einige behaupten zwar, dass er die Tasche kein einziges Mal geöffnet hat, sondern nur erzählt hat, was in der Tasche war. Aber es gibt auch genügend andere, die steif und fest behaupten, er hätte den Kopf an den Haaren aus der Tasche gezogen und gesagt: »Seht euch an, was aus Paddy Farrelly geworden ist. Kein erfreulicher Anblick, hm?«

In der Presse wird er immer nur als »der Metzger« bezeichnet. Aber sonst käme kein Mensch auf die Idee, ihn so zu nennen – genauso, wie wohl niemand außer einem Boxkampfansager Eldon Rasheed je die Bulldogge nennen würde. Die Geschichte mit Farrellys Kopf hängt vermutlich mit Micks Spitznamen zusammen – genauso übrigens wie mit der blutgefleckten Metzgerschürze, die er sich ab und zu umbindet.

Die Schürze hat ursprünglich seinem Vatergehört. Der alte Ballou war aus Frankreich in die Staaten gekommen und hatte in einem der Schlachthöfe in der West Fourteenth Street gearbeitet. Micks Mutter stammte aus Irland. Von ihr hatte er den Dialekt, von seinem Vater das Aussehen.

Mick ist ein Prügel von einem Mann, groß und kräftig gebaut, von der wuchtigen Schwere einer prähistorischen Statue, die mich manchmal an die riesigen Steinkolosse von der Osterinsel erinnert. Sein Kopf ist wie ein Granitblock, seine Haut von Akne und Gewalt verunstaltet, und seine Wangen sind von einem verzweigten Netz geplatzter Äderchen überzogen, dem untrüglichen Zeichen für zu viel Alkohol. Seine Augen sind von einem ungewöhnlich leuchtenden Grün.

Er ist ein schwerer Trinker und ein notorischer Krimineller, und er hat mindestens genauso viel Blut an seinen Händen kleben wie an seiner Schürze. Deshalb gibt es eine ganze Menge Leute, darunter auch er selbst und ich, die sich ein wenig wundern, dass wir befreundet sind. Ehrlich gestanden hätte ich auch ernste Schwierigkeiten, rationale Gründe für unser enges Verhältnis zu finden, was allerdings auch auf meine Beziehung zu Elaine zutrifft. Kann ja sein, dass es letzten Endes für keine Freundschaft eine rationale Erklärung gibt, auch wenn das auf manche sicher mehr zutrifft als auf andere.

Mick wollte mich noch auf einen Kaffee oder ein Coke ins Grogan's einladen, was ich jedoch dankend ablehnte. Darauf gab auch er zu, dass er schon ziemlich müde war. »Aber nächste Woche werden wir uns mal wieder eine Nacht um die Ohren schlagen«, schlug er vor. »Dann setzen wir uns zusammen und frischen ein paar alte Geschichten auf.«

»Keine schlechte Idee.«

»Und am Morgen gehen wir zur Messe.«

»Was diesen Punkt betrifft, hält sich meine Begeisterung in Grenzen«, sagte ich. »Aber sonst hört sich das Ganze recht vielversprechend an.«

Er setzte mich vor meinem Hotel ab. An der Rezeption erkundigte ich mich, ob jemand für mich angerufen hatte. Das war nicht der Fall. Darauf ging ich nach oben und legte mich schlafen.

Ich lag allerdings noch eine ganze Weile im Dunkeln wach. Dabei musste ich ständig an den Mann mit dem Jungen denken, der mir während des Boxkampfs aufgefallen war. Ich war ganz sicher, dass ich ihn schon mal irgendwo gesehen hatte, aber ich kam einfach nicht drauf, wo. Der Junge kam mir übrigens nicht bekannt vor, nur der Vater.

Während ich im Dunkeln lag und wartete, dass ich endlich einschlief, wurde mir plötzlich bewusst, dass das Seltsame daran keineswegs war, dass mir der Mann bekannt vorkam. Mir begegnen täglich Leute, bei denen ich das Gefühl habe, sie vorher schon mal gesehen zu haben. Das ist ja auch weiter kein Wunder. In New York wimmelt es nur so von Menschen, und ich bekomme Tag für Tag Tausende von ihnen zu sehen – auf der Straße, in der U-Bahn, im Stadion, im Kino oder meinetwegen auch in einer Mehrzweckhalle in Queens. Nein, das Eigenartige war nicht, dass mir der Mann bekannt vorkam, sondern der Umstand, dass mich das Ganze so nachhaltig beschäftigte. Aus irgendeinem Grund wollte ich unbedingt herausbekommen, wer der Mann war und woher ich ihn kannte.

Ganz deutlich konnte ich ihn mit einem Mal wieder vorne am Ring sitzen sehen, die eine Hand auf der Schulter des Jungen, mit der anderen auf die beiden Boxer deutend. Und vor allem ein Bild hatte sich mir besonders deutlich eingeprägt: seine Hand, wie sie dem Jungen zärtlich das hellbraune Haar aus der Stirn strich.

Immer und immer wieder ließ ich diese kurze, scheinbar belanglose Szene vor meinem geistigen Auge ablaufen und zermarterte mir dabei den Kopf, weshalb ich dieser kleinen Geste solche Bedeutung beimaß, und während sich mein Verstand immer hartnäckiger in diese Frage verbiss, verirrte er sich irgendwann in eine andere Gehirnwindung, und ich schlief ein.

Ein paar Stunden später wachte ich von dem Lärm, mit dem nebenan die Mülltonnen geleert wurden, wieder auf. Ich tappte ins Bad und kroch dann ins Bett zurück. In meinem seltsamen Dämmerzustand schossen mir alle möglichen unzusammenhängenden Bilder durch den Kopf. Das Nummerngirl, wie es den Kopf herumwarf und sich in den Schultern straffte. Der Vater, wie er aufmerksam dem Geschehen im Ring folgte. Seine Hand auf der Stirn des Jungen. Das Mädchen. Der Vater. Das Mädchen. Die Hand, die dem Jungen zärtlich das Haar aus der Stirn strich ...

Ich setzte mich auf und knipste die Nachttischlampe an, um einen Blick auf die Uhr zu werfen. Viertel nach vier. Trotzdem war an Schlaf nicht mehr zu denken.

Kapitel 5

Vor sechs Monaten, an einem drückend heißen Dienstagabend im Juli, hatte ich wie gewohnt an einem Abendtreffen in St. Paul ′s teilgenommen. Dass es an einem Dienstag war, weiß ich deshalb noch, weil ich mich für ein halbes Jahr verpflichtet hatte, nach dem Dienstagtreffen die Stühle aufzuräumen. Es heißt nämlich, dass einem so etwas hilft, nüchtern zu bleiben. Ich bin da allerdings eher skeptisch. Meiner Meinung nach bleibt man vor allem nüchtern, wenn man nichts trinkt. Aber hin und wieder ein paar Stühle zusammenzustellen kann sicher auch nicht schaden. Wie will man schließlich ein Glas oder eine Flasche halten, wenn man in jeder Hand einen Stuhl hat?

Was das Treffen selbst angeht, kann ich mich nicht mehr daran erinnern, aber in der Pause kam ein gewisser Will zu mir und fragte, ob ich nach dem Treffen kurz für ihn Zeit hätte. Ich sagte, klar, warum nicht, aber ich könnte nicht gleich weg, weil ich erst noch die Stühle aufräumen müsste. Um zehn war das Treffen zu Ende, und ich wurde ziemlich schnell mit dem Aufräumen fertig, weil mir Will dabei half. Ich fragte ihn, ob wir noch irgendwohin auf einen Kaffee gehen sollten.

»Ich muss leider gleich nach Hause«, sagte er. »Aber das Ganze wird sowieso nicht lange dauern. Sie sind doch Detektiv, oder?«

»So was ähnliches.«

»Und früher waren Sie mal bei der Polizei. Ich hab Sie nämlich mal Ihre Lebensgeschichte erzählen gehört, als ich gerade einen Monat oder so mit dem Trinken aufgehört hatte. Also, worum ich Sie bitten wollte, ist Folgendes: Würden Sie mir einen Gefallen tun und sich das mal ansehen?«

Er reichte mir einen in einer braunen Papiertüte verpackten Gegenstand. Dabei handelte es sich um eine Videokassette in einer dieser durchsichtigen Plastikhüllen, wie sie in Videoverleihs gebräuchlich sind. Laut Etikett enthielt sie den Film *Das dreckige Dutzend*.

Ich sah erst die Kassette an, dann Will. Er war um die Vierzig, hatte irgendwas mit Computern zu tun und war damals etwa ein halbes Jahr trocken. Ich konnte mich jedenfalls noch erinnern, dass er unmittelbar nach Weihnachten bei uns aufgetaucht war, und ich hatte ihn auch schon mal bei einem Treffen erzählen gehört, wie er Alkoholiker geworden war. Über sein sonstiges Leben wusste ich jedoch so gut wie nichts.

»Ich kenne den Film«, sagte ich. »Ich habe ihn bestimmt schon vier-, fünfmal gesehen.«

»Aber nicht diese Version.«

»Was soll daran anders sein?«

»Davon überzeugen Sie sich am besten selbst. Nehmen Sie die Kassette mit nach Hause und sehen Sie sie sich an. Sie haben doch einen Videorecorder, oder?«

»Nein.«

»Ach so.« Er sah mich einen Moment ratlos an.

»Vielleicht erzählen Sie mir einfach, was an dem Film so besonders ...«

»Nein, ich möchte vorher eigentlich lieber nichts dazu sagen. Ich möchte, dass Sie sich den Film ganz unvoreingenommen ansehen. So was Blödes.« Er dachte eine Weile nach. »Sonst würde ich einfach sagen: Kommen Sie doch einfach mit und sehen Sie sich den Film bei mir an. Aber das geht heute leider nicht. Kennen Sie vielleicht jemanden, der einen Videorecorder hat?«

»Das müsste sich machen lassen.«

»Na, wunderbar. Werden Sie sich die Kassette also ansehen, Matt? Ich werde morgen Abend wieder hier sein. Dann können wir uns weiter unterhalten.«

»Sie wollen also, dass ich mir den Film noch heute Abend ansehe?«

»Wenn es irgendwie möglich ist.«

»Na schön«, nickte ich zustimmend. »Mal sehen, was sich machen lässt.«

Eigentlich hatte ich vorgehabt, mit den anderen auf einen Kaffee ins Flame zu gehen. Stattdessen ging ich sofort ins Hotel zurück und rief Elaine an.

»Wenn es dir nicht in den Kram passt, kannst du es ruhig sagen. Aber mir hat gerade jemand einen Film gegeben und mich gebeten, ihn mir noch heute Abend anzusehen.«

»Jemand hat dir einen Film gegeben?«

»Na, du weißt schon, auf Video.«

»Ach so, jetzt verstehe ich. Und du möchtest ihn auf meinem Recorder ansehen.«

»Ja. Aber nur, wenn es dir nichts ausmacht.«

»Das einzige Problem ist, dass ich verheerend aussehe. Ich bin nicht geschminkt und nichts.«

»Ich wusste gar nicht, dass du dich schminkst.«

»Ehrlich?«

»Ich dachte, bei dir wäre alles echt.«

»Du bist mir vielleicht ein Detektiv«, seufzte sie.

»Ich komme gleich bei dir vorbei.«

»Von wegen«, bremste sie meinen Tatendrang. »Du lässt mir eine Viertelstunde Zeit, um mich ein bisschen schön zu machen. Sonst sage ich dem Türsteher, er soll dich wieder nach Hause schicken.«

Ich wartete über eine halbe Stunde, bevor ich bei ihr klingelte. Elaine wohnt in der East Fifty-first Street zwischen First und Second Avenue. Ihre Wohnung liegt im sechzehnten Stock, und von ihrem Wohnzimmer hat man einen großartigen Blick auf den East River und Queens. Wenn man weiß, wo es liegt, könnte man von ihrem Fenster vermutlich sogar Maspeth sehen.

Als die Wohnungen im Haus vor ein paar Jahren zum Verkauf angeboten wurden, hat Elaine kurz entschlossen zugegriffen und ihre gekauft. Außerdem gehören ihr ein paar Häuser, die meisten davon in Queens. Sie hat auch etwas Geld auf die Seite gebracht, das sie so gewinnbringend angelegt hat, dass sie davon, auch ohne zu arbeiten, ganz gut leben könnte, wenn sie wollte. Aber wie es scheint, hat sie noch keine Lust, ihren Job an den Nagel zu hängen.

Elaine ist Callgirl. Es ist schon ein paar Jahre her, dass wir uns kennengelernt haben. Damals war ich noch bei der Polizei und hatte eine Frau und zwei Kinder und ein Haus in Syosset, das ziemlich weit draußen auf Long Island liegt – jedenfalls ein Stück zu weit, um es von Elaines Wohnzimmerfenster sehen zu können. Wir gingen eine Beziehung ein, die vor allem deshalb so gut klappte, weil sich die Erwartungen, die jeder von uns an den anderen hatte, so hervorragend ergänzten – was genauer besehen die Basis fast aller Beziehungen sein dürfte.

Jeder von uns brachte für den anderen gewisse Vorteile mit sich. Ich erwies Elaine all jene kleinen Gefälligkeiten, die ein Polizist einem Mädchen in ihrer Branche erweisen konnte. Im Klartext heißt das: Ich hielt ihr allzu besitzergreifende Zuhälter vom Leib, bat zahlungsunwillige Freier zur Kasse, und als einer ihrer Stammkunden mal auf die dumme Idee kam, ausgerechnet in ihrem Bett das Zeitliche zu segnen, schaffte ich ihr seine Leiche vom Hals und deponierte sie an einem Ort, der sowohl seinem wie ihrem Ruf weniger abträglich war. Und genauso, wie ich ihr diese typischen Polizistenhilfestellungen leistete, tat sie mir die Sorte Gefallen, wie man sie sich eben von einem Callgirl erwartet. Da wir uns außerdem beide wirklich mochten, ging die Sache erstaunlich lange gut.

Dann quittierte ich eines Tages meinen Dienst, und zusammen mit der goldenen Dienstmarke gab ich auch das Haus, meine Frau und die Kinder auf. Von da ansahen auch Elaine und ich kaum mehr etwas voneinander, und wenn wir nicht beide noch immer in denselben Wohnungen gewohnt hätten, hätten wir uns vermutlich früher oder später ganz aus den Augen verloren. Ich trank immer mehr, und nachdem ich schließlich ein paarmal auf der Ausnüchterungsstation gelandet war, kam ich eines Tages auf die geniale Idee, dass ich vielleicht besser mit dem Trinken aufhören sollte.

Ich hatte schon ein paar Jahre keinen Alkohol mehr angerührt, als Elaine eines Tages von der Vergangenheit eingeholt wurde, und zwar von unserer gemeinsamen Vergangenheit. Die daraus erwachsenden Probleme betrafen mich nämlich nicht weniger als sie. Bei dem Versuch, diese Probleme zu lösen, kamen wir uns wieder näher, was immer man darunter verstehen mag. Jedenfalls würde ich Elaine seitdem als eine enge Freundin von mir bezeichnen. Außerdem ist sie der einzige Mensch, mit dem ich mich regelmäßig treffe und mit dem mich eine relativ lange gemeinsame Vergangenheit verbindet. Schon allein das ist für mich Grund genug, ihr einen wichtigen Platz in meinem Leben einzuräumen.

Nicht zuletzt ist sie auch die Frau, mit der ich in der Regel jede Woche zwei oder drei gemeinsame Nächte verbringe, ohne allerdings sagen zu können, was das genau zu bedeuten hat oder wozu es führen wird. Als ich dieses Thema mal gegenüber Jim Faber, meinem AA-Betreuer, zur Sprache brachte, meinte er nur, ich sollte die Sache ganz in Ruhe angehen, einfach immer schön einen Tag nach dem anderen.

Wenn man bei den Anonymen Alkoholikern öfter mal mit solchen Binsenweisheiten um sich wirft, gerät man schneller, als einem lieb ist, in den Ruf, die Weisheit mit dem Löffel gefressen zu haben.

*   *   *

Nachdem der Türsteher kurz mit Elaine telefoniert hatte, deutete er mit einem stummen Nicken auf den Lift. Elaine erwartete mich in der offenen Wohnungstür. Sie hatte das Haar zu einem Pferdeschwanz zusammengebunden und trug eine Radfahrerhose in leuchtendem Pink und eine limettengrüne ärmellose Bluse, deren oberste Knöpfe offenstanden. Riesige Goldohrringe und das etwas zu dick aufgetragene Makeup verliehen ihr einen Anflug von Verruchtheit – ein Effekt, den sie hin und wieder ganz bewusst einsetzte.

»Na, siehst du«, begrüßte ich sie. »Alles echt. Es geht eben nichts über natürliche Schönheit.«

»Ich bin regelrecht gerührt, dass du das so zu schätzen weißt.«

»Es ist vor allem diese vollkommen natürliche Ausstrahlung, die mich immer wieder von neuem so sehr an dir fasziniert.«

Ich folgte ihr nach drinnen. Sie nahm mir die Kassette aus der Hand und las von der Hülle ab: »*Das dreckige Dutzend*. Das ist also der Film, den du dir unbedingt noch heute ansehen sollst?«

Ich sah sie nur achselzuckend an.

»Ist das nicht der Film, in dem Lee Marvin den Nazis ordentlich einheizt? Hättest du das gleich gesagt, hätte ich dir den Inhalt auch am Telefon erzählen können. Ich habe den Film vor Jahren mal im Kino gesehen und inzwischen sicher ein halbes Dutzend Mal im Fernsehen. Da spielen doch alle großen Stars mit: Lee Marvin, Telly Savalas, Charles Bronson, Ernest Borgnine und wie heißt er gleich wieder, er hat auch in *M.A.S.H.* mitgespielt ...«

»Alan Alda?«

»Nein, nicht in der Fernsehserie. In dem Film *M.A.S.H.* Und ich meine auch nicht Elliot Gould, sondern den anderen. Donald Sutherland.«

»Genau. Und Trini Lopez.«

»Dass Trini Lopez auch mitspielt, wusste ich gar nicht mehr. Stimmt, er kommt allerdings gleich am Anfang um, als sie mit den Fallschirmen abspringen.«

»Verdirb mir doch nicht die ganze Spannung.«

»Wirklich sehr komisch. Robert Ryan spielt übrigens auch noch mit. Und Robert Webber. Er ist erst kürzlich gestorben. Und er war so ein fantastischer Schauspieler.«

»Ich weiß, dass Robert Ryan gestorben ist.«

»Aber schon eine ganze Weile. Zwei tolle Schauspieler und beide tot.

Demnach kennst du den Film also auch. Ist ja auch kein Wunder, wenn man bedenkt, wie oft er schon im Fernsehen gekommen ist.«

»Ich könnte beim besten Willen nicht sagen, wie oft ich ihn schon gesehen habe.«

»Warum willst du ihn dir dann unbedingt noch heute Abend ansehen? Hat das berufliche Gründe?«

Das hätte ich auch selbst gern gewusst. Zumindest hatte sich Will, bevor er mir die Kassette gab, noch mal vergewissert, ob ich auch wirklich Detektiv war. »So was Ähnliches«, hatte ich darauf erwidert.

»Deinen Job möchte ich auch mal haben – Geld dafür zu kriegen, dass man sich ein paar alte Filme ansieht.«

»Du brauchst gerade reden. Ich hätte jedenfalls auch nichts dagegen, mich für Geld vögeln zu lassen.«

»Wirklich sehr witzig. Kann ich mir den Film mit dir anschauen, oder stört das deine Konzentration?«

»Natürlich kannst du dir den Film mit ansehen«, sagte ich.

»Allerdings weiß ich nicht, was tatsächlich auf der Kassette ist.«

»Nicht *Das dreckige Dutzend*, wie es auf der Hülle steht?« Sie schlug sich in einer perfekten Peter Falk-Imitation mit der flachen Hand gegen die Stirn – genau so, wie wenn Inspektor Columbo plötzlich ein Licht aufgeht. »Ach so, eine Raubkopie. Bist du wieder mal hinter so einem Fall von Etikettenschwindel her?«

Ich hatte mal im Auftrag einer großen Detektivagentur fliegende Händler überprüft, die nicht lizenzierte Batman-T-Shirts, -Masken und -Aufkleber verkauft hatten. Obwohl die Bezahlung nicht schlecht gewesen war, hatte mir der Job ziemlich schnell gestunken, weil ich dabei vor allem irgendwelche armen Schlucker schikanieren musste, die gerade frisch aus Dakar oder Karachi in die Staaten gekommen waren und meistens nicht die leiseste Ahnung hatten, was an der Sache nicht in Ordnung sein sollte. »In dem Fall dürfte es sich um was anderes handeln«, sagte ich zu Elaine.

»Ich meine natürlich Copyright-Fälle, wo jemand die Hülle abkupfert und Raubkopien darin anbietet.«

Ich schüttelte den Kopf. »Das glaube ich zwar nicht, aber du kannst gerne noch ein bisschen weiter raten, wenn es dir Spaß macht. Um allerdings sagen zu können, ob du recht hast oder nicht, muss ich mir die Kassette erst mal ansehen.«

»Na klar. Dann machen wir das doch gleich mal.«

Erst sah es so aus, als wäre auf der Kassette tatsächlich nur das, was auf der Hülle stand. Während der Vorspann ablief, ging Lee Marvin von Zelle zu Zelle. Wir lernten die zwölf amerikanischen Soldaten kennen, aus denen sich das dreckige Dutzend rekrutierte – Mörder, Sexualverbrecher und sonstige hoffnungslose Fälle.

»Ich möchte mich zwar nicht als große Kinokennerin aufspielen«, sagte Elaine. »Aber genauso habe ich den Film in Erinnerung.«

Nach zehn Minuten begann ich mich allmählich zu fragen, ob Will außer seiner Alkohol- und Drogenabhängigkeit auch noch andere Probleme hatte. Doch plötzlich fing der Bildschirm mitten in einer Szene heftig zu flimmern an, und der Ton war weg. Das dauerte etwa zehn Sekunden, bis plötzlich ein schlanker junger Mann mit einem offenen, unverdorbenen Jungengesicht zu sehen war. Er war sauber rasiert und trug das hellbraune Haar ordentlich ge- kämmt und gescheitelt. Bis auf ein knallgelbes Handtuch, das er sich um die Hüften geschlungen hatte, war er nackt.

Seine Hand- und Fußgelenke waren an ein x-förmiges Eisengestell gefes- selt, das schräg nach hinten geneigt war. Neben den Metallschellen um seine Hand- und Fußgelenke waren über Knien und Ellbogen auch noch breite Ledermanschetten an seinen Armen und Beinen angebracht, und um seinen Bauch war ein dazu passender Ledergürtel geschnallt, der zum Teil durch das gelbe Handtuch verdeckt wurde.

Die Tatsache, dass er an das Eisengestell gefesselt war, schien ihn jedoch nicht im Geringsten zu stören. Nach einer Weile sagte er mit einem verle- gen-ratlosen Lächeln: »Läuft das Ding eigentlich schon? Und soll ich irgend- was sagen, oder was?«

Eine Männerstimme sagte aus dem Off, er solle den Mund halten. Als er darauf tatsächlich den Mund schloss, konnte ich sehen, dass er eigentlich mehr noch ein Junge war. Und der frisch rasierte Eindruck rührte eher davon her, dass er noch keinen Bartwuchs hatte. Er war zwar ziemlich groß, aber keinesfalls älter als sechzehn. Seine Brust war unbehaart, aber in seinen Achselhöhlen spross es bereits kräftig.

Die Kamera blieb weiter auf den Jungen gerichtet, als eine Frau ins Bild kam. Sie wirkte etwa genauso groß wie der Junge, was allerdings nur daran lag, dass sie aufrecht stand, während er an das schräg nach hinten geneigte Gestell gefesselt war. Sie trug eine Maske, so ähnlich wie die von Zorro, nur dass sie wie der Rest ihres Outfits aus schwarzem Leder war, und der bestand aus einer hautengen Hose mit offenem Zwickel, schwarzen, ellbogenlangen Handschuhen und dazu passenden Schuhen mit zehn Zentimeter hohen Absätzen und silberbeschlagenen Spitzen. Und das war alles, was sie anhatte. Von der Hüfte an aufwärts war sie nackt. Sie hatte kleine Brüste mit erigierten Warzen. Da sie genauso leuchtend rot waren wie ihre Lippen, nahm ich an, dass sie ein bisschen mit Lippenstift nachgeholfen hatte.

»Ach, du stehst wohl neuerdings auf frische, unverdorbene Jugend«, witzelte Elaine. »Sieht ganz so aus, als würde es hier gleich noch eine Spur schmutziger zugehen als beim *Dreckigen Dutzend*.«

»Du brauchst ja nicht weiter zuzusehen.«

»Hab ich dir vorhin nicht gesagt, dass ich es schon aushalten werde, wenn du es aushältst. Ich hatte mal einen Freier, der stand auf solche Fesselungsfilme. Ich konnte dem allerdings nie viel abgewinnen. Oder hättest du manchmal gern, dass ich dich fessle?«

»Nein.«

»Oder dass du mich fesselst?«

»Auch nicht.«

»Na, wer weiß, was wir uns da vielleicht entgehen lassen. Fünfzig Millionen Perverse können sich wohl schlecht irren. Aha, jetzt geht's aber los.«

Die Frau nahm dem Jungen das Handtuch ab und warf es beiseite. Als sie ihn behutsam zu streicheln begann, bekam er sofort einen Steifen.

»So jung müsste man noch mal sein«, lautete Elaines Kommentar dazu.

Die Kamera fuhr näher heran, bis nur noch die Hand der Frau im Bild war, wie sie sich an dem Jungen zu schaffen machte. Nach einer Weile ließ sie ihn wieder los. Dann begann sie an den Fingern ihres linken Handschuhs zu zupfen und zog ihn schließlich aus.

»Gypsy Rose Lee«, kommentierte Elaine fachmännisch, als ihre rot lackierten Fingernägel zum Vorschein kamen, die farblich genau auf ihre Lippen und Brustwarzen abgestimmt waren.

Die Frau nahm den langen Handschuh und schlug dem Jungen damit mit aller Kraft über die Brust.

»He, was soll das?«, protestierte er.

»Halt den Mund«, fuhr sie ihn an und schlug noch einmal zu. Diesmal mitten ins Gesicht. Als er sie darauf aus großen Augen fassungslos anstierte, schlug sie ihn noch einmal auf die Brust und dann wieder ins Gesicht.

›Jetzt lass endlich diesen Quatsch. Das tut ganz schön weh.«

»Das will ich ihm gern glauben«, murmelte Elaine. »Schau nur mal die Striemen in seinem Gesicht. Sieht ganz so aus, als würde sie ihre Rolle sehr ernst nehmen.«

Als die Männerstimme aus dem Off dem Jungen sagte, er solle still sein, fügte die Frau hinzu: »Da, hast du nicht gehört? Er hat gesagt, du sollst still sein.« Und dann begann sie sich mit dem ganzen Körper an dem Jungen zu reiben. Sie küsste ihn auf den Mund und strich mit den Fingerspitzen zärtlich über die Striemen in seinem Gesicht. Nach einer Weile rutschte sie ein Stück nach unten und machte sich daran, seine Brust mit Küssen zu überhäufen. Davon blieben deutlich sichtbare Lippenstiftspuren auf seiner nackten Haut zurück.

»Die geht aber ganz schön ran«, murmelte Elaine.

Sie hatte bisher in einem Sessel gesessen. Aber jetzt stand sie auf, setzte sich neben mich auf die Couch und legte ihre Hand auf meinen Oberschenkel. »Diese Kassette hat dir also jemand gegeben und gesagt, du sollst sie dir heute Abend anschauen?«

»Ja.«

»Und er hat auch gesagt, dass du sie dir möglichst mit deiner Freundin ansehen sollst?«

Als ihre Finger langsam höher zu wandern begannen, legte ich meine Hand darauf und hielt sie fest.

»Was hast du denn?«, fragte sie. »Magst du es plötzlich nicht mehr, wenn ich dich anfasse?«

Bevor ich darauf noch etwas erwidern konnte, nahm die Frau auf dem Bildschirm den Penis des Jungen in die Hand, die immer noch in einem

Handschuh steckte. Dann holte sie mit der anderen Hand aus und schlug ihm mit dem Handschuh mit aller Kraft über den Unterleib.

»Auuu!«, jaulte der Junge. »Jetzt lass endlich diesen Scheiß! Das tut weh, hast du nicht gehört? Bindet mich wieder los. Auf so eine Scheiße habe ich keinen Bock ...«

Auf die Tour machte er noch eine Weile weiter, bis die Frau plötzlich mit hassverzerrtem Gesicht vortrat und ihm mit voller Wucht das Knie in den Unterleib rammte.

Der Junge stieß einen gellenden Schrei aus, und gleich darauf sagte die Stimme aus dem Off: »Kleb ihm den Mund zu, verdammt noch mal. Ich habe keine Lust, mir dieses Gejammere noch länger anzuhören. Nein, lass mich mal machen.«

Bisher war ich davon ausgegangen, dass die Stimme aus dem Off dem Kameramann gehörte. Aber die Kamera lief weiter, als der Mann, dem die Stimme gehörte, ins Bild trat. Erst dachte ich, er hätte einen Taucheranzug an. Doch als ich Elaine gegenüber eine entsprechende Bemerkung machte, korrigierte sie mich: »Das ist ein Latexdress. Aus schwarzem Latex. Maßgefertigt.«

»Wieso das denn?«

»Der Kerl ist ein Latexfreak. Sie fährt auf Leder ab, er auf Latex. Da fragt man sich allerdings schon, wie das zwischen den beiden auf Dauer klappen soll?«

Der Mann trug eine schwarze Latexmaske, die jedoch nicht nur seine Augenpartie verdeckte, sondern den ganzen Kopf. Nur für Augen, Nase und Mund waren die entsprechenden Öffnungen ausgespart.

Als er sich umdrehte, sah ich, dass sein Anzug auch am Unterleib eine Öffnung hatte, aus der lang und schlaff sein Penis baumelte.

»Der Mann in der Latexmaske«, versuchte Elaine das Ganze weiterhin auf die Schippe zu nehmen. »Was er wohl zu verbergen hat?«

»Keine Ahnung.«

»Tauchen könntest du mit dem komischen Ding jedenfalls nicht. Es sei denn, du willst dir von einem Hai einen blasen lassen.«

In der Zwischenzeit hatte er dem Jungen mit mehreren Lagen Tape den Mund zugeklebt. Als er damit fertig war, reichte ihm die Dame in schwarzem Leder ihren Handschuh, worauf auch er dem Jungen ein paar Striemen beibrachte. Er hatte auffallend große, dunkel behaarte Hände. Da sie die einzigen Körperteile waren, die nicht durch den Anzug verdeckt waren, schenkte ich ihnen mehr Beachtung, als ich das sonst vermutlich getan hätte. Am Ringfinger seiner rechten Hand steckte ein massiver Goldring mit einem dunklen Stein. Soweit ich das auf dem Bildschirm erkennen konnte, war er entweder schwarz oder dunkelblau.

Nach einer Weile kniete er vor dem Jungen nieder und machte sich mit dem Mund an ihm zu schaffen. Als sein Penis wieder voll erigiert war, stand er auf und wickelte ihm einen schmalen Lederstreifen um die Wurzel. »Jetzt bleibt er steif«, sagte der Mann zu der Frau. »Wenn man die Vene abbindet, kann das Blut zwar reinfließen, aber nicht mehr raus.«

Darauf setzte sich die Frau rittlings auf den Jungen, führte ihn sich durch die Öffnung in ihrer Lederhose ein und begann auf ihm zu reiten. Währenddessen machte sich der Mann im Latexanzug an ihren Brüsten und an den Brustwarzen des Jungen zu schaffen.

Der Junge ließ das alles mit ziemlich gemischten Gefühlen über sich ergehen. Einerseits hatte er es inzwischen sichtlich mit der Angst zu tun bekommen, aber zugleich war er auch stark erregt. Jedes Mal wenn sie ihm wehtaten, zuckte er heftig zusammen, aber abgesehen davon schien er der Sache auch noch etwas abgewinnen zu können.

Elaine hatte längst aufgehört, die Vorgänge auf dem Bildschirm mit witzigen Kommentaren zu begleiten, und auch ihre Hand lag nicht mehr auf meinem Bein. Irgendwie strahlte das Ganze etwas zunehmend Bedrohlicheres aus, das einem im wahrsten Sinne des Wortes die Sprache verschlug.

Mir wurde immer mulmiger bei dem Gedanken, was wir da noch zu sehen bekommen würden.

Meine bösen Vorahnungen sollten sich schneller bestätigen als gedacht. Die Bewegungen der Frau wurden immer wilder und rascher. »Los«, hauchte sie irgendwann völlig außer Atem. »Seine Zitzen.«

Darauf verschwand der Mann aus dem Bild. Als er kurz darauf wieder zurückkam, hielt er etwas in der Hand. Bei näherem Hinsehen stellte sich heraus, dass es eine Gartenschere war, wie man sie zum Blumenschneiden verwendet. Immer noch auf dem Jungen reitend, begann die Frau eine Brustwarze des Jungen mit ihren Fingern zu bearbeiten. Beruhigend legte der Mann dem Jungen die Hand auf die Stirn. Doch dessen Augen begannen wie wild zu rollen.

Behutsam, ja sogar zärtlich strich der Mann dem Jungen das hellbraune Haar aus der Stirn.

Mit der anderen Hand setzte er die Schere an. »Jetzt!«, stieß die Frau hervor. Als er nicht darauf reagierte, sagte sie es noch einmal.

Und dann, er strich dem Jungen immer noch zärtlich das Haar aus der Stirn, drückte der Mann zu und schnitt ihm die Brustwarze ab.

Ich drückte auf die Fernbedienung, und der Bildschirm wurde dunkel. Elaine hatte sich angespannt die Arme um den Oberkörper geschlungen. Ihre Oberarme waren ganz fest gegen ihren Körper gepresst, und sie zitterte leicht. Ich legte ihr beruhigend die Hand auf den Rücken. »Vermutlich ist es besser, wenn du dir das nicht zu Ende ansiehst.«

Ohne etwas zu erwidern, saß sie nur da und atmete in tiefen, stoßartigen Zügen. »Das war nicht gespielt«, hauchte sie schließlich.

»Das fürchte ich auch.«

»Sie haben ihm einfach die Brustwarze abgeschnitten. Wenn er gleich in ein Krankenhaus gebracht worden wäre, hätte man sie ihm vielleicht wieder annähen können. Hat nicht ein Pitcher der Mets ...«

»Ja, Bobby Ojeda. Ihm wurde eine Fingerspitze abgetrennt.«

»An seiner Wurfhand, oder?«

›Ja, an seiner Wurfhand.«

»Zum Glück wurde er sofort ins Krankenhaus gebracht. Ob das allerdings auch mit einer Brustwarze funktioniert, weiß ich nicht.« Ihr Atem ging noch immer in schweren, stoßartigen Zügen. »Außerdem glaube ich nicht, dass den Jungen jemand ins Krankenhaus gebracht hat.«

»Nein, vermutlich nicht.«

»Mir ist, als müsste ich mich jeden Augenblick übergeben oder in Ohnmacht fallen oder sonst irgendwas.«

»Beug dich vor und nimm den Kopf zwischen die Knie.«

»Und was weiter? Versohlst du mir dann den Hintern?«

»Wenn du das Gefühl hast, dass du ohnmächtig wirst ...«

»Ach so, damit das Blut wieder in meinen Kopf steigt. Nein, das war nur ein Witz. Nach dem Motto: ›So schlimm kann es gar nicht sein. Sie macht ja schon wieder Witze.‹ Keine Sorge, es geht mir schon wieder einigermaßen. Du kennst mich ja. Ich komme aus gutem Haus, ich bin eine gute Partie, ich werde nie ohnmächtig, ich kotze bei anderen Leuten nicht auf den Teppich, und ich bestelle auch keinen Hummer. Matt, wusstest du eigentlich, dass es so kommen würde?«

»Woher denn?«

»Zack, und ab ist der Nippel, und das Blut beginnt zu fließen, immer schön im Zickzack seinen Bauch hinunter, wie ein gewundener Fluss. Wie nennt man das gleich wieder, wenn ein Fluss ganz starke Windungen macht?«

»Keine Ahnung.«

»Mäander. Jetzt fällt es mir wieder ein. Das Blut fließt in Mäanderlinien über seinen Körper. Willst du dir eigentlich auch noch den Rest von diesem Schund ansehen?«

»Was anderes wird mir wohl nicht übrigbleiben.«

»Es wird wohl noch schlimmer, hm?«

»Ich glaube schon.«

»Wird er denn verbluten?«

»Nicht wegen einer Verletzung wie dieser.«

»Was passiert in so einem Fall eigentlich. Gerinnt das Blut irgendwann?«

»Ja, früher oder später tut es das.«

»Außer man ist Bluter. Ehrlich gestanden, habe ich keine Lust, mir das noch länger anzusehen.«

»Das finde ich auch besser so. Warte doch einfach im Schlafzimmer, bis ich hier fertig bin.«

»Sagst du mir Bescheid, wenn ich wieder rauskommen kann?«

Ich nickte. Als sie darauf von der Couch aufstand, war sie zuerst etwas wacklig auf den Beinen. Doch sie hatte sich rasch wieder im Griff und verließ das Wohnzimmer. Obwohl ich wenig später die Schlafzimmertür mit einem leisen Klicken ins Schloss fallen hörte, ließ ich mir mit dem Einschalten noch etwas Zeit. Ich war auch nicht scharf darauf, mir das Video weiter anzuschauen. Nach ein paar Minuten drückte ich trotzdem auf die Fernbedienung und ließ die Kassette weiterlaufen.

*   *   *

Nach etwa zehn Minuten hörte ich, wie die Schlafzimmertür aufging. Obwohl ich weiter unverwandt auf den Bildschirm starrte, spürte ich, dass Elaine hinter mir vorbeiging und sich neben mich auf die Couch setzte. Ich sagte nichts und warf nicht einmal einen kurzen Blick zu ihr hinüber. Ich saß nur da und starrte auf den Bildschirm.

Am Schluss blendete sich abrupt wieder *Das dreckige Dutzend* ein. Der Major drang mit seiner Truppe aus Schwerverbrechern gerade in das Schloss ein, in dem sich eine Gruppe von Nazi-Offizieren einquartiert hatte. Wir blieben einfach sitzen und sahen uns den Film bis zu Ende an, wurden Zeuge, wie Telly Savalas durchdrehte und wie unsere sauberen Helden mit ihren Gewehren und Granaten ein Riesenchaos anrichteten.

Als auch der Nachspann abgelaufen war, stand Elaine auf, ging zum Fernseher und drückte auf die Rückspultaste des Recorders. Mit dem Rücken zu mir sagte sie: »Da habe ich diesen Film nun schon mindestens ein halbes Dutzend Mal gesehen, und trotzdem hoffe ich jedes Mal von neuem, dass er anders ausgeht und John Cassavetes am Ende nicht umkommt. Er ist in dem Film zwar ein ganz schön mieser Typ, aber es bricht einem trotzdem das Herz, ihn sterben zu sehen, findest du nicht auch?«

»Ja.«

»Da haben sie es endlich geschafft und ziehen bereits wieder ab, als plötzlich wie aus dem Nichts – peng! – eine Kugel geflogen kommt, und schon ist er tot. Ist John Cassavetes inzwischen nicht auch schon gestorben? War das nicht irgendwann letztes Jahr?«

»Soviel ich weiß, ja.«

»Und Lee Marvin ist auch tot. Lee Marvin, John Cassavetes, Robert Ryan und Robert Webber. Wer sonst noch?«

»Keine Ahnung.«

Sie stand inzwischen vor mir und sah mich finster an. »Alle sind tot«, stieß sie aufgebracht hervor. »Ist dir das noch nicht aufgefallen? Wohin man auch schaut, die Menschen sterben weg wie die Fliegen. Sie haben diesen Jungen doch umgebracht, oder nicht?«

»So sah es zumindest aus.«

»Sie haben ihn gequält und sexuell missbraucht und dann noch ein bisschen gequält und missbraucht, und irgendwann haben sie ihn getötet.«

»Ja.«

»Ich muss sagen, das hat mich ganz schön mitgenommen.« Sie ließ sich in einen Sessel sinken. »Im Dreckigen Dutzend wird zwar geschossen und gemordet, dass die Fetzen fliegen. Aber trotzdem lässt es einen völlig kalt. Du siehst diese Menschen sterben, aber du weißt, es sind nur Schauspieler, und deshalb berührt es einen auch nicht weiter. Aber auf diesem Video. Was diese beiden perversen Irren mit dem Jungen angestellt haben ... «

»Das war nicht gespielt.«

»Wie kann ein Mensch so etwas tun? Ich glaube eigentlich nicht, dass ich von gestern bin oder besonders blauäugig, was die Menschen und das Leben generell betrifft.«

Ich schüttelte den Kopf. »Nein, das kann man wirklich nicht von dir behaupten.«

»Schließlich habe ich auch schon einiges erlebt. Machen wir uns doch nichts vor: Ich bin eine Nutte.«

»Elaine ... «

»Nein, lass mich ruhig ausreden, Matt. Damit will ich mich keineswegs schlecht machen. Damit konstatiere ich lediglich eine Tatsache. Es ist nun mal so, dass man in meinem Job die Menschen nicht unbedingt von ihrer Schokoladenseite kennenlernt. Ich weiß sehr gut, dass es auf dieser Welt nur so wimmelt von Irren und Perversen. Und mir ist auch nicht neu, dass die Leute auf die verrücktesten Dinge abfahren: Sie zwängen sich in irgendwelche aberwitzigen Klamotten aus Leder, Latex oder Pelz, sie lassen sich fesseln und treiben dazu alle möglichen und unmöglichen Spielchen miteinander. Und ich weiß auch, dass hin und wieder jemandem die Sicherung durchbrennt und er dann die schrecklichsten Dinge tut. Fast wäre ich von so einem Kerl mal umgebracht worden. Kannst du dich daran noch erinnern?«

»Besser, als mir lieb ist.«

»Was soll da ich erst sagen. Aber schön, was vorbei ist, ist vorbei. Und vor allem: Ich bin noch am Leben. Trotzdem gibt es Tage, da finde ich, jemand sollte der Menschheit einfach den Stecker rausziehen, obwohl ich inzwischen selbst damit leben kann. Aber so etwas werde ich wohl nie begreifen. Das übersteigt einfach mein Begriffsvermögen.«

»Mir geht es ganz genauso.«

»Ich fühle mich wie durch den Dreck gezogen«, murmelte sie. »Ich glaube, ich muss jetzt dringend unter die Dusche.«

Kapitel 6

Am liebsten hätte ich Will gleich am nächsten Morgen angerufen, aber ich hatte keine Ahnung, wie ich ihn erreichen konnte. Ich wusste zwar einige sehr persönliche Dinge über ihn: dass er mit zwölf Hustensaft zu trinken begonnen hatte, dass sich seine Verlobte von ihm getrennt hatte, weil er im Suff mit ihrem Vater Streit angefangen hatte, und dass es in seiner jetzigen Ehe ziemlich kriselte, seit er mit dem Trinken aufgehört hatte. Andererseits wusste ich jedoch weder seinen Nachnamen noch wo er arbeitete, sodass ich mich wohl oder übel bis zu dem Treffen um halb neun gedulden musste.

Da er etwas zu spät gekommen war, hatten wir erst in der Pause Gelegenheit, miteinander zu sprechen. Er fragte mich gleich als Erstes, ob ich mir den Film schon angesehen hatte.

»Klar«, sagte ich. »*Das dreckige Dutzend* war schon immer einer meiner Lieblingsfilme. Ganz besonders mag ich die Szene, in der sich Donald Sutherland als General ausgibt und seine Truppen inspiziert.«

»Aber ich wollte doch, dass Sie sich die Kassette ansehen, die ich Ihnen gestern Abend mitgegeben habe. Habe ich mich denn da nicht klar genug ausgedrückt?«

»War ja auch nur ein kleiner Scherz von mir.«

»Ach so.«

»Ich habe mir den Film angesehen. Nicht unbedingt das, was ich mir unter guter Unterhaltung vorstelle. Aber ich habe trotzdem bis zum Schluss durchgehalten.«

»Und?«

»Was und?«

Ich fand, dass ich mir die zweite Hälfte des Treffens genauso gut sparen konnte. Deshalb nahm ich Will am Arm und ging mit ihm nach draußen. Auf der anderen Seite der Ninth Avenue waren ein Mann und eine Frau in einen Streit verwickelt, bei dem es um Geld ging. Ihre Stimmen waren in der lauen Abendluft deutlich zu hören. Ich fragte Will, woher er die Kassette hatte.

»Aus dem Videoverleih, der auf der Hülle steht«, sagte er. »Er ist bei mir gleich um die Ecke. In der Sixty-first, Ecke Broadway.«

»Sie haben sie ausgeliehen?«

Er nickte. »An sich habe ich den Film schon ein paarmal gesehen. Doch dann haben Mimi und ich letzte Woche in einem Privatsender zufällig einen kurzen Ausschnitt davon gesehen, worauf wir beide Lust bekamen, uns den ganzen Film wieder mal anzuschauen. Was dann allerdings auf der Kassette war, haben Sie ja selbst gesehen.«

»Allerdings.«

»Ein Snuff-Film der übelsten Sorte. So nennt man diese Streifen doch?«

»Soviel ich weiß.«

»Ich habe sowas noch nie gesehen.«

»Ich auch nicht.«

»Tatsächlich? Ich dachte, als Polizist und Privatdetektiv ...«

»Nein, das Vergnügen hatte ich leider trotzdem noch nicht.«

Er seufzte. »Und was sollen wir jetzt tun?«

»Wie meinen Sie das, Will?«

»Sollen wir zur Polizei gehen? Ich möchte deswegen zwar keine Scherereien bekommen, aber andererseits kann ich doch nicht einfach den Kopf in den Sandstecken und so tun, als ob nichts gewesen wäre. Deshalb wollte ich Sie um Rat fragen, was in dieser Sache am besten zu tun ist.«

Der Mann und die Frau auf der anderen Straßenseite brüllten sich noch immer aus Leibeskräften an. Lass mich in Ruhe, schrie der Mann immer wieder. Lass mich doch endlich in Ruhe.

Ich sagte: »Zuallererst sollten Sie mir vielleicht mal genau erzählen, wie Sie überhaupt zu dieser Kassette gekommen sind. Sie sind also in den Videoverleih gegangen, haben die Kassette aus dem Regal genommen ...«

»Man nimmt eigentlich nicht die Kassette aus dem Regal.«

»Nein?«

Darauf erklärte er mir erst einmal den Ablauf. In den Regalen waren nur Pappkarten mit dem Umschlagbild der Kassette. Man suchte sich einen Film aus, ging mit der entsprechenden Karte an die Theke und bekam erst dort die Kassette ausgehändigt.

»Und dieser Videoverleih ist in der Sixty-first, Ecke Broadway?«

Er nickte. »Ja, gleich neben Martin's Bar.« Den Laden kannte ich. Er war bekannt dafür, dass dort die Getränke sehr billig waren. Außerdem hatten sie noch eins von diesen altmodischen Büffets, wo das Essen in großen

Heißwasserwannen warmgehalten wird. Vor Jahren hatten sie mal ein Schild im Fenster gehabt, dass in der Happy Hour zwischen acht und zehn alle Getränke nur die Hälfte kosteten. Zwischen acht und zehn Uhr morgens, wohlgemerkt.

»Wie lange hat der Videoverleih offen?«

»Bis elf, glaube ich. Am Wochenende bis zwölf«

»Dann werde ich dort gleich mal vorbeischauen«, sagte ich.

»Jetzt gleich?«

»Klar. Warum nicht?«

»Na, ich weiß nicht. Soll ich mitkommen?«

»Nicht nötig.«

»Wirklich nicht? Dann würde ich nämlich wieder zu dem Treffen reingehen.«

»Klar.«

Er wandte sich zum Gehen, drehte sich aber noch einmal um. »Ach, und noch was, Matt. Eigentlich hätte ich den Film schon gestern zurückbringen sollen. Wenn Sie also für den Tag mehr noch was zahlen müssen, sagen Sie mir Bescheid, damit ich Ihnen das Geld geben kann.«

Ich versicherte ihm, dass er sich deswegen mal keine Gedanken machen sollte.

Der Videoverleih war da, wo Will gesagt hatte. Vorher war ich noch kurz im Hotel gewesen, um die Kassette zu holen. Zwischen den Regalen stöberten etwa vier oder fünf Kunden herum. An der Theke standen ein Mann und eine Frau. Sie waren beide Mitte Dreißig, und er hatte einen Dreitagebart. Vermutlich war er der Geschäftsführer. Wenn sie für den Laden verantwortlich gewesen wäre, hätte sie ihn vermutlich nach Hause geschickt, damit er sich erst mal ordentlich rasierte.

Ich ging auf ihn zu und sagte, dass ich den Geschäftsführer zu sprechen wünschte, worauf er sagte: »Ich bin der Besitzer, wenn Ihnen das auch genügt.«

Ich zeigte ihm die Kassette. »Ich glaube, die stammt aus Ihrem Laden.«

»Auf der Hülle ist jedenfalls unser Etikett. Demnach müsste auch die Kassette von uns sein. *Das dreckige Dutzend*, ein alter Renner. Irgendwas nicht in Ordnung damit? Und sind Sie auch sicher, dass es wirklich am Band liegt, oder haben Sie schon länger Ihre Abspielköpfe nicht mehr gereinigt?«

»Einer Ihrer Kunden hat diese Kassette vor zwei Tagen bei Ihnen ausgeliehen.«

»Und nun bringen Sie sie für ihn zurück? Wenn er sie schon vor zwei Tagen ausgeliehen hat, müsste er allerdings was nachzahlen. Einen Augenblick bitte, ich sehe gleich mal nach.« Er ging zu einem Computer und tippte die Codenummer auf der Hülle ein. »William Haberman«, sagte er kurz darauf. »Hier steht, dass er die Kassette sogar schon vor drei Tagen ausgeliehen hat, nicht erst vor zwei. Das macht also noch vier Dollar neunzig zusätzlich.«

Statt brav meinen Geldbeutel zu zücken, sagte ich nur: »Sagt Ihnen diese spezielle Kassette etwas? Ich meine, nicht der Film als solches, sondern diese ganz spezielle Kassette.«

»Wieso? Ist irgendwas damit?«

»Etwa die Hälfte der Kassette ist mit einem anderen Film überspielt.«

»Zeigen Sie mal her.« Er nahm mir die Kassette aus der Hand und deutete auf eine Ecke der Längskante. »Sehen Sie. Ihre Kassette hat hier noch einen Zapfen. Wenn Sie etwas auf Kassette haben, was Sie gegen Löschen sichern wollen, brechen Sie diesen Zapfen heraus. Auf diese Weise können Sie nicht versehentlich noch einmal etwas auf die Kassette überspielen. Verleihkassetten wie diese haben grundsätzlich keinen solchen Zapfen. So sind sie gegen unbeabsichtigtes Löschen geschützt, wenn zum Beispiel jemand versehentlich auf die Aufnahmetaste drückt. Sie wissen ja, mit was für technischen Genies man es manchmal zu tun hat. Wenn Sie allerdings trotzdem wieder etwas auf so einer Kassette aufnehmen wollen, müssen Sie die Vertiefung nur mit einem Stück Klebstreifen überkleben. Und Sie sind ganz sicher, dass Ihr Bekannter nicht zufällig das gemacht hat?«

»Ganz sicher.«

Er sah mich einen Moment argwöhnisch an, bevor er achselzuckend fortfuhr: »Er will also eine andere Kopie des Films. Na schön, kein Problem. Von so gefragten Titeln wie dem *Dreckigen Dutzend* haben wir immer mehrere Kassetten auf Lager. Nicht unbedingt ein Dutzend, aber einige schon.« Er wollte gerade eine andere Kassette holen, aber ich legte ihm die Hand auf den Arm und sagte: »Das ist nicht das Problem.«

»Was dann?«

»Irgendjemand hat auf den mittleren Teil dieser Kassette einen Pornofilm überspielt, und zwar nicht nur die übliche Dutzendware, sondern einen extrem brutalen und gewalttätigen Snuff-Streifen.«

»Soll das ein Witz sein?«

Ich schüttelte den Kopf »Leider nicht. Und ich wüsste gern, wie diese Kassette hierher kommt.«

»So ist das also.« Er streckte die Hand nach der Kassette aus, zog sie aber, ohne sie anzufassen, wieder zurück. »Ich kann Ihnen jedenfalls versichern, dass ich nichts damit zu tun habe. Wir führen keinerlei Pornokassetten, obwohl die meisten Videoverleihs zumindest ein paar Titel im Programm haben. Sie wissen schon, für verheiratete Paare, die sich ein bisschen in Stimmung bringen möchten, aber sich nicht unbedingt in die einschlägigen Shops am Times Square wagen. Als ich den Laden hier aufgemacht habe, stand für mich jedoch von vorneherein fest, dass ich solchen Schmuddelkram nicht ins Programm nehme. Mit diesem Schund will ich nichts zu tun haben.« Er sah die Kassette an, fasste sie aber nicht an. »Die Frage ist also: Wie kommt das Ding hierher?«

»Vermutlich wollte sich jemand diesen anderen Film kopieren.«

»Und Sie meinen, er hatte gerade keine Leerkassette zur Hand und hat deshalb diese hier benutzt? Aber weshalb hätte der Betreffende dazu ausgerechnet eine Leihkassette benutzen und sie am nächsten Tag auch noch zurückbringen sollen? Das ergibt doch keinen Sinn.«

»Vielleicht ist ihm ein Versehen unterlaufen. Wer hat die Kassette zuletzt ausgeliehen?«

»Sie meinen, vor Haberman? Einen Augenblick.« Er gab ein paar Daten in den Computer ein, bevor er sich stirnrunzelnd wieder mir zuwandte. »Er war der erste.«

»War die Kassette ganz neu?«

»Nein, natürlich nicht. So sieht sie ja auch nicht aus. Da speichert man nun alles auf Computer, und wenn man dann wirklich mal was wissen will, kommt so was dabei heraus. Halt, da fällt mir ein, ich weiß, woher diese Kassette kommt.«

Darauf erzählte er mir, dass ihm vor kurzem eine Frau eine ganze Einkaufstüte voller Kassetten gebracht hatte, die meisten davon lauter alte Kinoklassiker. »Ob Sie's glauben oder nicht, da waren unter anderem auch alle drei

Versionen von *Die Spur des Falken* dabei. Eine von 1936 mit dem Titel *Der Satan und die Lady* mit Bette Davis, Warren Williams und Arthur Treacher, und mit einer unglaublich fetten Dame namens Alison Skipworth in der Rolle des Sidney Greenstreet. Dann ist da noch die erste Verfilmung des Stoffs von 1931 mit Ricardo Cortez. Darin ist Sam Spade ein richtig mieser kleiner Schnüffler, der nicht annähernd die heroischen Züge hat, wie sie Bogart der Figur 1940 unter John Hustons Regie verliehen hat. Ursprünglich war auch die erste Verfilmung unter dem Titel *Die Spur des Falken* erschienen. Als dann allerdings Hustons Version mit Bogart rauskam, wurde die ursprüngliche Version in *Dangerous Female* umbenannt.«

Die Frau hatte erklärt, ihr gehöre ein Mietshaus; einer ihrer Mieter sei gestorben, und deshalb versuche sie, seine Hinterlassenschaft zu Geld zu machen, um wenigstens einen Teil der Miete hereinzubekommen, die er ihr noch schulde.

»Ich kaufte ihr also alle Kassetten ab«, fuhr der Mann fort. »Mir war zwar nicht recht klar, ob ihr dieser Mieter tatsächlich noch etwas schuldete oder ob sie sich lediglich ein paar Dollar dazuverdienen wollte, aber sie hat an sich einen recht soliden Eindruck gemacht. Jedenfalls war ich mir ziemlich sicher, dass sie die Kassetten nicht gestohlen hatte. Außerdem waren die, die ich mir angesehen habe, in gutem Zustand.« Über seine Züge huschte ein bedauerndes Lächeln. »Allerdings habe ich mir nicht alle angesehen. Und darunter war auch diese hier.«

»Das erklärt natürlich schon mal einiges«, sagte ich. »Die Kassette hat dem Betreffenden also gehört ...«

»Und er hatte vielleicht nicht viel Zeit, um sich diesen Gewaltporno zu überspielen. Vermutlich war es auch noch spät nachts, so dass er sich keine unbespielten Kassetten besorgen konnte. Ja, das wäre eine Möglichkeit. Schließlich würde kein Mensch sowas auf eine Leihkassette kopieren. Aber das hier war ursprünglich gar keine Leihkassette. Sie hat jemandem gehört. Und nach seinem Tod hat sie mir seine Vermieterin zum Verkauf angeboten.«

Er sah mich an. »Und da ist also tatsächlich ein Snuffporno drauf?«

Ich nickte, und er schüttelte den Kopf und sagte irgendwas des Inhalts, in was für einer schrecklichen Welt wir doch lebten. Darauf fragte ich ihn nach dem Namen der Frau, von der er die Kassetten hatte.

»Daran kann ich mich beim besten Willen nicht mehr erinnern – falls ich ihn überhaupt je wusste, was ich für ziemlich unwahrscheinlich halte.«

»Haben Sie ihr denn keinen Scheck ausgeschrieben?«

»Vermutlich nicht. Ich bin ziemlich sicher, dass sie das Geld bar haben wollte. So ist es doch meistens. Es ist natürlich nicht ganz auszuschließen, dass ich ihr trotzdem einen Scheck gegeben habe. Soll ich mal nachsehen?«

»Wenn das möglich wäre.«

Er bediente noch rasch einen wartenden Kunden, bevor er in ein Hinterzimmer verschwand und wenige Minuten später wieder zurückkam. »Kein Scheck.« Er hob die Schultern. »Hätte mich auch sehr gewundert. Aber ich habe eine Aktennotiz gefunden. Sowieso ein Wunder, dass ich sie noch habe. Die Frau kam mit einunddreißig Kassetten an, und ich habe ihr dafür fünfundsiebzig Dollar gegeben. Das hört sich zwar nach nicht sehr viel an, aber es waren nun mal gebrauchte Kassetten.«

»Und Sie haben auf Ihrer Notiz nicht zufällig den Namen der Frau vermerkt?«

»Nein. Nur das Datum. Es war übrigens der vierte Juni, wenn Ihnen das hilft. Und ich habe die Frau seitdem nicht mehr gesehen. Allerdings nehme ich an, dass sie hier irgendwo in der Nähe wohnt.«

Sonst fiel ihm nichts mehr ein, was mir in der Sache hätte weiterhelfen können, und mir fielen keine weiteren Fragen mehr ein. Er bat mich, Will auszurichten, dass er sich das *Dreckige Dutzend* gern noch mal ausleihen könnte, diesmal allerdings garantiert das Original und selbstverständlich auf Kosten des Hauses.

Zurück in meinem Hotel schlug ich Wills Nummer im Telefonbuch nach. Da ich inzwischen seinen Nachnamen wusste, war das weiter kein Problem. Ich rief ihn an und sagte ihm, dass er sich den Film noch mal kostenlos ausleihen könnte.

»Was diesen Gewaltporno betrifft«, fügte ich hinzu, »können wir nichts mehr weiter tun. Irgendjemand hat sich den Film auf seine Kassette von *Das dreckige Dutzend* überspielt, worauf diese durch Zufall in dem Videoverleih gelandet ist. Der Besitzer der Kassette ist tot, und es besteht keine Möglichkeit festzustellen, wer er war, geschweige denn, woher er diesen Film hatte. Außerdem werden solche Streifen in der Regel sowieso nur unter der Hand weitergereicht. Die Leute, die an so was Interesse haben, überspielen sich die

Filme gegenseitig, da solche Gewaltpornos auf dem freien Markt verständlicherweise nicht erhältlich sind.«

»Gott sei Dank«, sagte Will. »Aber sollen wir die Sache wirklich einfach auf sich beruhen lassen? Immerhin wurde der Junge umgebracht.«

»Der Film könnte ohne weiteres schon vor zehn Jahren aufgenommen worden sein«, gab ich ihm zu bedenken. »Und er könnte in Brasilien gedreht worden sein.« Angesichts der Tatsache, dass alle Beteiligten Amerikanisch gesprochen hatten, war das zwar ziemlich unwahrscheinlich, aber er ließ es mir trotzdem durchgehen. »Jedenfalls ist das ein Machwerk der übelsten Sorte, und auf das Vergnügen, mir so einen Dreck anzusehen, hätte ich gern verzichtet. Das ändert aber nichts an der Tatsache, dass es im Moment nichts gibt, was sich in dieser Sache unternehmen ließe. Vermutlich sind in New York noch Hunderte ähnlicher Streifen in Umlauf. Mit Sicherheit jedenfalls Dutzende. Das einzige Besondere an diesem ist, dass Sie und ich ihn zufällig gesehen haben.«

»Sollten wir mit der Kassette denn nicht wenigstens zur Polizei gehen?«

»Das hätte wenig Sinn. Die würden sie selbstverständlich konfiszieren, aber damit hätte es sich auch schon. Die Kassette würde in einer Asservatenkammer landen, und Sie müssten sich mit Fragen löchern lassen, wie Sie in den Besitz dieses Films gelangt sind.«

»Das hätte mir gerade noch gefehlt.«

»Na, sehen Sie.«

»Tja«, murmelte er schließlich. »Dann bleibt uns wohl tatsächlich nichts anderes übrig, als das Ganze einfach zu vergessen.«

Nur gelang mir das nicht.

Was ich gesehen hatte, hatte einen zu tiefen Eindruck auf mich hinterlassen. Ich hatte nicht gelogen, als ich Will sagte, dass ich vorher noch nie einen Snuffporno gesehen hatte. Von Zeit zu Zeit hatte ich zwar immer wieder mal gehört, dass es so etwas tatsächlich gibt – einmal hatten sie angeblich in Chinatown einen konfisziert und sich dann im Fünften Revier einen Projektor ausgeliehen, um ihn sich anzusehen. Der Polizist, der mir das erzählte, behauptete, der Kollege, von dem er das Ganze wusste, hätte den Raum verlassen, als sie dem Mädchen in dem Film die Hand abschnitten. Vielleicht ist daran ja auch tatsächlich was Wahres, auch wenn solches Polizistenlatein in der Regel dazu tendiert, mit fortschreitendem Erzählen immer blutrünstiger zu werden – ganz ähnlich wie diese Schauergeschichte von Paddy Farrellys Kopf, die in gewissen Kneipen immer noch in Umlauf ist. Ebenso, wie ich wusste, dass es solche Filme gibt, war mir auch klar, dass es Leute gibt, die sie machen, und Leute, die sie sich ansehen. Aber ich war bisher noch nie mit so jemand in Berührung gekommen.

Es waren ein paar ganz bestimmte Details, die sich mir besonders deutlich eingeprägt hatten. Seltsamerweise waren es allerdings nicht die Dinge, von denen man das vielleicht am ehesten erwartet hätte. Da war zum Beispiel die beiläufige Art, mit der der Junge zu Beginn des Films fragte: ›Läuft das Ding eigentlich schon, und soll ich irgendwas sagen?‹ Und dann seine Verblüffung, als die Sache plötzlich etwas anders zu laufen begann, als er sich das ursprünglich vorgestellt hatte.

Oder die Hand des Mannes, als er dem Jungen das Haar zärtlich aus der Stirn strich – eine Geste, die sich im Verlauf des Films mehrmals wiederholte, bevor es schließlich zum äußersten kam und sich die Kamera auf das Abflussloch im Boden senkte, das sich vielleicht einen Meter vor den Füßen des Jungen befand. Es war zwar auch zuvor schon mehrere Male eher zufällig ins Bild gekommen, aber nun füllte es ganz bewusst den gesamten Bildausschnitt – ein schwarzes Eisengitter im strengen Schachbrettmuster des schwarz-weißen Fliesenbodens, und dazu das leuchtende Rot von Blut, so rot wie der Lippenstift der weiblichen Protagonistin, so rot wie ihre langen Fingernägel und die Warzen ihrer kleinen Brüste.

Das war die letzte Einstellung des Films. Keine Personen. Nur das Schachbrettmuster des Fliesenbodens, das Abflussloch und das Blut. Dann ein paar Sekunden heftigen Flimmerns, und auf einmal kämpfte Lee Marvin wieder für Demokratie und Freiheit.

Ein paar Tage, vielleicht sogar eine Woche lang, ging mir der Film nicht mehr aus dem Kopf. Trotzdem unternahm ich nichts. Ohne mir das Video ein zweites Mal anzusehen, deponierte ich die Kassette in meinem Bankschließfach. Das eine Mal hatte mir vollauf genügt. Obwohl es sich dabei eigentlich um eine Sache handelte, die förmlich danach schrie, dass man ihr weiter nachging, wusste ich beim besten Willen nicht, was ich tun sollte. Was hatte ich schließlich anderes in der Hand als eine Videokassette, auf der zwei nicht zu identifizierende Personen sexuelle Handlungen an einer dritten Person vollführten, die sie im weiteren Verlauf schwer misshandelten und schließlich töteten? Das Hauptproblem war, dass sich weder feststellen ließ, wer die Personen in dem Video waren noch wann es aufgenommen worden war.

Eines Tages ging ich nach einem Mittagstreffen den Broadway in Richtung Forty-second Street hinunter und trieb mich ein paar Stunden in der Deuce herum, dem Rotlichtbezirk zwischen Broadway und Eighth Avenue. Dabei sah ich mir eine ganze Reihe Pornoshops von innen an. Anfänglich kam ich mir dabei zwar etwas komisch vor, aber nach einer Weile verlor ich jede Befangenheit und studierte in aller Ruhe das Angebot in den Regalen Sparte S/M, sprich Sadomasochismus. Übrigens gab es keinen Laden, in dem sie solchen Schund nicht hatten – die ganze Palette, angefangen von Hundehalsbändern bis zu Peitschen, Fesseln, Foltern. Jede Kassette war auf der Hülle mit einer kurzen Inhaltsangabe und einem Foto versehen, um einen auf den Geschmack zu bringen.

Natürlich rechnete ich nicht damit, irgendwo auf diese ganz spezielle Version von *Das dreckige Dutzend* zu stoßen. Auch wenn sich im Umkreis des Times Square die Auswirkungen der Zensur auf ein Minimum beschränken, kommen selbst hier keine Kinder- und Snuffpornos in die Regale. Und was ich gesehen hatte, fiel in beide Ressorts. Der Junge hätte zwar unter Umständen gerade alt genug sein können, um den Streifen noch durchgehen lassen zu können, und ein guter Cutter hätte vermutlich halbwegs problemlos die schlimmsten Brutalitäten rausschneiden können, aber trotzdem schien es mir ziemlich unwahrscheinlich, dass ich hier auf eine entschärfte Fassung des Films stoßen würde.

Andererseits war nicht auszuschließen, dass der Latexmann und seine Lederbraut auch in ein paar anderen Streifen mitgewirkt hatten. Ich war mir zwar nicht sicher, ob ich sie überhaupt wiedererkennen würde, aber für völlig ausgeschlossen hielt ich es nicht, und vor allem dann nicht, wenn sie in denselben Kostümen auftraten.

Das war es also, wonach ich bei meinem Streifzug durch die Sexshops der Deuce Ausschau hielt, falls ich überhaupt nach etwas Bestimmtem suchte.

Auf der Uptownseite der Forty-second Street, vielleicht fünf Häuser von der Ecke zur Eighth Avenue entfernt, stieß ich auf einen kleinen Laden, der sich kaum von den anderen unterschied – mit einer Ausnahme: Er hatte sich fast ausschließlich auf die Bedürfnisse einer sadomasochistisch veranlagten Klientel spezialisiert. Natürlich hatte er daneben auch noch ein paar andere Spezialitäten zu bieten, aber trotzdem war hier die S/M-Abteilung besonders gut sortiert. Die Preise für die Videokassetten reichten von 19,98 Dollar bis zu hohen dreistelligen Beträgen, und daneben gab es auch noch Zeitschriften mit Titeln wie *Tittenfolter* und dergleichen mehr.

Ich sah mir alle Videokassetten an, darunter auch die aus Japan und Deutschland sowie die zahlreichen Amateurproduktionen, die nur mit primitiven Computerausdrucketiketten gekennzeichnet waren. Nach ein paar Stunden hatte ich längst auf gehört, nach Latexmann und seiner herzlosen Gespielin Ausschau zu halten. Ich suchte schon lange nach nichts Bestimmtem mehr, sondern ließ mich einfach treiben in dieser bizarren Welt, mit der ich so unvermutet in Berührung gekommen war. Dabei hatte sie immer schon existiert, nur ein paar hundert Meter von dem Hotel entfernt, in dem ich wohnte. Und ich hatte auch immer schon von ihrer Existenz gewusst. Allerdings hatte ich mich bisher nie näher mit ihr beschäftigt, da dazu keinerlei Notwendigkeit bestanden hatte.

Schließlich verließ ich den Laden wieder. Ich muss mich dort fast eine Stunde aufgehalten haben. Ich hatte mir alles in Ruhe angesehen und nichts gekauft. Falls das den Mann an der Kasse gestört haben sollte, ließ er sich jedenfalls nichts anmerken. Es war ein extrem dunkelhäutiger junger Inder, der die ganze Zeit keine Miene verzog und kein einziges Wort sprach. Genau genommen wurde in dem ganzen Laden kein einziges Wort gesprochen, nicht von ihm, nicht von mir und nicht von irgendeinem anderen Kunden. Jeder war peinlichst darauf bedacht, jeden Blickkontakt zu vermeiden. Alle verhielten sich so, als existierten die anderen nicht. Da war nur hin und wieder das Geräusch der sich öffnenden und wieder schließenden Tür oder ein leises Klimpern, wenn der Mann an der Kasse einem Kunden ein paar Münzen für die Videokabinen im hinteren Teil des Ladens in die Handfläche zählte. Ansonsten herrschte beklemmende Stille.

Wieder zurück in meinem Hotel duschte ich erst einmal. Danach fühlte ich mich zwar etwas besser, aber irgendwie klebte immer noch etwas von dem

Times Square-Schmutz an mir. Am Abend ging ich zu einem Treffen. Danach duschte ich noch einmal und legte mich schlafen. Am nächsten Morgen frühstückte ich erst mal in aller Ruhe und las die Zeitung, bevor ich wieder loszog.

An der Kasse saß wieder der Inder vom Tag zuvor. Falls er mich wiedererkannte, ließ er es sich nicht anmerken. Ich wechselte zehn Dollar in 25 Cent-Münzen und zog mich damit in eine der Videokabinen im rückwärtigen Teil des Sexshops zurück. Für welche Kabine man sich entscheidet, ist dabei unerheblich, da jeder Bildschirm an sechzehn verschiedene Programme angeschlossen ist, unter denen man nach Belieben hin und her schalten kann. Im Grunde genommen ist das fast so, als würde man zu Hause vor dem Fernseher sitzen, nur dass die Programmauswahl etwas anders ist und zwei Minuten Sendezeit sage und schreibe einen Dollar kosten.

Ich fütterte den Apparat also brav mit Münzen und sah allen möglichen Männern und Frauen dabei zu, wie sie Dinge miteinander anstellten, die vorwiegend unter das unerschöpfliche Thema fielen, wie füge ich jemand anderem Schmerzen zu. Einige der Opfer schienen diese Behandlung durchaus zu genießen, und niemand machte den Eindruck, als ginge es ihm wirklich dreckig. Was auf dem Bildschirm passierte, war ausnahmslos gespielt, und zwar von mehr oder weniger bereitwilligen Laiendarstellern.

Nichts von dem, was hier gezeigt wurde, ließ sich auch nur annähernd mit dem vergleichen, was ich auf meinem Video gesehen hatte.

Als ich den Sexshop wieder verließ, war ich um zehn Dollar ärmer, und ich fühlte mich auch mindestens um genauso viele Jahre älter. Im Freien war es heiß und schwül. Ich wischte mir den Schweiß von der Stirn und fragte mich, was ich hier eigentlich wollte.

Aber irgendwie schien mich die Deuce nicht aus ihren Klauen lassen zu wollen, obwohl die unzähligen Sexshops ebenso wenig einen Reiz auf mich ausübten wie das vielfältige Angebot sexueller Dienstleistungen, die einem auf der Straße quasi in natura angeboten wurden. Auch wollte ich mir keinen Kungfu-Film ansehen oder irgendwelche Drogen, Basketballschuhe, Stereoanlagen oder Strohhüte kaufen. Und auch kein Klappmesser oder einen falschen Ausweis, mit Schwarzweißfoto für fünf Dollar, in Farbe für zehn und alles in zehn Minuten fertig. Und ich hatte auch keine Lust, Pac-Man oder Donkey Kong zu spielen oder einem weißhaarigen Schwarzen zuzuhören, der über ein Megaphon verkündete, dass Jesus ein reinrassiger Neger aus dem heutigen Gabun gewesen war.

Ich streifte ziellos durch die Gegend. Irgendwann überquerte ich die Eighth Avenue, kaufte mir an einem Imbissstand im Port-Authority-Busbahnhof ein Sandwich und ein Glas Milch und blieb dort eine Weile. Nach der drückenden Hitze, die im Freien herrschte, erwies sich die Klimaanlage als ein wahrer Segen. Aber schon nach kurzem zog es mich wieder unwiderstehlich auf die Straße zurück.

In einem der unzähligen Kinos in der Deuce hatten sie ein Double-Feature mit John Wayne-Filmen. Ich kaufte mir eine Karte und setzte mich auf einen Platz ziemlich weit hinten. Nachdem ich mir die zweite Hälfte des ersten und die erste Hälfte des zweiten Films angesehen hatte, stand ich wieder auf und ging.

Und wanderte weiter durch die Gegend.

Ich war so in Gedanken versunken, dass ich erst gar nicht merkte, dass schon eine ganze Weile ein junger Schwarzer neben mir hergegangen war. Erst als er mich fragte, was ich hier eigentlich wollte, blieb ich stehen und sah ihn verdutzt an. Er war schätzungsweise um die sechzehn, also etwa so alt wie der ermordete Junge in dem Video. Allerdings wirkte er schon um einiges abgebrühter.

»Ich sehe gerade in ein Schaufenster«, antwortete ich auf seine Frage.

»Sie bleiben vor jedem Schaufenster stehen und glotzen rein. Ich seh Sie hier jetzt schon den ganzen Tag rumlatschen.«

»Na und. Was dagegen?«

»Jetzt sagen Sie schon endlich: Was suchen Sie?«

»Nichts.«

Er sah mich herausfordernd an. »Gehen Sie bis zur nächsten Ampel. Runter bis zur Eighth und dann um die Ecke. Dort warten Sie auf mich.«

»Warum?«

»Warum? Damit uns die Leute hier nicht so anglotzen. Darum.«

Ich wartete also in der Eighth Avenue auf ihn. Entweder war er um den Block gerannt, oder er hatte eine Abkürzung durch das Carter Hotel genommen. Früher hieß es mal Hotel Dixie und war berühmt dafür, dass sich der Portier am Telefon immer mit ›Hotel Dixie, na wenn schon‹ meldete. Ich glaube, sie änderten den Namen ziemlich genau zu dem Zeitpunkt, als Jimmy

Carter Präsident wurde. Könnte allerdings auch sein, dass ich mich täusche und das Ganze reiner Zufall war.

Ich hatte mich kaum in einen verlassenen Hauseingang zurückgezogen, als er bereits, die Hände in den Taschen seiner Jeans, den Kopf auf die Seite geneigt, die Forty-third Street runterkam.

Trotz der hochsommerlichen Temperaturen trug er über seinem T-Shirt eine Jeansjacke, aber die Hitze schien ihm nichts auszumachen.

»Ich hab Sie gestern schon hier rumschleichen sehen«, begann er. »Was suchen Sie nun eigentlich?«

»Nichts.«

»Erzählen Sie mir doch keinen Scheiß, Mann. Jeder, der sich hier rumtreibt, sucht irgendwas. Erst dachte ich, Sie sind ein Bulle. Aber das sind Sie nicht.«

»Woher willst du das so genau wissen?«

»Weiß ich eben.« Er sah mich lange an. »Ist doch so. Oder nicht?«

Ich lachte.

»Was gibt's da zu lachen? Wenn sich hier einer komisch verhält, dann höchstens Sie, Mann. Ein Typ haut Sie an, ob Sie Crack oder was zu rauchen kaufen wollen. Aber Sie schütteln nur den Kopf und sehen den Typ nicht mal an. Wollen Sie Stoff?«

»Nein.«

»Wollen Sie ein Mädchen?« Und als ich den Kopf schüttelte, fuhr er fort: »Einen Jungen? Ein Mädchen *und* einen Jungen? Oder wollen Sie eine Show sehen? Wollen Sie selber eine Show machen? Also, was ist? Was wollen Sie?«

»Nur ein bisschen spazieren gehen. Da kann ich besser nachdenken.«

Er sah mich an. »Das können Sie jemand anderem erzählen. Kein Mensch kommt in die Deuce, um nachzudenken. Wie wollen Sie finden, was Sie suchen, wenn Sie nicht sagen, was Sie wollen?«

»Wer sagt dir, dass ich überhaupt was will?«

»Sagen Sie mir einfach, was Sie wollen, und ich helfe Ihnen, dass Sie es bekommen.«

»Ich hab dir doch gesagt, dass ich nichts will.«

»Das möchte ich auch mal von mir behaupten können. Ich möchte eine ganze Menge. Wie wär's zum Beispiel, wenn Sie mir einfach einen Dollar geben?«

Die Art, wie er das sagte, hatte nichts Einschüchterndes oder Bedrohliches.

»Warum sollte ich dir einen Dollar geben?«

»Na, weil wir beide gute Kumpel sind. Und weil wir gute Kumpel sind, kriegen Sie vielleicht einen Joint von mir. Was halten Sie davon?«

»Ich rauche kein Gras.«

»Sie rauchen kein Gras? Was rauchen Sie dann?«

»Ich rauche überhaupt nicht.«

»Dann geben Sie mir einen Dollar, und ich gebe Ihnen nichts.«

Gegen meinen Willen musste ich lachen. Ich schaute mich kurz um. Niemand schenkte uns Beachtung.

Ich nahm meine Brieftasche heraus und gab ihm einen Fünfer.

»Wofür soll das sein?«

»Weil wir Kumpel sind.«

»Na schön. Und was wollen Sie jetzt? Soll ich mit Ihnen mitkommen?«

»Nein.«

»Sie geben mir die Knete einfach so?«

»Ganz richtig. Einfach so. Wenn du es nicht willst ...«

Ich griff nach dem Schein, aber er zog ihn lachend zurück. »Geschenkt ist geschenkt. Hat Ihnen das Ihre Mutter nicht beigebracht?« Er steckte den Fünfer ein, legte den Kopf auf die Seite und sah mich an. »Aus Ihnen soll mal einer schlau werden.«

»Da gibt's nicht viel zum Schlauwerden. Wie heißt du übrigens?«

»Wie ich heiße? Warum wollen Sie das wissen?«

»Einfach so.«

»Dann nennen Sie mich einfach TJ.«

»Okay.«

»*Okay*. Und wie heißen Sie?«

»Du kannst mich Booker nennen.«

»Was? Booker?« Er schüttelte den Kopf. »Sie sind echt eine Nummer für sich, Mann. Booker! Wenn Sie Booker heißen, bin ich Eddie Murphy.«

»Na schön, ich heiße Matt.«

»Matt«, sagte er, als wollte er ausprobieren, ob der Name zu mir passte. »Hört sich schon besser an. Matt. Matt. Klingt ganz nett, Matt.«

»›Find ich gut, Ruth.‹«

Seine Augen leuchteten auf. »Hey, Mann, Sie stehen doch nicht etwa auf Spike Lee? Haben Sie diesen Film auch gesehen?«

»Klar.«

»Aus ihnen soll mal einer schlau werden.«

»Ich hab dir doch bereits gesagt, da gibt's nichts zum Schlauwerden.«

»Sie haben vielleicht einen Jones. Mir ist nur noch nicht recht klar, woran das liegt.«

»Vielleicht, weil ich keinen habe.«

»Hier in der Deuce?« Er hatte ein rundes Gesicht mit einer Stupsnase und wachen Augen. Ich hätte gern gewusst, ob er meine fünf Dollar wohl gleich in einer Ampulle Crack anlegen würde. Für einen Cracksüchtigen wirkte er zwar noch zu wenig ausgemergelt, und er hatte auch nicht diesen ganz speziellen Blick, aber den kriegt man ja auch nicht sofort.

»Wer sich hier rumtreibt«, fuhr er fort, »hat auf jeden Fall einen Jones. Und wenn es kein Crack- oder Sex- oder Geld-Jones ist, dann ist es eben ein Antörn- oder Abtörn-Jones. Aber irgendeine Art von Jones hat jeder, der hier rumschleicht, Mann. Wieso käme er sonst auch in die Deuce?«

»Und was hast du für einen Jones, TJ?«

Er lachte. »Ich hab einen Jones-Jones. Weil ich ständig rausfinden will, was für einen Jones die anderen haben. Und das ist *mein* Jones, Matt.«

Ich unterhielt mich noch ein paar Minuten länger mit TJ. Er war so ziemlich das beste Mittel, das man für fünf Dollar gegen den Forty-second-Street-Blues kriegen konnte. Als ich mich danach wieder auf den Weg zurück nach Uptown machte, war die lähmende Starre, die mich schon den ganzen Tag lang befallen hatte, so gut wie verflogen. Ich duschte, aß in aller Ruhe zu Abend und ging zu einem Treffen.

Am nächsten Morgen, ich rasierte mich gerade, läutete das Telefon. Es war ein Anwalt, der einen Job für mich hatte. Ich zog mich an und fuhr mit der U-Bahn nach Brooklyn, wo der Anwalt, er hieß Drew Kaplan, seine Kanzlei hatte. Er hatte gerade einen Mandanten, der wegen fahrlässiger Tötung in Zusammenhang mit Fahrerflucht unter Anklage stand.

»Er behauptet steif und fest, er war's nicht«, erklärte mir Kaplan. »Ich persönlich bin zwar der festen Überzeugung, dass er mir was vormacht, aber für den Fall, dass es tatsächlich noch Leute gibt, die ihrem Anwalt die Wahrheit sagen, sollten wir uns vielleicht vergewissern, ob es nicht doch jemand gibt, der zufällig gesehen hat, dass diese alte Dame von jemand anderem überfahren wurde. Wollen Sie's auf einen Versuch ankommen lassen?«

Ich ging der Sache eine Woche lang nach, bis Kaplan mir sagte, ich solle meine Nachforschungen einstellen; er hätte seinen Mandanten schließlich doch weichklopfen können, sich schuldig zu bekennen und auf den Kompromissvorschlag der Staatsanwaltschaft einzugehen, nur wegen grober Fahrlässigkeit und unerlaubten Verlassens des Tatorts Anklage gegen ihn zu erheben.

»Die fahrlässige Tötung haben sie zum Glück ganz fallengelassen«, fuhr er fort, »und nachdem ich meinem Mandanten endlich klarmachen konnte, dass er dann auf keinen Fall ins Gefängnis muss, hat er sich schließlich auf diesen Handel eingelassen. Der Staatsanwalt wird zwar auf sechs Monate plädieren, aber ich bin ganz sicher, dass der Richter die Strafe auf Bewährung aussetzen wird. Deshalb werde ich auch morgen diesem Kompromissvorschlag zustimmen, es sei denn, Sie haben in der Zwischenzeit den perfekten Zeugen aufgetrieben.«

»Ob Sie's glauben oder nicht. So jemanden habe ich heute Nachmittag tatsächlich aufgetrieben.«

»Am besten einen Geistlichen«, bemerkte Kaplan sarkastisch. »Einen Geistlichen, der ganz hervorragend sieht und möglichst auch noch Träger der Ehrenmedaille des Kongress ist.«

»Damit kann ich zwar nicht gerade aufwarten, aber die Zeugin macht trotzdem einen sehr zuverlässigen Eindruck. Die Sache hat nur einen Haken: Sie ist ganz sicher, dass Ihr Mandant die Frau überfahren hat.«

»Das hat uns gerade noch gefehlt«, stöhnte Kaplan. »Und die andere Seite weiß noch nichts von dieser Frau?«

»Zumindest war das vor zwei Stunden noch nicht der Fall.«

»Dann muss das auf jeden Fall auch noch bis morgen so bleiben. Ihr Scheck ist bereits mit der Post unterwegs, Scudder. Sie haben doch noch immer keine Lizenz und reichen keine schriftlichen Berichte ein?«

»Es sei denn, Sie brauchen was Schriftliches für Ihre Akten.«

»Ganz im Gegenteil. In diesem Fall brauche ich absolut nichts Schriftliches für die Akten. Sie werden also keinen Bericht einreichen, und ich werde dieses Gespräch, das wir sowieso nie geführt haben, auch auf der Stelle wieder vergessen.«

»Meinetwegen.«

»Großartig. Und noch was, Matt. Vielleicht sollten Sie sich mal überlegen, ob Sie sich nicht doch eine Lizenz zulegen. An sich hätte ich wesentlich mehr Aufträge für Sie, aber einen Großteil davon kann ich Ihnen ohne Lizenz einfach nicht erteilen.«

»Das überlege ich mir schon eine ganze Weile.«

»Na schön, sagte er. »Wenn sich in diesem Punkt was ändern sollte, sagen Sie mir einfach Bescheid.«

Kaplans Scheck kam tatsächlich schon ein paar Tage später mit der Post, und er hatte sich nicht lumpen lassen. Deshalb mietete ich einen Wagen und fuhr mit Elaine in die Berkshires hoch, um gleich mal einen Teil des Gelds auf den Kopf zu hauen. Als wir wieder zurückkamen, rief Wally von Reliable Investigations an. Er hatte einen Job in Zusammenhang mit einem Versicherungsfall für mich.

Je mehr Zeit verstrich und je mehr mein Leben wieder seinen gewohnten Gang nahm, desto mehr verblasste auch die nachhaltige Wirkung, die der Snuffporno auf mich gehabt hatte. Ich begann ihn von Tag zu Tag mehr als das zu sehen, was er letzten Endes auch war: ein weiterer Ausdruck des Wahnsinns, der die Welt zu regieren schien. Man brauchte morgens nur die Zeitung aufzuschlagen, um mit jeder Menge neuer Schreckensmeldungen konfrontiert zu werden, die einen die Katastrophen vom Vortag schnell vergessen ließen.

Hin und wieder gingen mir zwar immer noch einzelne Szenen aus dem Video durch den Kopf, aber trotzdem beschäftigten sie mich nicht mehr annähernd in dem Maß wie bis vor kurzem. Außerdem hatte ich meine Streifzüge durch die Sexshops in der Deuce schon lange wieder aufgegeben und war demzufolge auch TJ nicht mehr begegnet. Im Grunde genommen hatte ich ihn schon fast wieder vergessen. Er war zwar ein interessanter Typ, aber es macht nun mal den besonderen Reiz von New York aus, dass es dort von interessanten Typen nur so wimmelt.

Das Jahr neigte sich seinem Ende zu.

Die Mets flogen nach einer Reihe schwacher Leistungen in den Playoffs raus, und die Yankees hatten es erst gar nicht dorthin geschafft. Im Finale standen sich schließlich zwei kalifornische Teams gegenüber, und das Aufregendste, was dabei passierte, war das Erdbeben in San Francisco. Im November bekam die Stadt ihren ersten schwarzen Bürgermeister, und in der Woche danach wurde Amanda Warriner Thurman drei Etagen über einem italienischen Restaurant in der West Fifty-second Street vergewaltigt und ermordet.

Und dann sah ich einen Mann einem Jungen das Haar aus der Stirn streichen, und mir fiel alles wieder ein.

Kapitel 7

Bis die Banken öffneten, hatte ich bereits gefrühstückt und zwei Zeitungen gelesen. Ich holte die Videokassette aus meinem Bankschließfach und rief dann von einer Telefonzelle Elaine an.

»Hallo«, meldete sie sich. »Wie war's beim Boxen?«

»Besser, als ich dachte. Und dein Seminar?«

»Toll. Allerdings muss ich Unmengen von Literatur wälzen. Außerdem haben wir so eine aufdringliche kleine Wichtigtuerin im Kurs, die ständig irgendwelche dummen Fragen stellt, kaum dass unser Kursleiter einen Satz zu Ende gesprochen hat. Wenn er dieser dummen Kuh nicht bald den Mund verbietet, drehe ich ihr eigenhändig den Hals um.«

Ich fragte, ob ich noch mal für etwa eine Stunde ihren Videorecorder benutzen dürfte.

»Klar«, sagte sie. »Wenn du gleich vorbeikommst und wenn es wirklich nicht viel länger als eine Stunde dauert – und wenn es ein besseres Video ist als das, das du letztes Mal dabei hattest.«

»Dann bis gleich.«

Ich hängte ein, verließ die Zelle und bekam sofort ein Taxi.

Elaine hatte mir noch kaum den Mantel abgenommen und an die Garderobe gehängt, als sie mich fragte: »Na, wie war's gestern Abend? Hast du den Mörder gesehen?« Ich muss sie wohl ziemlich verdutzt angesehen haben, da sie rasch hinzufügte: »Richard Thurman, meine ich. Bist du denn nicht seinetwegen nach Maspeth rausgefahren?«

»An ihn habe ich im Moment überhaupt nicht gedacht. Er war zwar da, aber ich bin keinen Deut schlauer geworden, ob er nun tatsächlich seine Frau umgebracht hat oder nicht. Allerdings glaube ich, dass ich einen anderen Mörder gesehen habe.«

»Ach?«

»Den Kerl im Latexanzug. Ich bin während des Boxkampfs auf einen Mann aufmerksam geworden. Er kam mir irgendwie bekannt vor, aber ich wusste nicht, woher. Und dann hat es plötzlich klick gemacht. Er muss der Kerl in dem Video gewesen sein.«

»Hatte er denn seinen Latexanzug an?«

»Nein, einen blauen Blazer.« Ich erzählte ihr von dem Mann und dem Jungen in seiner Begleitung. »Leider habe ich wieder dieselbe Kassette dabei wie letztes Mal. Ich nehme nicht an, dass du sie dir noch mal ansehen willst.«

»Das hätte mir gerade noch zu meinem Glück gefehlt. Dann werde ich eben machen, was ich sowieso vorhatte: losgehen und mir ein paar Bücher für meinen Kurs besorgen. Das wird nicht länger dauern als eine Stunde. Du weißt doch, wie der Recorder funktioniert?« Als ich nickte, fügte sie hinzu: »Ich werde auf jeden Fall sehen, dass ich wieder rechtzeitig zurück bin. Um halb zwölf habe ich nämlich einen Termin.«

»Keine Sorge, bis dahin bin ich längst über alle Berge.«

Ich wartete, bis sie gegangen war. Dann stellte ich den Videorecorder an, legte die Kassette ein und drückte auf den Schnellvorlauf, bis die Stelle kam, wo der Porno über *Das dreckige Dutzend* kopiert war. Als Elaine kurz vor elf wieder zurückkam, war ziemlich genau eine Stunde vergangen. Währenddessen hatte ich mir das Video zweimal angesehen. Es dauerte ziemlich genau eine halbe Stunde. Beim zweiten Mal sah ich mir vieles nur im Suchlauf an, so dass das Ganze nicht einmal die Hälfte der Zeit dauerte. Als Elaine zurückkam, hatte ich die Kassette wieder zurückgespult und stand am Fenster.

Sie sagte: »Eben habe ich sage und schreibe hundert Dollar für Bücher ausgegeben. Und das ist noch nicht mal die Hälfte von dem, was auf unserer Literaturliste steht.«

»Hast du denn keine Taschenbuchausgaben gekriegt?«

»Es sind Taschenbücher. Keine Ahnung, woher ich die Zeit nehmen soll, sie alle zu lesen.« Sie leerte den Inhalt ihrer Einkaufstüte auf die Couch, griff kurz nach einem Buch, fuhr mit dem Daumen über seine Seiten und warf es wieder auf den Haufen zurück. »Wenigstens sind sie alle auf Englisch. Das ist schon mal etwas. Leider kann ich nämlich weder Spanisch noch Portugiesisch. Andererseits stellt sich da natürlich die Frage, ob man ein Buch überhaupt kennt, wenn man es nur in Übersetzung gelesen hat.«

»Wenn es eine gute ist, schon.«

»Wahrscheinlich. Aber ist das nicht trotzdem so, als ob man sich einen Film mit Untertiteln ansehen würde? Was in den Untertiteln steht, ist nie das gleiche, was tatsächlich auf der Leinwand gesprochen wird. Hast du dir diesen Schund noch mal angesehen?«

»Mhm.«

»Und? War er's?«

»Ich glaube schon. Natürlich ließe sich das viel besser sagen, wenn er nicht diese blöde Maske aufhätte. Dabei muss er unter diesem Ding und dem Latexanzug geschwitzt haben wie eine Sau.«

»Vielleicht hatte er deshalb die Öffnung im Zwickel – damit ihm nicht so heiß wird.«

»Ich bin jedenfalls ziemlich sicher, dass er es war«, sagte ich. »Im Wesentlichen stützt sich meine Annahme natürlich nur auf die Handbewegung, mit der er dem Jungen das Haar aus der Stirn streicht. Aber es gibt auch noch ein paar andere Übereinstimmungen. Seine Haltung, seine Art, sich zu bewegen – das sind lauter Dinge, die sich auch durch die verrückteste Verkleidung nicht kaschieren lassen. Auch die Hände haben gestimmt. Und die Handbewegung, mit der er dem Jungen das Haar aus der Stirn streicht, war genauso, wie ich sie in Erinnerung hatte.«

Ich legte die Stirn in Falten. »Ich glaube übrigens auch, dass es dasselbe Mädchen war.«

»Was für ein Mädchen? Von einem Mädchen hast du doch noch gar nichts erzählt. Meinst du seine Partnerin in dem Film, das Mädchen mit den knallroten Brustwarzen.«

»Wenn mich nicht alles täuscht, war sie das Nummerngirl. Du weißt schon, eines von diesen Mädchen, die zwischen den einzelnen Runden ein Schild mit der Nummer der nächsten Runde durch den Ring tragen.«

»Dabei hatte sie aber vermutlich nicht ihr Leder-Outfit an.«

Ich schüttelte den Kopf. »Sie sah aus, als wäre sie gerade frisch vom Strand eingeflogen worden. Sie trug einen Badeanzug mit hoch ausgeschnittenen Beinen. So genau habe ich sie mir leider nicht angesehen.«

»Das kann ich mir denken.«

»Nein, ehrlich nicht. Irgendwie kam sie mir zwar vage bekannt vor, aber ich habe mir ihr Gesicht nicht näher angesehen.«

»Weil du vermutlich viel zu sehr damit beschäftigt warst, ihr auf den Hintern zu starren.« Sie legte mir die Hand auf den Arm. »Nimm das bitte nicht zu ernst, Matt. Erzähl ruhig weiter.«

»Aber du erwartest doch Besuch. Nein, ich werde mich jetzt lieber verdrücken. Macht es dir was aus, wenn ich die Kassette hierlasse? Ich möchte sie nicht den ganzen Tag mit mir rumschleppen oder noch mal extra ins Hotel fahren, um sie auf mein Zimmer zu bringen.«

»Kein Problem. Ich möchte dich zwar nicht rauswerfen, aber ...«

Ich gab ihr einen Kuss und ging.

Beim Verlassen des Gebäudes überkam mich plötzlich das unwiderstehliche Bedürfnis, mich in einem Hauseingang auf die Lauer zulegen, um zu sehen, wer Elaine gleich besuchen kommen würde. Sie hatte zwar nicht ausdrücklich gesagt, dass sie einen Freier erwartete, aber sie hatte auch nicht das Gegenteil behauptet. Und ich hatte es tunlichst vermieden, sie danach zu fragen.

Nach kurzem Nachdenken gelangte ich jedoch zu der Überzeugung, dass ich eigentlich Besseres zu tun hatte, als ihrer Mittagsverabredung aufzulauern und mir anschließend den Kopf darüber zu zerbrechen, was für ausgefallene Wünsche sie ihm wohl erfüllen würde, um sich diese kostspieligen Übersetzungen aus dem Spanischen und Portugiesischen leisten zu können.

Es gab Phasen, da machte es mir was aus, und dann wieder auch nicht. Und hin und wieder dachte ich, dass es mir eigentlich mehr oder auch weniger ausmachen sollte, als das zu einem bestimmten Zeitpunkt der Fall war. Eines stand jedenfalls fest: Irgendwann musste ich mir wohl klar darüber werden, wie ich dazu wirklich stand.

Während ich also diesen und ähnlichen Gedanken nachhing, ging ich zur Madison hinüber und nahm einen Bus in Richtung Uptown. Chances Galerie für afrikanische Kunst lag über einem exklusiven Kinderbekleidungsgeschäft. Das Schaufenster war im Stil einer Szene aus *Wind in den Weiden* dekoriert, und die einzelnen Tiere trugen Kinderkleidung aus dem Laden. Die Ratte hatte zum Beispiel einen moosgrünen Anorak an, der vermutlich so viel kostete wie ein ganzes Regal voller zeitgenössischer lateinamerikanischer Literatur.

Auf dem Messingschild am Eingang stand: L. CHANCE COULTER – AFRICANA.

Ich stieg eine teppichbelegte Treppe hinauf. Die goldeingefassten schwarzen Buchstaben an der Tür trugen dieselbe Aufschrift, diesmal mit dem Zusatz ›Besuche nur nach vorheriger Absprache‹. Ich hatte zwar keinen Termin, aber vielleicht brauchte ich auch keinen. Ich klingelte, und wenige

Augenblicke später wurde mir die Tür von keinem geringeren als Kid Bascomb geöffnet. Er trug einen dreiteiligen Anzug, und über seine Lippen legte sich ein breites Lächeln, als er mich sah.

»Mr. Scudder!«, begrüßte er mich überschwänglich. »Schön, Sie mal wieder zu sehen. Werden Sie von Mr. Coulter erwartet?«

»Nein. Es sei denn, er hat mich bereits in seiner Kristallkugel kommen sehen. Ich bin einfach auf gut Glück vorbeigekommen.«

»Er wird sich bestimmt freuen, Sie zu sehen. Er telefoniert zwar gerade, aber kommen Sie ruhig schon mal rein, Mr. Scudder, und machen Sie es sich bequem. Ich werde ihm gleich sagen, dass Sie hier sind.«

Nachdem sich Kid entfernt hatte, nutzte ich die Zeit, um mir in aller Ruhe die Ausstellungsstücke anzusehen. Obwohl ich alles andere als ein Experte auf dem Gebiet afrikanischer Kunst bin, war die hohe künstlerische Qualität der ausgestellten Masken und Figuren selbst für einen Laien wie mich unschwer zu erkennen. Ich stand gerade vor einer Senufo-Maske von der Elfenbeinküste, als Kid Bascomb zurückkam und mir mitteilte, dass Chance jeden Moment fertig wäre. »Er telefoniert gerade mit einem Herrn in Antwerpen«, erklärte er mir. »Das liegt, glaube ich, in Belgien.«

»Jedenfalls irgendwo in Europa. Ich wusste gar nicht, dass Sie hier arbeiten, Kid.«

»Schon eine ganze Weile, Mr. Scudder.« Zwar hatte ich ihm erst am Abend zuvor draußen in Maspeth wieder gesagt, mich einfach Matt zu nennen, aber irgendwie war er auf diesem Ohr taub. »Sie wissen ja, dass ich mit dem Boxen Schluss gemacht habe. Ich war einfach nicht gut genug.«

»Von wegen. Sie waren sogar verdammt gut, Kid.«

Er grinste. »Jedenfalls bin ich ganz kurz hintereinander gegen drei Kerle angetreten, die alle besser waren als ich. Darauf habe ich das Boxen sein lassen und mich nach einer anderen Beschäftigung umgesehen. Und dann hat es sich zufällig so ergeben, dass mich Mr. Chance gefragt hat, ob ich nicht für ihn arbeiten will – Mr. Coulter, meine ich natürlich.«

Dieser Versprecher war nicht weiter schwer zu verstehen. Als ich Chance kennenlernte, war das der einzige Name, den er hatte, und erst als er ins Kunstgeschäft einstieg, fügte er diesem Chance noch eine Initiale und einen Nachnamen hinzu.

»Und? Gefällt es Ihnen hier?«

»Es ist jedenfalls besser, als sich die Fresse polieren zu lassen. Nein, nein, es gefällt mir sogar ausgesprochen gut. Und vor allem lerne ich hier eine Menge. Es vergeht kein Tag, an dem ich nicht was Neues lerne.«

»Wenn ich das nur auch von mir behaupten könnte«, ertönte plötzlich hinter mir die Stimme von Chance. »Matthew, wurde wirklich langsam Zeit, dass du mal vorbeischaust. Eigentlich hatte ich gestern Abend gehofft, du würdest mit deinem Freund noch mit uns mitkommen. Aber als wir dann alle in Eldons Umkleideraum standen und ich mich umdrehte, um dich mit ihm bekanntzumachen, warst du plötzlich verschwunden.«

»Wir wollten gestern beide früh nach Hause.«

»Da wären wir tatsächlich nicht die richtige Gesellschaft für euch gewesen. Bei uns ist es nämlich ziemlich spät geworden. Wie steht's? Hast du Lust auf eine Tasse wirklich guten Kaffee?«

»Sag bloß, du hältst noch immer deiner alten Spezialsorte die Treue.«

»Aber sicher, Matthew. Jamaican Blue Mountain. Kostet zwar noch immer ein kleines Vermögen, aber schau dich doch mal um.« Er deutete auf die Masken und Figuren. »Was kostet heute schon kein Vermögen mehr?« Er wandte sich kurz an Kid Bascomb. »Arthur, könntest du uns bitte Kaffee bringen. Und dann nimm dir doch mal die neu eingegangenen Rechnungen vor.«

Zum ersten Mal hatte er mir diesen jamaikanischen Kaffee in seinem Haus serviert, einer ehemaligen Feuerwache in einer stillen Straße in Greenpoint. Seine polnischen Nachbarn dachten, das Haus gehörte einem bettlägerigen alten Arzt namens Levandowski und Chance wäre der Sekretär und Chauffeur des Doktors. In Wirklichkeit teilte sich Chance das Haus mit dem hervorragend ausgestatteten Fitnessraum und dem gigantischen Billardtisch nur mit seiner museumsreifen Sammlung afrikanischer Kunst.

Ich fragte ihn, ob er noch immer in der alten Feuerwache wohnte.

»Natürlich«, sagte er. »Ich hätte es nie übers Herz gebracht, dort auszuziehen. Erst dachte ich zwar, ich müsste das Haus verkaufen, um die Galerie eröffnen zu können, aber dann fand ich eine andere Möglichkeit, um das nötige Kapital aufzubringen. Außerdem musste ich nicht erst eine Menge Geld für die Ausstellungsstücke hinblättern. Ich hatte ja das ganze Haus voll davon.«

»Hast du deine Sammlung immer noch.«

»Aber sicher. Und sie ist besser bestückt denn je. In gewisser Hinsicht ist alles Teil meiner Sammlung, und zugleich stehen auch alle Stücke zum Verkauf. Kannst du dich noch an diese Benin-Bronze erinnern? Den Kopf einer Königin?«

»Mit den vielen Halsketten.«

»Ich habe ihren Preis ganz bewusst extrem hoch angesetzt, und alle drei Monate, wenn sich noch immer kein Käufer dafür gefunden hatte, habe ich den Preis noch weiter raufgesetzt, bis das gute Stück irgendwann so horrend teuer war, dass sich schließlich jemand fand, der ihm einfach nicht mehr widerstehen konnte. Ich habe sie zwar nur äußerst ungern hergegeben, aber dann habe ich mir für den Erlös etwas anderes gekauft.« Er nahm mich am Arm. »Ich muss dir unbedingt ein paar Sachen zeigen. Dieses Frühjahr war ich nämlich einen Monat in Afrika. Zwei Wochen davon war ich in Mali, in der Heimat der alten Dogon. Die dortige Bevölkerung hat sich ihre kulturelle Eigenständigkeit noch sehr stark bewahrt. Ihre Häuser haben mich ein wenig an die Anasazi-Behausungen in Mesa Verde erinnert. Da, ein typisches Dogon-Stück. Viereckige Löcher als Augen, alles von größter Schlichtheit und auf das Allernötigste reduziert.«

»Nicht schlecht.« Ich nickte anerkennend. »Du hast es wirklich zu was gebracht.«

»Das kann man wohl ohne Übertreibung sagen.«

Das sollte jedoch nicht heißen, dass Chance nicht auch schon sehr erfolgreich war, als ich ihn kennenlernte, aber in einer völlig anderen Branche. Damals war er nämlich noch Zuhälter, allerdings keiner von der gängigen Sorte mit einem rosa Cadillac und einem breitkrempigen lila Hut. Kennengelernt hatten wir uns, als eines seiner Mädchen umgebracht wurde und er mich beauftragte, ihren Mörder zu finden.

»Das habe ich alles nur dir zu verdanken, Matt«, sagte er.

»Weil du mir mehr oder weniger die Geschäftsgrundlage entzogen hast.«

In gewisser Hinsicht war das tatsächlich richtig.

Bis ich herausfand, was ich für ihn herausfinden sollte, starb noch eines seiner Mädchen, und die anderen stiegen bei ihm aus. »Dass du mal die Branche gewechselt hast, war doch längst überfällig. So ein akuter Fall von Midlife-Crisis wie damals bei dir ist mir selten untergekommen.«

»Von wegen. Dafür fühle ich mich selbst heute noch viel zu jung – von damals erst gar nicht zu reden.« Er sah mich plötzlich wieder ganz ernst an. »Matthew? Du bist doch nicht vorbeigekommen, um mir nur guten Tag zu sagen.«

»Nein.«

»Und auch nicht wegen des Kaffees.«

»Nein. Ich habe gestern Abend in Maspeth jemand gesehen und dachte, du könntest mir vielleicht weiterhelfen, wer der Mann ist.«

»Jemand in meiner Begleitung? In Rasheeds Ecke?«

Ich schüttelte den Kopf. »Er saß an der Längsseite des Rings, in der ersten Reihe.« Ich zeichnete mit dem Zeigefinger den Grundriss der Halle in die Luft. »Hier ist der Ring. Hier hast du gesessen. In der blauen Ecke. Hier waren Ballou und ich. Und der Mann, für den ich mich interessiere, saß etwa hier.«

»Wie sah er aus?«

»Ein Weißer, nicht mehr viel Haare auf dem Kopf, schätzungsweise eins fünfundsiebzig groß, gut achtzig Kilo schwer.«

»In etwa Halbschwergewicht also. Was hatte er an?«

»Einen blauen Blazer. Graue Hose. Und eine blaue Krawatte mit auffallend großen Punkten.«

»Die Krawatte ist das erste, was sich nicht nach einem Durchschnittsgesicht in der Menge anhört. Eigentlich müsste sie mir aufgefallen sein, aber ich kann mich an niemanden erinnern, der so eine Krawatte hatte.«

»Er war in Begleitung eines Jungen. Um die fünfzehn, würde ich sagen, vielleicht etwas jünger. Hellbraunes Haar. Könnte sein Sohn gewesen sein.«

»Ach, jetzt weiß ich, wen du meinst«, sagte Chance. »Zumindest habe ich in der ersten Reihe einen Vater mit seinem Sohn sitzen sehen. Allerdings könnte ich dir beim besten Willen nicht mehr sagen, wie die beiden ausgesehen haben. Der einzige Grund, weshalb sie mir aufgefallen sind, war vermutlich, weil der Junge das einzige Kind in der Halle war.«

»Du weißt jedenfalls, wen ich meine.«

»Ja. Aber ich weiß nicht, wer der Mann ist.« Er schloss die Augen. »Mit der nötigen Konzentration kann ich ihn mir sogar fast wieder vorstellen, wenn du verstehst, was ich meine. Es ist, als könnte ich ihn direkt da vorne am Ring sitzen sehen. Trotzdem könnte ich dir beim besten Willen nicht beschreiben, wie er ausgesehen hat. Was hat er denn angestellt?«

»Angestellt?«

»Hier handelt es sich doch sicher um einen deiner Fälle. Eigentlich dachte ich, du wärst nur nach Maspeth rausgefahren, um dir ein paar Boxkämpfe anzusehen. Aber offensichtlich hattest du dafür berufliche Gründe.«

Das war natürlich richtig, auch wenn ich wegen eines anderen Falls in Maspeth gewesen war. Ihm das des Langen und Breiten zu erklären, hätte jedoch zu weit geführt. Deshalb nickte ich nur und sagte: »Ja, es hatte auch berufliche Gründe.«

»Und dieser Mann hat irgendetwas mit dieser Sache zu tun, weshalb du gerne wissen möchtest, wer er ist.«

»Ob er wirklich etwas damit zu tun hat, kann ich erst sagen, wenn ich weiß, wer er ist.«

»Aha, langsam fange ich an zu begreifen.« Er dachte kurz nach. »Er saß in der vordersten Reihe. Muss also ein begeisterter Boxfan sein. Vielleicht sieht er sich ja öfter mal einen Kampf in Maspeth an. Ich wollte gerade sagen, dass ich ihn im Garden oder sonst wo noch nie gesehen habe, aber andererseits gehe ich ja auch erst regelmäßig zum Boxen, seit ich mich bei Rasheed eingekauft habe.«

»Gehört dir ein großes Stück von ihm, Chance?«

Er schüttelte den Kopf. »Schön wär's. Gefällt er dir eigentlich immer noch so gut? Gestern Abend scheinst du jedenfalls recht angetan von ihm gewesen zu sein.«

»Wirklich eine beeindruckende Leistung, die er gestern gezeigt hat. Allerdings hat er sich für meinen Geschmack auch ein paar Treffer zu viel eingefangen.«

»Das kannst du laut sagen. Kid fand das übrigens auch. Andererseits muss man ihm aber auch zugutehalten, dass Dominguez' Rechte wirklich verteufelt schnell kam.«

»Da hast du allerdings recht.«

»Schnell war der Junge weiß Gott. Aber ebenso schnell lag er auch auf den Brettern.« Er grinste. »Boxen ist einfach eine tolle Sache.«

Ich nickte.

»Es ist brutal und barbarisch und lässt sich eigentlich durch nichts rechtfertigen. Trotzdem finde ich es klasse.«

»Mir geht es ganz ähnlich. Warst du eigentlich vorher schon mal in Maspeth draußen, Chance?«

Er schüttelte den Kopf »Liegt wirklich am Arsch der Welt, obwohl es von Greenpoint, wo ich wohne, gar nicht so weit ist. Nur bin ich nicht von zu Hause gekommen, als ich nach Maspeth rausgefahren bin, und ich bin auch danach nicht gleich nach Hause gefahren. Ich habe den weiten Weg wirklich nur auf mich genommen, weil Rasheed dort geboxt hat.«

»Wirst du wieder mal nach Maspeth rausfahren?«

»Wenn wir dort wieder einen Kampf haben und wenn es sich terminlich machen lässt. Das nächste Mal wird Rasheed übrigens Dienstag in drei Wochen in Atlantic City in den Ring klettern.« Er grinste. »In Donald Trumps neuem Casino. Dort dürfte es vermutlich etwas nobler zugehen als in der New Maspeth Arena.«

Er erzählte mir noch, gegen wen Rasheed antrat, und redete mir ins Gewissen, mir diese Gelegenheit auf keinen Fall entgehen zu lassen. Und als ich sagte, ich würde mal sehen, ob es sich machen ließe, erklärte er mir, dass sie Rasheed eigentlich alle drei Wochen hatten antreten lassen wollen, aber wie es im Moment aussah, würde es wohl eher einmal im Monat werden.

»Tut mir leid, dass ich dir in dieser Sache nicht weiterhelfen kann«, erklärte er schließlich. »Aber ich kann mich natürlich ein wenig umhören, wenn du willst. Die Leute in Rasheeds Ecke lassen sich keinen Kampf entgehen. Wohnst du noch immer in diesem Hotel?«

»Wie eh und je.«

»Falls ich also was hören sollte ...«

»Dafür wäre ich dir sehr dankbar, Chance. Übrigens, eines muss man dir lassen: Du hast dich wirklich hervorragend gemacht.«

»Danke.«

An der Tür sagte ich: »Fast hätte ich's vergessen. Weißt du irgendwas über das Nummerngirl?«

»Das was?«

»Du weißt schon, das Mädchen, das auf so 'nem Pappschild die nächste Runde ankündigt.«

»So was nennt man Nummerngirl?«

»Was weiß ich. Vielleicht nennt sie sich auch Miss Maspeth. Ich dachte nur ...«

»Wenn ich was über sie weiß, dann nur, dass sie verdammt lange Beine hatte.«

»Das ist auch mir nicht entgangen.«

»Und sie hat nicht gerade mit ihren Reizen gegeizt. Aber damit hat es sich auch schon. Aus dem Geschäft bin ich schließlich schon lange ausgestiegen, Matthew – dank deiner Mithilfe übrigens, um das noch einmal klarzustellen.«

»Aus dem Geschäft? Findest du, sie sah aus wie eine Nutte?«

»Nein.« Er schüttelte den Kopf »Sie sah eigentlich mehr wie eine Nonne aus.«

»Wie eine Karmeliterin?«

»Eher wie ein Englisches Fräulein. Aber in dem Punkt möchte ich mich nicht mit dir streiten.«

Kapitel 8

Schräg gegenüber von dem Bürohochhaus in der Sixth Avenue, in dem sich die Büros von Five Borough Cable Sportcasts befinden, liegt das Hurley's. Die Leute von NBC verkehren dort schon seit Jahren, und richtig berühmt wurde die Bar durch Johnny Carson, als seine Show noch live aus New York gesendet wurde; sie war der Schauplatz seiner Ed McMahon-Witze. Das Hurley's befindet sich nach wie vor in einem der wenigen älteren Häuser, die es in diesem Abschnitt der Sixth Avenue noch gibt, und es wird wie eh und je von Fernsehleuten frequentiert, die eine Stunde oder einen Nachmittag totzuschlagen haben. Einer von denen, die dort ziemlich oft vorbeikamen, war Richard Thurman. Meistens tauchte er nach Feierabend auf und blieb in der Regel auf einen, hin und wieder auch auf zwei Drinks.

Um das herauszufinden, hatte es nicht unbedingt meines genialen detektivischen Spürsinns bedurft, weil es nämlich in der Akte Thurman stand, die mich Joe Durkin freundlicherweise hatte einsehen lassen. Es war halb fünf, als ich das Hurley's betrat und mir an der Bar ein Glas Club Soda bestellte. An sich hatte ich vorgehabt, den Barkeeper ein wenig auszuhorchen. Aber da ziemlicher Betrieb herrschte, war er für derlei tiefschürfende Gespräche zu beschäftigt. Ganz abgesehen davon, hätten wir uns aus Leibeskräften anbrüllen müssen, um uns verständlich zu machen.

Nach einer Weile verwickelte mich der Mann neben mir in ein Gespräch über den Super Bowl, der am vorangegangenen Sonntag stattgefunden hatte. Das Endspiel um die Football-Meisterschaft war jedoch zu einseitig verlaufen, um uns viel Gesprächsstoff zu liefern. Außerdem stellte sich ziemlich bald heraus, dass wir beide bereits nach der Hälfte des Matchs abgeschaltet hatten. Diese kleine Gemeinsamkeit veranlasste meinen Tresennachbarn dazu, mir einen Drink zu spendieren. Sein Enthusiasmus erfuhr allerdings einen empfindlichen Dämpfer, als er feststellte, dass ich Mineralwasser trank, und vollends zum Versiegen kam er, als ich das Gespräch aufs Boxen bringen wollte. »Das hat doch mit Sport nichts zu tun«, meinte er. »Zwei Kerle aus dem Ghetto, die sich gegenseitig halb tot prügeln. Warum drückt man da nicht lieber gleich jedem von den beiden eine Kanone in die Hand und lässt sie sich dann gegenseitig über den Haufen schießen?«

Kurz nach fünf sah ich Thurman hereinkommen. Er befand sich in Begleitung eines etwa gleichaltrigen Mannes und zwängte sich mit ihm in eine Lücke am anderen Ende der Bar. Sie bestellten sich was zu trinken, und nach etwa zehn bis fünfzehn Minuten ging Thurman wieder. Allein.

Ich wartete ein paar Minuten und ging ebenfalls.

Das Restaurant im Erdgeschoss des Hauses in der West Fifty-second, in dem Thurman wohnte, nannte sich Radicchio. Ich postierte mich auf der gegenüberliegenden Straßenseite und stellte fest, dass in der Wohnung im obersten Stock kein Licht brannte. Die Wohnung der Gottschalks, die sich eine Etage tiefer befand, war ebenfalls dunkel. Schließlich lagen Ruth und Alfred noch immer in West Palm Beach in der Sonne.

Da ich an diesem Tag das Mittagessen ausgelassen hatte, genehmigte ich mir im Radicchio ein frühes Abendessen. Außer mir waren die einzigen Gäste zwei junge Pärchen, die beide in ernsthafte Gespräche vertieft waren. Am liebsten hätte ich Elaine angerufen, sie sollte sich ein Taxi nehmen und mir ein bisschen Gesellschaft leisten. Aber dann kamen mir doch Bedenken, ob das so eine gute Idee war.

Ich hatte ein Gericht mit Kalbfleisch und eine halbe Portion Farfalle. Zumindest glaube ich, dass die schmetterlingsförmigen Nudeln, die mit einer pikanten roten Soße serviert wurden, so hießen. Der kleine Salat, der mit dem Hauptgericht kam, enthielt eine Menge von den bitteren roten Blättern, die dem Restaurant seinen Namen gegeben haben. Ein Merkspruch auf der Speisekarte klärte mich darüber auf, dass ein Essen ohne Wein wie ein Tag ohne Sonne sei. Trotzdem trank ich nur Wasser und hinterher einen Espresso. Als der Kellner mit einer Flasche Anisette an meinen Tisch kam, winkte ich dankend ab.

»Geht auf Kosten des Hauses«, versicherte er mir. »Sie sollten unbedingt mal einen Schuss in Ihrem Espresso versuchen. Dann schmeckt er erst richtig gut.«

»So gut soll er aber gar nicht schmecken.«

»*Scusi?*«

Als ich noch einmal eine abwehrende Handbewegung machte, brachte er die Flasche achselzuckend wieder an die Bar zurück. Ich trank meinen Espresso und versuchte mir nicht vorzustellen, wie er mit Anisette geschmeckt hätte. Es war nämlich nicht der Geschmack von Anisette, der plötzlich so ein seltsames Verlangen in mir weckte, ebenso wenig wie mir der Kellner die Flasche wegen des Geschmacks gebracht hatte. Wenn Anis den Geschmack von Kaffee tatsächlich so gewaltig verbessert hätte, dann hätte sich die gleiche Wirkung auch mit ein paar Aniskörnern im Kaffee erzielen lassen. Allerdings habe ich noch nie von jemandem gehört, der auf so eine Idee gekommen wäre.

Nein, es war eindeutig der Alkohol, dessen Lockungen plötzlich wieder gefährlich laut wurden. Nicht, dass er mir nicht schon den ganzen Tag mit seinen eitlen Versprechungen in den Ohren gelegen hätte, aber seit ein paar Stunden versuchte er sich wieder ganz besonders aufdringlich Gehör zu verschaffen. Ich hatte nicht vor, etwas zu trinken, und ich wollte auch nichts trinken. Trotzdem war durch irgendeinen Stimulus ein ganz tief sitzendes, sehr körperliches Verlangen in mir geweckt worden, das ich wohl mein ganzes Leben lang nicht mehr loswerden würde.

Sollte ich wirklich einmal schwach werden und wieder etwas trinken, dann werde ich mir wahrscheinlich eine Flasche Bourbon mit aufs Zimmer nehmen oder zusammen mit Mick einer Pulle von seinem zwölfjährigen irischen Whiskey zu Leibe rücken. Aber ganz sicher wird mich keine Tasse Espresso mit einem Löffel pappig süßem Anislikör rückfällig werden lassen.

Ich sah auf die Uhr. Es war kurz nach sieben, und das Treffen in St. Paul's fing erst um halb neun an. Allerdings hatten sie immer schon eine Stunde vor Beginn des Treffens offen, und es konnte nicht schaden, mal ein bisschen früher zu kommen. Ich konnte helfen, die Stühle aufzustellen, die Schalen mit den Keksen zu verteilen und die Broschüren auszulegen. Freitagabend haben wir immer ein sogenanntes Schritte-Treffen, bei dem es um die zwölf Schritte des Anonyme-Alkoholiker-Programms geht. Diese Woche ging es wieder mit dem ersten Schritt los. »Wir mussten uns eingestehen, dass wir keine Macht mehr über den Alkohol hatten – dass uns die Kontrolle über unser Leben entglitten war.«

Ich fing den Blick des Kellners auf und signalisierte ihm, dass ich zahlen wollte.

*   *   *

Am Ende des Treffens kam mein Betreuer Jim Faber zu mir und sagte, dass das mit Sonntagabend in Ordnung ginge. Wir gehen nämlich jeden Sonntag zusammen essen, wenn nicht gerade einer von uns einen anderen wichtigen Termin hat.

»Ich glaube, ich schaue noch kurz ins Flame«, sagte er. »Ich hab's heute nicht sonderlich eilig, nach Hause zu kommen.«

»Irgendwas Besonderes?«

»Nichts, was nicht bis Sonntag warten könnte. Wie sieht's bei dir aus? Hast du noch Lust, auf einen Kaffee mitzukommen?«

Ich winkte jedoch ab und ging die Sixty-first zum Broadway hoch. Der Videoverleih hatte noch offen. Alles schien noch genauso wie vor einem halben Jahr. Nur war diesmal etwas mehr los – hauptsächlich Leute, die der Wochenendlangeweile vorbeugen wollten. An der Kasse hatte sich eine kleine Schlange gebildet, in die ich mich einreihte. Die Frau vor mir nahm drei Filme und drei Packungen Popcorn für die Mikrowelle mit nach Hause. Der Besitzer hätte nach wie vor eine Rasur vertragen können. »Sie müssen eine Menge Popcorn verkaufen«, sagte ich.

»Das Zeug geht weg wie die warmen Semmeln«, sagte er. »Sie werden ja auch kaum mehr einen Videoverleih finden, der kein Popcorn führt. Irgendwoher kenne ich Sie doch?«

Ich gab ihm eine meiner Visitenkarten, von denen mir Jim Faber mal einen ganzen Karton voll gedruckt hatte. Es stand nur mein Name und meine Telefonnummer drauf, sonst nichts. Er warf einen kurzen Blick darauf und sah dann wieder mich an.

Ich sagte: »Letzten Juli hat ein Bekannter von mir eine Kassette von *Das dreckige Dutzend* bei Ihnen ausgeliehen. Ich wollte ...«

»Jetzt kann ich mich wieder an Sie erinnern. Was gibt's diesmal? Sagen Sie bloß, es ist noch mal so was passiert.«

»Nein. Aber es ist etwas passiert, was mich veranlasst hat, der Sache weiter nachzugehen. Ich muss unbedingt herausfinden, woher diese Kassette gekommen ist.«

»Aber das habe ich Ihnen doch schon gesagt. Ich habe sie mit einer ganzen Reihe anderer Kassetten einer alten Frau abgekauft.«

»Ich weiß.«

»Und ich habe Ihnen doch sicher auch gesagt, dass ich die Frau seitdem nicht mehr gesehen habe. Inzwischen ist ein halbes Jahr vergangen, und sie ist immer noch nicht wieder aufgetaucht. Ich würde Ihnen ja gern helfen, aber ...«

»Sie haben im Moment ziemlich viel zu tun.«

»Das können Sie glauben. Freitagabend ist immer der Teufel los.«

»Könnte ich vielleicht noch mal vorbeikommen, wenn weniger Betrieb ist?«

»Selbstverständlich«, sagte er. »Aber ich weiß wirklich nicht, wie ich Ihnen noch weiter helfen könnte. Da sonst keine Beschwerden eingegangen sind, nehme ich an, dass das die einzige Kassette war, die mit einem Porno überspielt war. Und was die alte Frau betrifft, von der ich sie habe, habe ich Ihnen bereits alles gesagt, was ich weiß.«

»Möglicherweise wissen Sie mehr, als Ihnen bewusst ist. Wann würde es Ihnen morgen passen?«

»Morgen? Morgen ist Samstag. Da machen wir um zehn auf. Bis Mittag ist in der Regel nicht viel los.«

»Dann komme ich gleich um zehn vorbei.«

»Wissen Sie was? Ginge es vielleicht schon um halb zehn? Ich komme immer etwas früher her, um den anfallenden Bürokram zu erledigen. Dann sind wir wenigstens eine halbe Stunde ungestört, bis ich den Laden öffne.«

Am nächsten Morgen machte ich mir Eier und Kaffee zum Frühstück und las dazu die Zeitung. Eine ältere Frau aus Washington Heights war beim Fernsehen von einer Kugel getötet worden, als es auf der Straße vor ihrer Wohnung zu einer Schießerei kam. Der sechzehnjährige Junge, dem die Kugel eigentlich gegolten hatte, lag mit schweren Verletzungen im Columbia Presbyterian. Die Polizei nahm an, dass es dabei um Drogen gegangen war.

Die Frau war dieses Jahr bereits das vierte unbeteiligte Opfer eines Gewaltverbrechens. Im vergangenen Jahr hatte New York mit insgesamt vierunddreißig unbeteiligten Opfern einen traurigen Rekord aufgestellt. Wenn die augenblickliche Entwicklung weiter anhielt, hieß es in der *News*, würde dieser Rekord dieses Jahr bereits im September fallen.

In der Park Avenue, ein paar Blocks von Chances Galerie entfernt, hatte ein Mann aus dem offenen Fenster eines weißen Kombi einer an einer Ampel wartenden Frau die Handtasche entrissen. Da sie sich jedoch, damit ihr die Handtasche nicht so leicht gestohlen werden konnte, den Tragriemen um den Hals geschlungen hatte, wurde sie, als der Wagen losfuhr, ein Stück mitgeschleift und dabei stranguliert. In dem Kommentar, der die Meldung begleitete, wurden alle Frauen angehalten, ihre Handtaschen so zu tragen, dass das Verletzungsrisiko im Fall eines Diebstahls möglichst gering blieb. »Oder nehmen Sie am besten gar keine Handtasche mit«, lautete der gute Rat eines Experten.

Auf dem Forest-Park-Golfplatz in Queens war eine Gruppe Jugendlicher auf die Leiche einer jungen Frau gestoßen, die sieben Tage zuvor in Woodhaven entführt worden war. Sie war gerade in der Jamaica Avenue einkaufen gewesen, als ein hellblauer Kombi neben ihr am Straßenrand hielt. Zwei Männer sprangen heraus, zerrten die Frau in den Wagen und fuhren davon, bevor sich jemand die Nummer des Kombi notieren konnte. Laut Aussagen eines Rechtsmediziners war die Frau erst vergewaltigt und anschließend mit mehreren Messerstichen in Brust und Bauch getötet worden.

Sieh nicht fern, trag keine Handtasche und geh nicht auf die Straße.

Tolles Leben.

Punkt halb zehn stand ich vor dem Eingang des Videoverleihs. Der Besitzer, ausnahmsweise mal sauber rasiert und in einem frisch gebügelten Hemd, bat mich in sein Büro. Er konnte sich noch an meinen Namen erinnern und stellte sich mir als Phil Fielding vor. Wir schüttelten uns die Hände, worauf er sagte: »Auf Ihrer Visitenkarte stand zwar nichts dergleichen, aber Sie sind wohl so eine Art Privatdetektiv? Ist das richtig?«

»So in etwa.«

»Wie im Kino«, meinte er. »Ich würde Ihnen natürlich gern helfen, aber ich konnte Ihnen ja schon letztes Mal nicht viel zu der ganzen Sache sagen. Und das ist jetzt auch schon wieder ein halbes Jahr her. Ich bin gestern Abend, nachdem wir dichtgemacht haben, noch eine Weile hier geblieben und habe ein bisschen in meinen Unterlagen gestöbert. Hätte ja sein können, dass ich mir den Namen der Frau vielleicht doch irgendwo notiert habe. Aber ich habe keine solche Notiz gefunden. Wenn Sie nicht gerade eine Idee haben, irgendetwas, woran ich nicht gedacht habe ...«

»Der Mieter«, sagte ich.

»Meinen Sie den Mieter dieser Frau? Dem die Kassette gehört hat?«

»Ja.«

»Sie hat gesagt, er wäre gestorben. Oder war er nur mit der Miete im Rückstand? Tut mir leid, aber so genau weiß ich das auch nicht mehr. Damals konnte ich ja noch nicht ahnen, dass das alles mal so wichtig werden könnte. Aber wenn ich mir's genauer überlege, bin ich ziemlich sicher, dass sie die Kassetten verkaufen wollte, um wenigstens etwas von der Miete wieder hereinzubekommen, die er ihr noch schuldete.«

»Das haben Sie mir jedenfalls erzählt, als ich letzten Sommer hier war.«

»Wenn er also gestorben ist oder vielleicht auch nur umgezogen …«

»Trotzdem wüsste ich gern, wer der Mann war. Gibt es denn viele Leute, die sich Videofilme kaufen? Die meisten leihen sie doch nur aus?«

»Keineswegs.« Er schüttelte den Kopf. »Sie würden staunen, wie viel Kassetten wir auch verkaufen. Vor allem Kinderfilme. Und das sogar in diesem Viertel, obwohl es hier nicht gerade viele Leute mit Kindern gibt. *Schneewittchen* und *Bambi* und wie sie alle heißen. Auch *E.T.* wurde sehr viel gekauft, und jetzt natürlich *Batman*, obwohl die Nachfrage nicht annähernd so groß ist, wie ich erwartet hatte. Und natürlich gibt es eine Menge Leute, die sich ein paar ihrer Lieblingsfilme kaufen. Ganz gut gehen auch Videos mit Lehr- und Unterrichtsfilmen, aber das fällt natürlich in ein anderes Gebiet.«

»Können Sie sich vorstellen, dass jemand mehr als dreißig gekaufte Kassetten mit Filmen zu Hause rumliegen hat?«

»Eigentlich nicht. Ich fände es schon ziemlich viel, wenn jemand mehr als ein Dutzend gekaufter Filme hätte, natürlich nicht eingerechnet irgendwelche Lehrfilme oder Zusammenschnitte mit Höhepunkten der Footballsaison – oder Pornos, die ich allerdings nicht führe.«

»Worauf ich hinauswill, ist folgendes: Der Mann, dem diese dreißig Kassetten gehört haben, muss also ein ausgesprochener Kinoliebhaber gewesen sein.«

»Das auf jeden Fall«, sagte Fielding. »Wer hat sonst schon alle drei Fassungen von *Die Spur des Falken*. Die erste Version von 1931 mit Ricardo Cortez …«

»Das haben Sie mir bereits erzählt.«

»Habe ich das? Naja, ist ja auch kein Wunder. Ich fand das ziemlich ungewöhnlich. Ehrlich gestanden, wüsste ich nicht mal, woher ich sowas überhaupt auf Video bekommen könnte. Solche Raritäten findet man meistens nicht mal in den einschlägigen Katalogen. Keine Frage, der Mann muss ein richtiger Cineast gewesen sein.«

»Demnach müsste er sich außer den Filmen, die er gekauft hat, auch noch eine ganze Menge ausgeliehen haben.«

»An sich schon. Ach so, jetzt verstehe ich, worauf Sie hinauswollen. Wenn sich jemand hin und wieder eine Kassette kauft, kann man davon ausgehen, dass er sich auch relativ häufig Filme ausleiht.«

»Und er hat doch hier in der Gegend gewohnt.«

»Woher wollen Sie denn das wissen?«

»Wenn die Vermieterin hier wohnt ...«

»Ach so, klar.«

»Demnach könnte er also bei Ihnen Kunde gewesen sein.«

Er dachte kurz nach. »Sicher. Das ist keinesfalls auszuschließen. Wäre sogar möglich, dass wir uns mal über die alten Klassiker der Schwarzen Serie unterhalten haben. Aber leider kann ich mich an nichts dergleichen erinnern.«

»Sie haben doch alle Ihre Kunden in Ihrem Computer gespeichert?«

»Ja, das erleichtert uns die Arbeit ganz enorm.«

»Sie haben damals gesagt, die Frau hätte Ihnen die Kassetten in der ersten Juniwoche vorbeigebracht. Wenn der Mann also einer Ihrer Kunden war, dürfte er nach diesem Zeitpunkt nichts mehr bei Ihnen ausgeliehen haben.«

»Es dürfte allerdings eine ganze Menge Kunden geben, auf die das zutrifft. Die einen ziehen um, die anderen sterben, und wieder anderen wird bei einem Einbruch der Videorecorder geklaut. Oder sie wandern zur Konkurrenz ab. Ganz abgesehen davon, gibt es auch Leute, die lassen sich monatelang nicht mehr blicken, und dann tauchen sie eines Tages völlig unerwartet wieder auf.«

»Wie viele Kunden haben Sie schätzungsweise in Ihrer Kartei, die seit Juni nicht mehr hier waren?«

»Keine Ahnung. Aber wenn Sie wollen, kann ich das gern für Sie feststellen. Setzen Sie sich doch so lange. Oder sehen Sie sich ein bisschen um. Vielleicht finden Sie ja einen Film, der Sie interessiert.«

Obwohl es schon zehn vorbei war, als er fertig war, war noch niemand in den Laden gekommen. »Wie bereits gesagt, ist morgens nie sonderlich viel los«, erklärte er mir dazu. »Hier, es waren insgesamt sechsundzwanzig Namen. Das sind die Kunden, die seit dem vierten Juni nicht mehr hier waren, aber in der ersten Jahreshälfte mindestens einen Film ausgeliehen haben. Wenn er natürlich lange krank war und im Krankenhaus lag ... «

»Fangen wir einfach mal mit dem an, was wir bereits haben.«

»Klar. Ich habe Ihnen zu den Namen auch die Adressen und Telefonnummern notiert, soweit ich sie in unserer Computerkartei hatte. Eine Menge Leute rücken allerdings nicht gern ihre Telefonnummer raus. Vor allem Frauen nicht. Und ich muss sagen, das kann ich gut verstehen. Außerdem habe ich noch die Kreditkartennummern. Die habe ich allerdings nicht aufgeschrieben, denn das sind Daten, die ich nicht weitergeben darf. Aber falls es mal keine andere Möglichkeit geben sollte, jemanden ausfindig zu machen, könnten wir darüber selbstverständlich noch mal reden.«

»Ich denke nicht, dass das nötig sein wird.« Ich überflog kurz die Namen, die er mir auf zwei Notizzetteln notiert hatte, und fragte ihn, ob einer darunter war, der ihm etwas sagte.

»Eigentlich nicht.«

Er zuckte mit den Achseln. »Wissen Sie, hier kommen Tag für Tag so viele Leute vorbei, dass ich mich eigentlich nur an die Stammkunden erinnern kann. Und selbst bei denen vergesse ich manchmal, wie sie heißen. Warum das Ganze übrigens so lange gedauert hat: Ich habe bei den Kunden auf dieser Liste auch noch nachgesehen, was sie vorher alles ausgeliehen haben. Hätte ja sein können, dass jemand darunter war, der sich aufgrund der ausgeliehenen Filme als ausgesprochener Kinoliebhaber entpuppt hätte. Allerdings konnte ich in diesem Punkt bei niemandem irgendwelche Auffälligkeiten entdecken.«

»Schade.«

»Hätte zumindest sein können. Ich bin allerdings ziemlich sicher, dass es sich um einen Mann gehandelt haben muss. Soweit ich mich erinnern kann, hat die Frau immer von *ihm* gesprochen. Ich habe Ihnen aber trotzdem auch alle Frauen notiert.«

»Sehr gut.« Ich faltete die zwei Zettel mit den Namen zusammen und steckte sie in die Brusttasche meines Jacketts. »Und vielen Dank, dass Sie sich so viel Mühe gemacht haben.«

»Aber das ist doch selbstverständlich«, sagte er. »Bei dem Spaß, den ich mit Leuten wie Ihnen im Kino schon gehabt habe – wie hätte ich Ihnen da Ihre Bitte abschlagen können?« Er grinste, setzte aber sofort wieder ein ernstes Gesicht auf. »Wollen Sie einen Pornoring auffliegen lassen? Hat diese Geschichte mit so etwas zu tun?« Als ich zögerte, winkte er jedoch sofort ab und versicherte mir, er könnte sehr gut verstehen, wenn ich mich darüber nicht weiter auslassen wollte. Aber wenn alles vorbei wäre, sollte ich doch mal bei Gelegenheit bei ihm vorbeischauen und ihm erzählen, was bei der Sache herausgekommen war.

Das versprach ich ihm.

Ich hatte sechsundzwanzig Namen, aber nur elf mit Telefonnummern. Als Erstes fing ich mit den Telefonnummern an. Es ist nämlich wesentlich weniger zeitraubend, wenn man dafür nicht kreuz und quer durch die Gegend latschen muss. Allerdings ging es erst mal ziemlich frustrierend los. Wenn überhaupt jemand, meldeten sich unter den angegebenen Nummern nur ein paar Anrufbeantworter – einer davon mit einer ganz originellen Ansage, zwei weitere mit der schlichten Aufforderung, nach dem Pfeifton eine Nachricht auf Band zu sprechen. Viermal meldete sich außerdem eine sattsam bekannte Computerstimme mit dem freundlichen Hinweis: Kein Anschluss unter dieser Nummer. In einem Fall rückte sie allerdings immerhin eine neue Nummer heraus. Als ich sie wählte, meldete sich jedoch niemand.

Als ich irgendwann schließlich doch ein menschliches Wesen an den Apparat bekam, wusste ich im ersten Moment nicht, wie ich reagieren sollte. Mit einem kurzen Blick auf meine Liste stotterte ich los: »Mr. Accardo? Äh – spreche ich mit Mr. Joseph Accardo?«

»Ja, am Apparat.«

»Sind Sie Mitglied in dem Videoverleih – wie hieß der Laden überhaupt? – im Broadway, Ecke Sixty-first?«

»Broadway, Ecke Sixty-first?« Eine kurze Pause. »Welcher soll das sein?«

»Direkt neben dem Martin's.«

»Ach so, natürlich. Wieso? Was ist? Habe ich eine Kassette nicht zurückgebracht?«

»Nein, nein«, beruhigte ich den Mann. »Ich habe nur festgestellt, dass Sie schon länger nichts mehr bei uns ausgeliehen haben, Mr. Accardo. Deshalb wollte ich Sie einladen, doch wieder mal unverbindlich bei uns vorbeizuschauen und sich unsere neue Filmauswahl anzusehen.«

»Ach so. Das ist aber nett von Ihnen. Ich werde bei Gelegenheit mal wieder vorbeischauen. Es ist nur so, dass ich in letzter Zeit meistens in den Laden gleich um die Ecke von meinem Büro gehe. Aber ich komme auch gern wieder mal bei Ihnen vorbei.«

Ich hängte ein und strich Accardo von der Liste. Blieben noch fünfundzwanzig Namen, und wie es aussah, würde ich sie alle zu Fuß abklappern müssen.

Es war kurz nach halb fünf, als ich schließlich Feierabend machte. Ich hatte in der Zwischenzeit zehn weitere Namen von meiner Liste abgehakt. Die Sache war ziemlich zeitraubend – jedenfalls zeitraubender, als ich gedacht hatte. Da sich sämtliche Adressen ziemlich problemlos zu Fuß erreichen ließen, wäre das Ganze an sich nicht mit allzu viel Aufwand verbunden gewesen. Der Haken an der Sache war nur, dass sich keineswegs immer so leicht feststellen ließ, ob die in Frage kommenden Personen tatsächlich noch unter der angegebenen Adresse wohnten.

Als ich die Tür meines Hotelzimmers hinter mir schloss, war es fünf. Ich duschte, rasierte mich und setzte mich vor den Fernseher. Um sieben traf ich mich in einem marokkanischen Restaurant im Village mit Elaine. Wir bestellten beide Couscous. »Wenn das Essen auch so gut schmeckt, wie es hier riecht, dann wird das heute Abend ein echtes kulinarisches Erlebnis. Wo gibt es deiner Meinung nach den besten Couscous auf der ganzen Welt?«

»Keine Ahnung. In Casablanca vielleicht?«

»Nein, in Walla Walla.«

»Ach so.«

»Verstehst du? Couscous. Walla Walla. Wenn du in Deutschland Couscous essen wolltest, wäre vermutlich Baden-Baden der optimale Ort.«

»Ich glaube, langsam komme ich auf den Trichter.«

»Hätte mich auch gewundert, wenn nicht. Das war doch immer schon deine Stärke. Wo würdest du in Samoa Couscous essen gehen?«

»In Pago Pago. Würdest du mich bitte einen Moment entschuldigen? Ich muss mal kurz.«

Der Couscous war hervorragend und die Portionen riesig. Beim Essen erzählte ich Elaine, was ich den Tag über gemacht hatte. »Ganz schön frustrierend«, schloss ich. »Nur anhand der Klingelschilder ließ sich nämlich meistens nicht feststellen, ob die gesuchten Personen tatsächlich noch unter der angegebenen Adresse wohnen.«

»Tja, das kannst du in New York vergessen.«

»Eine Menge Leute schreiben ihre Namen aus Prinzip nicht aufs Klingelschild. Eigentlich müsste dafür gerade jemand wie ich Verständnis zeigen. Schließlich gehöre ich einer Organisation an, die allergrößten Wert auf absolute Anonymität legt. Aber es gibt sicher auch Leute, die diese Geheimniskrämerei eher verwunderlich finden. Und dann gibt es natürlich auch noch Leute, die zwar einen Namen auf ihrem Klingelschild stehen haben, aber dummerweise nicht den ihren, weil sie zum Beispiel verbotenerweise in Untermiete in ihrer Wohnung leben und nicht wollen, dass es jemand merkt. Angenommen, ich suche also nach einem Bill Williams ...«

»Das wäre also William Williams«, unterbrach sie mich, »der Couscous-König von Walla Walla.«

»Genau der. Wenn sein Name also nicht auf dem Klingelschild steht, heißt das noch lange nicht, dass er tatsächlich nicht dort wohnt. Und *wenn* sein Name auf dem Klingelschild steht, heißt es umgekehrt auch nicht, dass er dort wohnt.«

»Du Armer. Was hast du also getan? Mit den Hausmeistern gesprochen?«

»Nur, wenn sie im Haus gewohnt haben. In den meisten kleineren Häusern gibt es heutzutage aber gar keine Hausmeister mehr. Und wenn, sind sie tagsüber nicht zu Hause. Im Grunde genommen steht man also die meiste Zeit vor verschlossenen Türen, und wenn man zufällig doch mal jemand zu Hause antrifft, weiß der Betreffende meistens kaum etwas über seine Nachbarn und bindet einem auch nicht unbedingt gleich alles unter die Nase, was man über sie wissen will.«

»Es gibt vermutlich einfachere Möglichkeiten, sein Geld zu verdienen.«

»An manchen Tagen ist es wirklich so.«

»Nur gut, dass du deinen Job gern machst.«

»Tue ich das? Na ja, muss wohl so sein.«

»Aber natürlich.«

»Vermutlich hast du recht. Ist ja auch ein tolles Gefühl, wenn man sich ewig mit einem Fall abplagt und plötzlich doch was bei der Sache rauskommt. Nur leider ist das nicht immer der Fall.« Inzwischen waren wir beim Dessert angelangt – irgendeine höllisch süße Honigpampe, die ich schon nach wenigen Bissen beiseiteschob. Dazu hatte uns die Bedienung marokkanischen Kaffee gebracht. Ähnlich wie türkischer Mokka war er sehr stark und bitter und hinterließ einen dicken Bodensatz in der Tasse.

Ich sagte: »Jedenfalls habe ich einen erfüllten Arbeitstag hinter mir, und allein das ist ein ausgesprochen befriedigendes Gefühl. Das Dumme ist nur, dass ich am falschen Fall arbeite.«

»Kannst du denn nicht an zwei Fällen gleichzeitig arbeiten?«

»Das geht natürlich. Das Problem ist nur, dass mich niemand dafür bezahlt, dass ich Nachforschungen über die Herkunft dieses Snuff-Films anstelle. An sich sollte ich herausfinden, ob Richard Thurman seine Frau umgebracht hat oder nicht.«

»Aber das versuchst du doch.«

»Findest du? Na schön, Donnerstagabend bin ich unter dem Vorwand, dass Thurman die Übertragung der Kämpfe überwacht, nach Maspeth rausgefahren. Dabei habe ich Verschiedenes in Erfahrung gebracht. Darunter auch, dass Thurman zu der Sorte Kerle gehört, die bei der Arbeit Sakko und Krawatte ablegen. Außerdem ist er ganz gut in Form. Jedenfalls schwingt er sich mal kurz in den Ring und springt dann wieder in den Zuschauerraum, ohne deswegen gleich ins Schwitzen zu geraten. Dann habe ich noch beobachtet, wie er dem Nummerngirl einen Klaps auf den Hintern gegeben hat, und ...«

»Na, das ist doch schon mal was.«

»Für ihn vielleicht. Ob allerdings auch für mich, möchte ich dahingestellt sein lassen.«

»Findest du nicht, dass es einiges über ihn sagt, wenn er keine zwei Monate nach dem Tod seiner Frau schon wieder andere Weiber begrapscht.«

»Zweieinhalb Monate«, korrigierte ich sie.

»Das ist natürlich was anderes.«

»Hab ich da eben recht gehört? Weiber?«

»Weiber, Bräute, Tanten, Tussis. Was soll daran schon sein?«

»Nichts. Er hat sie im Übrigen gar nicht richtig begrapscht. Er hat ihr nur einen Klaps auf den Po gegeben.«

»Vor einer Million Zuschauer.«

»Das sollten die Veranstalter draußen in Maspeth mal hören. Es waren bestenfalls ein paar hundert Leute.«

»Und was ist mit den Zuschauern zu Hause vor den Bildschirmen.«

»Die wurden währenddessen mit einem Werbespot abgespeist. Außerdem, was ließe sich damit beweisen? Dass er keinerlei Gefühle hat und bereits wieder hinter jedem Rock her ist, kaum dass seine Frau tot ist? Oder dass er keinen Grund hat, irgendjemandem was vorzumachen, weil er nämlich unschuldig ist? Man könnte es auf jeden Fall so oder so sehen.«

»Wenn du meinst«, gab Elaine schließlich klein bei.

»Das war also am Donnerstag. Doch unermüdlich, wie ich bin, habe ich gestern Abend auch noch ein Glas Mineralwasser in einer Bar getrunken, in der auch er war. Das war zwar in etwa so, als stünden wir an den entgegengesetzten Enden eines hoffnungslos überfüllten U-Bahnwaggons, aber wir haben uns immerhin im selben Raum aufgehalten.«

»Na, das ist doch schon mal etwas.«

»Außerdem habe ich gestern im Radicchio zu Abend gegessen. Das ist das italienische Restaurant im Erdgeschoss des Hauses, in dem er wohnt.«

»Wie war das Essen?«

»Ganz passabel, aber nichts Besonderes. Nur die Pasta war ganz gut. Wenn du Lust hast, können wir mal dort essen gehen.«

»War er auch da?«

»Er war nicht mal oben in seiner Wohnung. Jedenfalls brannte kein Licht. Da fällt mir ein: Ich habe heute Morgen bei ihm angerufen.«

»Und was hat er gesagt?«

»Es war nur sein Anrufbeantworter dran. Und ich habe ihm keine Nachricht hinterlassen.«

»Da kann man nur hoffen, dass ihn das genauso frustriert wie mich.«

»Dann hoff mal schön. Weißt du, was ich eigentlich tun sollte? Ich sollte Lyman Warriner sein Geld wieder zurückgeben.«

»Nein, das würde ich auf keinen Fall tun.«

»Warum nicht? Wenn ich nichts tue, um es mir zu verdienen, kann ich es doch schlecht behalten. Und im Augenblick sehe ich wirklich keine Möglichkeit, in dieser Sache irgendetwas halbwegs Sinnvolles zu unternehmen. Ich habe mir die Polizeiunterlagen zu dem Fall angesehen. Sie sind bereits jeder möglichen Spur nachgegangen, und es gibt nichts, was ich noch tun könnte, was sie nicht schon längst versucht haben.«

»Trotzdem solltest du das Geld nicht zurückgeben«, meinte Elaine. »Glaubst du im Ernst, diesen Warriner jucken die lausigen paar Dollar Honorar, die er dir zahlt. Im Gegenteil, sie verleihen ihm das Gefühl, nichts unversucht gelassen zu haben, um den Tod seiner Schwester aufzuklären. Glaub mir, du tust ihm bestimmt keinen Gefallen, wenn du ihm das Geld zurückgibst.«

»Was soll ich dann tun? Ihn hinhalten?«

»Wenn er ungeduldig wird, dann sag ihm einfach, dass so etwas immer seine Zeit braucht. Und nachdem du sowieso keine weiteren Honorarforderungen stellst ...«

»Das allerdings nicht.«

»... wird er auch gar nicht erst auf die Idee kommen, du könntest ihn ausnehmen. Außerdem brauchst du das Geld nicht zu behalten, wenn du das Gefühl hast, es nicht verdient zu haben. Du kannst es zum Beispiel für einen wohltätigen Zweck spenden – für die AIDS-Forschung zum Beispiel oder für Misereor oder was auch immer.«

»Vermutlich hast du tatsächlich recht.«

»Wie ich dich aber kenne, wirst du bestimmt eine Möglichkeit finden, es dir zu verdienen.«

Im Waverley spielten sie einen Film, den Elaine gern sehen wollte, aber da es Samstagabend war, hatte sich vor der Kasse eine ziemlich lange Schlange gebildet, so dass uns beiden die Lust verging. Also machten wir stattdessen einen kleinen Stadtbummel, tranken in der Macdougal Street einen Cappuccino und hörten uns in einem Club in der Bleecker Street eine Folksängerin an.

»Lange Haare, runde Nickelbrille und dazu ein knöchellanger Batikrock«, meinte Elaine kopfschüttelnd. »Da sag noch einer, die sechziger Jahre wären passé.«

»Ich finde, jedes Lied klingt wie das andere.«

»Sie kann ja auch nur drei Akkorde.«

Wieder draußen auf der Straße, fragte ich Elaine, ob sie Lust auf ein bisschen Jazz hätte. Sie sagte: »Klar. Wo? Im Sweet Basil? Oder im Vanguard? Da richte ich mich ganz nach dir.«

»Ich hatte eigentlich ans Mother Goose gedacht.«

»Ach so.«

»Was soll das nun wieder heißen?«

»Nichts. Mir gefällt's im Mother Goose.«

»Hast du also Lust, auf einen Sprung dort vorbeizuschauen?«

»Klar. Bleiben wir auch ein bisschen, wenn Danny Boy nicht da ist?«

Danny Boy war nicht da, aber es dauerte nicht lange, bis er auftauchte. Das Mother Goose ist ein Jazz Club in der Amsterdam, Ecke Eighty-first. Das Publikum dort ist bunt gemischt, die Beleuchtung gedämpft, und der Schlagzeuger benutzt nur Besen und macht nie ein Solo. Das Mother Goose und das Poogan's Pub sind Danny Boy Bells Stammkneipen, und wenn man Danny Boy dringend sprechen will, dann findet man ihn am ehesten in einer von beiden.

Nicht, dass Danny Boy leicht zu übersehen wäre. Er ist ein schwarzer Albino, und da seine Haut und seine Augen extrem lichtempfindlich sind, hat er sich sein Leben so eingerichtet, dass er und die Sonne nie gleichzeitig auf sind. Er ist auffallend klein und kleidet sich ziemlich ausgefallen, aber trotzdem geschmackvoll. Jedenfalls habe ihn noch nie anders als in einem dunklen Anzug mit einer bunten, meistens auffällig gemusterten Weste gesehen. Er trinkt Unmengen russischen Wodka, pur und eisgekühlt, und befindet sich meistens in Begleitung eines Mädchens, das in der Regel nicht weniger auffallend ist als seine Westen. Seine Begleiterin an diesem Abend hatte eine rotblonde Löwenmähne und eine Oberweite, die jeder Beschreibung spottete.

Der Geschäftsführer führte ihn an einen Tisch direkt an der Bühne, an dem er immer sitzt. Ich hatte den Eindruck, dass er uns nicht gesehen hatte, aber als die Band eine Pause machte, kam ein Kellner an unseren Tisch und teilte uns mit, Mr. Bell würde sich freuen, wenn wir ihm Gesellschaft leisten würden. Als wir darauf an seinen Tisch gingen, begrüßte uns Danny Boy: »Matthew, Elaine – schön, euch mal wiederzusehen. Das ist übrigens Sascha. Ist sie nicht umwerfend?«

Sascha kicherte. Darauf machten wir erst einmal ein paar Minuten Konversation, bis sich Sascha auf die Toilette verabschiedete.

»Nur zu eurer Beruhigung«, versicherte uns Danny Boy. »Sie will sich nur die Nase pudern. Meiner Meinung nach sollte man Drogen schon deshalb freigeben, damit endlich diese ständige Klorennerei ein Ende findet. Wenn sie schon ständig irgendwelche blöden Statistiken aufstellen, wie viele Arbeitsstunden unserer Wirtschaft durch Kokain verloren gehen, sollten sie auf jeden Fall auch den Arbeitsausfall durch die ständigen Toilettenstopps berücksichtigen.«

Ich wartete bis zu Saschas nächstem Gang auf die Damentoilette, bis ich Richard Thurman zur Sprache brachte.

»Ich bin eigentlich auch davon ausgegangen, dass er sie umgebracht hat«, sagte Danny Boy. »Sie hatte Geld und er nicht. Wäre er Arzt gewesen, wäre ich sogar jede Wette eingegangen. Wieso bringen Ärzte immer ihre Frauen um? Wie erklärt ihr euch das?«

Darüber zerbrachen wir uns eine Weile den Kopf. Ich sagte, es läge vielleicht daran, dass Ärzte gewissermaßen berufsbedingt gewöhnt waren, Schicksal zuspielen; schließlich entschieden sie tagaus tagein über Leben und Tod anderer Menschen. Diese Erklärung war Elaine allerdings etwas zu simpel. Sie hatte dazu eine etwas tiefschürfendere Theorie: Gerade Leute, die sich für einen helfenden Beruf entschieden, sahen sich häufig selbst als jemanden, der anderen Menschen wehtut. »So jemand wird also Arzt«, führte sie dazu aus, »weil er beweisen will, dass er keineswegs ein Mörder ist. Unter extremen psychischen Belastungen verfällt er dann jedoch wieder in die Verhaltensmuster, die er für seine wahre Veranlagung hält, und wird tatsächlich zum Mörder.«

»Hört sich jedenfalls ganz interessant an«, bemerkte Danny Boy mit einem nachdenklichen Nicken. »Aber wie kommt es überhaupt dazu, dass so jemand zu der Überzeugung gelangt, er wäre besonders gewalttätig veranlagt?«

»Das hängt vermutlich mit dem Geburtstrauma zusammen, erwiderte Elaine. »Bei der Geburt steht die Mutter schreckliche Schmerzen aus; das kann manchmal sogar so weit gehen, dass sie fast stirbt. Infolgedessen denkt das Kind: *Ich tue Frauen weh*, oder *ich töte Frauen*. Als erwachsener Mensch versucht er diese Schuldgefühle dann dadurch zu kompensieren, dass er Arzt wird oder sonst einen helfenden Beruf ergreift. Wenn dann irgendwann allerdings eine extreme Stresssituation auftritt ...«

»Bringt er seine Frau um«, sprach Danny Boy den Satz für sie zu Ende. »Klingt durchaus einleuchtend.«

Als ich wissen wollte, ob es irgendwelche statistischen Untersuchungen gäbe, die diese Theorie untermauerten, musste Elaine das zwar verneinen, fügte dem jedoch hinzu, dass es zahlreiche Studien über die Folgen von Geburtstraumen gäbe. Darauf flocht Danny Boy ein, er gäbe grundsätzlich nichts auf statistische Untersuchungen, weil sich mit Statistiken alles beweisen ließe; und außerdem wäre das die erste Theorie zu diesem Thema, die in seinen Augen wirklich einleuchtend war, weshalb er gern auf irgendwelche statistischen Daten zu ihrer Untermauerung verzichten könnte. In der Zwischenzeit war Sascha wieder von der Toilette zurückgekommen. Der Diskussion tat das jedoch keinen Abbruch. Sie machte allerdings nicht den Eindruck, als hörte sie uns zu.

»Doch zurück zu Thurman«, sagte Danny Boy irgendwann. »Mir ist bisher nichts Näheres über ihn zu Ohren gekommen. Allerdings habe ich auch nie so genau hingehört. Sollte ich das denn?«

»Es könnte jedenfalls nicht schaden.«

Er schenkte sich ein paar Fingerbreit Stolichnaya nach. In seinen beiden Stammkneipen, dem Poogan's und dem Mother Goose, hat Danny Boy immer eine Flasche Wodka in einem eisgefüllten Sektkübel auf seinem Tisch stehen. Er warf einen kurzen Blick in sein Glas und stürzte es dann in einem Zug hinunter, als enthielte es Wasser.

»Er ist doch bei einem dieser Privatsender«, kam er wieder auf Thurman zurück. »Irgend so ein neuer Sportkanal.«

»Five Borough.«

»Ach ja, richtig. Über die hört man so einiges munkeln.«

»Was?«

Er hob die Schultern. »Nichts Konkretes. Nur, dass sie etwas dubiose Geldgeber haben. Aber ich kann mich mal etwas näher umhören.«

Ein paar Minuten später verließ uns Sascha wieder. Als sie außer Hörweite war, beugte sich Elaine über den Tisch und flüsterte: »Die Kleine hat Titten, da bleibt sogar mir die Spucke weg.«

»Wem sagst du das?«

»Danny Boy, ihre Dinger sind größer als dein Kopf«

»Ich weiß. Sascha ist wirklich einsame Spitze. Trotzdem werde ich sie demnächst abstoßen müssen.« Er schenkte sich noch einmal nach. »Auf Dauer wird mir die Kleine einfach zu teuer. Ihr macht euch keine Vorstellung, was es kostet, diese kleine Nase bei Laune zu halten.«

»Dann genieße sie, solange du kannst.«

»Und ob ich das tue«, nickte er. »Wie das leibhaftige Leben.«

Zurück in ihrer Wohnung, setzte Elaine erst mal frischen Kaffee auf, bevor wir es uns auf der Couch bequem machten. Sie legte ein paar Solopiano-Platten auf – Thelonious Monk, Randy Weston, Cedar Walton.

Dann sagte sie: »Diese Kleine war ja wirklich eine Nummer für sich – Sascha meine ich. Wo Danny Boy seine Mädchen nur immer her hat?«

»Aus dem Supermarkt vielleicht.«

»Wenn ich ein Mädchen mit solchen Riesendingern sehe, ist mein erster Gedanke natürlich automatisch: Silikon. Aber wer weiß, vielleicht sind sie ja auch echt. Was denkst du?«

»So genau habe ich mir ihren Busen auch wieder nicht angesehen.«

»Dann solltest du in Zukunft vielleicht öfter zu deinen Treffen gehen. In diesem Fall kann es nämlich nur an Danny Boys Wodka gelegen haben, dass du plötzlich so einen lüsternen Blick bekommen hast.« Sie rutschte näher an mich heran. »Was glaubst du? Würdest du mehr auf mich stehen, wenn ich einen größeren Busen hätte?«

»Klar.«

»Tatsächlich?«

Ich nickte. »Längere Beine wären bestimmt auch nicht schlecht.«

»Im Ernst? Und wie wär's mit schlankeren Fesseln?«

»Könnte auch nicht schaden.«

»Was du nicht sagst? Und was sonst noch? Lass ruhig mal hören.«

»Lass den Quatsch. Das kitzelt.«

»So? Tut es das?« Sie grinste mich herausfordernd an. »Sag schon, was steht sonst noch alles auf deinem Wunschzettel? Etwa auch eine stramme Möse?«

»Das wäre nun wirklich zu viel verlangt.«

»Was aber nicht heißt, dass du nicht gern eine hättest.«

»Meinst du?«

»Das will ich doch hoffen«, hauchte sie.

Ich blieb einfach im Bett liegen, als sie danach die LPs auf dem Plattenwechsler umdrehte und zwei Tassen Kaffee holte. Damit saßen wir dann eine Weile im Bett, ohne viel zu reden.

Nach einer Weile begann sie: »Du warst gestern ziemlich sauer.«

»War ich das? Wann?«

»Als ich dich weggeschickt habe, weil jemand bei mir vorbeikommen wollte.«

»Ach so.«

»Warst du denn nicht sauer?«

»Doch. Ein bisschen. Aber nicht besonders.«

»Aber es macht dir was aus. Ich meine, dass diese Männer zu mir kommen.«

»Manchmal schon. Aber die meiste Zeit stört es mich eigentlich nicht weiter.«

»Früher oder später werde ich sowieso damit aufhören müssen. Das ist nun mal kein Job, den man auch noch mit hundert machen kann.« Sie drehte sich auf die Seite und legte mir die Hand aufs Bein. »Wenn du mich darum bitten würdest, damit Schluss zu machen, würde ich wahrscheinlich aufhören.«

»Und es mir dann bis an mein Lebensende vorhalten.«

»Glaubst du wirklich? Hältst du mich für so neurotisch?« Sie dachte kurz nach. »Ja«, nickte sie schließlich. »Vielleicht hast du sogar recht.«

»Außerdem würde ich dich darum nie bitten.«

»Nein, lieber frisst du deinen Ärger weiter in dich hinein.« Sie drehte sich wieder auf den Rücken und starrte eine Weile stumm an die Decke, bevor sie fortfuhr: »Wenn wir verheiratet wären, würde ich damit aufhören.«

Darauf trat erst einmal längeres Schweigen ein, untermalt nur von einer Kaskade absteigender Klavierläufe und einem überraschend atonalen Akkord aus der Stereoanlage.

»Wenn du lieber nicht gehört haben willst, was ich eben gesagt habe«, brach sie schließlich das Schweigen, »werde ich einfach ganz schnell vergessen, dass ich es gesagt habe. Da haben wir uns nun darauf geeinigt, nie dieses Wort mit L in den Mund zu nehmen, und nun komme ich auch noch mit einem Wort mit H daher.«

»Tja«, murmelte ich darauf, »manche Buchstaben haben es einfach in sich.«

»Wie recht du wieder mal hast. Ich sollte wirklich lieber bei F bleiben. Das ist, wo ich hingehöre. Außerdem will ich gar nicht heiraten. Warum sollte ich auch? Ich bin doch mit meinem Leben zufrieden, wie es ist.«

»Klar.«

»Das Komische ist nur, dass ich mich plötzlich so traurig fühle. Eigentlich verrückt. Es gibt doch gar nichts, worüber ich traurig sein müsste. Trotzdem ist mir plötzlich zum Heulen zumute.«

»Das macht doch nichts.«

»Keine Angst, ich werde dir schon nichts vorheulen. Aber nimm mich bitte in die Arme. Nur ganz kurz, du alter Brummbär. Und halt mich ganz fest.«

Kapitel 9

Am Sonntagnachmittag fand ich meinen Filmfan.

Laut Phil Fieldings Unterlagen hieß er Arnold Leveque und wohnte ein Stück nördlich vom Videoverleih in einem Haus in der Columbus Avenue, das sich den immer mehr um sich greifenden Sanierungsmaßnahmen in dieser Gegend bisher noch hartnäckig widersetzt hatte. Auf der Eingangstreppe saßen zwei Männer und tranken Dosenbier. Einer von ihnen hatte ein kleines Mädchen auf dem Schoß sitzen, das an einer Babyflasche mit Orangensaft nuckelte.

Da ich auf den Klingelschildern Leveques Namen nicht finden konnte, drehte ich mich um und fragte die beiden Männer auf der Treppe, ob ein Arnold Leveque im Haus wohnte. Sie schüttelten achselzuckend die Köpfe. Da ich auch keine Klingel für den Hausmeister fand, drückte ich aufs Geratewohl auf mehrere Knöpfe, bis jemand den automatischen Türöffner betätigte.

Im Eingangsflur stank es nach Mäusedreck und Urin. Am Ende des Gangs ging eine Tür auf, und ein Mann steckte seinen Kopf heraus. Als ich auf ihn zuging, sagte er: »Was wollen Sie? Kommen Sie mir bloß nicht zu nahe.«

»Keine Angst, ich beiße schon nicht«, versuchte ich ihn zu beruhigen.

»Machen Sie bloß keine Dummheiten. Ich habe ein Messer.«

Ich hielt ihm meine offenen Handflächen entgegen und sagte, dass ich einen Arnold Leveque suchte.

»Was Sie nicht sagen?« Er sah mich spöttisch an. »Er schuldet Ihnen doch hoffentlich kein Geld.«

»Warum?«

»Weil er nämlich tot ist. Deswegen.« Gleichzeitig brach er in schallendes Gelächter über seinen Witz aus. Er war ein alter Mann mit strähnigem weißem Haar und tiefliegenden Augenhöhlen, und er sah aus, als würde er Leveque bald Gesellschaft leisten. Seine Hose war viel zu weit, weshalb er Hosenträger trug. Auch sein Flanellhemd wirkte ein paar Nummern zu groß. Entweder kaufte er seine Kleider in einem Secondhand-Shop, oder er hatte ziemlich abgenommen.

Als könnte er meine Gedanken lesen, sagte er: »Ich war ziemlich krank. Aber keine Angst. Nichts Ansteckendes.«

»Ich hatte dabei eigentlich mehr an das Messer gedacht.«

»Ach, das.« Er zuckte mit den Achseln und hielt ein Küchenmesser mit einer fünfundzwanzig Zentimeter langen Stahlklinge hoch. »Kommen Sie ruhig rein«, forderte er mich auf »Ich schlitze werde Sie schon nicht auf.« Er ging mir voraus in die Wohnung und legte das Messer auf einen kleinen Tisch am Eingang.

Die Wohnung war winzig, nur zwei kleine Zimmerchen. Die einzige Lichtquelle war eine Deckenlampe im größeren der beide Räume. Zwei der drei Birnen waren ausgebrannt, und die dritte hatte bestenfalls vierzig Watt. Die Wohnung war zwar sauber, aber trotzdem hing der typische Geruch von Alter und Armut in der Luft.

»Arnie Leveque«, murmelte er. »Woher haben Sie den denn gekannt?«

»Gekannt habe ich ihn eigentlich gar nicht.«

»Ach so.« Er fischte ein Taschentuch aus seiner Gesäßtasche und hustete hinein. »Eine Scheiße ist das vielleicht«, schimpfte er. »Haben mich zwar von oben bis unten aufgeschlitzt, diese Idioten im Krankenhaus, aber genützt hat es einen Dreck. Vermutlich habe ich einfach zu lange gewartet. Ich hatte einfach Angst, was bei der ganzen Sache rauskommen würde.« Er lachte heiser. »Völlig zu Recht übrigens, wie sich gezeigt hat.«

Was hätte ich darauf sagen sollen?

»Er war kein übler Kerl, Leveque. Frankokanadier. Aber geboren war er wohl hier, weil er nämlich genau wie alle anderen gesprochen hat.«

»Hat er lange hier gewohnt?«

»Was heißt für Sie lange? Ich zum Beispiel wohne jetzt schon zweiundvierzig Jahre hier – ob Sie's glauben oder nicht. Zweiundvierzig Jahre in diesem Loch. Im September werden es dreiundvierzig – falls ich bis dahin nicht in eine noch kleinere Unterkunft umgezogen bin.« Er brach in bitteres Gelächter aus, und als das plötzlich in einen üblen Hustenanfall ausartete, griff er erneut nach dem Taschentuch. Als er sich wieder einigermaßen beruhigt hatte, fuhr er fort: »Eine kleinere Wohnung. Sie wissen schon, so eine Kiste, etwa zwei Meter lang und einen halben Meter breit.«

»Mit einer gehörigen Portion Galgenhumor lässt es sich vermutlich etwas leichter ertragen.«

»Von wegen. Dagegen hilft gar nichts. Aber zurück zu Arnie. Ich schätze, er hat etwa zehn Jahre hier gewohnt. War ziemlich viel zu Hause. Bei seinem

Aussehen war das auch kein Wunder. Er war jedenfalls nicht der Typ, der eben mal schnell die Straße runterhopst.« Ich muss ihn wohl ziemlich entgeistert angesehen haben, da er hinzufügte: »Ach, da fällt mir ein, Sie haben Arnie ja nicht gekannt. Er war nämlich fett wie eine schwangere Sau.« Er beschrieb einen ziemlich ausladenden Kreis um seinen Bauch. »Mehr breit als lang. Entsprechend ging ihm auch schon nach ein paar Schritten die Luft aus. Dazu kam noch, dass er im zweiten Stock gewohnt hat.«

»Wie alt war er?«

»Keine Ahnung. Vierzig vielleicht? Wenn jemand so dick ist, lässt sich sein Alter meistens nur schwer schätzen.«

»Was war er von Beruf?«

»Keine Ahnung. Jedenfalls ging er jeden Tag zur Arbeit. Aber sonst war er die meiste Zeit zu Hause.«

»Ich habe gehört, dass er ein Faible für alte Filme hatte.«

»Und ob. Er hatte eines von diesen Dingern – wie heißen sie gleich wieder? – na, Sie wissen schon, mit denen man sich im Fernseher Filme ansehen kann.«

»Einen Videorecorder.«

»Genau, es lag mir schon die ganze Zeit auf der Zunge.«

»Und was ist ihm passiert?«

»Leveque? Haben Sie mir denn nicht zugehört? Gestorben ist er.«

»Woran?«

»Umgebracht haben sie ihn. Was haben Sie denn gedacht?«

Bei diesem vagen *sie* blieb es leider auch. Arnold Leveque war auf offener Straße erstochen worden, vermutlich das Opfer eines Raubüberfalls. Es wurde von Jahr zu Jahr schlimmer, lamentierte der Alte. Immer mehr Leute rauchten Crack und lebten nur noch auf der Straße. Die brächten einen für eine U-Bahnfahrkarte um, ohne sich irgendwas dabei zu denken.

Als ich ihn fragte, wann es passiert sei, sagte er, das müsse inzwischen etwa ein Jahr her sein. Als ich ihn darauf aufmerksam machte, dass Leveque im April noch am Leben gewesen sein musste – laut Fieldings Unterlagen hatte er nämlich am neunzehnten dieses Monats die letzte Kassette ausgeliehen –, sagte er nur, dass in solchen Dingen sein Gedächtnis ziemlich nachgelassen hätte.

Zuletzt erklärte er mir noch, wo ich die Hausmeisterin finden könnte. »Viel tut sie ja nicht gerade«, meinte er. »Kassiert jeden Monat die Miete, aber damit hat es sich dann auch.« Als ich ihn nach seinem Namen fragte, sagte er, er wäre Gus. Und als ich auch noch seinen Nachnamen wissen wollte, sah er mich mit einem verschlagenen Grinsen an. »Einfach nur Gus. Das genügt. Sie haben mir ja auch nicht gesagt, wie Sie heißen.«

Ich gab ihm eine meiner Visitenkarten. Er hielt sie auf Armeslänge von sich und las mit zusammengekniffenen Augen meinen Namen. Als er fragte, ob er die Karte behalten könnte, nickte ich.

»Wenn ich Arnie demnächst treffe«, sagte er, »werde ich ihm ausrichten, dass Sie ihn sprechen wollten.« Und er konnte sich kaum halten vor Lachen.

Gus hieß mit Nachnamen Giesekind. Ich fand das mit einem kurzen Blick auf seinen Briefkasten heraus. Wie man sieht, bin ich nicht auf den Kopf gefallen. Die Hausmeisterin hieß Herta Eigen. Ich fand sie zwei Häuser weiter, wo sie eine kleine Souterrainwohnung bewohnte. Sie war ziemlich klein, höchstens eins fünfzig, und hatte einen mitteleuropäischen Akzent und ein verkniffenes, argwöhnisches Gesicht. Beim Sprechen bewegte sie ständig die Finger. Obwohl sie deutlich sichtbare Gichtknoten an den Gelenken hatte, machten sie noch einen recht beweglichen Eindruck.

»Die Polizei war hier«, erzählte sie mir. »Sie haben mich nach Downtown mitgenommen, damit ich ihn mir ansehe.«

»Um ihn zu identifizieren?«

Sie nickte. »›Das ist er‹, habe ich gesagt. ›Das ist Leveque.‹ Dann haben Sie mich wieder zurückgebracht, und ich musste ihnen sein Zimmer aufsperren. Sie gingen rein und ich hinterher. ›Sie können ruhig gehen, Mrs. Eigen‹, haben sie gesagt. Und ich: ›Ich habe Zeit. Ich bleibe.‹ Einige von denen sind ja ganz in Ordnung, aber ein paar sind auch darunter, die würden sogar einem Toten das letzte Geld aus der Tasche klauen. So sagt man doch, oder nicht?«

»Ja.«

»Den letzten *Pfennig* aus der Tasche ziehen, nicht das letzte Geld.« Sie seufzte. »Sie haben sich eine Weile umgesehen, und als sie endlich fertig waren, habe ich die Wohnung wieder abgeschlossen. Bevor sie gegangen sind, habe ich sie noch gefragt, wie es jetzt weitergehen soll und ob demnächst jemand vorbeikommt und seine Sachen abholt. Darauf haben sie mir zwar versichert, dass ich demnächst von ihnen hören würde, aber es hat sich niemand mehr von ihnen blicken lassen.«

»Sie haben nichts mehr von der Polizei gehört?«

»Nein. Kein Mensch hat irgendwas gesagt, ob jemand von seinen Angehörigen seine Sachen abholen kommt oder was ich damit machen soll. Als sie sich dann immer noch nicht gerührt haben, habe ich auf dem Revier angerufen. Dort haben sie so getan, als wüssten sie von nichts – so ungefähr, als würde ich Gespenster sehen. Na ja, vermutlich werden inzwischen schon so viele Leute umgebracht, dass sie kein Mensch mehr alle im Kopf behalten kann.« Sie zuckte mit den Achseln. »Aber ich musste ja schließlich seine Wohnung wieder vermieten. Die Möbel habe ich einfach drin gelassen, aber alles andere habe ich hierher geschafft. Und als sich nach einer Weile immer noch niemand gemeldet hat, habe ich den ganzen Krempel einfach auf den Müll geworfen.«

»Aber die Videokassetten von Mr. Leveque haben Sie verkauft.«

»Die Filme? Die habe ich zu einem Verleih drüben am Broadway gebracht. Sie haben mir ein paar Dollar dafür gegeben. Hätte ich das nicht tun sollen?«

»Nein, nein, das war völlig in Ordnung.«

»Ich habe die Sachen nicht gestohlen. Wenn er Angehörige gehabt hätte, hätte ich ihnen alles gegeben. Aber offensichtlich hatte er niemanden mehr. Hat lange in dem Haus gelebt, Mr. Leveque. Er war schon da, als ich den Job als Hausmeisterin bekommen habe.«

»Wann war das?«

»Vor sechs Jahren. Einen Augenblick. Stimmt ja gar nicht. Vor sieben Jahren.«

»Und Sie sind tatsächlich nur die Hausmeisterin?«

»Was sollte ich denn sonst sein? Die Königin von England?«

»Ich hab mal eine Frau gekannt, der das Haus gehört hat. Aber den Mietern gegenüber hat sie so getan, als wäre sie nur die Hausmeisterin.«

»Na klar doch«, sagte sie. »Natürlich gehört mir das Haus. Deshalb hause ich ja auch in diesem Kellerloch. Ich könnte mir jederzeit eine besser Wohnung leisten, aber ich lebe nun mal lieber wie ein Maulwurf unter der Erde.«

»Wem gehört das Haus?«

»Keine Ahnung.« Als ich sie darauf nur ungläubig ansah, fügte sie hinzu: »Sie brauchen mich gar nicht so anzuschauen. Ich weiß es tatsächlich nicht. Angestellt hat mich die Hausverwaltung. Ich kassiere die Miete und liefere sie bei ihnen im Büro ab, und was die dann damit machen, weiß ich nicht. Jedenfalls habe ich den Hausbesitzer nie kennengelernt. Ist denn so wichtig, wem die Bruchbude gehört?«

Das war es eigentlich nicht. Deshalb fragte ich sie, wann Arnold Leveque gestorben war.

»Irgendwann letztes Frühjahr«, sagte sie. »Aber wann genau, weiß ich nicht mehr.«

Ich ging in mein Hotel zurück und stellte den Fernseher an. Auf drei Kanälen brachten sie Basketballspiele der College-Liga. Sie waren mir alle zu hektisch, und ich hatte keine Lust, mir eins davon länger anzusehen. Schließlich fand ich auf einem der Kabelkanäle ein Tennismatch, bei dem es vergleichsweise geruhsam zuging. Ich weiß zwar nicht, ob man sagen könnte, dass ich dem Match wirklich folgte, aber zumindest saß ich mit offenen Augen vor dem Fernseher, als sie auf dem Bildschirm den Ball hin und her droschen.

Anschließend traf ich mich mit Jim in einem chinesischen Restaurant in der Ninth Avenue, in das wir sonntagabends ziemlich oft gingen. Das Lokal war nie sonderlich voll, und niemand kümmerte sich darum, wie lange wir einen Tisch besetzt hielten oder wie oft wir unsere Teekanne nachfüllen ließen. Das Essen dort ist übrigens gar nicht übel, und ich kann nicht verstehen, warum der Laden nicht besser läuft.

Jim sagte: »Hast du heute zufällig die *Times* gelesen? Da war ein Artikel ... das heißt, eigentlich war es ein Interview mit diesem katholischen Priester, der auch Romane schreibt. Sein Name ist mir leider schon wieder entfallen.«

»Ich weiß, wen du meinst.«

»Er hat zur Untermauerung seiner Thesen die Ergebnisse einer Telefonumfrage herangezogen. Unter anderem hat er auch die Behauptung aufgestellt, dass nur zehn Prozent aller verheirateten Personen in diesem Land fremdgehen. Das hieße, dass so gut wie niemand seinen Partner betrügt. Und diesen Unsinn glaubte dieser Heini auch noch beweisen zu können, bloß weil jemand mit ein paar Leuten am Telefon gesprochen hat und sich von ihnen einen gewaltigen Bären hat aufbinden lassen.«

»Hört sich ja an, als stünden wir am Beginn eines Zeitalters moralischer Erneuerung.«

»Genau darauf wollte er hinaus.« Er griff nach seinen Stäbchen und vollführte damit einen kleinen Trommelwirbel. »Jetzt würde mich nur noch interessieren, ob er auch bei mir zu Hause angerufen hat.«

»Wieso?«

Er wich meinem Blick aus. »Ich glaube, dass sich Beverly heimlich mit jemandem trifft.«

›Mit jemand Bestimmtem?‹

»Ja, ein Typ, den sie bei den Anonymen Alkoholikern kennengelernt hat.«

»Vielleicht sind sie nur miteinander befreundet.«

»Nein, das glaube ich nicht.« Er schenkte uns beiden Tee nach. »Du weißt ja, dass ich in puncto Frauen nicht gerade ein Kostverächter war, bevor ich zu trinken aufgehört habe. Jedes Mal wenn ich in eine Bar ging, versuchte ich mir einzureden, dass ich nur eine nette Frau kennenlernen wollte. Meistens soff ich mir allerdings nur einen an, aber hin und wieder hatte ich auch Glück. Und manchmal konnte ich mich hinterher sogar noch daran erinnern.«

»Obwohl es dir vermutlich meistens lieber gewesen wäre, wenn nicht.«

»Ja, schon. Was ich damit sagen will, ist: Ich hatte weiterhin ein paar Frauengeschichten, als ich eines Tages zu den Anonymen Alkoholikern gegangen bin. Meine Ehe wäre wegen meiner Sauferei um ein Haar in die Brüche gegangen, aber als ich dann zu trinken aufgehört habe, haben wir uns wieder zusammengerauft. Auch Beverly ist dann zu den Anonymen Alkoholikern gegangen und hat angefangen, sich mit ihren eigenen Problemen auseinanderzusetzen. Das hat uns wieder zusammengeschweißt. Trotzdem hatte ich damals die meiste Zeit noch was nebenher laufen.«

»Das wusste ich gar nicht.«

»Tatsächlich nicht?« Er dachte kurz nach. »Dann muss das wohl gewesen sein, bevor ich dich kennengelernt habe, bevor du mit dem Trinken aufgehört hast. Nach ein paar Jahren habe ich nämlich mit meinen Weibergeschichten endgültig Schluss gemacht. Nicht, dass diesem Schritt irgendein heldenhafter Entschluss zugrunde gelegen hätte, mich zu bessern. Nein, das hat sich ganz von selbst ergeben. Kann sein, dass dabei auch diese neuen Ansteckungsgefahren eine Rolle gespielt haben – erst Herpes und dann AIDS. Aber ich kann mir eigentlich nicht vorstellen, dass mich das wirklich abgeschreckt hat. Eher glaube ich, dass ich einfach das Interesse verloren habe.« Er nahm einen Schluck Tee. »Und jetzt, wo ich zu Pater Feeneys neunzig Prozent gehöre, geht *sie* plötzlich fremd.«

»Na ja, vielleicht ist jetzt einfach sie mal an der Reihe. Ein bisschen Abwechslung kann schließlich nie schaden.«

»Es ist nur nicht das erste Mal.«

»Oh«, war mein einziger Kommentar dazu.

»Am meisten macht mir dabei eigentlich Sorgen, dass ich nicht weiß, wie ernst es ihr ist.«

»Weiß sie denn, dass du Bescheid weißt?«

»Wer kann schon sagen, was sie weiß? Oder auch: was *ich* weiß? Im Grunde genommen will ich eigentlich nur, dass alles so bleibt, wie es war. Aber wann ist das schon mal der Fall?«

»Tja.« Ich hob die Schultern. »Ich war gestern Nacht bei Elaine, und sie hat ein Wort mit H gesagt.«

Als er mich darauf nur verständnislos ansah, half ich ihm auf die Sprünge. »Heiraten.«

»Na, und wenn schon? Sie will dich also heiraten?«

»Das hat sie so nicht gesagt. Sie hat nur gesagt, dass sie ihren Job an den Nagel hängen würde, wenn wir heiraten würden.«

»Ihren Job?«

»Na, du weißt schon.«

»Ach ja, richtig. Und das war ihre Bedingung? Heirate mich, und ich höre damit auf.«

»Nein, nicht so direkt. Sie hat es mehr oder weniger nur so in den Raum gestellt – rein hypothetisch, wenn du verstehst, was ich meine. Anschließend hat sie sich auch gleich entschuldigt, dieses Thema überhaupt angeschnitten zu haben, und wir haben uns darauf geeinigt, alles beim Alten zu lassen.« Ich starrte in meine Teetasse, wie ich früher in ein Glas Bourbon gestarrt hatte. »Allerdings weiß ich nicht, ob das überhaupt möglich ist. Ich habe das Gefühl, dass sich genau in dem Moment etwas zu verändern beginnt, wenn zwei Menschen wollen, dass alles beim Alten bleibt.«

»Tja«, murmelte Jim. »Da bleibt dir wohl nichts anderes übrig, als einfach abzuwarten, wie sich die Sache weiter entwickelt.«

»Und ansonsten werde ich die Sache immer schön einen Tag nach dem anderen angehen und keinen Alkohol anrühren.«

»Das nenne ich die richtige Einstellung«, sagte Jim und nickte.

Wir saßen noch lange beisammen und unterhielten uns über alles Mögliche. Unter anderem erzählte ich Jim auch von meinen beiden Fällen, dem regulären, mit dem ich nicht so recht vorankam, und dem anderen, von dem ich die Finger nicht lassen konnte. Wir unterhielten uns über Baseball und wie das Frühjahrstraining durch die Aussperrung eines Clubinhabers verzögert wurde. Und irgendwann kamen wir auch auf einen jungen Burschen aus unserer Stammgruppe zu sprechen, der trotz seiner Jugend bereits reichlich Erfahrung mit Drogen und Alkohol hatte und nach vier Monaten wieder rückfällig geworden war.

Gegen acht sagte Jim: »Weißt du, was ich heute Abend tun werde? Ich werde zu einem Treffen gehen, bei dem mir möglichst niemand über den Weg läuft, den ich kenne. Ich muss unbedingt diesen ganzen Scheiß mit Beverly loswerden. Aber wenn dabei jede Menge Leute rumsitzen, die ich kenne, brächte ich es einfach nicht fertig, ganz frei von der Leber weg zu reden.«

»Natürlich könntest du das.«

»Na schön, ich könnte es natürlich. Die Sache ist nur, dass ich es nicht will. Ich bin jetzt schon eine Ewigkeit bei den Anonymen Alkoholikern, und da möchte ich nicht, dass die Neuen denken, ich könnte vielleicht gar nicht so abgeklärt und innerlich gefestigt sein, wie ich nach außen hin immer tue.« Er grinste. »Ich werde also nach Downtown fahren und mir den Luxus gönnen, so ratlos und durcheinander zu klingen, wie ich mich auch fühle. Wer weiß? Vielleicht habe ich ja Glück und lerne bei der Gelegenheit irgendein nettes junges Ding kennen, das gerade auf der Suche nach einer richtigen Vaterfigur ist.«

»Prima Idee«, sagte ich. »Dann frag sie am besten gleich, ob sie eine Schwester hat.«

*   *   *

Auch ich ging zu einem Treffen. Da jedoch am Sonntag in St. Paul's keines stattfand, nahm ich an einem im Roosevelt Hospital teil. Der Großteil der Teilnehmer waren Patienten, die gerade in der Klinik einen Entzug machten. Die Sprecherin des Abends war ursprünglich heroinsüchtig gewesen und hatte dann bei einer Therapiegruppe in Minnesota ihren Entzug gemacht, um allerdings danach fünfzehn Jahre lang dem Alkohol zu verfallen. Mittlerweile war sie fast drei Jahre trocken.

Als sie geendet hatte, wurden die Teilnehmer gefragt, ob sich jemand dazu äußern wollte. Die meisten nannten jedoch nur ihren Namen, ohne sonst etwas zu sagen. Aus diesem Grund nahm ich mir vor, mich zu Wort zu melden, um der Rednerin zumindest zu versichern, dass mir ihre Geschichte gut gefallen hatte und dass man ihr nur gratulieren konnte, dass sie es geschafft hatte, mit dem Trinken aufzuhören. Als ich aber an die Reihe kam, sagte ich nur: »Ich heiße Matt, und ich bin Alkoholiker. Ich möchte heute Abend lieber nur zuhören.«

Anschließend ging ich ins Hotel zurück. Niemand hatte angerufen. Ich zog mich auf mein Zimmer zurück und las dort etwa zwei Stunden. Irgendjemand hatte mir ein Taschenbuch mit dem Titel *Das Newgate-Register* gegeben, eine Sammlung von Kriminalfällen aus dem England des siebzehnten und achtzehnten Jahrhunderts. Ich hatte die Schwarte schon etwa einen Monat bei mir rumliegen und las nachts vor dem Einschlafen hin und wieder ein paar Seiten darin.

Es war immer sehr interessant, obwohl manche Fälle natürlich packender waren als andere. Was mir allerdings an manchen Abenden ziemlich an die Nieren ging, war die traurige Feststellung, dass sich im Lauf der Jahrhunderte nicht das Geringste geändert hatte. Auch damals schon hatten sich die Menschen aus den belanglosesten und zum Teil aberwitzigsten Gründen umgebracht, und sie hatten dabei auch damals schon einen erstaunlichen Einfallsreichtum an den Tag gelegt.

Manchmal stellte diese Lektüre jedoch auch einen willkommenen Ausgleich zu der niederschmetternden Anhäufung von Verbrechen dar, mit der ich Tag für Tag in den Zeitungen konfrontiert wurde. Wenn man wie ich jeden Morgen die Zeitung las, konnte man schnell zu der Überzeugung gelangen, dass es mit der Menschheit unaufhaltsam bergab ging und die Welt demnächst vollends im Chaos versinken würde. Wenn ich dann allerdings in den

Lebensgeschichten dieser Männer und Frauen blätterte, die schon vor Hunderten von Jahren aus Liebe oder wegen ein bisschen Geld gemordet hatten, gelangte ich jedes Mal zu der beruhigenden Feststellung, dass die Menschen keineswegs schlechter wurden. Es war schon immer so schlimm gewesen.

Es gab jedoch auch Tage, an denen ich in dieser Einsicht keinen Trost finden konnte. Im Gegenteil, sie ließ mich vollends an der Menschheit verzweifeln. Die Menschen hatten sich im Lauf der Geschichte keinen Deut gebessert. Und wer auch immer vor vielen, vielen Jahren einmal für unsere Sünden gestorben war, war umsonst gestorben. Dafür hatten wir eindeutig zu viele Sünden auf Lager. Unser Vorrat war anscheinend unerschöpflich.

Das Kapitel, das ich an diesem Abend las, brachte mich zwar nicht gerade wieder auf Hochtouren, aber einschlafen konnte ich davon auch nicht besser. Also zog ich gegen Mitternacht noch mal los. Es war kälter geworden, und vom Hudson wehte ein schneidender Wind herauf. Ich machte mich auf den Weg zu Grogan's Open House. Das ist die irische Kneipe, die Mick Ballou gehört, auch wenn auf der Lizenz und im Grundbuch ein anderer Name eingetragen ist.

Das Grogan's war fast vollkommen leer. Am Tresen saßen, in gebührendem Abstand, zwei einsame Trinker. Einer hatte eine Flasche Bier vor sich stehen, der andere ein Glas Guinness. An einem Tisch an der Wand saßen zwei alte Männer in langen, billigen Jacketts. Von Burke, der hinterm Tresen stand, erfuhr ich, dass sich Mick den ganzen Abend noch nicht hatte blicken lassen. »Er kann aber jeden Augenblick vorbeikommen«, fügte er hinzu. »Allerdings würde ich mich an Ihrer Stelle lieber nicht darauf verlassen.«

Ich bestellte mir ein Coke und setzte mich an die Bar. Der Fernseher war auf einen Kabelkanal gestellt, in dem sie vorwiegend alte Schwarzweißfilme ohne Werbung dazwischen brachten. Im Augenblick lief gerade *Little Caesar* mit Edward G. Robinson.

Ich sah ihn mir etwa eine halbe Stunde an. Mick tauchte nicht auf, und auch sonst kam niemand in die Bar. Ich trank mein Coke aus und ging wieder nach Hause.

Kapitel 10

Auf dem 20. Revier waren sie zwar nicht übermäßig beeindruckt, dass ich auch mal bei der Polizei gewesen war, aber der zuständige Cop war trotzdem hilfsbereit, als ich ihn um ein paar Auskünfte über die näheren Umstände von Arnold Leveques Tod bat. Die Sache hatte nur einen Haken. Kein Mensch hatte etwas von diesem Fall gehört.

»Den genauen Zeitpunkt kann ich Ihnen leider nicht sagen«, musste ich gestehen. »Aber es muss zwischen dem neunzehnten April und dem vierten Juni passiert sein, und wenn mich mein Instinkt nicht trügt, würde ich sagen, es war irgendwann Anfang Mai.«

»Letzten Jahres?«

»Ja.«

»Und der Mann hieß Arnold Leveque? Könnten Sie mir seinen Nachnamen bitte buchstabieren, damit ich ihn nicht falsch in den Computer eingebe?«

Das tat ich und diktierte ihm auch noch gleich die Adresse in der Columbus Avenue. »Das fällt auf jeden Fall in unseren Zuständigkeitsbereich«, bestätigte er mir. »Mal sehen, ob jemand was von der Sache gehört hat.« Das war nicht der Fall. Nachdem wir darauf ein paar Minuten die verschiedenen Möglichkeiten durchgegangen waren, wie es dazu hatte kommen können, verschwand er noch einmal. Als er zurückkam, lag ein wissendes Lächeln über seinen Zügen.

»Arnold Leveque«, sagte er. »Gestorben am neunten Mai. Mehrere Stichwunden. Steht nicht in unseren Akten, weil wir nicht für den Fall zuständig waren. Er wurde auf der anderen Seite der Fifty-ninth Street erstochen. Dafür sind sie in Midtown North zuständig, in der West Fifty-fourth.«

Ich sagte nur, dass ich wusste, wo das war.

Das erklärte auch, warum Herta Eigen auf taube Ohren gestoßen war, als sie auf dem für sie zuständigen Polizeirevier angerufen hatte. Dort hatte man tatsächlich nichts von dem Vorfall gewusst. Ich hatte mich gleich nach dem Frühstück auf die Socken gemacht und kreuzte gegen zehn in Midtown

North auf. Joe Durkin war nicht da. Was ich von ihm wissen wollte, konnte mir allerdings auch jeder andere dort sagen.

Ich wurde an einen gewissen Andreotti verwiesen, mit dem ich während der letzten Jahre schon gelegentlich zu tun gehabt hatte. Er arbeitete gerade seinen Papierkram auf und schien gegen eine kleine Unterbrechung nichts einzuwenden zu haben. »Leveque, Leveque«, murmelte er stirnrunzelnd und fuhr sich mit der Hand durch sein zerzaustes schwarzes Haar. »Wenn mich nicht alles täuscht, war dafür sogar ich selber zuständig. Ich und Bellamy. War das nicht so ein fetter Kerl?«

»Soviel ich weiß, ja.«

»Wir bekommen hier Woche für Woche so viele Tote zu sehen, dass man sie unmöglich alle auseinanderhalten kann. Er muss jedenfalls ermordet worden sein. Wenn er eines natürlichen Todes gestorben wäre, könnte ich mich bestimmt nicht mehr an seinen Namen erinnern.«

»Das kann ich gut verstehen.«

»Es sei denn, er hatte einen dieser Namen, die man nicht so schnell vergisst. Erst vor ein paar Wochen hatten wir eine Frau, die hieß Wanda Plainhouse. Und ich weiß noch, wie ich dachte, ich hätte nichts dagegen, mit dir ein bisschen Komm-ins-Häuschen zu spielen.« Die Erinnerung daran entlockte ihm ein kurzes Lächeln, bevor er fortfuhr: »Natürlich war sie noch am Leben – Wanda, meine ich. Aber das wäre auch so ein Beispiel, wie sich einem ein Name einprägen kann.«

Er zog Leveques Akte heraus. Die Leiche war in einer engen Durchfahrt zwischen zwei Häusern in der Forty-ninth Street gefunden worden, nachdem am Morgen des 9. Mai um sechs Uhr sechsundfünfzig ein anonymer Anruf auf dem Revier eingegangen war. Der Tod des Opfers war laut Obduktionsbefund am Vortag gegen dreiundzwanzig Uhr eingetreten. Der Tote wies sieben Stichwunden in Brust und Bauch auf, die ihm mit einem Messer mit einer langen, schmalen Klinge beigebracht worden waren.

»In der Forty-ninth zwischen Tenth und Eleventh«, sagte ich.

»Näher bei der Eleventh. Von den Häusern in der unmittelbaren Umgebung hieß es damals, dass sie demnächst abgerissen werden sollten. Die Fenster waren bereits alle vernagelt und sämtliche Wohnungen geräumt. Könnte durchaus sein, dass sie inzwischen schon nicht mehr stehen.«

»Was er dort wohl zu suchen hatte?«

Andreotti hob die Schultern. »Vermutlich hat er was gesucht und das Pech gehabt, es auch zu finden. Wahrscheinlich wollte er sich Stoff besorgen oder ein Mädchen aufreißen oder auch einen Mann. Jeder, der sich dort rumtreibt, ist auf der Suche nach irgendwas.«

Dabei musste ich unwillkürlich an TJ denken. Jeder hat einen Jones, hatte er gesagt, was würde er sonst in der Deuce suchen?

Ich wollte wissen, ob Leveque Drogen genommen hatte. Äußere Anzeichen dafür hätte es keine gegeben, meinte Andreotti, aber wissen konnte man das nie. »Vielleicht war er betrunken. Ist halb besinnungslos durch die Gegend getorkelt und wusste nicht mehr, wo er überhaupt war.« Er schüttelte den Kopf. »Nein, das halte ich eigentlich für ziemlich ausgeschlossen. Er hatte so gut wie keinen Alkohol im Blut. Na ja, was er auch gesucht hat, er hat sich auf jeden Fall den falschen Platz dafür ausgesucht.«

»Halten Sie einen Raubüberfall für möglich?«

»Jedenfalls hatte er kein Geld dabei, keine Uhr und keine Brieftasche. Hört sich also ganz nach einem Crackjunkie an, der dringend Geld gebraucht hat, um sich neuen Stoff zu beschaffen.«

»Wie haben Sie ihn überhaupt identifiziert?«

»Mit Hilfe der Hausmeisterin. Ich kann Ihnen sagen, das war vielleicht eine Marke. Höchstens so groß, aber ordentlich Haare auf den Zähnen. Hat uns sein Zimmer aufgesperrt, aber dann aufgepasst wie ein Adler, damit wir bloß nichts mitgehen lassen. Man hätte denken können, der ganze Krempel hätte ihr gehört, was irgendwann ja auch wirklich der Fall gewesen sein dürfte, weil wir nämlich keine Angehörigen auftreiben konnten, soweit ich mich erinnere.« Er blätterte in seinen Unterlagen. »Nein, wir konnten niemanden ausfindig machen. Jedenfalls hat ihn die Hausmeisterin identifiziert. Erst wollte sie natürlich nicht mitkommen. ›Warum sollte ich mir eine Leiche ansehen?‹ Davon habe ich in meinem Leben weiß Gott schon genügend gesehen. Aber dann hat sie ihn sich doch angesehen und bestätigt, dass er es war.«

»Wie sind Sie überhaupt auf Sie gekommen? Woher wussten Sie seinen Namen und seine Adresse?«

»Ach, jetzt verstehe ich langsam, worauf Sie hinauswollen. Gute Frage. Woher haben wir das gewusst?« Stirnrunzelnd begann er in der Akte zu blättern. »Aha, seine Fingerabdrücke. Wir hatten sie in unserem Fahndungscomputer, und dort standen natürlich auch sein Name und seine Adresse.«

»Wie kommt es, dass Sie seine Fingerabdrücke im Computer hatten?«

»Keine Ahnung. Vielleicht war er mal bei der Polizei oder im Staatsdienst.«

»Dann waren seine Fingerabdrücke aber sicher nicht in Ihrem Computer hier gespeichert.«

»Da haben Sie natürlich auch wieder recht.« Er runzelte die Stirn. »Die Frage ist also, ob wir ihn selbst im Computer hatten oder ob wir erst in der Zentrale in Washington nachfragen mussten. Aber da bin ich leider überfragt. Wahrscheinlich hat sich darum jemand anders gekümmert. Warum wollen Sie das eigentlich alles so genau wissen?«

»Haben Sie nachgesehen, ob er vorbestraft war?«

»Wenn das der Fall war, dann sicher nur wegen einer Lappalie. In der Akte ist jedenfalls nichts vermerkt.«

»Könnten Sie das trotzdem mal nachprüfen?«

Wenn auch etwas widerwillig, kam er meiner Bitte nach. »Da, eine einzige Eintragung. Er wurde vor fünf Jahren mal verhaftet, anschließend aber wieder auf freien Fuß gesetzt. Vermutlich wurde die Anklage wegen Geringfügigkeit zurückgezogen.«

»Weswegen war er denn angeklagt?«

Mit zusammengekniffenen Augen starrte Andreotti auf den Computerbildschirm. »Verstoß gegen Paragraph 235. Was soll das denn sein? Jedenfalls ist es ein Paragraph, den ich nicht kenne.« Er griff nach einem schwarzen Ringordner und begann darin zu blättern. »Aha, da haben wir's. Obszönität. Wahrscheinlich hatte er jemandem ein paar unanständige Namen an den Kopf geworfen. Das Verfahren wird zwar wegen Geringfügigkeit eingestellt, aber fünf Jahre später sticht ihn jemand mit einem Messer ab. Das sollte einem eine Lehre sein, immer auf seine Wortwahl zu achten.«

Vermutlich hätte ich noch mehr über Leveque in Erfahrung bringen können, wenn Andreotti seinen Computer noch etwas mehr ausgequetscht hätte. Aber er hatte auch noch anderes zu tun. Deshalb bedankte ich mich bei ihm und ging in die Bibliothek in der Forty-second Street, um im *Times Index* nachzusehen, ob Arnold Leveque vielleicht mal Gegenstand einer Pressemeldung gewesen war. Allerdings hatten weder seine Verhaftung noch seine Ermordung für genügend Wirbel gesorgt, um Schlagzeilen zu machen.

Anschließend fuhr ich mit der U-Bahn in die Chambers Street und klapperte verschiedene Behörden ab. Dort machte ich die erfreuliche Feststellung, dass es immer noch ein paar treue Staatsdiener gibt, die einem für eine kleine Gefälligkeit durchaus zu helfen bereit sind. Ich steckte den betreffenden Herren und Damen diskret ein paar Scheinchen zu, worauf sie in ihren Unterlagen Verschiedenes für mich nachschlugen.

So fand ich heraus, dass Arnold Leveque vor achtunddreißig Jahren in Lowell, Massachusetts, das Licht der Welt erblickt hatte. Im Alter von dreiundzwanzig Jahren landete er schließlich in New York, wo er im Sloane House YMCA in der West Thirty-fourth Quartier bezog und für die Poststelle eines Verlags arbeitete. Ein Jahr später trat er bei einer Firma namens R&J Merchandise mit Sitz in der Fifth Avenue eine Stelle an. Dort arbeitete er als Verkäufer. Was sie bei R&J verkauften, bekam ich nicht heraus, da die Firma schon seit einiger Zeit zu existieren aufgehört hatte. In besagtem Abschnitt der Fifth Avenue gibt es jedoch jede Menge kleiner, meist nicht sehr langlebiger Ramschläden, in denen man von dubiosem Elfenbein- und Jadeschmuck bis hin zu Kameras und Unterhaltungselektronik alles zu extrem niedrigen Preisen bekommt, weshalb ich annahm, dass es sich bei R&J vermutlich um einen solchen Ramschladen handelte.

Leveque wohnte damals immer noch im Sloane House und blieb dort, soweit ich das ersehen konnte, bis zum Herbst 1979, als er die Wohnung in der Columbus Avenue bezog. Dieser Umzug könnte mit einem neuerlichen Wechsel des Arbeitsplatzes zusammengehangen haben, da er einen Monat zuvor bei CBS eine Stelle angetreten hatte und die Büros von CBS nur einen Block westlich von meinem Hotel in der Fifty-seventh Street liegen. Leveque hätte seinen Arbeitsplatz von seiner neuen Wohnung also problemlos zu Fuß erreichen können.

Welche Tätigkeit er bei CBS ausübte, ließ sich zwar nicht feststellen, aber da er dafür nur ein Jahresgehalt von sechzehntausend Dollar bekam, dürfte es sich dabei um keinen leitenden Posten gehandelt haben. Er blieb etwas mehr als drei Jahre bei CBS und hatte sich bei seinem Ausscheiden im Oktober 1982 gehaltsmäßig immerhin auf achtzehntausendfünfhundert im Jahr verbessert.

Soweit sich das nachprüfen ließ, hatte er danach keine feste Stellung mehr gehabt.

*   *   *

Als ich ins Hotel zurückkam, hatten sie an der Rezeption Post für mich. Ich wurde eingeladen, einer internationalen Gesellschaft pensionierter Polizeibeamter beizutreten und an deren jährlichen Versammlungen in Fort Lauderdale teilzunehmen. Mit der Mitgliedschaft einer gingen ein Mitgliedsausweis, eine todschicke Anstecknadel und die kostenlose Zusendung der Vereinszeitschrift. Ich hätte nur zu gern gewusst, was in dem Blättchen wohl alles stand. Lauter Todesanzeigen?

Außerdem hatte mir Joe Durkin eine Nachricht hinterlassen, ich solle ihn umgehend anrufen. Zufällig erwischte ich ihn an seinem Schreibtisch, und das Erste, was er sagte, war: »Wie es scheint, genügt dir Thurman allein noch nicht. Du willst wohl alle unsere offenen Fälle lösen.«

»Man tut, was man kann.«

»Was hat Arnold Leveque mit Thurman zu tun?«

»Vermutlich nichts.«

»Das würde ich nicht unbedingt sagen. Ihn hat's im Mai erwischt und sie im November, also fast auf den Tag genau ein halbes Jahr später. Wenn sich da kein Muster abzuzeichnen beginnt.«

»Nur, dass die beiden auf ziemlich unterschiedliche Art um die Ecke gebracht worden sind.«

»Na ja, sie wurde von zwei Einbrechern vergewaltigt und stranguliert, während Leveque in einem Hinterhof erstochen wurde. Das war allerdings nur, weil uns die Mörder von ihrer Spur abbringen wollten. Jetzt aber im Ernst: Hast du schon was über Leveque?«

»Schwer zu sagen. Jedenfalls würde mich brennend interessieren, was er die letzten sieben Jahre seines Lebens getan hat.«

»In schlechter Gesellschaft verkehrt, würde ich sagen.«

»Er hat nicht gearbeitet, aber er hat auch keine Sozialhilfe oder Arbeitslosenunterstützung bezogen – zumindest, soweit ich das feststellen konnte. Ich habe das Loch gesehen, in dem er gewohnt hat. Die Miete kann zwar nicht sehr hoch gewesen sein, aber von irgendwas muss er trotzdem gelebt haben.«

»Vielleicht hat er was geerbt. Bei Amanda Thurman war das doch auch der Fall.«

»Da hätten wir schon die nächste Parallele. Ich muss sagen, deine Argumente überzeugen mich zusehends mehr.«

»Tja, nicht umsonst hört mein Verstand nie zu arbeiten auf. Nicht mal, wenn ich schlafe.«

»Ich würde eher sagen: vor allem dann nicht, wenn du schläfst.«

»Wie recht du doch wieder hast, Matt. Was soll übrigens dieser Quatsch, er hätte sieben Jahre nicht mehr gearbeitet?«

»Zumindest stand das in seinen offiziellen Unterlagen.«

»Was wissen die denn schon«, brummte Durkin. »Deswegen wurde er doch festgenommen. Er saß an der Kasse, als sie diesen Laden wegen Verbreitung obszönen Materials haben auffliegen lassen. Leveque, hört sich irgendwie französisch an. Wenn mich nicht alles täuscht, haben sie ihn mit ein paar unanständigen Fotos erwischt.«

»Hat er Pornohefte verkauft?«

»Hat dir das denn Andreotti nicht gesagt?«

»Nein, nur die Nummer des Paragraphen, gegen den er verstoßen hat.«

»Wenn er sich ein bisschen dahintergeklemmt hätte, hätte er dir ohne weiteres noch mehr sagen können. Sie haben am Times Square mal eine Großrazzia gemacht. Ich weiß nicht mehr genau, wann das war – irgendwann im Oktober fünfundachtzig, glaube ich. Klar, jetzt fällt's mir wieder ein. Es war kurz vor der Wahl, und der Bürgermeister wollte noch ein paar Punkte sammeln. Bin schon gespannt, wie sein Nachfolger jetzt zurechtkommt.«

»Ich beneide ihn jedenfalls nicht um seinen Job.«

»Würde ich vor die Entscheidung gestellt, lieber tot oder Bürgermeister, würde ich wahrscheinlich sagen: ›Gebt mir die Kugel, Jungs.‹ Doch zurück zu Leveque. Sie sind in alle Läden rein, haben die Verkäufer mitgenommen, den ganzen Schmuddelkram weggekarrt und gleich darauf eine Pressekonferenz einberufen. Ein paar Leute haben eine Nacht im Gefängnis verbracht, und damit hatte es sich. Sämtliche Anklagepunkte wurden fallengelassen.«

»Und die Pornohefte haben sie zurückgebracht.«

Er lachte. »In einem unserer Lagerhäuser müssen noch ganze Stapel davon rumliegen, wo sie wahrscheinlich bis ins dreiundzwanzigste Jahrhundert vor sich hin schimmeln. Aber das schließt natürlich nicht aus, dass ein paar besonders scharfe Exemplare nicht auch den Weg ins traute Heim des einen oder anderen Kollegen gefunden haben und dort jetzt dessen Ehe wieder auf Vordermann bringen.«

»Ich muss gestehen, ich bin zutiefst schockiert.«

»Hätte mich auch gewundert, wenn nicht. Ich glaube nicht, dass sie das konfiszierte Material zurückgegeben haben. Von wegen zurückgeben: Erst kürzlich haben wir einen Dealer geschnappt, den wir aber dann wegen eines geringfügigen Formfehlers wieder laufen lassen mussten. Und jetzt pass auf! Bei seiner Entlassung hat der Kerl doch tatsächlich gefragt, ob er seinen Stoff wieder zurückhaben könnte.«

»Nicht im Ernst, Joe.«

»Nein, ohne Scheiß, Matt. Darauf sagt Nickerson zu ihm: ›Jetzt hör mal gut zu, Maurice. Wenn ich dir deinen Stoff zurückgebe, dann muss ich dich wegen unerlaubtem Besitz festnehmen.‹ Das war natürlich mehr im Spaß gemeint, aber sagt dieser Typ darauf doch tatsächlich: ›Von wegen, Mann. Damit kommst du nicht durch. Wo bleibt denn da dein berechtigter Grund?‹ Darauf Nick: ›Was heißt hier berechtigter Grund, mein berechtigter Grund ist, dass ich dir gerade deinen Scheißstoff gegeben habe und du ihn eingesteckt hast.‹ Und Maurice: ›Nee, Mann, damit kommst du nie im Leben durch; die lassen mich garantiert laufen.‹ Und weißt du was, Matt? Vermutlich hatte er sogar recht.«

Joe gab mir die Adresse des Ladens am Times Square, in dem es zu Leveques kleinem Sündenfall gekommen war. Aus der Hausnummer war eindeutig zu ersehen, dass er in dem Block zwischen Eighth und Broadway lag, wo sich auch die meisten anderen einschlägigen Läden konzentrierten. Es bestand also kein Grund, extra dort vorbeizuschauen. Ich hatte keine Ahnung, ob Leveque dort nur einen Tag oder ein ganzes Jahr gearbeitet hatte, und sah auch keine Möglichkeit, es herauszufinden. Selbst wenn in dem Laden jemand bereit gewesen wäre, mit mir zu reden, hielt ich es für ziemlich unwahrscheinlich, dass es der Betreffende gewusst hätte.

Nachdem ich noch ein paarmal meine Notizen durchgegangen war, lehnte ich mich zurück und legte die Füße auf den Tisch. Als ich dann die Augen schloss, stieg für einen Moment ganz deutlich wieder das Bild des Mannes in der Halle von Maspeth in mir auf – der Inbegriff eines liebevollen Vaters, der seinem Sohn zärtlich das Haar aus der Stirn streicht.

Interpretierte ich vielleicht etwas zu viel in diese harmlose kleine Geste hinein? Ich hatte keinerlei Anhaltspunkte, wie der Mann in dem Film unter seinem schwarzen Gummidress tatsächlich ausgesehen hatte. Vielleicht lag es auch nur daran, dass mich der Junge an den jungen Burschen in dem Film erinnert hatte.

Und selbst wenn es derselbe Mann war. Wie sollte ich ihn ausfindig machen? Sicher jedenfalls nicht, indem ich mich auf die längst verblasste Spur eines schmierigen Fettsacks heftete, der schon fast ein Jahr tot war.

Letzten Donnerstag hatte ich die beiden beim Boxen gesehen. Inzwischen war es Montag. Falls der Junge sein Sohn war und falls die Beziehung der beiden tatsächlich so unverfänglich war, wie es den Anschein hatte, kämpfte ich ohnehin nur gegen Windmühlen. Und falls nicht, war es längst zu spät, um noch irgendetwas zu unternehmen.

Falls der Mann vorgehabt hatte, den Jungen umzubringen und auch sein Blut durch so ein Abflussloch fließen zulassen, hatte er das inzwischen vermutlich längst getan.

Aber warum hatte er ihn dann zum Boxen mitgenommen? Vielleicht erhöhte es für ihn den Reiz an der Sache, wenn er sich vorher mit seinen Opfern auf eine kleine Affäre einließ. Das hätte vielleicht erklären geholfen, warum der Junge in dem Film so zutraulich gewirkt hatte und sich nicht im Geringsten daran gestört hatte, dass er an dieses Foltergestell gefesselt war.

Wenn der Junge schon tot war, war ihm sowieso nicht mehr zu helfen. Und wenn er noch am Leben war, konnte ich auch nicht nennenswert mehr für ihn tun. Wie die Dinge im Moment lagen, sah ich nicht den Hauch einer Chance, den Mann mit der Gummimaske zu identifizieren und ausfindig zu machen.

Der einzige Anhaltspunkt, den ich hatte, war ein Toter. Und was ließ sich damit schon beweisen? Leveque hatte sich zum Zeitpunkt seines Todes im Besitz einer Videokassette befunden, auf der zu sehen war, wie der Mann mit der Gummimaske einen jungen Burschen umbrachte. Leveque war eines gewaltsamen Todes gestorben, höchstwahrscheinlich das Opfer eines stinknormalen Raubüberfalls, wie sie in diesem Teil der Stadt an der Tagesordnung waren. Leveque hatte in einem Sex-Shop gearbeitet, und das natürlich schwarz. Demnach könnte er dort jahrelang beschäftigt gewesen sein, ohne dass darüber irgendwelche Unterlagen existierten. Dagegen sprach lediglich Gus Giesekinds Aussage, dass Leveque nur selten seine Wohnung verlassen hatte. Denn das deutete eigentlich nicht daraufhin, dass er eine feste Arbeit gehabt hatte.

Und seine letzte feste Stellung ...

Ich griff nach dem Telefonbuch und schlug eine Nummer nach. Als sich auf meinen Anruf ein Anrufbeantworter meldete, sprach ich eine Nachricht auf Band. Dann nahm ich meinen Mantel vom Haken und machte mich auf den Weg ins Armstrong's.

Er stand schon an der Bar, als ich durch die Tür kam. Ein schlanker Mann mit einem Ziegenbart und einer Hornbrille. Er trug ein braunes Cordjackett mit Lederflicken an den Ellbogen und rauchte eine Pfeife mit gebogenem Stiel. Man hätte ihn sich problemlos in einem Pariser Café mit einem Glas Pernod vor sich vorstellen können. Stattdessen lehnte er am Tresen einer Bar in der Fifty-seventh Street und trank kanadisches Ale, was jedoch nicht hieß, dass er dort fehl am Platz wirkte.

»Was für ein Zufall, Manny«, begrüßte ich ihn. »Eben habe ich dir was auf deinen Anrufbeantworter gesprochen.«

»Ich weiß«, erwiderte er. »Er lief noch, als ich gerade zur Tür rein kam. Und weil du gesagt hast, du würdest sehen, ob ich vielleicht hier bin, bin ich gleich wieder los. Ich musste nicht mal meinen Mantel anziehen. Und weil es von mir etwas kürzer ins Armstrong's ist als von dir ...«

»Warst du schon vor mir da.«

»So sieht es jedenfalls aus. Sollen wir uns an einen Tisch setzen? Schön, dich mal wiederzusehen, Matt. Schon lange nichts mehr von dir gehört.«

Dabei hatten wir uns vor ein paar Jahren, als das alte Armstrong's in der Ninth Avenue noch mein zweites Wohnzimmer war, fast täglich gesehen. Damals war auch Manny Karesh dort Stammgast gewesen. Er war fast jeden Tag auf eine Stunde oder länger vorbeigekommen, und manchmal hatte er auch einen ganzen Abend dort verbracht. Er arbeitete als Tontechniker bei CBS und wohnte gleich um die Ecke. Da er noch nie ein großer Freund des Alkohols gewesen war, kam er weniger wegen des Trinkens als des Essens wegen ins Armstrong's und in erster Linie natürlich wegen der Gesellschaft.

Nachdem wir an einem Tisch Platz genommen hatten, bestellte ich mir eine Tasse Kaffee und einen Hamburger, und wir brachten uns erst mal auf den neuesten Stand der Dinge. Bei dieser Gelegenheit erzählte mir Manny, dass er sich hatte pensionieren lassen, und ich sagte, dass ich bereits etwas in der Richtung gehört hätte.

»Trotzdem arbeite ich mehr denn je«, sagte er. »Zum Teil noch immer für meine alte Firma, aber eben freiberuflich, und ansonsten übernehme ich alles, was mir an Aufträgen angeboten wird. Ich habe jede Menge Arbeit und kassiere nebenbei auch noch meine Rente.«

»Weil wir gerade von CBS reden«, sagte ich.

»Tun wir das?«

»Dann tun wir's eben jetzt. Es gibt da einen Kerl, nachdem ich mich erkundigen wollte. Könnte sein, dass du ihn gekannt hast, weil er nämlich mal drei Jahre bei CBS war. Ist allerdings schon eine Weile her.«

Manny nahm seine Pfeife aus dem Mund und nickte. »Arnie Leveque. Hat er dich also doch angerufen. Ich habe mich schon die ganze Zeit gefragt, ob er sich wohl dazu durchringen würde. Was siehst du mich denn plötzlich so an?«

»Wieso hätte er mich anrufen sollen?«

»Soll das heißen, er hat sich gar nicht bei dir gemeldet? Aber warum ...«

»Erst du. Warum wollte er bei mir anrufen?«

»Weil er einen Privatdetektiv gebraucht hat. Ich bin ihm zufällig mal bei Dreharbeiten über den Weg gelaufen. Das muss allerdings schon ein halbes Jahr her sein.«

Länger, dachte ich.

»Ich weiß auch nicht, wie wir darauf gekommen sind. Jedenfalls wollte er wissen, ob ich ihm einen Privatdetektiv empfehlen könnte, obwohl ich ganz sicher bin, dass er dieses Wort nicht in den Mund genommen hat. Wie dem auch sei, ich habe ihm gesagt, ich würde da jemanden kennen, einen ehemaligen Polizisten, der hier in der Gegend wohnt. Ich habe ihm deinen Namen genannt und gesagt, dass ich zwar deine Nummer nicht im Kopf hätte, aber wüsste, dass du im Northwestern wohnst. Das ist doch immer noch der Fall, oder?«

Ich nickte.

»Und vermutlich übernimmst du auch immer noch Aufträge? Es war doch hoffentlich in Ordnung, dass ich ihn an dich verwiesen habe?«

»Klar. Das war sogar ausgesprochen nett von dir. Allerdings hat er sich nie bei mir gemeldet.«

»Ich habe ihn seitdem auch nicht mehr gesehen, Matt, und ich bin sicher, das ist inzwischen mindestens ein halbes Jahr her. Wenn du also nichts von ihm gehört hast, wird er sich vermutlich auch nicht mehr bei dir melden.«

»Ganz sicher nicht. Außerdem liegt das Ganze schon länger als ein halbes Jahr zurück. Er ist nämlich letzten Mai gestorben.«

»Nicht im Ernst. Er ist tot? So alt war er doch noch gar nicht. Andererseits hatte er natürlich gewaltige Gewichtsprobleme, aber trotzdem.« Er nahm einen Schluck Bier. »Woran ist er gestorben?«

»Er wurde umgebracht.«

»Was? Wie ist denn das passiert?«

»Er wurde bei einem Raubüberfall erstochen. Vermutlich.«

»Was heißt hier vermutlich? War an der Sache irgendwas faul?«

»Von offizieller Seite geht man nicht davon aus. Allerdings war Leveque in eine ziemlich dubiose Geschichte verwickelt, die ich gerade aufzuklären versuche – oder zumindest deutet vieles darauf hin, dass er etwas damit zu tun hatte. Warum wollte er sich einen Privatdetektiv nehmen?«

»Das hat er mir nicht gesagt.« Manny zuckte mit den Schultern. »So gut habe ich ihn auch nicht gekannt. Als er bei CBS anfing, war er noch jung und motiviert. Er war technischer Assistent bei einer Kameracrew. Allerdings glaube ich nicht, dass er sehr lange bei uns war.«

»Drei Jahre.«

»Doch so lange?«

»Warum hat er bei CBS aufgehört?«

Manny zupfte an seinem Bart. »Ich hatte eher das Gefühl, dass er gegangen wurde.«

»Weißt du zufällig auch, warum?«

»Keine Ahnung. Meines Wissens hat er sich zwar nie irgendwelche schwerwiegenderen Schnitzer erlaubt, aber andererseits war der gute Arnold auch nie das gewesen, was man sich unter einer einnehmenden Persönlichkeit vorstellt. Ehrlich gestanden, war er sogar ein ausgesprochener Kotzbrocken – ein Ausdruck, den ich übrigens nicht allzu häufig verwende. Trotzdem halte ich ihn in Arnies Fall für durchaus angebracht. Außerdem nahm er es, was die Körperpflege angeht, nicht allzu genau. Ließ sich mit dem Rasieren immer ziemlich Zeit und hatte seine Hemden meistens ein paar Tage länger an, als das unter zivilisierten Menschen üblich ist. Und dazu kam natürlich noch, dass er ziemlich fett war. Es gibt ja auch Dicke, die ihre überflüssigen Pfunde mit Würde tragen. Zu denen gehörte Arnold allerdings nicht.«

»Und danach hat er freiberuflich gearbeitet?«

»Das hat er mir zumindest erzählt, als ich ihm das letzte Mal begegnet bin. Andrerseits ist es mittlerweile schon einige Jahre her, dass ich mich selbständig gemacht habe, und ich kann mich nicht erinnern, ihm in dieser Zeit mal bei Aufnahmen begegnet zu sein. Genügend Aufträge muss er allerdings trotzdem gehabt haben, weil ich mir bei seinem Bauchumfang nicht vorstellen kann, dass er mal eine Mahlzeit ausgelassen hat.«

»Eine Weile hat er in einem Laden am Times Square als Verkäufer gearbeitet.«

»Das überrascht mich überhaupt nicht. Weißt du, Matt, irgendwie passt das sogar sehr gut zu ihm. Arnie hatte von Anfang an was schmuddelig Unappetitliches an sich, feuchte Hände und immer leicht außer Atem. Ich kann mir gut vorstellen, wie sich jemand verlegen in einen Sex-Shop schleicht, und an der Kasse sitzt Arnie und reibt sich mit einem wissenden Grinsen die Hände.« Er zuckte zusammen. »Also wirklich, der Mann ist tot, und jetzt hör dir mal an, wie ich über ihn rede.« Er riss ein Streichholz an, um seine Pfeife wieder anzuzünden. »Wenn man mich so reden hört, könnte man denken, bei Arnie hätte es mit einer Type wie Frankensteins Helfer zu tun. Obwohl, Arnie wäre sicher nicht die schlechteste Besetzung für diese Rolle gewesen. Sprich ruhig schlecht von den Toten, hat meine Mutter, Gott hab' sie selig, immer gesagt. Sie können es dir nämlich nicht heimzahlen.«

Kapitel 11

»Das ist ja richtig unheimlich«, sagte Elaine. »Er ist gestorben, bevor er sich mit dir in Verbindung setzen konnte. Und nun streckt er sogar noch aus dem Grab seine Finger nach dir aus.«

»Wie kommst du denn darauf?«

»Na, wie würdest du es denn sonst nennen? In seinem Zimmer liegt eine Videokassette rum, als er stirbt. Seine Hausbesitzerin verkauft sie ...«

»Es war nur die Hausmeisterin.«

»... an einen Videoverleih. Und die verleihen sie an jemand, der damit dann zu dir rennt. Wie hoch ist die Wahrscheinlichkeit, dass so etwas passiert?«

»Wir wohnen alle im selben Viertel. Ich, Manny, Leveque, Will Haberman, auch der Videoverleih liegt gleich um die Ecke. Wir haben es also mit einer Nadel in einem ziemlich kleinen Heuhaufen zu tun.«

»Von wegen. Hast nicht du selbst mir mal erklärt, was ein Zufall ist? Wenn Gott inkognito bleiben will?«

»Heißt es zumindest.«

Nachdem ich mich von Manny verabschiedet hatte, hatte ich Elaine angerufen. Sie hatte sich schon den ganzen Tag merkwürdig schlapp gefühlt und fürchtete, dass bei ihr eine Erkältung im Anzug war. Sie schluckte deshalb viel Vitamin C und trank jede Menge heiße Zitrone. »Was ist deiner Meinung nach wirklich mit Leveque passiert? Wie war er in das alles verwickelt?«

»Ich glaube inzwischen, dass er der Kameramann war. Es muss noch eine vierte Person dabei gewesen sein, als sie den Film gedreht haben. Die Kamera war nämlich nicht fest auf einem Stativ montiert. Sie hat mehrere Male den Aufnahmestandpunkt gewechselt, und einmal ist sie mit dem Zoom auf ein Detail zugefahren und anschließend wieder in die Totale zurückgegangen. Sonst wird nämlich bei solchen Heimvideos die Kamera einfach auf ein Stativ gestellt und auf den Auslöser gedrückt, und dann kann es losgehen. Aber in diesem Fall war das anders. Außerdem waren meistens beide im Bild, wenn die Kamera mal in Bewegung war.«

»Um auf so etwas zu achten, war ich viel zu sehr auf das konzentriert, was auf dem Bildschirm passiert ist.«

»Du hast das Video ja auch nur ein einziges Mal gesehen. Aber ich habe es mir kürzlich noch zweimal angeschaut.«

»Um genauer auf solche zu Feinheiten achten?«

»Leveque kannte sich mit Videoaufnahmen aus. Er war drei Jahre bei einem Fernsehsender angestellt, allerdings in eher untergeordneter Position. Danach hat er länger auf freiberuflicher Basis gejobbt, unter anderem als Verkäufer in einem Sex-Shop am Times Square, wo er bei einer von Kochs Säuberungskampagnen festgenommen wurde. Wenn du also jemand brauchst, der bei einem Porno die Kamera bedient, gehört er mit Sicherheit zum engsten Kandidatenkreis.«

»Aber würdest du ihn auch filmen lassen, wie du einen Mord begehst?«

»Vielleicht wussten sie genug über ihn, um sich deswegen keine Sorgen machen zu müssen. Vielleicht hatten sie ursprünglich auch gar nicht vor, den Jungen umzubringen; vielleicht wollten sie ihm nur ein bisschen wehtun, und irgendwann ist ihnen dann der Gaul durchgegangen. Ist ja auch egal. Der Junge wurde umgebracht, das Ganze wurde auf Video festgehalten, und wenn nicht Leveque hinter der Kamera stand, dann eben jemand anders.«

»Und er ist rein zufällig in den Besitz des Videos gekommen?«

»Und hat es zur Tarnung auf eine Kassette mit einem Spielfilm drauf überspielt. Laut Herta Eigens Aussage waren außer den Kassetten, die sie an Fielding verkauft hat, sonst keine in seiner Wohnung. Bei genauerer Überlegung ist das eigentlich nicht ganz logisch. Gerade jemand wie Lebeque, der in der Videobranche tätig war, müsste eigentlich Unmengen von Material bei sich zu Hause rumliegen gehabt haben. Und das umso mehr, als er ein Faible für alte Filme hatte. Das heißt, er müsste auch im Fernsehen ständig irgendwelche Filme aufgenommen haben. Und er müsste Kopien von seiner eigenen Arbeit als Kameramann gehabt haben, ob das nun Pornos waren oder was anderes. Und auf jeden Fall hätte er auch einen gewissen Vorrat an Leerkassetten zu Hause haben müssen, um sich gegebenenfalls was überspielen zu können.«

»Glaubst du, die Hausmeisterin hat gelogen?«

»Nein. Ich glaube eher, dass jemand in seiner Wohnung war, während er mit rasch sinkender Körpertemperatur in einem dunklen Hinterhof lag. Seine Uhr und seine Brieftasche haben gefehlt. Das deutet an sich auf einen Raubüberfall hin, aber da auch seine Schlüssel weg waren, bin ich inzwischen ziemlich sicher, dass sein Mörder die Schlüssel an sich genommen, sich damit Zutritt zu Labeques Wohnung verschafft und mit Ausnahme der Kaufkassetten mit Spielfilmen alle Videokassetten mitgenommen hat.«

»Warum hat er nicht gleich alle mitgenommen?«

»Weil er vielleicht keine Lust auf alle drei Versionen von *Die Spur des Falken* hatte. Außerdem dürfte er schon an den eigenhändig überspielten Kassetten genügend zu schleppen gehabt haben. Warum also etwas mitnehmen, was ihn nicht interessiert?«

»Aber gesucht hat er doch nach der Kassette, die wir gesehen haben.«

Ich nickte. »Das heißt aber nicht, dass Leveque für den Mann mit der Gummimaske nicht auch noch andere Filme gedreht und sich Kopien davon gemacht hat. Ziemlich sicher dürfte allerdings sein, dass er diese spezielle Aufnahme ganz besonders gut tarnen wollte. Zum einen hat er sie auf eine gekaufte Filmkassette überspielt. Zum anderen hat er davon erst eine Viertelstunde ablaufen lassen, bevor er das Snuff-Video über den Originalfilm kopiert hat. Selbst wenn also jemand kurz in die Kassette reingeschaut hätte, hätte er nicht gemerkt, dass in Wirklichkeit etwas ganz anderes drauf war als *Das dreckige Dutzend*.«

»Muss ein ziemlicher Schock für deinen Bekannten gewesen sein, als er sich den Film ansehen wollte. Stell dir nur mal vor, du sitzt mit deiner Frau vor dem Fernseher und willst dir Lee Marvin und seinen wilden Haufen ansehen, und plötzlich ...«

»Allerdings.« Ich nickte ernst.

»Aber warum hat er das Band so gut getarnt?«

»Weil er Angst hatte. Das war vermutlich auch der Grund, weshalb er sich bei Manny nach einem Privatdetektiv erkundigt hat.«

»Und bevor er sich mit dir in Verbindung setzen konnte ...«

»Ich weiß nicht, ob er das tatsächlich vorhatte. Bevor ich dich angerufen habe, habe ich noch mal kurz mit Manny telefoniert. Er ist in der Zwischenzeit nach Hause gegangen und hat in seinem Terminkalender von letztem Jahr nachgesehen. Zum Glück konnte er sein letztes Gespräch mit Leveque zeitlich ziemlich genau eingrenzen, da er sich zufällig noch an den Job erinnern konnte, bei dem sie sich getroffen hatten. Das war irgendwann in der dritten Aprilwoche, und Leveque wurde erst am neunten Mai umgebracht. Möglicherweise hat er auch noch ein paar andere Leute um Rat gefragt und sich an jemand anders gewandt. Oder er hat beschlossen, die Sache lieber selbst in die Hand zu nehmen.«

»Glaubst du, er wurde erpresst?«

»Das wäre zumindest eine Möglichkeit. Vielleicht hat er ja noch mehr solcher Gewaltpornos gefilmt. Vielleicht war es auch gar nicht der Kerl im Gummidress, der ihn erpresst hat. Vielleicht hat ihn jemand anderer umgebracht. Das schließt natürlich trotzdem nicht aus, dass er mit dem Gedanken gespielt hat, sich mit mir in Verbindung zu setzen, was er aber dann doch nicht getan hat. Jedenfalls war er nicht mein Klient, und demzufolge ist es auch nicht meine Aufgabe, seinen Mörder zu finden.« Im Haus gegenüber gingen ein paar Lichter an. »Ebenso wenig ist es meine Aufgabe, wegen des Manns im Gummidress was zu unternehmen. Mein Job ist eigentlich, Thurman auf die Finger zu sehen. Aber genau das tue ich am allerwenigsten.«

»Wäre es denn nicht möglich, dass zwischen den beiden Vorfällen ein Zusammenhang besteht?«

»Daran habe ich auch schon gedacht.«

»Und?«

»Darauf würde ich aber lieber nicht zählen.«

Sie wollte etwas sagen, musste aber niesen und schniefte dann etwas von wegen, dass sie hoffentlich keine Grippe bekommen würde. Ich sagte ihr, ich würde am nächsten Tag wieder vorbeischauen und sie solle sich kräftig an das Vitamin C und den Zitronensaft halten. Das versprach sie mir. Ich blieb noch eine Weile sitzen und starrte aus dem Fenster. Laut Wetterbericht sollte es in der Nacht kälter werden, und für die frühen Morgenstunden war sogar leichter Schneefall angekündigt. Nach einer Weile griff ich nach dem *Newgate Register* und las dort einen Artikel über einen Straßenräuber namens Dick Turpin, der zu seiner Zeit als eine Art Volksheld gefeiert wurde, obwohl ich nicht so recht verstehen konnte, warum.

Gegen viertel vor acht telefonierte ich ein bisschen herum und bekam schließlich Ray Galindez an den Apparat. Galindez ist ein junger Polizeizeichner, der mal nach meinen und Elaines Angaben ein Phantombild von einem Mann gezeichnet hat, der damit gedroht hatte, uns beide zu töten. Ich sagte ihm, dass ich wieder mal einen Job für ihn hätte und ob er mal eine Stunde oder auch zwei Zeit hätte. Da er für den nächsten Morgen noch nichts vorhatte, verabredeten wir uns um zehn im Foyer meines Hotels.

Anschließend ging ich zum Halb-neun-Uhr-Treffen in St. Paul's. Da ich eigentlich vorhatte, an diesem Abend früh schlafen zu gehen, machte ich mich nach dem Treffen sofort auf den Heimweg. Aber dann saß ich doch noch stundenlang in meinem Zimmer herum. Erst las ich ein paar Seiten über einen Halsabschneider, der vor ein paar Jahrhunderten gehängt worden war – vollkommen zu Recht, wie ich fand. Aber dann legte ich das Buch beiseite und schaute aus dem Fenster.

Um drei Uhr morgens legte ich mich schließlich schlafen. Es fiel kein Schnee in dieser Nacht.

Ray Galindez erschien pünktlich um zehn in der Hotelhalle, und wir gingen nach oben in mein Zimmer. Dort legte er seine Aktentasche aufs Bett und holte Skizzenblock, Bleistifte und Radiergummi heraus. »Nach dem Telefongespräch gestern Abend«, sagte er, »musste ich plötzlich wieder an den Kerl denken, den ich damals für Sie gezeichnet habe. Haben Sie ihn eigentlich gefasst?«

»Nein, aber er hat sich das Leben genommen.«

»Tatsächlich? Dann haben Sie ihn vermutlich auch gar nicht mehr gesehen. Hätte mich nämlich interessiert, wie gut ich ihn auf meinem Phantombild getroffen habe.«

Ich hatte ihn zwar noch gesehen, aber das war etwas, was er nicht unbedingt zu wissen brauchte. Deshalb sagte ich: »Die Ähnlichkeit muss ziemlich frappierend gewesen sein. Ein paar Leute, denen ich die Zeichnung gezeigt habe, haben ihn sofort erkannt.«

Das freute ihn sichtlich. »Haben Sie noch immer Kontakt zu dieser Frau? Ich kann mich noch gut an ihre Wohnung erinnern. Die ganze Einrichtung in Schwarz und Weiß. Und der Blick auf den Fluss. Echt toll.«

Ich nickte. »Ja, ich habe noch Kontakt zu ihr. Wir sehen uns sogar ziemlich häufig.«

»Ausgesprochen sympathische Frau. Wohnt sie immer noch in derselben Wohnung? Wird sie wohl. Sie müsste schön verrückt sein, so eine tolle Wohnung aufzugeben.«

Ich nickte. »Ja, sie wohnt immer noch da. Und sie hat auch Ihre Zeichnung noch.«

»Das Phantombild, das ich von diesem Kerl gemacht habe?«

»Ja. Inzwischen hängt es bei ihr an der Wand – gerahmt und hinter Glas. Sie findet, dabei handelt es sich um eine völlig eigene Kunstform, die bisher von der Kunstwelt völlig zu Unrecht sträflich vernachlässigt wurde. Nachdem ich mir Ihre Zeichnung fotokopiert hatte, hat sie sie sofort rahmen lassen und in ihrer Wohnung aufgehängt.«

»Jetzt nehmen Sie mich aber auf den Arm.«

»Ganz im Gegenteil. Ursprünglich hatte sie das Bild sogar im Wohnzimmer hängen, aber dann konnte ich sie schließlich doch dazu überreden, es ins Bad zu hängen. Denn ganz gleich, wo man saß, hatte man ständig das Gefühl, dieser Kerl würde einen anstarren. Kein Witz, Ray, sie hat das Bild rahmen lassen und bei sich aufgehängt.«

»Ganz schön ausgefallene Idee.«

»Elaine ist ja auch eine ziemlich außergewöhnliche Frau.«

›Ja, das stimmt. Jedenfalls freut es mich sehr, dass sie meine Zeichnung so gut fand. Gerade, wo sie so einen guten Geschmack hat. Ich kann mich noch gut an das Gemälde erinnern, das sie über der Couch hängen hatte.« Als er mir darauf den abstrakten Ölschinken im Wohnzimmer beschrieb, konnte ich nur staunen, was für ein hervorragendes visuelles Gedächtnis er hatte. »Ach, insgeheim ist meine wahre Liebe eben doch die Kunst«, meinte er darauf, um jedoch sofort verlegen den Blick zu senken und das Thema zu wechseln. »Aber jetzt, wen haben Sie heute für mich? Wieder so ein verrücktes Monster?«

»Das dürfte wohl keine Übertreibung sein. Und dazu ein paar junge Burschen.«

Es war einfacher, als ich gedacht hatte. Den Mann und den Jungen hatte ich nur aus der Ferne gesehen und den anderen Jungen lediglich in dem Video. Trotzdem hatten sich ihre Gesichter meinem Gedächtnis so nachhaltig eingeprägt, dass ich mich noch ganz deutlich an sie erinnern konnte. Auch die Übungen zur Verbesserung der Vorstellungskraft, die Galindez mit mir machte, waren dabei eine gewisse Hilfe, aber im Grunde genommen hätten wir sie uns auch sparen können. Es bereitete mir überhaupt keine Mühe, mir ihre Gesichter vorzustellen. Ich brauchte nur die Augen zu schließen, und schon konnte ich sie ganz deutlich vor mir sehen.

Es dauerte nicht einmal eine Stunde, bis Galindez die Gesichter aus meiner Erinnerung auf drei Blätter seines Skizzenblocks übertragen hatte.

Ich fand, dass er sie hervorragend getroffen hatte: den Mann in der ersten Reihe, den Jungen in seiner Begleitung und den anderen Jungen, dessen Ermordung ich auf Video mitangesehen hatte.

Wir waren ein gutes Team, Galindez und ich. Manchmal schien es sogar, als könnte er meine Gedanken lesen. Es war, als erfasste er bestimmte Nuancen, die ich mit Worten nur sehr schwer beschreiben konnte, ganz intuitiv, um sie dann mit seinem Zeichenstift zu Papier zu bringen. Und erstaunlicherweise kam auch auf allen drei Zeichnungen etwas von der Ausstrahlung der darauf Abgebildeten herüber. Der Mann wirkte bedrohlich, der jüngere Junge verletzlich, der ältere ohne jede Hoffnung.

Als wir fertig waren, legte Galindez seufzend den Stift beiseite und sagte: »Irgendwie geht so eine Sitzung richtig an die Substanz, obwohl ich beim besten Willen nicht sagen könnte, woran das liegt. An sich möchte man meinen, ich sitze bloß da und zeichne. Und das tue ich weiß Gott schon mein ganzes Leben lang.«

»Elaine würde vermutlich sagen, dass sich dabei ein ganz enger psychischer Kontakt zwischen uns hergestellt hat.«

»Ja? Jedenfalls war es ein ziemlich eigenartiges Gefühl – als ob sich auch zwischen den drei Abgebildeten und mir irgendeine Form von Kontakt herstellen würde. Das ist eine Erfahrung, die einem ganz schön an die Nieren geht.«

Ich versicherte ihm, dass die Zeichnungen sehr gut getroffen seien, und fragte ihn, was ich ihm schuldig wäre.

»Keine Ahnung«, meinte er darauf. »Wie viel haben Sie mir letztes Mal gegeben? Einen Hunderter? Das wäre vollkommen in Ordnung.«

»Das war aber nur für eine Zeichnung. Diesmal sind es drei.«

»Aber es ging doch alles in einem Aufwasch. Und wie lange hat es gedauert? Höchstens eine Stunde. Ein Hunderter ist völlig in Ordnung.«

Ich gab ihm zwei Hunderter. Als er protestieren wollte, sagte ich, der zweite wäre dafür, dass er mir die Zeichnungen signierte. »Die Originale bekommt nämlich Elaine«, erklärte ich ihm. »Ich werde sie rahmen lassen und ihr zum Valentinstag schenken.«

»Stimmt, der ist ja bald. Gut, dass Sie mich daran erinnern.« Leicht verlegen deutete er auf den goldenen Ring an seinem Ringfinger. »Den hatte ich letztes Mal noch nicht.«

»Oh, herzlichen Glückwunsch.«

»Danke. Und Sie wollen wirklich, dass ich die Zeichnungen signiere? Sie brauchen mir nämlich nicht extra was zu zahlen, bloß damit ich meine Unterschrift druntersetze. Im Gegenteil, ich fühle mich sogar ausgesprochen geehrt.«

»Nehmen Sie das Geld ruhig«, forderte ich ihn auf, »und kaufen Sie Ihrer Frau was Schönes.«

Er grinste und signierte die Zeichnungen.

Anschließend begleitete ich ihn nach unten. Da er in der Eighth Avenue die U-Bahn nehmen wollte, begleitete ich ihn bis zu dem Kopierladen die Straße runter und bestellte dort von jeder Zeichnung ein paar Dutzend Kopien. Bis sie fertig waren, aß ich in einem Schnellimbiss ein paar Türen weiter eine Kleinigkeit. Nachdem ich die Kopien abgeholt hatte, brachte ich die Originale in eine kleine Galerie am Broadway zum Rahmen. Wieder zu Hause, stempelte ich meinen Namen und meine Adresse auf die Rückseite jeder Kopie. Dann faltete ich ein paar davon zusammen, steckte sie in meine Brusttasche und ging wieder los. Diesmal in Richtung Times Square.

Das letzte Mal, dass ich mich dort herumgetrieben hatte, war während einer hochsommerlichen Hitzewelle gewesen. Diesmal war es bitter kalt. Ich hatte meine Hände tief in den Taschen vergraben und meinen Mantel bis zum Kragen zugeknöpft und bereute bitter, keine Handschuhe und keinen Schal mitgenommen zu haben. Der Himmel zeigte sich in allen nur erdenklichen Grauschattierungen, und es war nur noch eine Frage der Zeit, bis der angekündigte Schnee fallen würde.

Trotzdem wirkte die Deuce kaum verändert. Die jungen Burschen, die in kleinen Gruppen auf dem Gehsteig herumlungerten, waren lediglich etwas dicker angezogen, obwohl man nicht hätte behaupten können, dass sie der Witterung entsprechend gekleidet waren. Um sich warm zu halten, waren sie deshalb auch mehr in Bewegung als sonst. Aber davon abgesehen, wirkte eigentlich alles ziemlich unverändert.

Ich ging die Deuce ein Stück hoch und dann auf der anderen Seite wieder

runter. Es dauerte nicht lange, bis mir ein schwarzer Junge zuzischte: »Stoff?«
Anstatt ihn mit einem kurzen Kopfschütteln abzuwimmeln, gab ich ihm mit
einer Handbewegung zu verstehen, mir in einen verlassenen Hauseingang zu
folgen. Dort fragte er sofort, was ich wollte.

Das war nicht weiter schwer zu erklären. »Kannst du mir sagen, wo ich TJ
finde?«

»TJ? Wenn ich welches hätte, würde ich Ihnen sicher welches verkaufen.
Und ich würde Ihnen auch einen fairen Preis machen.«

»Kennst du ihn?«

»Ach, soll das heißen, das ist ein Typ? Ich dachte erst, es wäre irgendwas
Neues zum Antörnen.«

»War ja nur eine Frage.« Ich wollte mich bereits zum Gehen wenden, aber
er hielt mich am Arm zurück.

»Wieso denn gleich so hektisch, Mann. Wir haben doch noch kaum zu
quatschen angefangen. Wer ist dieser TJ? Ist er ’n DJ oder was? TJ, der DJ?
Klingt doch nicht schlecht, oder?«

»Wenn du ihn nicht kennst ...«

»Wenn ich TJ höre, muss ich als erstes an diesen alten Typen denken, der
mal für die Yankees gespielt hat. Sie wissen schon, Tommy John. Der spielt
aber schon lange nicht mehr. Außerdem können Sie alles, was Sie von diesem
TJ wollen, genauso gut auch von mir kriegen.«

Ich gab ihm eine meiner Visitenkarten. »Sag ihm, er soll mich anrufen.«

»Für was halten Sie mich eigentlich, Mann? Ich bin doch nicht dem sein
Piepser.«

Ich führte noch etwa ein halbes Dutzend solcher Gespräche, alle mit ähnlich tragenden Säulen unserer Gesellschaft. Ein paar davon behaupteten, TJ
zu kennen, ein paar hatten noch nie was von ihm gehört. Ich sah jedoch keine
Veranlassung, auch nur einen von ihnen beim Wort zu nehmen. Keiner von
ihnen konnte sich so recht vorstellen, was ich eigentlich auf der Deuce wollte.
Feststand für sie nur so viel: Ich war entweder ein potentieller Ausbeuter oder
ein potentielles Opfer – jemand, der ihnen Schwierigkeiten machen konnte,
oder jemand, den sie ausnehmen konnten.

Irgendwann wurde mir klar, dass ich mich letztendlich genauso gut an einen von diesen Jungen um Hilfe hätte wenden können, anstatt lange nach TJ
zu suchen. Schließlich war auch er nichts anderes als einer dieser unzähligen

Rumhänger hier, wenn auch ein ziemlich cleverer. Denn immerhin hatte er es geschafft, einem alten Fuchs wie mir fünf Dollar abzuluchsen, ohne auch nur mit einem Wort etwas in dieser Richtung anzudeuten. Wenn ich also ein paar Fünfdollarscheine loswerden wollte, wäre das bestimmt kein Problem. In der Deuce wimmelte es von jungen Burschen, die mir liebend gern einen abgenommen hätten.

Und alle waren leichter zu finden als TJ, der möglicherweise im Moment gar nicht erreichbar war. Immerhin war es schon ein halbes Jahr her, dass ich ihn zum letzten Mal gesehen hatte, und das war speziell in der Deuce eine verdammt lange Zeit. Er könnte seine Jagdgründe in einen anderen Teil der Stadt verlegt haben. Er könnte sich eine feste Arbeit gesucht haben. Oder er könnte in Riker's Island einsitzen oder in einem der Bundesgefängnisse weiter im Norden.

Oder er könnte tot sein. Bei diesem Gedanken ließ ich kurz meinen Blick über die jungen Burschen in meiner unmittelbaren Umgebung wandern und fragte mich, wie viele von ihnen wohl älter als fünfunddreißig werden würden. Ein Teil von ihnen würde den Drogen zum Opfer fallen, ein paar weitere einer Krankheit mit vier Buchstaben und ein ebenfalls nicht unbeträchtlicher Anteil würde sich gegenseitig ins Jenseits befördern. Kein sehr aufbauender Gedanke und auch keiner, dem länger nachzuhängen ich Lust hatte. Die Deuce war schon in der Gegenwart schwer genug auszuhalten. Längerfristig betrachtet war sie schier unerträglich.

Das Testament House war ins Leben gerufen worden, als ein Geistlicher der Episkopal-Kirche obdachlosen Jugendlichen gestattet hatte, in seiner Wohnung in Chelsea zu übernachten. Danach dauerte es nicht lange, bis er einen Hausbesitzer dazu überreden konnte, ihm ein verfallenes Mietshaus nicht weit von der Penn Station zu überlassen. Darauf spendeten andere Befürworter des Projekts das nötige Geld, um auch die angrenzenden Häuser kaufen zu können. Vor zwei Jahren schließlich erstand ein weiterer Unterstützer dieser Idee einen sechsstöckigen Gewerbebau und stellte ihn der Organisation zur Verfügung. Diesen suchte ich nach meiner Tour durch die Forty-second Street auf. Eine Frau mit grauem Haar und durchdringenden blauen Augen gab mir einen kurzen Einblick in die Geschichte der Institution.

»Das hier ist das New Testament House«, erklärte sie mir. »Und natürlich ist das Gebäude, in dem alles begonnen hat, das Old Testament House. Father Joyner bemüht sich gerade um ein weiteres Gebäude im East Village, aber ich könnte Ihnen beim besten Willen nicht sagen, welchen Namen sich die Jungs dafür ausdenken werden. Alles, was jetzt noch übrig wäre, wäre das Apokryphenhaus, aber ich weiß nicht, ob ihnen das nicht eine Spur zu hoch ist.«

Wir befanden uns in der Eingangshalle des Gebäudes. An der Wand hing eine Tafel mit der Hausordnung. Jeder unter einundzwanzig war willkommen, aber mit Drogen, Alkohol oder Waffen war der Zutritt strengstens verboten. Außerdem wurde zwischen ein Uhr nachts und acht Uhr morgens niemand aufgenommen.

Trotz aller Hilfsbereitschaft begegnete mir Mrs. Hillstrom auch mit einem gewissen Argwohn. Das konnte ich ihr in keiner Weise verübeln. Woher hätte sie schließlich wissen sollen, ob sie in mir einen potentiellen Förderer ihres Projekts vor sich hatte oder jemanden, der ein eher eigennütziges Interesse an ihren Schützlingen hatte. Was auch immer davon auf mich zutreffen mochte – es bestand keine Chance, an ihr vorbei in das Haus zukommen. Ich hatte zwar keine Waffen oder Drogen bei mir, aber ich hatte eindeutig die Altersgrenze überschritten.

Ich zeigte ihr die Phantombilder der beiden Jungen. Ohne sie auch nur eines Blickes zu würdigen, erklärte die Frau bestimmt: »Es ist bei uns nicht üblich, irgendwelche Auskünfte zu erteilen, wer sich bei uns aufhält und wer nicht.«

»Darum geht es nicht. Ich bin ganz sicher, dass keiner der beiden Jungen bei Ihnen ist.«

Erst jetzt warf sie einen Blick auf die Phantombilder. »Das sind ja Zeichnungen.«

»Einer dieser Jungen oder auch beide könnten mal hier gewesen sein. Sie dürften beide von zu Hause ausgerissen sein.«

Sie sah sich die Zeichnungen genauer an. »Sie könnten fast Brüder sein. Wer sind die beiden?«

»Genau das möchte ich herausfinden. Ich weiß weder, wie sie heißen, noch, woher sie kommen.«

»Was ist mit ihnen passiert?«

»Einer von ihnen ist tot. Der jüngere schwebt in Lebensgefahr.« Und nach kurzem Zögern fügte ich hinzu: »Wenn er inzwischen nicht auch schon tot ist.«

Sie legte den Kopf auf die Seite und sah mich forschend an. »Da muss doch mehr dahinterstecken. Warum haben Sie zum Beispiel keine Fotos von den beiden, sondern nur Zeichnungen? Und wie kommen Sie dazu, nach den Jungen zu suchen, obwohl Sie gar nicht wissen, wer Sie sind?«

»Es gibt da gewisse Dinge, von denen Sie vermutlich lieber nichts wissen wollen.«

»Weiß Gott«, nickte sie. »Was nicht heißt, dass ich sie nicht trotzdem weiß. Ich arbeite hier nicht ehrenamtlich, Mr. Scudder. Ich werde für meine Tätigkeit bezahlt. Ich arbeite zwölf Stunden am Tag, sechs Tage die Woche, und manchmal arbeite ich sogar noch an meinem freien Tag. Ich bekomme ein Zimmer und drei Mahlzeiten am Tag gestellt und dazu zehn Dollar Taschengeld die Woche. Da das nicht einmal für Zigaretten gereicht hätte, habe ich zu rauchen aufgehört. Und jetzt gebe ich meistens auch noch die Hälfte meines Lohns weg. Ich bin mittlerweile zehn Monate hier, Mr.Scudder, und habe schon dreimal gekündigt. Wenn man für diesen Job ausgebildet wird, muss man sich für ein Jahr verpflichten. Als ich das erste Mal gekündigt habe, hatte ich schreckliche Angst, dass man mir ernste Vorhaltungen machen würde. Aber als ich Father Joyner sagte, dass ich diese Belastung einfach nicht mehr verkraften könnte und aufhören wollte, meinte er nur: ›Wenn Sie wüssten, wie sehr ich Sie beneide, Maggie. Ich wünsche mir schon die ganze Zeit, ich könnte aufhören.‹ Darauf habe ich nur gesagt: ›Ich hab's mir doch anders überlegt. Ich bleibe.‹ Und er: ›Na, wunderbar, dass Sie wieder bei uns sind.‹

Als ich das zweite Mal gekündigt habe, war ich einem Schreikrampf nahe, und beim dritten Mal hatte mich das heulende Elend gepackt. Damit will ich nicht sagen, dass mir inzwischen nicht mehr zum Heulen zumute wäre. Aber obwohl ich zweimal mit den Nerven am Ende war, habe ich mich doch wieder berappelt und bin geblieben. Hier vergeht kein Tag, an dem ich nicht am liebsten auf die Straße rennen und jeden, der mir in den Weg kommt, so lange schütteln würde, bis endlich in seinen Schädel reingeht, was hier eigentlich los ist. Und ebenso wenig vergeht hier ein Tag, an dem ich nicht mit Dingen konfrontiert werde, von denen Sie meinen, dass ich lieber nichts von ihnen wissen möchte. Eins der drei Häuser des Old Testament House dient uns inzwischen als AIDS-Station. Die Jungen, die dort untergebracht sind, sind alle HIV-positiv, und keiner von ihnen ist über einundzwanzig. Wenn sie älter sind als einundzwanzig, müssen sie nämlich hier weg. Die meisten können aber trotzdem für immer bleiben, weil sie nämlich gar nicht mehr so alt werden. Und jetzt glauben Sie, es gäbe Dinge, die Sie mir lieber nicht sagen sollten?«

Darauf hielt ich nicht mehr länger hinter dem Berg. »Also gut. Der ältere Junge ist tot, weil ich ihn in einem Film gesehen habe, in dem sich ein Mann und eine Frau an ihm vergangen haben. Und am Schluss des Films haben sie ihn getötet. Der jüngere schwebt entweder in Lebensgefahr oder ist ebenfalls bereits tot, weil ich ihn letzte Woche in Begleitung eines Mannes gesehen habe, bei dem es sich vermutlich um einen der Mitwirkenden an diesem Film handelt.«

»Und dann haben Sie diese Porträts gezeichnet.«

»Nein, die sind von einem Polizeizeichner, der auf Phantombilder spezialisiert ist.«

»Aha.« Sie wandte den Blick ab. »Gibt es viele solcher Filme? Ist damit viel Geld zu machen?«

»Ich weiß nicht, wie viele solcher Filme es gibt. Und ich glaube nicht, dass man damit reich werden kann. Eher nehme ich an, dass diese Leute solche Film in erster Linie zu ihrem Vergnügen drehen.«

»Zu ihrem Vergnügen?« Sie schüttelte den Kopf. »In der griechischen Mythologie gibt es eine Gestalt, die ihre eigenen Kinder frisst. Chronos. Warum er das tut, habe ich leider vergessen. Aber ich bin sicher, er hatte einen Grund dafür.« Ihr Blick heftete sich wieder auf mich. »Auch wir verschlingen unsere Kinder, eine ganze Generation. Wir missbrauchen sie, misshandeln sie und werfen sie dann einfach weg. Und manchmal verschlingen wir sie sogar buchstäblich. Es gibt Teufelsanbeter, die Neugeborene opfern und sie anschließend kochen und essen. Männer kaufen sich auf der Straße Kinder, treiben es mit ihnen und töten sie zum Schluss. Sie haben vorhin gesagt, Sie hätten diesen Mann gesehen – zusammen mit dem jüngeren Jungen? Und Sie sind sicher, dass er es war?«

»Zumindest glaube ich, dass es derselbe Mann war.«

»Was für einen Eindruck hat er auf Sie gemacht?«, fragte sie. »Wirkte er irgendwie eigenartig oder pervers?«

Statt einer Antwort holte ich auch sein Phantombild aus der Tasche und zeigte es ihr.

»Er sieht ja ganz normal aus«, stieß sie fast entrüstet hervor. »Grauenhaft. Ich meine, der Gedanke, dass nach außen hin ganz normale Menschen so unvorstellbare Dinge tun können. Dabei müssten sie wie Monster aussehen. Sie verhalten sich ja auch wie Monster. Warum sehen sie dann nicht so aus? Können Sie sich vorstellen, warum jemand so etwas tut?«

»Nein.«

»›Wenn Sie wüssten, wie ich Sie beneide‹, hat Father Joyner gesagt. ›Sie können wenigstens noch aufhören. Ich nicht.‹ Danach dachte ich: Da hast du mich aber sehr raffiniert rumgekriegt, doch noch zu bleiben. Aber inzwischen bin ich da anderer Meinung. Ich glaube, er hat es wirklich so gemeint. Was er gesagt hat, war die reine Wahrheit. Inzwischen habe ich nämlich auch das Gefühl, nicht mehr aufhören zu können, obwohl ich mir, ehrlich gesagt, nichts sehnlicher wünsche.«

»Ich glaube, ich weiß, was Sie meinen.«

»Glauben Sie?«

Sie warf noch einmal einen kurzen Blick auf die Zeichnungen. »Könnte sein, dass ich die Jungen mal hier gesehen habe. Ich kann mich zwar nicht an sie erinnern, aber es wäre durchaus möglich.«

»Den älteren können Sie gar nicht gesehen haben. Sie sind doch erst zehn Monate hier. Und ich bin ziemlich sicher, dass sie den Film schon vorher gedreht haben.«

Darauf fragte sie mich, ob ich einen Moment Zeit hätte, und verschwand ins Innere des Hauses. Während ich wartete, kamen ein paar junge Burschen an mir vorbei. Sie sahen aus wie ganz normale Jugendliche und wirkten nicht annähernd so abgebrüht wie die Rumhänger in der Deuce und vor allem auch nicht so heruntergekommen, wie man das aufgrund ihrer Lebensumstände erwartet hätte. Das führte mich fast zwangsläufig zu der Frage, was sie wohl von zu Hause fort und in diese zusehends verrottetere Stadt getrieben hatte. Vielleicht hatte Maggie Hillstrom eine Antwort darauf. Aber wenn ich ganz ehrlich war, wollte ich sie lieber nicht hören.

Brutale Väter. Lieblose Mütter. Alkohol. Gewalt. Inzest. Ich brauchte mir die Litanei gar nicht runterbeten zu lassen, denn im Grund konnte ich es mir ganz gut selbst ausmalen. Niemand verließ ein heiles Elternhaus, um in diesem Sumpf zu landen.

Ich studierte gerade die Hausordnung, als Maggie Hillstrom zurückkam. Niemand hatte die beiden Jungen auf den Zeichnungen wiedererkannt, aber sie bot mir an, die Phantombilder dazubehalten und später noch mal herumzuzeigen. Ich dankte ihr und gab ihr ein paar zusätzliche Kopien. »Meine Telefonnummer steht hinten drauf«, sagte ich. »Sie können mich jederzeit anrufen. Warten Sie, ich gebe Ihnen auch noch ein paar Zeichnungen von dem Mann. Vielleicht können Sie bei dieser Gelegenheit Ihren Jungs auch gleich einschärfen, auf keinen Fall mit diesem Kerl mitzugehen.«

»Wir sagen unseren Jugendlichen, grundsätzlich mit niemandem mitzugehen. Aber das nützt leider nichts.«

Kapitel 12

»Father Michael Joyner«, sagte Gordie Keltner. »Ich bekomme regelmäßig Post von ihm. Aber da dürfte ich nicht der Einzige sein. Weil ich mal Geld für seine Organisation gespendet habe, werde ich wohl auf Lebenszeit diese Zeitschrift zugeschickt bekommen. ›Für nur fünfundzwanzig Dollar können Sie einen jungen Menschen retten‹, lautete das Motto eines seiner unzähligen Spendenaufrufe. ›Hier haben Sie fünfzig‹, schrieb ich zurück. ›Retten Sie bitte zwei für mich.‹ Das habe ich ihm dann mit einem Scheck über fünfzig Dollar zugeschickt. Kennst du Joyner persönlich?«

»Nein.«

»Ich auch nicht, aber ich habe ihn mal im Fernsehen gesehen. Er hat Phil oder Geraldo oder Oprah alles über die bösen Männer erzählt, die hinter elternlosen Jugendlichen her sind, und wie verwerflich Pornographie ist; sie würde sich die niedrigsten menschlichen Instinkte zunutze machen und gleichzeitig einer gewaltigen Industrie Vorschub leisten, die auf der gnadenlosen Ausbeutung nichts ahnender Jugendlicher basiert. Das mag ja alles schön und gut sein, aber irgendwie fand ich es trotzdem eine Spur zu dick aufgetragen, zumal ich jede Wette eingehe, dass der gute Father selbst so schwul ist wie ein Eichelhäher.«

»Tatsächlich?«

»Du kennst doch bestimmt dieses berühmte Bonmot Tallulah Bankheads: ›Ich weiß nur, dass er *meinen* Schwanz noch nicht gelutscht hat, Schatz.‹ Es sind zwar keine Skandalgeschichten über ihn in Umlauf, und ich habe ihn auch noch in keiner der einschlägigen Bars gesehen, und selbst wenn er sich noch so streng an das Zölibat halten sollte – wozu er als Geistlicher der Episkopalkirche gar nicht verpflichtet ist –, ändert das nichts an der Tatsache, dass der gute Father Joyner irgendwie schwul rüberkommt. Muss geradezu die Hölle sein: inmitten all dieser knackigen, kleinen Jungs zu leben und nicht zugreifen zu dürfen. Kein Wunder, dass er mit all denen, die nicht so brav und artig sind wie er, so streng zu Gericht geht.«

Ich kannte Gordie aus meiner Zeit im 6. Revier, als ich im Village als Detective gearbeitet habe. Damals lag die Wache in der Charles Street – inzwischen ist sie längst in der West Tenth, und Gordie jobbte als Barkeeper im

Sinthia's. Das Sinthia's gibt es schon lange nicht mehr. Kenny Banks, dem es gehört hatte, hatte den ganzen Laden verkauft und war nach Key West gezogen. Kurz zuvor hatte Gordie mit einem Partner in der Ninth Avenue, wo Skip Devoe und John Kasabian vorher das Miß Kitty's gehabt hatten, das Kid Gloves eröffnet. Die Bar ging allerdings nicht besonders gut, weshalb Gordie den Laden wieder dichtmachen musste und jetzt in einem Club arbeitete, der in einem ehemaligen Lagerhaus im Village in der Clarkson, Ecke Greenwich, aufgemacht und bei seiner Eröffnung vor ein paar Jahren noch Uncle Bill's geheißen hatte, inzwischen aber in Calamity Jack's umbenannt worden war.

Es war später Nachmittag, und Gordie hatte reichlich Zeit für mich. Außer mir waren nur noch zwei andere Gäste da. Ein älterer Mann in Anzug und Krawatte trank am Ende der Bar Irish Coffee und las dazu die Zeitung, und ein untersetzter Kerl in Jeans und schwarzen Stiefeln mit kantigen Spitzen spielte Billard. Als ich Gordie meine Phantombilder zeigte, mit denen ich schon in einer ganzen Reihe anderer Bars im Village hausieren gegangen war, schüttelte er nur den Kopf. »Wirklich schnuckelig die beiden, aber ungeachtet meiner Frotzeleien über Father Mike stand ich noch nie auf so junges Gemüse.«

»Ganz im Gegensatz zu Kenny.«

»Ja, Kenny war echt unverbesserlich. Obwohl ich selbst noch so ein blutjunges Ding war, als ich für ihn zu arbeiten anfing, war ich selbst damals schon zu alt für ihn. Im Übrigen wirst du in den Bars nur noch äußerst selten ganz junge Typen finden. Seit sie das Alter, in dem an Jugendliche Alkohol ausgeschenkt werden darf, von achtzehn auf einundzwanzig raufgesetzt haben, hat sich das drastisch geändert. Bei der entsprechend gedämpften Beleuchtung konnte damals ein Vierzehnjähriger durchaus für achtzehn durchgehen, und das vor allem, wenn er ziemlich groß war und einen halbwegs überzeugenden falschen Ausweis hatte. Aber um als einundzwanzig durchzugehen, musst du schon mindestens siebzehn sein, und in dem Alter ist die Blüte unschuldiger Jugend längst wieder am Verwelken.«

»Was ist das nur für eine Welt, in der wir leben.«

»Wem sagst du das? Ich habe es mir schon vor Jahren zur Devise gemacht, in moralischen Fragen keinen Vorurteilen aufzusitzen, und ich weiß auch nur zu gut, dass die meisten Jungen nur zu bereitwillig an ihrer eigenen Verführung mitwirken und manchmal sogar selbst den Anstoß dazu geben.

Trotzdem lasse ich das schon lange nicht mehr als Entschuldigung gelten. Ob du's glaubst oder nicht, Matt, ich bin auf meine alten Tage plötzlich sehr moralisch geworden. Ich finde es einfach nicht in Ordnung, wenn ein erwachsener Mensch mit einem Kind Sex hat, auch dann nicht, wenn ein Junge das selber will. Das halte ich moralisch in keiner Weise für vertretbar.«

»Ich weiß schon lange nicht mehr, was richtig und was falsch ist.«

»Dabei müsstest das doch gerade du als ehemaliger Polizist am besten wissen.«

»Schon möglich. Vielleicht war das ja auch einer der Gründe, warum ich bei der Polizei aufgehört habe.«

»Na, hoffentlich heißt das nicht, dass ich auch aufhören muss, schwul zu sein. Das ist doch alles, was ich gelernt habe.« Er griff nach einer der Zeichnungen und zupfte nachdenklich an seiner Oberlippe, während er sie sich ansah. »Die Jungs, die ältere Männer aufreißen, machen das meines Wissens hauptsächlich auf der Straße. Zum Beispiel in der Lexington Avenue auf Höhe der Fifties. Und natürlich am Times Square. Und an den Hudson Piers von der Morton Street an aufwärts. Die Kids stehen auf der Flussseite der West Street rum, und die Freier fahren in ihren Autos die Straße lang und gabeln sich einen auf.«

»Ich war bereits in ein paar Bars in der West Street, bevor ich hierhergekommen bin.«

Er schüttelte den Kopf. »Dort lassen sie das junge Gemüse erst gar nicht rein. Und deshalb verkehren dort auch keine Freier. Das sind meistens ganz normale Familienväter aus den Vororten, die sich auf dem Nachhauseweg kurz einen Jungen aufgabeln und dann zu Frau und Kindern heimfahren.« Er gab mir einen Spritzer Seltzer in mein Glas. »Trotzdem wüsste ich da eine Bar, in der du vielleicht mal dein Glück versuchen könntest. Aber vor zehn brauchst du dort nicht anzurücken. Dort treiben sich zwar keine kleinen Jungs rum, aber dafür jede Menge alte Knacker, die auf so was stehen. Das Eighth Square in der Tenth Street, gleich an der Greenwich Avenue.«

»Den Laden kenne ich. Daran bin ich schon einige Male vorbeigekommen. Allerdings wusste ich nicht, dass es eine Schwulenbar ist.«

»Von außen ist das auch nicht unbedingt zu erkennen. Aber wie der Name bereits sagt, verkehren dort vorwiegend Typen, die auf ganz Junge stehen.«

Darauf muss ich ihn wohl etwas verständnislos angesehen haben, da er zur Erklärung hinzufügte: »Das Eighth Square ist beim Schach ein Feld auf der gegnerischen Grundreihe, wo ein Bauer automatisch zur Dame wird.«

Vor meinem Treffen mit Gordie hatte ich Elaine kurz angerufen, um mich zum Abendessen mit ihr zu verabreden. Aber sie lag inzwischen mit einer dicken Grippe im Bett und sagte, sie hätte nicht nur keinen Appetit, sondern fühlte sich sogar zum Lesen zu schwach. Alles, wozu sie sich in ihrer augenblicklichen Verfassung imstande fühlte, war, auf den Fernseher zu starren und zwischendurch immer wieder einzunicken.

Deshalb blieb ich in Downtown, aß in einer Cafeteria am Sheridan Square eine Spinatpastete und eine gebackene Kartoffel und ging anschließend zu einem Treffen in der Perry Street. Dort traf ich eine Frau, die früher häufig in St. Paul's war, dann aber mit ihrem Freund in die Bleecker Street gezogen war. Inzwischen war sie verheiratet und unübersehbar schwanger.

Nach dem Treffen ging ich ins Eighth Square. Der Barkeeper trug ein ärmelloses Hemd mit einem deutschen Adler auf der Brust und sah aus, als verbrächte er seine Freizeit hauptsächlich in diversen Fitness-Studios. Ich sagte, Gordie vom Calamity Jack's hätte mich geschickt, und zeigte ihm die Phantombilder der beiden Jungen.

»Schauen Sie sich doch mal um«, sagte er. »Sehen Sie hier jemand, der auch nur annähernd so aussieht? Und haben Sie das Schild am Eingang nicht gesehen? Kein Zutritt unter einundzwanzig. Das hängt nicht nur zur Zierde da.«

»Im Julius' hatten sie mal ein Schild mit zwei typischen Lederschwulen drauf«, sagte ich, »und auf dem stand: Wir müssen leider draußen bleiben.«

Darauf taute er merklich auf. »Stimmt. Daran kann ich mich noch gut erinnern. Dabei waren sie dort gerade auf solche Typen am allerschärfsten.« Er stützte sich mit den Ellbogen auf den Tresen. »Mein Gott, ist das schon lange her, noch vor dem Gay Pride und auch dem Stonewall.«

»Ja.«

»Zeigen Sie noch mal her. Sind die beiden Brüder? Nein, wirklich ähnlich sehen sie sich eigentlich nicht. Es ist mehr die Ausstrahlung. Wenn man die beiden so sieht, fühlt man sich unwillkürlich an die Zeit unschuldiger

Kinderspiele erinnert. Eine Schnitzeljagd im Wald. Fangenspielen im Garten. Ein Ausflug mit den Pfadfindern.«

Trotzdem kannte er die Jungen nicht – ebenso wenig wie die paar Gäste, denen er die Zeichnungen zeigte. »Wie gesagt, wir lassen hier keine kleinen Jungs rein«, gab er mir noch einmal mit allem Nachdruck zu verstehen. »Unsere Gäste kommen alle nur her, um sich gegenseitig das Herz auszuschütten, wie hart und herzlos die holde Jugend doch ist und wieviel es kostet, sie bei Laune zu halten. Moment mal. Wen haben wir denn da?« Sein Blick blieb auf dem Phantombild mit dem Porträt des Manns mit der Gummimaske haften. »Der kommt mir irgendwie bekannt vor. Beschwören könnte ich es zwar nicht, aber den habe ich schon mal gesehen.«

Darauf gesellten sich ein paar andere Männer zu uns und beugten sich über meine Schulter, um sich die Zeichnung anzusehen. »Klar hast du den schon mal gesehen«, sagte einer. »Im Kino. Das ist Gene Hackman.«

»Ja, sieht ihm auffallend ähnlich«, warf ein anderer ein.

»Aber höchstens, wenn Hackman mal einen ganz besonders schlechten Tag erwischt«, meinte der Barkeeper und sah mich fragend an. »Aber das soll doch sicher nicht Hackman sein?« Und als ich darauf nur den Kopf schüttelte, fragte er: »Wieso diese Zeichnungen? Wären Fotos denn nicht viel besser?«

»Fotos hat doch jeder«, schaltete sich einer der Gäste ein. »Ich finde Zeichnungen prima. Das ist wenigstens mal was Neues.«

»Nur zu deiner Information, Jon. Wir haben nicht vor, den ganzen Laden neu einzurichten. Wir wollen hier jemand identifizieren und nicht die Frühstücksecke umdekorieren.«

Ein anderer Mann, das Gesicht unübersehbar von AIDS gezeichnet, sagte: »Ich habe diesen Kerl schon mal gesehen, hier und in der West Street. Einige Male sogar. Ein paarmal hatte er eine Frau dabei.«

»Wie sah sie aus?«

»Scharf wie ein Dobermann. Von Kopf bis Fuß in schwarzem Leder, hochhackige Stiefel, und wenn mich nicht alles täuscht, hatte sie stachelbesetzte Lederarmbänder.«

»Das war sicher seine Mutter«, warf ein anderer ein.

»Die beiden waren eindeutig auf Aufreißtour«, fuhr der Mann mit AIDS fort. »Sie haben sich nach einem Spielgefährten umgesehen. Hat er die beiden Jungen umgebracht? Suchen Sie ihn deshalb?«

Für einen Moment starrte ich den Mann wie entgeistert an, bevor ich schließlich sagte: »Zumindest einen von ihnen. Woher wussten Sie das?«

»Weil die beiden wie richtige Killer ausgesehen haben«, erklärte er nüchtern. »War jedenfalls mein spontaner Eindruck, als ich die beiden zum ersten Mal gesehen habe. Sie war Diana, die Göttin der Jagd. Wer er war, weiß ich nicht.«

»Chronos vielleicht?«, schlug ich vor.

»Chronos?« Er dachte kurz nach. »Ja, das träfe es ganz gut, obwohl er damals eigentlich etwas andere Assoziationen in mir geweckt hat. Ich kann mich noch sehr gut an ihn erinnern. Er trug einen dieser Gestapomäntel. Sie wissen schon, diese langen Ledermäntel, wie sie im Kino immer die Typen tragen, die einen um drei Uhr nachts aus dem Bett holen.«

»Ich glaube, ich weiß, was Sie meinen.«

»Mein erster Gedanke war jedenfalls, dass die beiden wie richtige Killer aussehen. Die suchen sich jemand, den sie mit nach Hause nehmen und dort umbringen können. Natürlich habe ich mir damals einzureden versucht, dass das reiner Unsinn ist. Aber anscheinend hatte ich recht, oder?«

›Ja«, nickte ich. »Das hatten Sie leider.«

Ich fuhr mit der U-Bahn zum Columbus Circle und kaufte mir auf dem Weg ins Hotel die *Times*. Niemand hatte eine Nachricht für mich hinterlassen, und unter der Post war auch nichts Interessantes. Ich schaltete den Fernseher ein und sah mir auf CNN die Nachrichten an.

Während der Werbung blätterte ich in der Zeitung. Dabei las ich mich in einem längeren Artikel über Drogendealer in Los Angeles fest, und ich machte den Fernseher wieder aus.

Es war schon Mitternacht vorbei, als das Telefon klingelte. Eine leise Stimme sagte: »Matt, hier ist Gary vom Paris Green. Ich weiß nicht, ob es Sie interessiert, aber der Kerl, nach dem Sie mich neulich gefragt haben, ist gerade reingekommen und hat sich an die Bar gesetzt. Könnte sein, dass er nur kurz einen kippt und gleich wieder geht. Aber ich würde sagen, dass er noch eine Weile bleibt.«

Ich hatte nur die Schuhe ausgezogen, war aber sonst noch angezogen. Da ich letzte Nacht wenig geschlafen hatte, war ich todmüde.

Trotzdem sagte ich, ich wäre gleich da.

Die Fahrt im Taxi kann höchstens fünf Minuten gedauert haben. Trotzdem begann ich mich schon auf halber Strecke zu fragen, was ich mir dabei eigentlich gedacht hatte. Was sollte ich überhaupt tun? Dem Kerl beim Trinken zusehen und mir anhand dessen ein Bild machen, ob er ein Mörder war?

Die Absurdität meines Vorhabens wurde noch offensichtlicher, als ich das Paris Green betrat.

Es waren nur noch zwei Personen da. Gary hinter dem Tresen und Richard Thurman davor. Die Küche war längst zu, und die Kellner hatten, bevor sie gegangen waren, die Stühle auf die Tische gestellt. Das Paris Green war an sich kein Nachtschwärmertreff, und in der Regel machte Gary die Bar dicht, sobald die Kellner fertig waren und nach Hause gingen. Deshalb konnte ich mich des Eindrucks nicht erwehren, dass er das nur meinetwegen noch nicht getan hatte. Umso mehr hoffte ich, dass er sich die ganze Mühe nicht umsonst gemacht hatte.

Als ich zur Tür hereinkam, drehte sich Thurman kurz nach mir um.

Manchen Leuten merkt man kaum an, wie viel sie getrunken haben. Zu denen gehört auch Mick Ballou. Selbst wenn er mal kräftig getankt hat, merkt man das, wenn überhaupt, nur daran, dass seine grünen Augen vielleicht eine Spur starrer wirken als sonst. Auf Richard Thurman traf genau das Gegenteil zu. Ein Blick genügte, um zu wissen, dass er bis oben hin voll war. Das zeigte sich an seinen glasigen blauen Augen, an der leicht aufgedunsenen unteren Gesichtshälfte und an dem schlaffen Zug um seine vollen Lippen.

Er nickte kurz und wandte sich wieder dem Glas zu, das er vor sich stehen hatte. Was es enthielt, konnte ich nicht sehen. Irgendwas mit Eiswürfeln, jedenfalls kein Bier und kein Martini. Ich lehnte mich in einigem Abstand von ihm an die Bar, worauf Gary, ohne zu fragen, ein Glas Mineralwasser vor mich hinstellte.

»Einen doppelten Wodka Tonic«, sagte er dazu. »Soll ich ihn auf die Rechnung setzen, Matt?«

Es war kein Wodka in meinem Glas, und ich ließ im Paris Green auch nicht anschreiben. Gary war zwar einer der wenigen Barkeeper weit und breit, der nicht Schauspieler oder Drehbuchautor werden wollte. Trotzdem hatte er einen ausgeprägten Sinn fürs Theatralische. »Das wäre nett«, sagte ich und nahm einen kräftigen Schluck von meinem Mineralwasser.

»Ein typischer Sommerdrink, was Sie da trinken«, bemerkte Thurman.

»Kann schon sein«, antwortete ich. »Ich trinke das Zeug allerdings bei jedem Wetter.«

»Tonic ist eine Erfindung der Briten. Es wurde vor allem in den Kolonien sehr viel getrunken. Wissen Sie auch, warum?«

»Wahrscheinlich war es gut gegen die Hitze?«

»Nein, zum Schutz gegen Malaria. Wissen Sie, was Tonic eigentlich ist? Es gibt dafür auch noch einen anderen Namen.«

»Chininwasser.«

»Ganz richtig. Chinin wirkt vorbeugend gegen Malaria. Haben Sie Angst, Sie könnten Malaria kriegen? Haben Sie vielleicht irgendwo ein paar Moskitos rumschwirren sehen?«

»Nein.«

»Dann trinken Sie das Falsche.« Er hob sein Glas. »Rotwein für junge Spunde, Port für Männer und für Helden nur Brandy. Wissen Sie, wer das gesagt hat?«

»Irgendein Säufer vermutlich.«

»Samuel Johnson. Aber Sie denken vermutlich, das ist jemand, der bei den Mets Right Field spielt.«

»Das tut im Augenblick Darryl Strawberry. Trinkt er gern Brandy?«

»Meine Herren«, seufzte Thurman. »Bin ich eigentlich noch zu retten? Da sitze ich hier rum und rede dummes Zeug.«

Und als er verzweifelt den Kopf zwischen die Hände nahm, sagte ich: »Ist doch alles nur halb so wild. Ist das Brandy, was Sie da trinken?«

»Brandy mit Creme de menthe. Kurz, ein Stinger.«

Kein Wunder, dass er aussah, als könnte ihm die ganze Soße jeden Augenblick wieder hochkommen. »Eben ein richtiger Drink für Helden«, sagte ich. »Gary, bringen Sie doch meinem Vater da noch so einen Heldendrink.«

»Ich weiß nicht recht«, wehrte Thurman ab.

»Stellen Sie sich doch nicht so an. Einen werden Sie wohl noch schaffen.«

Gary brachte ihm noch einen Stinger, stellte mir ein frisches Glas

Mineralwasser hin und nahm das alte, das ich kaum angerührt hatte, weg. Thurman und ich prosteten uns gegenseitig zu. »Auf abwesende Freunde«, sagte ich.

»Alles, bloß nicht das«, stöhnte er.

»Wie wär's dann damit? ›Auf das Verbrechen.‹«

Seine Schultern sackten nach unten, und er sah mich mit leicht offenstehendem Mund an. Es schien, als wollte er etwas sagen, aber dann nahm er nur einen kräftigen Schluck von seinem Stinger. Er schnitt ein Gesicht und schauderte leicht, als das Zeug in seinen Magen hinunterwanderte.

Er sah mich forschend an. »Sie kennen mich doch, oder?«

»Wir sind praktisch alte Freunde.«

»Nein, jetzt im Ernst. Wissen Sie, wer ich bin?«

Ich sah ihn nachdenklich an. »Jetzt warten Sie mal«, sagte ich schließlich.

Er wartete darauf, dass ich ihn anhand des Fotos, das damals durch sämtliche Zeitungen gegangen war, erkannte. Aber ich ließ ihn noch eine Weile in seinem Saft schmoren, bevor ich sagte: »Jetzt fällt's mir wieder ein. In der Maspeth Arena. Beim Boxen. Stimmt's oder habe ich recht?«

»Nicht zu fassen.«

»Sie waren der Kameramann. Halt, nein. Sie sind zum Kameramann in den Ring geklettert und haben ihm gesagt, was er tun soll.«

»Ich produziere die Sendung.«

»Im Kabelfernsehen.«

»Ja, für Five Borough Cable. Wirklich kaum zu glauben. Wir geben die Eintrittskarten praktisch umsonst weg, und trotzdem herrscht auf den Rängen jedes Mal gähnende Leere. Die meisten wissen nicht mal, wo Maspeth überhaupt ist. Die einzige U-Bahn, die dort draußen vorbeifährt, ist die M-Line, und von der wiederum weiß kein Mensch, wie man sie von Manhattan aus erreicht. Wenn Sie mich dort draußen gesehen haben, ist es wirklich kein Wunder, dass Sie sich noch an mich erinnert haben. Wir waren ja fast die einzigen Zuschauer in der Halle.«

»Sicher ein toller Job, oder?«, sagte ich.

»Meinen Sie?«

»Na ja, Sie können sich die Kämpfe ansehen und dabei auch noch das Nummerngirl betatschen. Was will der Mensch mehr?«

»Wen, Chelsea? Was wollen Sie denn mit der, Mann? Das ist doch nur ein billiges kleines Flittchen.« Er nahm wieder einen Schluck von seinem Stinger. »Wie hat es Sie denn da raus verschlagen? Sie sind wohl ein großer Boxfan, hm?«

»Ich war beruflich da.«

»Was Sie nicht sagen? Sie auch? Was sind Sie? Reporter? Dabei dachte ich, ich würde jeden von der Presse kennen.« Ich gab ihm eine meiner Visitenkarten, und als er sich beschwerte, dass nur mein Name und meine Adresse draufstanden, zeigte ich ihm die Karte, die ich verwende, wenn ich für Wally arbeite: mit der Adresse und Telefonnummer des Detektivbüros Reliable Investigations und meinem Namen.

»Sie sind Detektiv?« Er sah mich an.

»Ja.«

»Und Sie waren letzten Donnerstag beruflich in Maspeth draußen?« Ich nickte. »Und was tun Sie jetzt hier? Hat das auch berufliche Gründe?«

»Sie meinen, mich volllaufen lassen und dummes Zeug reden? Schön wär's, wenn ich dafür bezahlt würde.«

Ich nahm die Karte von Reliable wieder an mich, ließ ihn aber die andere behalten. Er las meinen Namen laut davon ab und sah mich an. Dann fragte er mich, ob ich seinen Namen kannte.

»Nein«, antwortete ich. »Woher denn?«

»Ich bin Richard Thurman. Sagt Ihnen das vielleicht etwas?«

»Eigentlich nicht. Außer, dass es mich an Thurman Munson erinnert.«

»Das bekomme ich ziemlich oft zu hören.«

»Seit diesem Flugzeugunglück läuft es bei den Yankees einfach nicht mehr wie früher.«

»Das gleiche könnte man auch von mir behaupten. Seit dem Unglück.«

»Wie bitte?«

»Ach, nichts.« Darauf verfiel er in kurzes Schweigen, bevor er fortfuhr: »Sie waren gerade dabei, mir zu erzählen, weshalb Sie nach Maspeth rausgefahren sind.«

»Das wissen Sie doch.«

»Das weiß ich nicht. Darum frage ich doch.«

»Das würde Sie bestimmt nicht interessieren.«

»Sie sind witzig. Sie sind Privatdetektiv – das ist doch der Traumjob schlechthin. Natürlich interessiert mich das.« Er legte mir in einer freundschaftlichen Geste die Hand auf die Schulter. »Wie heißt der Barkeeper gleich wieder?«

»Gary.«

»He, Gary, noch einen Stinger und einen doppelten Wodka Tonic. Also, was wollten Sie in Maspeth, Matt?«

»Das wissen Sie doch«, sagte ich. »Und unter Umständen könnten Sie mir in dieser Sache sogar behilflich sein.«

»Wie das denn?«

»Vielleicht ist Ihnen der Mann zufällig auch aufgefallen. Er saß gleich in der ersten Reihe.«

»Wer?«

»Der Mann, den ich observieren soll.«

Ich holte eines der Phantombilder aus meiner Tasche und vergewisserte mich kurz, dass es das richtige war. »Das ist der Mann. Er saß ganz vorn in der ersten Reihe. Mit seinem Sohn. Eigentlich hätte ich ihm am Schluss der Veranstaltung folgen sollen, aber dummerweise habe ich ihn in dem allgemeinen Gedränge aus den Augen verloren. Kennen Sie den Mann zufällig?«

Ich behielt ihn scharf im Auge, als er sich das Phantombild ansah. »Das ist ja eine Zeichnung«, sagte er nach einer Weile. »Haben Sie die selber gemacht?« Er starrte mit zusammengekniffenen Augen auf die Signatur. »Raymond Galindez. Nein, das sind nicht Sie.«

»Nein.«

»Wo haben Sie das her?«

»Das haben sie mir gegeben – damit ich ihn erkenne.«

»Und Sie sollten ihn beschatten?«

»Ja. Aber dann habe ich ihn in dem Gedränge nach dem letzten Kampf aus den Augen verloren. Mit einem Mal war er einfach weg, wie vom Erdboden verschluckt.«

»Warum sollten Sie dem Mann folgen?«

»So genau kriegt man das nicht immer gesagt. Aber können Sie sich noch an ihn erinnern? Wissen Sie vielleicht sogar, wer er ist? Er saß ganz vorn am Ring, in der ersten Reihe. Er war mit einem Jungen da. Eigentlich müsste er Ihnen aufgefallen sein.«

»Für wen arbeiten Sie? Wer hat Sie beauftragt, diesen Mann zu beschatten?«

»Selbst wenn ich es wüsste, dürfte ich Ihnen das nicht sagen. Solche Informationen sind streng vertraulich.«

»Jetzt stellen Sie sich doch nicht so an«, versuchte er mich auf die kumpelhafte Tour rumzukriegen. »Wem sollte ich denn was weitererzählen?«

»Tut mir leid, aber ich weiß wirklich nicht, wer meine Firma mit dieser Sache beauftragt hat und warum ich den Mann beschatten soll. Ich weiß nur, dass Sie mir ganz schön die Hölle heiß gemacht haben, als ich den Kerl aus den Augen verloren habe.«

»Das kann ich mir denken.«

»Können Sie sich an ihn erinnern? Wissen Sie, wer er ist?«

»Nein.« Er schüttelte den Kopf. »Nie gesehen.«

Kurz darauf ging er.

Ich wartete einen Moment und folgte ihm unauffällig. Um ihn besser beobachten zu können, als er in die Eighth Avenue bog, wechselte ich auf die andere Straßenseite. Ich wartete, bis er das Haus, in dem er wohnte, betrat, und als kurz darauf in der Wohnung im vierten Stock das Licht anging, machte ich kehrt und ging ins Paris Green zurück. Gary hatte zwar bereits dichtgemacht, schloss mir aber noch mal auf. »Wirklich eine gute Idee«, sagte ich. »Das mit dem Wodka Tonic.«

»Einem doppelten, wohlgemerkt«, bemerkte er schmunzelnd.

»Und dann auch noch auf meine Rechnung.«

»Wär's Ihnen vielleicht lieber gewesen, wenn ich Ihnen für ein Glas Mineralwasser sechs Dollar abgeknöpft hätte? So war das doch wesentlich eleganter. Wir haben übrigens noch etwas Kaffee übrig. Wollen Sie noch eine Tasse, bevor ich dicht mache?«

Da sagte ich nicht nein, und Gary schenkte sich noch eine Flasche Dos Equis ein. Ich versuchte zwar, ihm etwas Geld zu geben, aber davon wollte er partout nichts wissen. »Kommt überhaupt nicht in Frage. Oder können Sie sich vorstellen, dass Watson von Sherlock Holmes Geld genommen hätte? Also, haben Sie sich bereits eine Meinung gebildet? Ist er es gewesen?«

»Hundertprozentig. Aber das habe ich auch vorher schon gewusst. Das Problem ist nur, dass ich es auch jetzt noch genauso wenig beweisen kann wie zuvor.«

»Ich habe bei Ihrem Gespräch ein bisschen mitgehört. Sie waren übrigens wirklich sehr überzeugend in ihrer Rolle als einsamer Zecher, der auf dem Nachhauseweg noch schnell einen kippt. Einen Moment hatte ich sogar richtig Angst, ich könnte Ihnen versehentlich wirklich Wodka in Ihr Glas getan haben.«

»Dafür habe ich mich schließlich lange genug in allen möglichen Kneipen rumgetrieben. Irgendwann geht einem das entsprechende Gehabe in Fleisch und Blut über.« Und es wäre auch überhaupt nicht schwierig gewesen, wieder in diese Rolle zurückzufallen. Dazu hätte es genügt, einen Schuss Alkohol dazuzugeben und einmal kräftig umzurühren. »Er stand schon ganz dicht davor, mir sein Herz auszuschütten. Nicht, dass ich auch nur im Traum damit gerechnet hätte, dass ich ihn schon so bald dazu bringen könnte. Aber es war ihm trotzdem deutlich anzusehen, dass er etwas auf dem Herzen hatte, worüber er gerne gesprochen hätte. Im Nachhinein bin mir allerdings nicht mehr so sicher, ob es nicht vielleicht doch ein Fehler war, ihm die Zeichnung zu zeigen.«

»Ach, das war dieses Blatt Papier, das Sie ihm gegeben haben? Er hat es mitgenommen.«

»Tatsächlich? Meine Karte hat er aber liegen gelassen.« Ich nahm sie vom Tresen. »Mein Name und meine Telefonnummer stehen auch auf der Rückseite der Zeichnung. Übrigens bin ich mir ganz sicher, dass er den Mann auf dem Phantombild erkannt hat. Das war ganz offensichtlich. Außerdem hat er es nicht sehr überzeugend abgestritten. Er kennt diesen Mann.«

»Vielleicht kenne ich ihn ja auch.«

»Eigentlich müsste ich noch eine Kopie bei mir haben.« Ich holte die restlichen Zeichnungen aus meiner Tasche und faltete sie auseinander, bis ich eine von dem Mann fand. Ich reichte sie Gary.

Er hielt sie unters Licht und sagte: »Macht einen ziemlich fiesen Eindruck, finden Sie nicht auch? Und er sieht ein bisschen wie Gene Hackman aus.«

»Sie sind nicht der erste, dem das auffällt.«

»Tatsächlich? Vorher habe ich das nämlich gar nicht gemerkt.« Als ich ihn darauf leicht verständnislos ansah, fügte er rasch hinzu: »Ich meine, als er hier war. Ich habe Ihnen doch erzählt, dass Thurman und seine Frau mal mit einem anderen Paar hier essen waren. Und dieser Mann da war die männliche Hälfte von dem anderen Paar.«

»Sind Sie da wirklich sicher, Gary?«

»Absolut. Dieser Mann und seine Begleiterin waren mindestens einmal mit den Thurmans hier essen. Wenn er behauptet hat, ihn nicht zu kennen, hat er eindeutig gelogen.«

»Sie haben mir auch erzählt, dass Thurman nach dem Tod seiner Frau mit einem anderen Mann hier war. War das auch er hier?«

»Nein. Der war blond und etwa in seinem Alter. Dieser Mann«, er tippte auf die Zeichnung, »war eher so alt wie Sie.«

»Und er war mit Thurman und seiner Frau hier.«

»Ja.«

»Und mit einer anderen Frau. Wie sah sie aus? Können Sie sich noch an sie erinnern?«

»Schwer zu sagen. Ihn hätte ich vermutlich auch nicht mehr beschreiben können, wenn ich die Zeichnung nicht gesehen hätte. Aber wenn Sie ein Bild von ihr hätten ...«

Das hatte ich nicht. Ich hatte natürlich bereits mit dem Gedanken gespielt, Galindez auch das Nummerngirl in Maspeth zeichnen zu lassen. Aber zum einen konnte ich mich nur noch sehr vage an ihr Gesicht erinnern, und zum anderen war ich keineswegs sicher, dass sie tatsächlich die Frau in dem Video war.

Sicherheitshalber zeigte ich Gary auch noch die Zeichnungen der beiden Jungen, aber er konnte sich nicht erinnern, sie mal gesehen zu haben. »Schade«, meinte er dazu. »Zuerst ein Volltreffer und dann zwei Nieten. Wollen Sie noch eine Tasse Kaffee? Ich mache Ihnen gern auch frischen.«

Das war für mich das Stichwort, mich auf den Heimweg zu machen. »Und noch mal vielen Dank, Gary. Sie haben mir sehr geholfen. Wenn ich mich mal erkenntlich zeigen kann, wie gesagt, jederzeit ...«

»Das wäre ja noch schöner«, winkte er fast verlegen ab, um dann mit unüberhörbar ironischem Unterton hinzuzufügen: »So etwas ist doch für jeden anständigen Bürger eine Selbstverständlichkeit. Wo kämen wir hin, wenn man neuerdings auch noch ungeschoren seine Frau umbringen könnte?«

*   *   *

Ich hätte schwören können, dass ich eigentlich nach Hause wollte. Aber meine Füße schienen in diesem Punkt anderer Meinung zu sein. Statt nach Norden trugen sie mich nach Süden und dann auf der Fiftieth nach Westen zur Tenth Avenue.

Im Grogan's war es bereits dunkel, aber das Eisengitter vor dem Eingang war nur zur Hälfte zugezogen, und über der Bar brannte noch ein einsames Licht. Als ich durch die Glasscheibe in der Eingangstür nach drinnen spähte, hatte mich Mick bereits entdeckt. Noch bevor ich klopfen konnte, öffnete er mir und schloss dann hinter mir wieder ab.

»Schön, dich zu sehen«, begrüßte er mich. »Hab ich's doch gewusst, dass du noch vorbeikommen würdest.«

»Woher hast du das gewusst? Bis eben erst hab ich das doch nicht mal selbst gewusst.«

»Für manche Dinge hat man eben ein sehr feines Gespür. Ich war so sicher, dass du vorbeikommen würdest, dass ich Burke gesagt habe, er soll noch eine Kanne extra starken Kaffee aufsetzen. Und dann habe ich ihn nach Hause geschickt und den Laden dichtgemacht, um auf dich zu warten. Das war vor etwa einer Stunde. Hast du Lust auf eine Tasse Kaffee? Oder willst du lieber ein Coke oder ein Glas Mineralwasser?«

»Gern einen heißen Kaffee. Aber ich hol ihn mir schon selber.«

»Kommt überhaupt nicht in Frage. Du setzt dich jetzt erst mal hin.« Über seine schmalen Lippen spielte ein verhaltenes Lächeln. »Wirklich schön, dass du gekommen bist.«

Kapitel 13

Wir saßen an einem Tisch ziemlich weit hinten. Ich hatte eine Tasse mit starkem schwarzem Kaffee vor mir stehen und Mick eine Flasche von dem zwölfjährigen irischen Whiskey, den er immer trinkt. Die Flasche hatte noch einen richtigen Korkverschluss, was inzwischen eine Seltenheit ist, und ohne das Etikett hätte sie auch eine ganz passable Karaffe abgegeben. Er trank aus einem kleinen geschliffenen Glas, das etwas edler aussah als die Einheitsware, in der man hier sonst seine Getränke bekam. Vermutlich war es genauso für ihn reserviert wie der zwölfjährige irische Whiskey.

»Ich war vorgestern Abend schon mal hier«, sagte ich.

»Das hat mir Burke schon erzählt.«

»Ich habe mir einen alten Film angesehen, während ich auf dich gewartet habe. *Little Caesar* mit Edward G. Robinson.«

»Da hättest du lange warten können«, brummte Mick. »Gestern Abend habe ich nämlich gearbeitet.« Er griff nach seinem Glas und hielt es gegen das Licht. »Da ist etwas, was ich dich schon immer mal fragen wollte: Brauchst du eigentlich auch ständig Geld?«

»Klar. Wer kann schon ohne Geld leben. Da bleibt einem doch gar nichts anderes übrig, als dafür zu sorgen, dass die Kasse nicht leer wird.«

»Dafür musst du dich aber ganz schön abstrampeln.«

Das ließ ich mir eine Weile durch den Kopf gehen, bevor ich antwortete: »So sehe ich das eigentlich nicht. Ich verdiene zwar nicht viel, aber andererseits brauche ich auch nicht viel zum Leben. Meine Miete ist nicht hoch, Auto habe ich keins, ich zahle keine Versicherungen und brauche sonst für niemanden aufzukommen. Lange käme ich zwar nicht über die Runden, ohne zu arbeiten, aber irgendwie habe ich bisher immer rechtzeitig einen Job an Land ziehen können, bevor mir endgültig das Geld ausgegangen ist.«

»Ich brauche ständig Geld«, meinte Mick kopfschüttelnd. »Und dann gehe ich los und besorg mir welches. Aber kaum drehe ich mich um, ist es schon wieder weg. Ich weiß wirklich nicht, wohin das viele Geld immer verschwindet.«

»Du bist sicher nicht der Einzige, dem es so geht.«

»Ohne Übertreibung, Matt, es zerrinnt mir einfach zwischen den Fingern. Du kennst doch sicher Andy Buckley.«

»Der beste Dartspieler weit und breit.«

»Und ein prima Kerl.«

Ich nickte.

»Andy ist wirklich schwer in Ordnung. Wusstest du übrigens, dass er immer noch bei seiner Mutter wohnt? Mein Gott, wir Iren sind wirklich ein seltsames Völkchen.« Er nahm einen Schluck Whiskey. »Andy kann natürlich auch nicht davon leben, dass er mit seinen Darts fast immer ins Schwarze trifft.«

»Hab ich mir fast gedacht.«

»Manchmal arbeitet er für mich. Er ist ein guter Fahrer, Andy. Fährt alles, was vier Räder hat. Wahrscheinlich würde er dir sogar ein Flugzeug fliegen, wenn du ihm einen Schlüssel in die Hand drückst.« Da war es wieder, dieses seltsame Lächeln. »Oder auch ohne – Schlüssel, meine ich. Wenn du übrigens mal deine Autoschlüssel verlieren solltest und jemanden brauchst, der die Karre trotzdem zum Laufen bringt, dann ist Andy genau der richtige Mann.«

»Aha.«

»Andy hat mal einen Laster für mich gefahren. Die Kiste war bis oben hin voll mit Herrenanzügen. Alle von Botany 500, eine gute Firma. Der Fahrer hatte genaue Instruktionen, was er zu tun hatte. Sprich: sich fesseln lassen, sich dann in aller Ruhe befreien und anschließend der Polizei erzählen, er wäre von ein paar Bimbos überfallen worden. Und natürlich wurde er nicht schlecht dafür bezahlt. Du weißt schon, wegen der damit verbundenen Unannehmlichkeiten.«

»Und wie ging es dann weiter?«

»Als es so weit war, saß plötzlich der falsche Mann am Steuer«, schnaubte er. »Unser Mann wacht an besagtem Morgen mit einem Mordsbrummschädel auf, ruft in der Firma an, dass er nicht zur Arbeit kommen kann, und vergisst darüber ganz, dass er an diesem Tag eigentlich überfallen werden sollte. Andy versucht also den Ersatzmann zu fesseln und muss dem Kerl deshalb erst eins über die Rübe ziehen, damit er endlich stillhält. Und natürlich hat sich dieser Idiot auch befreit, so schnell er konnte, und sofort die Polizei angerufen. Die waren dann auch tatsächlich so schnell zur Stelle, dass sie noch die Verfolgung aufnehmen konnten. Das hat Andy zum Glück aber noch rechtzeitig gemerkt und ist deshalb nicht zum vereinbarten Treffpunkt gefahren. Sonst hätten sie außer ihm nämlich noch ein paar andere Leute hopsgenommen. Er parkt die Karre also irgendwo am Straßenrand und geht einfach weg – in der Hoffnung, die Cops warten, dass er wieder zurückkommt. Aber die haben das Spiel wohl durchschaut und kassieren ihn gleich an Ort und Stelle ein. Auf dem Revier kommt es zu einer Gegenüberstellung mit dem Fahrer des Lkws, und dieser Idiot deutet natürlich auch gleich mit dem Zeigefinger auf ihn und sagt: ›Der hier war's.‹«

»Wo ist Andy jetzt?«

»Wahrscheinlich zu Hause im Bett. Er hat vorhin noch auf einen Sprung vorbeigeschaut und gesagt, er hätte sich eine Grippe gefangen.«

»Elaine hat's auch erwischt.«

»Ist wohl wieder so ein Virus im Umlauf. Ich hab ihn nach Hause geschickt und ihm gesagt, er soll sich mit einem richtig starken Grog ins Bett legen. Dann ist er morgen wieder wie ausgewechselt.«

»Haben sie ihn auf Kaution rausgelassen?«

»Es hat keine Stunde gedauert, bis ihn mein Anwalt wieder draußen hatte. Inzwischen ist er sogar ganz aus dem Schneider. Kennst du zufällig Mark Rosenstein? Ein jüdischer Anwalt. Wenn du den Kerl siehst, denkst du, der kann kein Wässerchen trüben. Aber jetzt frag lieber nicht, wieviel ich diesem Halsabschneider abdrücken durfte.«

»Werde ich auch nicht.«

»Ich werd's dir trotzdem sagen. Fünfzigtausend Dollar. Keine Ahnung, wofür er das ganze Geld gebraucht hat. Aber was hätte ich machen sollen? Ich habe brav gezahlt und alles Weitere ihm überlassen. Einen Teil von dem Geld bekam der Fahrer des Lkws, dem plötzlich doch Zweifel kamen, ob ihn tatsächlich Andy überfallen hat. Jedenfalls hat er auf einmal behauptet, der Kerl wäre größer und schlanker gewesen – so ein dunkler Typ mit einem starken russischen Akzent. Der Kerl versteht wirklich was von seinem Geschäft – Rosenstein, meine ich. Vor Gericht kriegt er zwar kaum den Mund auf, aber was bedeutet das schon, wenn du erst gar nicht vor Gericht erscheinen musst?« Er schenkte sich ein paar Fingerbreit von dem zwölf Jahre alten Irischen nach. »Ich wüsste allerdings nur zu gern, wie viel der kleine Leisetreter in seine eigene Tasche hat wandern lassen. Was denkst du? Die Hälfte?«

»Fände ich zumindest korrekt.«

»Keine Frage. Er hat sich sein Geld ja auch redlich verdient. Man kann doch seine Leute nicht im Knast versauern lassen.« Er seufzte. »Das Problem ist nur: Wenn du das Geld so zum Fenster rauswirfst, musst du gleich wieder los, neues besorgen.«

»Soll das heißen, Sie haben Andy die Anzüge nicht zurückgegeben?« Als mich Mick darauf nur verständnislos ansah, erzählte ich ihm die Geschichte von Maurice, dem Dealer, der die Herausgabe seines konfiszierten Kokains verlangt hatte. Mick warf den Kopf in den Nacken und brach in schallendes Gelächter aus.

»Das muss ich unbedingt Rosenstein erzählen«, sagte er schließlich schmunzelnd. »›Wenn Sie wirklich Ihr Geld wert wären‹, werde ich ihm unter die Nase reiben, ›dann hätten Sie wenigstens dafür sorgen können, dass wir diese verdammten Anzüge wieder zurückbekommen.‹« Er schüttelte den Kopf. »Diese Dealer. Hast du eigentlich dieses Zeug mal probiert, Matt? Kokain, meine ich.«

»Nein, nie.«

»Ich schon. Aber nur ein einziges Mal.«

»Und? Hat dich wohl nicht vom Hocker gehauen.«

Er sah mich an. »Ganz im Gegenteil. Es war absolut umwerfend! Einfach unbeschreiblich! Ich war damals mit einem Mädchen zusammen, und sie gab keine Ruhe, bis ich es auch mal probierte. Aber dann hat sie erst recht keine Ruhe mehr gegeben, kann ich dir sagen. Da ging vielleicht die Post ab. So großartig habe ich mich in meinem ganzen Leben noch nicht gefühlt. Wie der Allergrößte überhaupt, und es gab kein Problem, mit dem ich nicht fertig geworden wäre. Aber bevor ich eins dieser Probleme anpacke, habe ich mir gesagt, schnupfe ich vorher lieber noch etwas mehr von dem Zeug, und dann ist es auf einmal helllichter Tag und das ganze Kokain ist aufgebraucht, und obwohl wir die ganze Nacht gevögelt haben, dass sich die Balken gebogen haben, reibt sie sich immer noch an mir wie eine Katze und haucht mir ins Ohr, sie wüsste, wo wir noch mehr von dem Stoff bekommen können. ›Zieh dich an‹, sage ich darauf zu ihr, ›und besorg dir meinetwegen so viel Koks, wie du willst, aber lass dich bloß nicht mehr hier blicken, weil ich nämlich nichts mehr von diesem Teufelszeug sehen will – genauso wenig übrigens wie von dir.‹ Darauf fällt sie erst mal aus allen Wolken und weiß nicht mehr, was plötzlich in mich gefahren ist. Aber zum Glück hat sie auch nicht versucht, es herauszufinden. Das Geld hat sie allerdings schon genommen. Das nehmen sie immer.«

Das erinnerte mich an Durkin und die hundert Dollar, die ich ihm gegeben hatte. »Eigentlich sollte ich von dir kein Geld nehmen«, hatte er gesagt. Aber eingesteckt hatte er es trotzdem.

»Seitdem habe ich kein Kokain mehr angerührt«, fuhr Mick fort. »Und willst du wissen, warum? Es war einfach zu schön, um wahr zu sein. Ich möchte mich lieber nie wieder so großartig fühlen.« Er nahm die Flasche in die Hand. »Damit fühle ich mich gerade so gut, wie ich mich fühlen will. Alles, was darüber hinausgeht, ist einfach nicht normal. Nein, schlimmer als das: Es ist verdammt gefährlich. Ich hasse dieses Zeug. Ich hasse diese reichen Wichser mit ihren Jade-Riechfläschchen, ihren goldenen Löffeln und ihren silbernen Trinkröhrchen. Ich hasse die Kerle, die es an jeder Straßenecke rauchen. Mein Gott, was hat dieses Teufelszeug aus unserer Stadt gemacht? Erst kürzlich hat ein Polizeisprecher im Fernsehen gesagt, man sollte im Taxi auf jeden Fall die Türen verriegeln. Wenn man nämlich bei Rot halten muss, springen diese Kerle in den stehenden Wagen und rauben einen aus. Stell dir mal vor.«

»Es wird von Tag zu Tag schlimmer.«

»Das will ich meinen.« Als er darauf einen kräftigen Schluck aus seinem Glas nahm, beobachtete ich, wie er den Whiskey erst eine Weile im Mund behielt, bevor er ihn hinunterschluckte. Ich konnte mich noch genau erinnern, wie zwölfjähriger JJ&S schmeckte. Ich hatte mir früher mit Billie Keegan, dem Barkeeper des Armstrong's, hin und wieder ein paar Gläser davon genehmigt. Deshalb hatte ich jetzt seinen rauchigen Geschmack ganz deutlich im Mund. Aber ich bekam trotzdem keine Lust darauf, was zu trinken, und ebenso wenig bekam ich Angst vor dem Durst, der latent in mir schlummerte.

Was zu trinken war das Letzte, was ich in einer Nacht wie dieser wollte. Das hatte ich mal Jim Faber zu erklären versucht, nachdem er mir wiederholte Male klarzumachen versucht hatte, dass es nicht ganz ungefährlich war, spät nachts in irgendwelchen Kneipen rumzuhängen und anderen Männern beim Trinken zuzuschauen. Die beste Erklärung für dieses Phänomen wäre vielleicht gewesen, dass Mick gewissermaßen für mich mittrank. Der Whiskey, der durch seine Kehle floss, löschte meinen Durst nicht weniger als den seinen und half mir sogar, nüchtern zu bleiben.

»Ich bin am Sonntagabend noch mal nach Queens rausgefahren«, sagte Mick unvermittelt.

»Aber nicht nach Maspeth.«

»Nein, nicht nach Maspeth. In eine ganz andere Ecke. Nach Jamaica Estates. Kennst du das?«

»Zumindest habe ich eine vage Vorstellung, wo es liegt.«

»Du fährst auf dem Grand Central Parkway bis nach Utopia raus. Das Haus, das wir gesucht haben, lag in einer kleinen Seitenstraße der Croydon Road. Allerdings könnte ich dir nicht sagen, wie es dort eigentlich aussieht. Es war stockdunkel, als wir ankamen. Wir waren zu dritt. Andy ist gefahren. Er ist wirklich ein fantastischer Fahrer, habe ich dir das schon erzählt?«

»Ja, hast du.«

»Sie haben bereits auf uns gewartet. Bloß haben sie nicht damit gerechnet, dass wir gleich mit unseren Kanonen anrücken würden. Sie waren von irgendwo da unten aus Südamerika. Ein Mann und seine Frau und die Mutter der Frau. Sie haben mit Kokain gehandelt, in großen Mengen.

Wir haben ihn gefragt, wo er das Geld versteckt hat. Darauf er: Wir haben kein Geld. Wir verkaufen Kokain, aber wir haben kein Geld. Ich wusste aber, dass sie Geld haben mussten. Sie hatten nämlich am Tag zuvor einen größeren Deal abgewickelt und mussten zumindest noch einen Teil von dem Geld zu Hause rumliegen haben.«

»Woher wusstest du das?«

»Von dem Kerl, von dem ich die Adresse hatte und wie wir bei denen ins Haus kommen. Ich gehe also mit dem Mann ins Schlafzimmer und versuche ihm Vernunft beizubringen. Wie ich auf den Kerl eingeredet habe – buchstäblich mit Händen und Füßen, könnte man sagen. Aber dieser miese kleine Schleimscheißer behauptet weiter steif und fest: Kein Geld im Haus.

Und dann kommt einer meiner Leute mit einem Baby rein. ›Rück endlich das Geld raus‹, blafft er ihn an, ›oder ich schneide dem Schreihals die Gurgel durch.‹ Und der Kleine plärrt, dass einem Hören und Sehen vergeht. Nicht, dass ihm jemand was getan hätte. Vermutlich hatte er nur Hunger oder wollte zu seiner Mutter. Du weißt ja, wie das mit diesen kleinen Hosenscheißern ist.«

»Und was ist dann passiert?«

»Ob du's glaubst oder nicht«, fuhr er fort. »Sagt mir der Vater doch eiskalt ins Gesicht, wir könnten ihn mal, das würden wir uns nämlich nicht trauen.

›Da hast du ausnahmsweise sogar recht‹, sage ich zu ihm. ›Ich vergreife mich nicht an unschuldigen kleinen Kindern.‹ Und dann lasse ich meinem Mann den Kleinen zu seiner Mutter zurückbringen, damit sie ihm die Windel wechselt oder die Flasche gibt oder was auch immer, damit er endlich zu plärren aufhört.« Er straffte sich in den Schultern. »Und dann greife ich mir den Vater und setze ihn auf einen Stuhl. Ich gehe kurz nach draußen und komme mit der Schürze meines Vaters wieder zurück. Einer meiner Jungs – es war Tom. Du kennst doch Tom? Er steht fast jeden Nachmittag hinter der Bar.«

»Ja.«

»Tom drückt ihm also eine Kanone an den Kopf, und ich habe das große Hackmesser in der Hand, das meinem Vater gehört hat. Das habe ich erst mal am Nachttisch ausprobiert. Ich hab einfach mal kräftig darauf eingehackt, worauf von dem guten Stück nichts mehr übrig war als ein Haufen Spreißel. Dann packe ich diesen Dreckskerl am Arm, direkt über dem Handgelenk, drücke ihn ganz fest auf die Stuhllehne und hebe mit der anderen das Hackmesser.

›So, du Pomadenheini‹, sage ich zu ihm. ›Jetzt spuck schon aus, wo du dein Geld versteckt hast. Oder denkst du vielleicht auch, ich würde mich nicht trauen, dir deine Scheißpfote abzuhacken?‹« Über Micks Lippen legte sich ein zufriedenes Grinsen. »Das Geld war im Waschraum, im Lüftungsrohr für den Trockner. Dort hätten wir es nicht mal gefunden, wenn wir das ganze Haus auf den Kopf gestellt hätten. Wir also nichts wie weg, und Andy liefert uns sicher wieder zu Hause ab. Ich hätte mich da draußen hoffnungslos verfranst, aber er wusste genau, wie er fahren musste.«

Ich stand auf und ging mit meiner Tasse hinter die Bar, um mir Kaffee nachzuschenken. Als ich an den Tisch zurückkam, saß Mick nur da und starrte vor sich hin. Ich setzte mich und wartete, bis der Kaffee nicht mehr so heiß war. Da wir es beide nicht eilig hatten, zog sich das Schweigen eine ganze Weile hin.

Schließlich sagte Mick: »Wir haben sie alle am Leben gelassen. Könnte allerdings sein, dass das ein Fehler war.«

»Aber sie werden doch kaum zur Polizei gehen.«

»Das sicher nicht. Und sie hatten auch keine Rückendeckung von irgendeinem der großen Syndikate. Deshalb kann ich mir eigentlich nicht vorstellen, dass sie versuchen werden, zum Gegenschlag auszuholen. Außerdem haben wir ihnen das Kokain gelassen. Sie hatten noch etwa zehn Kilo, in Packungen so groß wie kleine Fußbälle. ›Euren Stoff könnt ihr behalten‹, habe ich zu ihm gesagt, ›und wir lassen euch auch am Leben. Aber wenn ihr auf dumme Gedanken kommen solltet, dann komme ich noch mal zurück. Und dann werde ich wieder dieses Ding hier tragen.‹ Ich deutete auf meine Schürze. ›Und das hier in der Hand halten.‹ Ich deutete auf das Hackmesser. ›Und damit werde ich dir dann Hände und Füße und vielleicht auch sonst noch einiges abhacken.‹ Natürlich würde ich so was nie im Leben tun. Ich würde ihn einfach umbringen, und damit hätte es sich. Aber einem Dealer kannst du keine Angst machen, wenn du ihm damit drohst, ihn umzubringen. Dazu wissen sie alle nur zu gut, dass sie früher oder später sowieso ins Gras beißen müssen. Aber sag so einem Typen, dass du ein bisschen an ihm rumschnippeln wirst, und schon wird er lammfromm.«

Er schenkte sich nach und nahm einen kräftigen Schluck. »Ich wollte ihn nicht umbringen«, fuhr er fort, »denn dann hätte ich auch seine Frau und ihre Mutter umbringen müssen. Das Baby hätte ich natürlich am Leben gelassen. Wie sollte einen so ein kleiner Wurm schließlich auch identifizieren? Aber was wäre das für den armen Balg dann für ein Leben gewesen? Außerdem hatte er es mit so einem Vater sowieso schon schwer genug. Nimm nur mal, wie er meinen Bluff, ich könnte den Kleinen umbringen, durchschaut hat. ›Ich glaube nicht, dass Sie das tun werden.‹ Von wegen. ›Es ist mir scheißegal, ob Sie es tun‹, hätte dieser Scheißkerl lieber sagen sollen. ›Los, bringen Sie den Kleinen doch um. Ich kann jederzeit wieder einen neuen machen.‹ Aber als es plötzlich ihm an den Kragen gehen sollte, war er auf einmal so klein mit Hut.«

Nach einer Weile fuhr er fort: »Manchmal hast du gar keine andere Wahl, als sie alle niederzumachen. Einer rennt zur Tür, und du musst ihn niederschießen, und dann musst du auch die anderen zum Schweigen bringen. Oder du weißt von vorneherein, dass du es mit Leuten zu tun hast, die sowas auf keinen Fall auf sich sitzen lassen werden. Dann bleibt dir gar nichts anderes übrig, als sie dir ein für alle Mal vom Hals zu schaffen, wenn du nicht für den Rest deines Lebens mit so einem seltsamen Kribbeln im Nacken durch die Gegend laufen willst. Wenn das der Fall ist, braucht man nur überall in der Wohnung den ganzen Stoff zu verstreuen, damit es so aussieht, als hätten sich ein paar Dealer gegenseitig umgebracht. Die Polizei reißt sich nämlich in der Regel nicht Arme und Beine aus, um so einen Mord aufzuklären.«

»Nimmst du die Drogen denn nie mit?«

»Nein – obwohl ich mir auf diese Weise schon ein Vermögen durch die Lappen habe gehen lassen. Aber mit Drogen will ich prinzipiell nichts zu tun haben – auch wenn damit jede Menge Geld zu machen wäre. Man müsste den Stoff ja nicht mal selbst verkaufen. Du brauchst nur jemand zu finden, der dir die ganze Fuhre en gros abnimmt, und das ist in der Regel überhaupt kein Problem.«

»Kann ich mir denken.«

»Trotzdem will ich mit diesem Teufelszeug nichts zu tun haben, und ich arbeite auch grundsätzlich mit niemandem zusammen, der Drogen nimmt oder damit handelt. Wenn ich damals das Kokain mitgenommen hätte, hätte ich dafür sicher mehr Geld bekommen, als wir in dem Lüftungsrohr gefunden haben. Das waren übrigens nur lausige achtzigtausend.« Er hob sein Glas, stellte es aber wieder auf den Tisch zurück. »Ich weiß, dass er irgendwo noch mehr versteckt hatte. Aber damit er mir das verraten hätte, hätte ich ihm tatsächlich die Hand abhacken müssen. Und das wiederum hätte bedeutet, dass ich ihn anschließend hätte umbringen müssen und mit ihm auch alle anderen. Und eine Weile später hätte ich auch noch bei der Polizei anrufen müssen, dass in einem Haus in der und der Straße ein kleines Baby schreit wie am Spieß.«

»Besser, du hast dich mit den achtzigtausend zufriedengegeben.«

»Genau das habe ich mir auch gedacht. Allerdings gingen davon schon mal glatte vier Mille an den Kerl, der uns den Tipp gegeben hat – seine Provision. Die üblichen fünf Prozent, wobei es mich nicht wundern würde, wenn er damals dachte, wir hätten mehr abgestaubt und ihn ausgetrickst. Wie gesagt, viertausend für den Tipp und dazu noch ein anständiges Honorar für

Tom, Andy und den dritten Typ, den du nicht kennst. Und was danach noch für mich geblieben ist, war etwas weniger als das, was ich an Rosenstein abdrücken musste, um Andy rauszuhauen.« Er schüttelte den Kopf. »Mich würde wirklich mal interessieren, wo eigentlich das ganze Geld bleibt. Ich verstehe es einfach nicht.«

Darauf erzählte ich ihm von Richard Thurman und dem Mann, den wir in Maspeth gesehen hatten. Ich holte das Phantombild aus der Tasche, und nachdem er es sich kurz angesehen hatte, sagte er: »Sehr gut getroffen. Und der Typ, der das gezeichnet hat, hat den Kerl tatsächlich nie gesehen? Wirklich kaum zu glauben.«

Als ich die Zeichnung wieder wegsteckte, sagte er: »Glaubst du, dass es so etwas wie eine Hölle gibt?«

»An sich nicht.«

»Na, dann sei mal froh. Ich nämlich schon. Und ich bin auch der festen Überzeugung, dass sie dort bereits einen Platz für mich reserviert haben – und zwar ganz vorne, direkt am Feuer.«

»Das meinst du doch nicht im Ernst.«

»Was das Feuer oder diese kleinen Teufel mit ihren blöden Gabeln betrifft, würde ich das natürlich nicht unbedingt wortwörtlich nehmen, aber trotzdem glaube ich, dass nach dem Tod nicht einfach Schluss ist. Wenn man ein schlechtes Leben geführt hat, darf man sich danach auf einiges gefasst machen. Und dass ich nicht gerade ein Heiliger bin, ist ja nun unbestritten.«

»Das stimmt allerdings.«

»Ich habe schon eine ganze Menge Leute auf dem Gewissen. Ich töte zwar niemanden, wenn es nicht unbedingt sein muss, aber ich habe mich aus freien Stücken für dieses Leben entschieden, in dem es nun mal nicht ohne Tod und Gewalt abgeht.« Er sah mich finster an. »Ehrlich gestanden, macht es mir auch nicht sonderlich viel aus, einen anderen Menschen zu töten. Es gibt Momente, da juckt es mich sogar richtig in den Fingern. Kannst du das verstehen?«

»Ja.«

»Aber eine Frau wegen ihrer Lebensversicherung umzubringen, oder ein Kind wegen des sexuellen Kitzels?« Er runzelte die Stirn. »Oder auch eine

Frau zu vergewaltigen. Es gibt übrigens mehr Kerle, als du denkst, die sich dabei nicht das Geringste denken. An sich möchte man ja meinen, zu so was wären nur irgendwelche Perversen imstande, aber manchmal glaube ich fast, dass dazu die Hälfte der Menschheit gehört. Zumindest die Hälfte des männlichen Teils.«

»Ich weiß. Auf der Polizeischule haben sie uns immer gesagt, wenn jemand eine Frau vergewaltigt, tut er das nicht aus irgendwelchen sexuellen Lustgefühlen heraus, sondern einzig und allein aus tiefsitzenden Rachegefühlen gegen Frauen heraus. Im Lauf der Jahre bin ich allerdings mehr und mehr von dieser Auffassung abgekommen. Mindestens in der Hälfte aller Fälle ergreifen diese Kerle einfach die Gelegenheit. Für die ist das gewissermaßen eine Möglichkeit, eine Frau zu kriegen, ohne vorher mit ihr essen gehen zu müssen. Du bist gerade dabei, einen Raubüberfall oder einen Einbruch zu begehen, und zufällig hat eine Frau das Pech, dir dabei in die Quere zu kommen. Sie gefällt dir, und was spricht dagegen, sich mal schnell bei ihr zu bedienen?«

Er nickte. »Erst kürzlich hatte ich auch so einen Fall. Eine ähnliche Geschichte wie gestern Abend, nur dass es drüben in Jersey war. Ein paar Dealer in einem schönen Haus auf dem Land, und wir mussten sie alle umbringen. Das wussten wir schon, bevor wir zu ihnen rausgefahren sind.« Er nahm einen Schluck Whiskey und seufzte. »Ich werde ganz sicher in der Hölle landen. Das waren zwar alles selbst Killer, aber das ist wohl kaum eine Entschuldigung, oder?«

»Ich weiß es nicht.«

»Nein, es ist keine Entschuldigung.« Er stellte das Glas auf den Tisch und nahm stattdessen die Flasche in die Hand. »Ich hatte gerade den Obermacker erschossen, und einer meiner Jungs suchte nach mehr Geld. Da hörte ich aus einem anderen Zimmer Schreie. Ich also nichts wie hin. Und da ist dieser Dreckskerl doch tatsächlich schon dabei, sich über die Frau herzumachen. Sie hat sich verzweifelt zur Wehr gesetzt und aus Leibeskräften um Hilfe geschrien. ›Runter!‹ brülle ich ihn an, worauf er mich nur entgeistert anstarrt, als verstünde er die Welt nicht mehr. Sieht doch klasse aus die Braut, meint er, und außerdem müssen wir sie doch sowieso gleich kaltmachen.«

»Und was hast du dann getan?«

»Ich habe ihm eine verpasst. Und zwar so fest, dass ich ihm drei Rippen gebrochen habe. Und dann habe ich erst mal sie erschossen, damit sie nicht noch mehr leiden musste. Erst dann habe ich mir ihn wieder vorgeknöpft. Ich habe ihn gegen die Wand geschleudert, und als er wieder auf mich zugetaumelt kam, habe ich ihm mit voller Wucht ins Gesicht geschlagen. Am liebsten hätte ich den Kerl umgebracht. Aber es gab da ein paar Leute, die wussten, dass er für mich arbeitete, sodass ich auch gleich meine Visitenkarte hätte dalassen können. Als wir kurz darauf abgezogen sind, nahm ich ihn also wieder mit, zahlte ihm seinen Anteil aus, ließ ihm von einem zuverlässigen Arzt die Rippen verbinden und gab ihm dann den Laufpass. Er war aus Philadelphia, und ich sagte ihm, er sollte sich gleich mal in den nächsten Bus setzen, weil er nämlich in New York erledigt wäre. Ich bin übrigens ganz sicher, dass ihm bis heute noch nicht in den Kopf will, was er damals eigentlich falsch gemacht haben soll. Sie musste doch sowieso sterben. Warum hätte er sich da nicht vorher noch ein bisschen an ihr verlustieren sollen? Und warum ihr nicht gleich die Leber rausschneiden und sie schön durchgebraten verspeisen? Warum all das schöne Fleisch einfach verkommen lassen?«

»Eine interessante Vorstellung, wenn man so was mal in letzter Konsequenz durchdenkt.«

»Mein Gott«, seufzte Mick. »Wir müssen schließlich alle mal sterben. Was hindert uns also daran, unseren Mitmenschen nach Lust und Laune alles nur erdenkliche Leid zuzufügen? Glaubst du, dass die Welt tatsächlich nach diesem Motto funktioniert?«

»Ich weiß nicht, wie die Welt funktioniert.«

»Ich leider auch nicht. Und ich werde wohl auch nie begreifen, wie du diese verdammte Scheißwelt mit nichts anderem als Kaffee ertragen kannst. Das will mir einfach nicht in den Kopf.« Er schenkte sich kräftig nach. »Wenn ich das hier nicht hätte ...«

Später kamen wir auf die Schwarzen zusprechen. Mick hatte keine sehr hohe Meinung von ihnen, und ich hörte mir seine Gründe dafür an. »Es gibt natürlich ein paar, die ganz in Ordnung sind«, meinte er. »Das will ich gar nicht in Abrede stellen. Wie hieß der Typ gleich wieder, den wir beim Boxen getroffen haben?«

»Chance.«

»Der war mir sofort sympathisch. Aber du musst doch zugeben, dass er für einen Schwarzen ziemlich ungewöhnlich ist. Intelligent und dazu gescheite Manieren – einfach jemand, der sich zu benehmen weiß.«

»Habe ich dir eigentlich mal erzählt, woher ich ihn kenne?«

»Hast du mir damals nicht erzählt, du hättest ihn beim Boxen kennengelernt?«

»Da haben wir uns zum ersten Mal gesehen. Allerdings hatte dieses Treffen berufliche Gründe. Das war, bevor Chance ins Kunstgeschäft eingestiegen ist. Damals war er noch Zuhälter. Eines seiner Mädchen wurde von einem Verrückten mit einer Machete umgebracht. Darauf hat er mich damit beauftragt, der Sache nachzugehen.«

»Er ist also Zuhälter.«

»Nicht mehr. Jetzt ist er Kunsthändler.«

»Und ein Freund von dir.«

»Und ein Freund von mir.«

»Eines muss man dir lassen: Was deine Freunde betrifft, hast du einen ziemlich unkonventionellen Geschmack. Was ist daran so komisch?«

»Das gleiche hat auch ein Polizist mal zu mir gesagt.«

»Na und?«

»Er hat dabei vor allem an dich gedacht.«

»Was du nicht sagst?« Er lachte. »Vielleicht hatte er damit nicht mal so Unrecht.«

In einer Nacht wie dieser ergibt eine Geschichte die andere, und auch die dazwischen eintretenden Phasen der Stille haben nichts Angespanntes und Verkrampftes. Mick erzählte von seinem Vater und seiner Mutter, die beide schon lange tot waren, und von seinem Bruder Dennis, der in Vietnam gefallen war. Er hatte noch zwei Brüder. Einer war in White Plains Anwalt und Immobilienmakler, der andere verkaufte in Medford, Oregon, Autos.

»Zumindest ist das das letzte, was ich von ihm gehört habe«, sagte er. »Eigentlich wollte Francis Priester werden, aber er hat es nicht mal ein Jahr im Priesterseminar ausgehalten. ›Mir wurde schnell klar, dass ich dafür eine zu große Schwäche für Schnaps und Frauen hatte.‹ Ich meine, was soll's? Es gibt jede Menge Priester, die trotzdem bei beidem auf ihre Kosten kommen. Danach hat er alles Mögliche probiert, bis er schließlich vor zwei Jahren in

Oregon gelandet ist und dort eine Plymouth-Vertretung übernommen hat. ›Hier würde es dir bestimmt gefallen, Mickey‹, hat er mir geschrieben. ›Komm mich doch mal besuchen.‹ Das habe ich allerdings nie getan, und ihn hat es inzwischen vermutlich schon wieder woanders hin verschlagen. Ich glaube übrigens, der arme Teufel wünscht sich wahrscheinlich immer noch, er wäre Priester geworden, obwohl er schon längst den Glauben verloren hat. Kannst du das verstehen?«

»Ich glaube schon.«

»Bist du katholisch erzogen worden? Sicher nicht, oder?«

»Nein. Wir hatten zwar Katholiken und Protestanten in der Familie, aber das hat bei uns niemand besonders ernst genommen. Jedenfalls bin ich als Kind nie in die Kirche gegangen – ganz abgesehen davon, dass ich gar nicht gewusst hätte, in welche ich überhaupt hätte gehen sollen. Eine meiner Großmütter war sogar Halbjüdin.«

»Tatsächlich? Dann hättest du ja auch Anwalt werden können. Wie Rosenstein.«

Darauf erzählte er die Geschichte weiter, die er am Donnerstagabend angefangen hatte: von dem Mann, der in Maspeth eine kleine Fabrik für Heftklammernentferner gehabt hatte. Als ihm eines Tages seine Spielschulden über den Kopf wuchsen, sollte Mick den ganzen Laden für ihn niederbrennen, damit er die Versicherung kassieren konnte. Der Mann, den Mick damit beauftragt hatte, fackelte jedoch versehentlich das Haus auf der gegenüberliegenden Straßenseite ab. Als ihn Mick daraufhin auf sein kleines Versehen aufmerksam machte, meinte er, kein Problem, er würde einfach in der nächsten Nacht noch mal rausfahren und die Sache ausbügeln. Und als Gegenleistung für den ganzen Ärger bot er ihm an, auch noch sein Haus anzuzünden – ohne Preisaufschlag.

Im Anschluss daran erzählte ich von einem Vorfall, an den ich schon jahrelang nicht mehr gedacht hatte. »Als ich frisch von der Polizeiakademie kam«, begann ich, »steckten sie mich mit einem alten Hasen namens Vince Mahaffey zusammen. Er muss damals bestimmt schon dreißig Jahre bei der Polizei gewesen sein und hatte es trotzdem nicht geschafft, zur Kripo versetzt zu werden. Aber ganz offensichtlich wollte er das auch gar nicht. Ich habe viel von ihm gelernt, darunter auch eine Menge Dinge, die meine Vorgesetzten sicher nicht so gern gesehen hätten, wie zum Beispiel den Unterschied zwischen sauberem Schmiergeld und schmutzigem Schmiergeld und wie man von ersterem so viel wie möglich einstreichen konnte. Er soff wie ein Fisch, fraß wie ein Schwein und qualmte diese kleinen italienischen Zigarren. Spaghettistinker hat er die Dinger immer genannt. Ich dachte immer, man müsste mindestens zu einer der fünf Mafiafamilien gehören, um diese Dinger zu rauchen. Genau das richtige Vorbild also für einen jungen Berufsanfänger, wie ich damals einer war.

Eines Abends wurden wir wegen einer häuslichen Auseinandersetzung gerufen. Die Nachbarn hatten auf der Wache angerufen. Es war in Park Slope in Brooklyn. Inzwischen ist das Viertel ja schwer luxussaniert worden, aber damals war davon noch nichts zu spüren. Es war eine stinknormale Wohngegend, vorwiegend Weiße, aber ausschließlich Unterschicht.

Die Wohnung lag im fünften Stock. Natürlich hatten sie in dem Haus keinen Lift, und Mahaffey musste auf dem Weg nach oben mehrere Verschnaufpausen einlegen. Als wir schließlich vor der fraglichen Wohnungstür ankamen, war von drinnen kein Mucks zu hören. ›Scheiße‹, hechelte Vince, noch ziemlich außer Atem. ›Was wetten wir, dass er sie umgebracht hat? Vermutlich hat ihn inzwischen zwar längst das heulende Elend gepackt, aber wir werden den Kerl trotzdem mitnehmen müssen.‹

Als wir klingelten, kamen aber beide an die Tür, ein Mann und eine Frau. Er war ein Riesenkerl, Mitte Dreißig, von Beruf Bauarbeiter. Sie sah aus, als wäre sie auf der High School mal ganz hübsch gewesen, um dann aber ziemlich schnell abzubauen. Sie fielen aus allen Wolken, als wir ihnen sagten, dass sich die Nachbarn über sie beschwert hatten. Ach, haben wir tatsächlich zu viel Lärm gemacht? Vielleicht sollten wir nächstes Mal den Fernseher nicht so laut stellen. Er lief übrigens nicht mehr, und in der ganzen Wohnung herrschte Grabesstille. Trotzdem ließ Mahaffey nicht locker. Er beharrte darauf, der Anrufer hätte gesagt, dass es zu einem Handgemenge und einem heftigen Wortwechsel gekommen wäre. Darauf sahen sie sich nur an und sagten, naja, sie hätten eine kleine Meinungsverschiedenheit gehabt, bei der es vielleicht etwas lauter als üblich zugegangen wäre, und es könnte schon sein, dass er auch mal ordentlich auf den Tisch gehauen hätte, um seinen Standpunkt klarzumachen, aber sie würden bestimmt keinen Krach mehr machen, schließlich wollten sie es sich doch auf keinen Fall mit den Nachbarn verderben.

Man sah dem Mann zwar an, dass er was getrunken hatte, aber betrunken war er eigentlich nicht. Außerdem wirkten sie beide ganz ruhig und sachlich und sehr entgegenkommend. Ich wollte also schon wieder abziehen, aber Vince, der schon Hunderte solcher familiärer Auseinandersetzungen mitbekommen hatte, spürte ganz genau, dass an der Sache was faul war. Wenn ich nicht so grün hinter den Ohren gewesen wäre, hätte ich vermutlich auch selbst gleich Verdacht geschöpft. Irgendetwas hatten die beiden jedenfalls zu verbergen. Sonst hätten sie einfach behauptet, sie hätten keinen Streit gehabt, und uns zum Teufel geschickt.

Vince redete also noch eine Weile rum, so dass ich mich schon zu fragen anfing, was er eigentlich noch wollte. Erst dachte ich, er würde vielleicht darauf spekulieren, dass sie uns was zu trinken anboten. Und dann war da plötzlich dieses eigenartige Geräusch. Wir haben es beide gehört. Fast wie von einer Katze, aber eben doch nicht. Die beiden versuchten so zu tun, als wäre nichts gewesen, aber Mahaffey hatte sich bereits an ihnen vorbei in die Wohnung gedrängt und die Tür aufgerissen, von wo das Geräusch kam. Es war ein kleines Mädchen, sieben Jahre alt, aber ziemlich klein für ihr Alter, und jetzt war auch klar, warum dieser Streit keine Spuren an der Frau hinterlassen hatte. Das ganze Fett hatte nämlich die Kleine abgekriegt.

Und ich kann dir sagen, der Kerl hat vielleicht zugelangt. Sie hatte am ganzen Körper rote Flecken, ein blaues Auge, und an einem Arm hatten sie ihr mit einer Zigarette mehrere Brandwunden beigebracht. ›Sie ist nur hingefallen‹, hat die Mutter immer wieder behauptet. ›Er hat sie nicht angerührt. Sie ist nur hingefallen.‹

Wir brachten sie auf die Wache und steckten sie in eine Arrestzelle. Dann brachten wir die Kleine ins Krankenhaus, aber erst hat sich Mahaffey noch eine Kamera ausgeliehen und das Mädchen in ein Büro mitgenommen, das gerade nicht besetzt war. Dort hat er sie bis auf die Unterhose ausgezogen und ein Dutzend Fotos von ihr gemacht. ›Leider verstehe ich nichts vom Fotografieren‹, erklärte er mir. ›Aber wenn ich genügend Fotos mache, wird schon ein brauchbares dabei sein.‹

Trotzdem mussten wir die Eltern wieder laufen lassen. Die Ärzte im Krankenhaus bestätigten uns zwar, dass die Verletzungen des Mädchens nur von Schlägen herrühren konnten. Aber der Mann behauptete steif und fest, er wär's nicht gewesen. Seine Frau stützte seine Aussage, und aus der Kleinen

war leider nichts herauszubekommen. Außerdem wurde damals die straf-
rechtliche Verfolgung von Kindsmisshandlungen sowieso noch sehr lax ge-
handhabt. Das hat sich in der Zwischenzeit zum Glück etwas geändert. Zumindest glaube ich das. Jedenfalls blieb uns damals nichts anderes übrig, als
die Eltern wieder laufen zu lassen.«

»Hättest du diesen Scheißkerl denn nicht am liebsten umgebracht?«,
fragte Mick.

»Das kannst du laut sagen. Mir war einfach unbegreiflich, wie jemand so
etwas tun kann, und was mir schon gar nicht in den Kopf wollte, war, dass er
damit auch noch ungestraft davonkam. Mahaffey meinte allerdings, so was
würde die ganze Zeit passieren. Vor Gericht käme man mit so was praktisch
nie durch, wenn das Kind nicht gerade an den Folgen seiner Verletzungen
starb, und manchmal nicht einmal dann. Warum, habe ich ihn darauf gefragt,
hast du dir dann überhaupt die Mühe gemacht, diese Fotos zu machen? Er
klopfte mir nur auf die Schulter und sagte, diese Fotos wären mehr wert als
tausend Worte. Ich hatte allerdings keine Ahnung, was er damit meinte.

Eine Woche später sind wir wieder mal in unserem Streifenwagen unterwegs. ›Schöner Tag heute‹, sagt er. ›Genau richtig für einen kleinen Abstecher nach Manhattan.‹ Ich hatte keine Ahnung, was er eigentlich wollte.
Schließlich hielten wir in der Third Avenue auf Höhe der Eighties vor einer
Baustelle. Sie hatten eine ganze Reihe kleinerer Häuser abgerissen und zogen
an ihrer Stelle einen von diesen riesigen Betonkästen hin. ›Ich hab rausgefunden, wo er nach Feierabend immer einen heben geht‹, sagte Mahaffey und
ging schnurstracks in die Kneipe rein. Der Laden hieß Carney's oder Carty's
oder so ähnlich. Existiert allerdings schon lange nicht mehr. Wir also da rein,
und erst mal standen da praktisch nur Bauarbeiter rum. Riesenkerle in Ar-
beitsklamotten, die meisten hatten sogar noch ihre Bauhelme auf.

Wir waren beide in Uniform, und es wurde ganz plötzlich mucksmäus-
chenstill, als wir zur Tür reinkamen. Der Vater von der Kleinen stand zusammen mit ein paar Kollegen am Tresen. Komisch, aber mir fällt einfach sein
Name nicht mehr ein.«

»Das Ganze ist ja auch schon eine Weile her.«

»Trotzdem möchte man meinen, ich müsste mich noch daran erinnern
können. Wie dem auch sei, Mahaffey steuert schnurstracks auf den Kerl zu
und bleibt ganz dicht vor ihm stehen. Dann dreht er sich um und wendet sich

an die anderen, ob sie den Mann neben ihm kennen würden. ›Haltet ihr ihn für einen anständigen Kerl? Findet ihr, er ist in Ordnung?‹ Durch die Runde geht einhelliges Gemurmel. Klar, der Junge ist in Ordnung. Was hätten sie schließlich auch anderes sagen sollen?

Darauf knöpft Mahaffey sein Uniformhemd auf und holt einen braunen Umschlag raus. In dem sind die Fotos, die er von der Kleinen gemacht hat. Er hat sie extra auf 18 x 24 vergrößern lassen, und sie sind alle ganz gut geworden. ›Dann seht euch mal an, was er mit seiner kleinen Tochter gemacht hat‹, sagt Mahaffey und reicht die Bilder herum. ›Nur damit ihr wisst, wie dieser Scheißkerl wehrlose kleine Kinder behandelt.‹ Er wartet, bis die Fotos die Runde gemacht haben und fährt dann fort: ›Wir sind zwar von der Polizei, aber wir können ihn nicht hinter Gitter bringen. Wir sind leider vollkommen machtlos. Aber ihr‹, fährt er eindringlich fort, ›ihr seid keine Polizisten, und sobald wir wieder draußen sind, können wir euch nicht mehr daran hindern, das zu tun, was ihr für richtig haltet. Ich bin fest davon überzeugt, dass so ehrliche und grundanständige Kerle wie ihr wissen, was in so einem Fall zu tun ist.‹ «

»Was haben sie dann mit ihm gemacht?«

»Wir sind nicht geblieben, um uns das anzusehen. Auf der Fahrt zurück nach Brooklyn hat Mahaffey dann zu mir gesagt: ›Lass dir das eine Lehre sein, Matt. Tu nie etwas selbst, was du nicht auch jemand anderen für dich erledigen lassen kannst.‹ Er war ganz sicher, dass sie ihn nicht enttäuschen würden, und wie sich später herausstellte, hätten sie den Kerl um ein Haar gelyncht. Er hieß übrigens Lundy. Jetzt fällt's mir wieder ein. Jim Lundy. Oder vielleicht auch John.

Sie haben ihn krankenhausreif geprügelt. Er kam erst nach einer Woche wieder raus. Aber er hat schön brav den Mund gehalten. Hat nicht Anzeige erstattet und auch kein Sterbenswörtchen gesagt, wer ihn so zugerichtet hat. Er hat tatsächlich unter Eid ausgesagt, dass er hingefallen ist und alles nur seine Schuld gewesen wäre.

Nach seiner Entlassung aus dem Krankenhaus konnte er nicht wieder an seinen alten Arbeitsplatz zurück, weil sich seine Kollegen weigerten, weiter mit ihm zusammenzuarbeiten. Allerdings muss er woanders wieder einen Job gefunden haben, weil ich ein paar Jahre später zufällig gehört habe, dass er auf dem Bau von einem Gerüst gefallen ist.«

»Glaubst du, dass da jemand ein bisschen nachgeholfen hat?«

»Keine Ahnung. Er könnte besoffen gewesen sein und das Gleichgewicht verloren haben – ganz abgesehen davon, dass ihm das auch stocknüchtern passiert sein könnte. Vielleicht hat er auch jemandem einen Anlass geliefert, ihm einen kleinen Schups zu geben. Wie gesagt, ich weiß es nicht. Auch nicht, was aus dem Mädchen und der Mutter geworden ist. Jedenfalls sicher nichts Gescheites – wie der Rest auf dieser Scheißwelt.«

»Und Mahaffey? Wahrscheinlich ist er längst tot.«

Ich nickte.

»Er starb sogar in Ausübung seines Dienstes. Sie haben zwar ständig versucht, ihn aufs Altenteil abzuschieben, aber davon wollte er nichts wissen, und dann ist er eines Tages – ich war damals nicht mehr sein Partner, weil ich gerade wegen einer Festnahme, bei der zu achtundneunzig Prozent reines Glück mit im Spiel war, zur Kripo versetzt worden war. Wie gesagt, er keuchte also eines Tages wieder mal die Treppe irgend so einer stinkenden Mietskaserne hoch, als ihm plötzlich sein Herz den Dienst versagt hat. Er wurde in allen Ehren zu Grabe getragen, und alle sagten, dass er das schon immer gewollt hatte. Aber das war natürlich Unsinn. Ich wusste ganz genau, was er wirklich wollte. Er wollte ewig leben.«

Kurz vor Tagesanbruch sagte Mick: »Würdest du mich eigentlich als Alkoholiker bezeichnen, Matt?«

»Jetzt hör aber mal«, protestierte ich. »Wie viel Jahre, glaubst du wohl, habe ich gebraucht, um das von mir selbst sagen zu können? Wie käme ich also darauf, so was über jemand anderen zu sagen?«

Ich stand auf, um auf die Toilette zu gehen, und als ich zurückkam, fing er noch einmal damit an: »Ich kann weiß Gott nicht leugnen, dass mir der Whiskey verteufelt gut schmeckt. Ohne was zu trinken ist es doch auf dieser Scheißwelt kaum auszuhalten.«

»Das ist es auch mit was zu trinken kaum.«

»Aber wenigstens nimmt der Alkohol dem Leben was von seiner schonungslosen Härte, rundet sozusagen die Ecken und Kanten ein bisschen ab, damit man sich nicht ganz so hart daran stößt.« Er hob sein Glas und warf einen nachdenklichen Blick hinein. »Es heißt doch, dass man mit bloßem

Auge auf keinen Fall in eine Sonnenfinsternis schauen soll. Das sollte man nur durch ein Stück rußgeschwärztes Glas tun. Jetzt frage ich dich: Ist es nicht mindestens genauso gefährlich, diese Welt mit bloßem Auge zu betrachten? Braucht man dafür nicht auch was, um seine Augen zu schützen?«

»Kein schlechter Vergleich.«

Er zuckte mit den Schultern. »Quatsch und Poesie, das war bekanntlich immer schon die Spezialität der Iren. Aber weißt du eigentlich, was das Beste am Saufen ist, Matt?«

»Nächte wie diese.«

»Ganz genau. Nächte wie diese. Aber das liegt keineswegs nur am Alkohol. Es hat auch damit zu tun, dass einer von uns trinkt und der andere nicht. Und noch etwas spielt dabei eine Rolle. Allerdings weiß ich nicht, wie ich es ausdrücken soll.« Er beugte sich vor und stützte sich mit den Ellbogen auf den Tisch. »Nein, das Beste am Trinken ist ein ganz bestimmter Zustand, der sich nur sehr selten und auch immer nur für einen ganz kurzen Moment einstellt. Wobei ich nicht mal behaupten könnte, dass das auch andere so erleben.

Bei mir ist es jedenfalls manchmal so, in ganz bestimmten Nächten, wenn ich ganz allein irgendwo sitze und ein Glas und eine Flasche vor mir stehen habe. Ich bin ziemlich betrunken, aber auch nicht zu stark, und denke einfach so vor mich hin, ohne eigentlich wirklich was zu denken – ich weiß nicht, ob du verstehst, was ich meine.«

»Ich glaube schon.«

»Und dann kommt plötzlich ein Moment totaler Klarheit, in dem ich plötzlich alles verstehe. Ein kurzer Augenblick, in dem alles vollkommen klar vor einem liegt. Als ob man plötzlich alles begreifen würde und alles ein für alle Mal voll im Griff hätte. Und im selben Moment«, er schnippte mit den Fingern, »ist es auch schon wieder weg. Weißt du, was ich meine?«

»Ja.«

»Als du noch getrunken hast, ist es dir da …«

»Ja«, nickte ich. »Hin und wieder. Aber soll ich dir mal was sagen, Mick? Dasselbe ist mir auch schon in nüchternem Zustand passiert.«

»Im Ernst?«

»Ja. Nicht sehr oft zwar, und auch nicht die ersten zwei Jahre. Aber wenn ich zum Beispiel mit einem Buch in meinem Hotelzimmer sitze und irgendwann zu lesen aufhöre, um aus dem Fenster zu schauen und über das, was ich gerade gelesen habe, nachzudenken oder auch an was anderes oder an gar nichts – dann passiert es hin und wieder.«

»Aha.«

»Dann habe ich genau dieses Erlebnis, das du eben beschrieben hast. Es ist wie eine Art Offenbarung.«

»Ja, das trifft es ganz gut.«

»Allerdings könnte ich dir beim besten Willen nicht erklären, was einem dabei eigentlich offenbart wird. Solange ich selbst noch getrunken habe, bin ich immer davon ausgegangen, dass dieser Zustand auf den Alkohol zurückzuführen ist. Aber seit ich das gleiche auch in nüchternem Zustand erlebt habe, ist mir klar, dass es daran nicht liegen kann.«

»Das ist mir allerdings neu. Ich habe bisher immer gedacht, nüchtern könnte einem so was nie passieren.«

»Kann es aber. Und es ist genau so, wie du es eben beschrieben hast. Aber lass dir dazu noch was gesagt sein, Mick. Wenn es dir nüchtern passiert, und wenn du dabei nicht durch ein Stück rußgeschwärztes Glas schaust ...«

»Ja?«

»... und wenn du schon so nah dran bist, dass du denkst, du bekommst es jeden Augenblick zu fassen, und es dir dann im letzten Moment doch wieder entgleitet.« Ich sah ihm in die Augen. »Dann kann einem das das Herz brechen.«

»Das tut es so oder so«, sagte er ernst. »Ob du nun nüchtern oder besoffen bist.«

Draußen wurde es schon hell, als er auf die Uhr sah und aufstand. Er verschwand kurz in sein Büro, und als er zurückkam, hatte er seine Schlachterschürze umgebunden. Sie war aus derbem weißem Baumwollstoff, vom vielen Waschen an manchen Stellen schon ein wenig ausgefranst, und sie reichte ihm vom Hals bis fast zu den Füßen. Sie war über und über mit rostfarbenen Blutflecken übersät. Fast wie ein abstraktes Gemälde. Einige davon waren schon fast zur Unkenntlichkeit verblichen. Andere sahen noch ganz frisch aus.

»Komm«, sagte er. »Gehen wir.«

Wir waren zwar die ganze Nacht mit keinem Wort darauf zu sprechen gekommen, aber ich wusste trotzdem, was er jetzt vorhatte. Wir gingen zu der Garage, in der er seinen Wagen abgestellt hatte, und fuhren die Ninth Avenue hinunter zur Fourteenth Street. Dort bogen wir links ab. Ein paar Häuser weiter war ein Bestattungsinstitut, vor dem er den Wagen einfach im Parkverbot abstellte. Twomey, dem das Bestattungsinstitut gehörte, kannte Mick und seinen Wagen. Er würde also keinen Strafzettel bekommen oder abgeschleppt werden.

Direkt neben dem Bestattungsinstitut lag St. Bernard's. Wir stiegen die breite Eingangstreppe hinauf und betraten die Kirche. Am Hauptaltar findet werktags um sieben immer ein Gottesdienst statt. Dafür waren wir allerdings schon zu spät dran. Eine Stunde später gibt es jedoch in einer kleinen Kapelle im linken Seitenschiff noch eine zweite Messe, an der in der Regel nur eine Handvoll Nonnen und ein paar Leute auf dem Weg zur Arbeit teilnehmen. Micks Vater hatte das fast jeden Tag getan, und auch jetzt waren immer ein paar Metzger aus den umliegenden Fleischmärkten unter den Messgängern, obwohl ich nicht weiß, ob sie außer Mick und mir sonst noch jemand die Metzgermesse nannte.

Mick nahm allerdings nur sehr sporadisch daran teil, manchmal eine Woche lang täglich und dann wieder einen Monat lang gar nicht. Auch ich war schon ein paarmal mitgekommen. Mir war zwar nicht recht klar, warum er eigentlich hinging, und noch weniger hätte ich sagen können, warum ich ihn dabei begleitete.

Die Sache lief auch an diesem Morgen wie immer ab. Ich folgte dem Gottesdienst im Gebetbuch und richtete mich ansonsten nach den anderen; ich stand auf, wenn sie aufstanden, kniete, wenn sie knieten, und murmelte die Responsorien mit. Als der junge Geistliche die Kommunion austeilte, blieben Mick und ich sitzen. Alle anderen gingen zum Altar vor, um sich eine Hostie geben zu lassen.

Als wir nach der Messe die Kirche verließen, sagte Mick: »Sieh dir das mal an.«

Es hatte zu schneien begonnen. Lautlos schwebten dicke, weiche Flocken vom Himmel. Die Treppe und der Gehsteig waren bereits mit einer dünnen Schneeschicht überzuckert.

»Komm«, sagte er. »Ich bring dich nach Hause.«

Kapitel 14

Es war zwei Uhr nachmittags, als ich nach fünf Stunden unruhigem Schlaf aufwachte. Ich hatte viel geträumt und war die meiste Zeit haarscharf an der Grenze zum Aufwachen entlanggeschrappt. Das lag vielleicht daran, dass ich am Vortag ziemlich viel Kaffee getrunken hatte, und das auch noch auf fast leeren Magen, weil ich bis auf eine Spinatpastete zum Mittagessen den ganzen Tag nichts gegessen hatte.

Ich rief an der Rezeption an, um Bescheid zu sagen, dass sie ab sofort wieder alle Anrufe zu mir durchstellen konnten. Ich stand gerade unter der Dusche, als das Telefon klingelte. Als ich mich fünf Minuten später an der Rezeption erkundigte, wer es gewesen wäre, sagte der Portier, der Anrufer hätte keine Nachricht hinterlassen. »Sie hatten heute Morgen schon eine ganze Reihe von Anrufen«, fügte er hinzu. »Aber niemand hat eine Nachricht hinterlassen.«

Ich rasierte mich, zog mich an und ging frühstücken. Es hatte zu schneien aufgehört, aber wo der Schnee nicht niedergetreten und festgefahren war, war er noch frisch und weiß. Ich kaufte mir eine Zeitung und zog mich damit auf mein Zimmer zurück. Beim Lesen schaute ich immer wieder auf die verschneiten Dächer hinaus. Es waren etwa zehn Zentimeter Schnee gefallen – genug, um den allgemeinen Geräuschpegel spürbar zu dämpfen. Es hatte etwas Beruhigendes an sich, auf die verschneite Stadt hinauszuschauen, während ich darauf wartete, dass das Telefon klingelte.

Der erste Anruf war von Elaine. Ich fragte sie gleich als Erstes, ob sie vorher schon mal angerufen hatte. Das verneinte sie. Erst dann erkundigte ich mich, wie es ihr ging.

»Nicht besonders«, sagte sie. »Ich habe hohes Fieber und dazu noch Durchfall – als wollte sich der Körper mal wieder von Grund auf entschlacken.«

»Glaubst du nicht, es wäre besser, einen Arzt kommen zu lassen?«

»Wozu? Er würde mir doch sowieso nur erzählen, dass ich einen Virus aufgeschnappt habe, der gerade in Umlauf ist. Und dafür brauche ich nun wirklich keinen Doktor. Sich schön warm halten und viel Flüssigkeit zu sich nehmen – das dürfte so ziemlich alles sein, was man in so einem Fall tun kann.

Übrigens lese ich gerade ein Buch von Borges – du weißt schon, dieser blinde argentinische Schriftsteller. Tot ist er übrigens auch schon, aber ...«

»Als er das Buch geschrieben hat, noch nicht.«

»Das allerdings. Das Buch versetzt einen beim Lesen in eine höchst eigenartige, irgendwie unwirklich-surreale Stimmung, und manchmal könnte ich beim besten Willen nicht sagen, ob das nun an dem Buch liegt oder am Fieber – wenn du weißt, was ich meine.«

Darauf erzählte ich ihr von meiner Begegnung mit Thurman im Paris Green und dass ich anschließend mit Mick Ballou die Nacht durchgemacht hatte.

»Da sieht man's wieder«, lautete ihr einziger Kommentar dazu. »Manche Männer werden eben nie erwachsen.«

Danach setzte ich meine Zeitungslektüre fort. Vor allem zwei Artikel hatten mein Interesse geweckt. In einem davon ging es um den Freispruch eines stadtbekannten Mafiabosses, auf dessen Geheiß einem aufmüpfigen Gewerkschaftsfunktionär eine kräftige Abreibung verpasst worden war. Die Entscheidung des Gerichts hatte übrigens niemanden sonderlich überrascht, zumal auch der Leidtragende selbst – man hatte ihm mehrere Male in beide Beine geschossen – zugunsten des Angeklagten ausgesagt hatte. Dem Bericht war ein Foto des freigesprochenen Mafioso beigefügt, dem beim Verlassen des Gerichtsgebäudes von seinen begeisterten Anhängern ein stürmischer Empfang bereitet wurde. Es war bereits das dritte Mal innerhalb von vier Jahren, dass der Mann, der unter anderem auch durch seine ausgesprochen gepflegte und elegante Erscheinung auffiel, vor Gericht kam, und er war jedes Mal freigesprochen worden. Dem Zeitungsbericht zufolge wurde er inzwischen bereits wie eine Art Volksheld gefeiert.

Die zweite Meldung betraf einen Arbeiter, der mit seiner vierjährigen Tochter beim Verlassen der U-Bahn von einem offensichtlich geistesgestörten Obdachlosen angefallen und bespuckt worden war. Der angegriffene Vater verteidigte sich, und bei dem daraus resultierenden Handgemenge schlug der Angreifer so unglücklich mit dem Kopf auf den Boden, dass er an den Folgen seiner Verletzungen starb. Ein Sprecher der Staatsanwaltschaft hatte verlauten lassen, dass gegen den Vater Anklage wegen Totschlags erhoben werden sollte. Auch diesem Zeitungsbericht war ein Foto beigefügt. Der abgebildete Mann war alles andere als eine selbstbewusste und gepflegte Erscheinung und schaute eher leicht verwirrt und ratlos in die Kamera – jedenfalls nicht wie jemand, der das Zeug zu einem potentiellen Volkshelden hatte.

Kaum hatte ich die Zeitung beiseitegelegt, klingelte das Telefon wieder. Ich nahm ab, und eine Stimme sagte: »Bin ich hier richtig?«

Es dauerte eine Weile, bis es bei mir funkte, und ich sagte: »Bist du das, TJ?«

»Wer denn sonst, Mann. Ich werde hier schon die ganze Zeit angehauen, wer der komische Typ ist, der auf der Deuce rumschleicht, Visitenkarten verteilt und jeden nach TJ fragt. Ich war im Kino, Mann, hab mir so einen Kung Fu-Streifen reingezogen. Wissen Sie eigentlich, wie das geht?«

»Nein.«

»Echt irre, kann ich Ihnen sagen. Das muss ich unbedingt auch lernen.«

Ich gab ihm meine Adresse und fragte ihn, ob er kurz vorbeikommen könnte. »Ich weiß nicht recht«, meinte er. »Was ist das für 'ne Sorte Hotel? Einer von diesen schnieken Bunkern?«

»Keine Sorge, schnieke ist es hier sicher nicht. An der Rezeption werden sie dir bestimmt keine Probleme machen. Und wenn doch, sagst du einfach, sie sollen kurz auf meinem Zimmer anrufen.«

»Okay.«

Ich hatte kaum aufgelegt, als es erneut klingelte. Es war Maggie Hillstrom, die Frau aus dem Testament House. Sie hatte die Phantombilder den Mitarbeitern und Jugendlichen im Old und im New Testament House gezeigt. »Den Mann konnte leider niemand identifizieren, aber ein paar Jugendliche meinten, die Jungen kämen ihnen vage bekannt vor. Im Fall des jüngeren waren sie sich zwar nicht so sicher, aber den älteren konnten sie ziemlich zweifelsfrei identifizieren. Er hat zwar nicht fest bei uns gewohnt, aber hin und wieder übernachtet.«

»Konnten sie Ihnen auch sagen, wie er hieß?«

»Happy«, antwortete sie. »So hat er sich zumindest genannt. Ganz schön zynisch, finden Sie nicht auch? Allerdings weiß ich nicht, ob er diesen Spitznamen von früher hatte oder ob er ihn sich erst hier zugelegt hat. Jedenfalls waren sich alle einig, dass er von irgendwo aus dem Süden oder Südwesten war. Einer unserer Mitarbeiter glaubt sich sogar erinnern zu können, dass er mal gesagt hätte, er wäre aus Texas. Anderseits hat ein Junge, der ihn offensichtlich näher kannte, steif und fest behauptet, er wäre aus North Carolina gewesen. Natürlich ist auch nicht auszuschließen, dass er jedem was anderes erzählt hat.«

Er ging auf den Strich, erzählte sie mir weiter. Und wenn er sich welche leisten konnte, nahm er auch Drogen. Niemand konnte sich erinnern, ihn im letzten Jahr gesehen zu haben.

»Eines Tages verschwinden sie einfach«, sagte sie. »Erst denkt man sich nichts dabei, wenn man sie mal ein paar Tage nicht sieht, und dann wird einem plötzlich bewusst, dass man sie schon eine Woche oder zwei Wochen oder einen ganzen Monat nicht mehr gesehen hat. Manchmal tauchen sie plötzlich wieder auf, und manchmal bleiben sie für immer weg, und man weiß nie, ob sie es nun besser oder noch schlechter getroffen haben.« Sie seufzte. »Ein Junge hat gesagt, er wäre ziemlich sicher, dass Happy wieder nach Hause zurück wäre. Und in gewisser Weise ist es ja auch so.«

Der nächste Anruf kam von der Rezeption. TJ war da. Ich sagte, sie sollten ihn raufschicken und holte ihn am Lift ab. In meinem Zimmer ging er erst einmal eine Weile auf und ab, als wollte er ein Gefühl für den Raum bekommen. »Gar nicht mal so schlecht«, sagte er schließlich mit einem anerkennenden Nicken. »Man kann das Trade Center sehen, und ein eigenes Bad haben Sie auch. Richtig komfortabel.«

Soweit ich mich erinnern konnte, trug er dieselben Sachen, in denen ich ihn zum ersten Mal gesehen hatte. Die Jeansjacke, die mir für die hochsommerliche Hitze eindeutig etwas zu warm erschienen war, wirkte angesichts der gegenwärtigen winterlichen Temperaturen eindeutig zu kalt. Nur seine hohen Basketballschuhe machten einen ziemlich neuen Eindruck, und auch die blaue Strickmütze hatte er damals noch nicht aufgehabt.

Ich zeigte ihm die Phantombilder. Er warf einen kurzen Blick auf das oberste und schaute dann argwöhnisch mich an. »Wollen Sie mich zeichnen? Warum lachen Sie?«

»Du gäbst sicher ein fantastisches Modell ab, nur kann ich leider nicht zeichnen.«

»Sind die denn nicht von Ihnen?« Er sah die Zeichnungen der Reihe nach an und warf einen kurzen Blick auf die Signaturen. »Raymond Dingsbums. Und? Was soll das Ganze?«

»Kennst du einen von den dreien?«

Als er nur den Kopf schüttelte, weihte ich ihn kurz in die Hintergründe der Geschichte ein. »Der ältere Junge heißt Happy. Ich bin ziemlich sicher, dass er tot ist.«

»Aber Sie glauben doch, dass auch der andere tot ist, oder?«

»Zumindest fürchte ich es.«

»Was wollen Sie über die beiden wissen?«

»Ihre Namen. Und woher sie kommen.«

»Aber den Namen des einen wissen Sie doch schon. Haben Sie vorhin nicht selbst gesagt, dass er Happy heißt?«

»Er hieß wahrscheinlich genauso wenig Happy, wie du TJ heißt.«

Er bedachte mich mit einem vielsagenden Blick. »Was soll das nun wieder heißen? Sie haben nach TJ gefragt, und ich bin da. Hauptsache, jeder weiß, wer damit gemeint ist.« Er sah wieder die Zeichnungen an. »Happy war also sein Spitzname?«

»Ja.«

»Dann ist das auch der einzige Name, unter den ihn in der Szene jemand kennt. Von wem wissen Sie das übrigens? Von den Leuten im Testament House?«

Ich nickte. »Er hat wohl nicht dort gelebt, ist aber hin und wieder mal eine Nacht geblieben.«

»Die sind ganz okay dort. Trotzdem sind die Hausordnung und der ganze andere Scheiß nicht jedermanns Sache, wenn Sie wissen, was ich meine.«

»Bist du mal dort gewesen, TJ?«

»Wie kommen Sie denn darauf? Sowas hab ich nicht nötig, Mann. Ich habe was, wo ich immer unterkommen kann.«

»Wo ist das?«

»Was interessiert Sie das, solange ich weiß, wie ich dorthin komme.« Er überflog noch einmal die Zeichnungen, bevor er ganz beiläufig sagte: »Den Mann habe ich schon mal gesehen.«

»Wo?«

»Keine Ahnung. Irgendwo auf der Deuce. Aber fragen Sie mich nicht, wann oder wo.« Er setzte sich auf die Bettkante, zog sich die Mütze vom Kopf und ließ sie nachdenklich in seinen Händen kreisen. »Was wollen Sie eigentlich von mir?«

Ich holte einen Zwanziger aus meiner Brieftasche und hielt ihn ihm hin.

Er machte jedoch keine Anstalten, ihn zu nehmen. Stattdessen wiederholten seine Augen noch einmal seine Frage. Was willst du von mir, Mann?

Ich sagte: »Du kennst doch die Deuce und den Busbahnhof wie deine eigene Westentasche. Und du kommst an Leute ran, die mit mir nie reden würden.«

»Für zwanzig Dollar ist das aber nicht gerade wenig verlangt.« Er grinste. »Das letzte Mal, als ich Sie gesehen habe, haben Sie mir fünf Dollar gegeben, und dafür musste ich keinen Finger rühren.«

»Wer sagt denn, dass du diesmal so viel mehr tun sollst?«

»Na, ich weiß nicht. Immerhin müsste ich dafür mit allen möglichen Leuten quatschen und dabei natürlich auch noch kreuz und quer durch die Gegend latschen.« Ich wollte die Hand mit dem Zwanziger gerade wieder zurückziehen, als er sich den Schein schnappte. »Lassen Sie schon. Oder hab ich gesagt, dass ich es nicht machen will? Ich wollte Sie nur ein bisschen abchecken.« Er sah sich im Zimmer um. »Aber reich sind Sie wohl auch nicht gerade.«

»Nein.« Ich musste lachen. »Ganz sicher nicht.«

Irgendwann rief Chance an. Er hatte sich in Boxkreisen ein bisschen umgehört und einen Mann ausfindig gemacht, der sich an den Vater mit seinem Sohn erinnern konnte, der ganz vorne in der ersten Reihe gesessen hatte. Niemand hatte die beiden jedoch vorher schon mal gesehen, weder in Maspeth noch sonst wo. Als ich darauf sagte, dass der Mann bei anderen Gelegenheiten nicht unbedingt in Begleitung des Jungen aufgetreten sein müsste, meinte er, dass der Kerl sowieso nur deshalb jemand aufgefallen war, weil er den Jungen dabei hatte. »Demnach ist also auch nicht anzunehmen, dass ihn einer der Leute, mit denen ich gesprochen habe, tatsächlich gekannt hat«, fügte er hinzu. »Willst du denn morgen Abend wieder nach Maspeth rausfahren?«

»Weiß ich noch nicht.«

»Du könntest dir die Kämpfe ja auch im Fernsehen anschauen. Wenn er wieder in der ersten Reihe sitzt, müsste er auf jeden Fall zu sehen sein.«

Danach machten wir rasch Schluss, weil ich noch ein paar andere Anrufe erwartete. Und tatsächlich dauerte es nicht lange, bis das Telefon wieder klingelte. Diesmal war Danny Boy Bell dran. »Ich werde heute Abend im

Poogan's essen«, sagte er. »Hast du Lust, mir Gesellschaft zu leisten? Du weißt doch, wie ungern ich allein esse.«

»Hast du was für mich?«

»Nichts Besonderes. Aber du musst doch trotzdem irgendwas zu Abend essen, oder nicht? Passt dir acht Uhr?«

Ich legte auf und schaute auf die Uhr. Es war kurz vor fünf. Ich machte den Fernseher an und sah mir den Anfang der Nachrichten an. Als ich merkte, dass ich mich überhaupt nicht darauf konzentrieren konnte, schaltete ich den Kasten wieder aus, ging zum Telefon und wählte Thurmans Nummer. Es meldete sich nur sein Anrufbeantworter. Ich sprach zwar nichts auf Band, legte aber auch nicht gleich wieder auf. Stattdessen wartete ich etwa eine halbe Minute, bis sich das Band automatisch wieder abschaltete.

Ich wollte gerade nach dem *Newgate Register* greifen, als das Telefon erneut läutete. Ich nahm ab. Es war Jim Faber.

»Oh, hallo«, sagte ich.

»Das hört sich ja fast enttäuscht an.«

»Ich warte schon den ganzen Nachmittag auf einen Anruf«

»Dann will ich dich nicht länger aufhalten. War ja auch nichts Wichtiges. Kommst du denn heute Abend nach St. Paul's?«

»Wahrscheinlich nicht. Ich bin um acht bereits in der Seventy-second Street mit jemand verabredet und kann noch nicht absehen, wie lange das dauert. Außerdem war ich erst gestern bei einem Treffen.«

»Komisch. Ich hab nach dir Ausschau gehalten, dich aber nirgendwo gesehen.«

»Ich war in Downtown. In der Perry Street.«

»So ein Zufall. Dort bin ich am Sonntagabend gelandet. Genau das, was ich gebraucht habe. Dort kannst du erzählen, was du willst, und kein Mensch schert sich einen Dreck drum. Ich habe dort ganz schön über Bev hergezogen, aber danach habe ich mich gleich wesentlich besser gefühlt. War übrigens Helen gestern Abend da? Hat sie dir von dem Überfall erzählt?«

»Von welchem Überfall?«

»In der Perry Street. Aber erwartest du nicht einen Anruf? Ich will dich wirklich nicht aufhalten.«

»So wichtig ist er auch wieder nicht«, beruhigte ich ihn. »Jemand hat also den Versammlungsraum in der Perry Street überfallen. Was gibt es denn dort überhaupt zu holen? Neuerdings haben sie dort nicht mal mehr Kaffee.«

»Es war ja auch nicht gerade das, was man sich unter einem perfekt geplanten Verbrechen vorstellt. Es war bei dem Schritte-Treffen vor ein oder zwei Wochen. Als Sprecher war ein gewisser Bruce dran. Ich weiß nicht, ob du ihn kennst. Ist außerdem nicht wichtig. Er hat also etwa zwanzig Minuten gesprochen, und dann steht plötzlich irgend so ein Irrer auf und schreit los, er hätte schon vor einem Jahr mal an so einem Treffen teilgenommen und versehentlich vierzig Dollar in die Kollekte geworfen, und wenn er sein Geld nicht sofort zurückbekäme, würde er anfangen, der Reihe nach alle abzuknallen.«

»Na, super.«

»Immer mit der Ruhe. Das Beste kommt erst noch. Darauf erklärt Bruce diesem Typen in aller Seelenruhe: ›Tut mir leid, aber Sie sind jetzt noch nicht an der Reihe. Wir können das Treffen nicht einfach wegen so einer Lappalie unterbrechen. Warten Sie also gefälligst bis zur Pause um Viertel nach neun.‹ Der Typ will was sagen, aber Bruce haut nur mal kräftig mit seinem Hammer auf das Rednerpult, das sie dort haben, und fordert den Kerl auf, sich gefälligst wieder zu setzen. Und dann ruft er jemand anderen auf, und das Treffen geht weiter, als ob nichts gewesen wäre.«

»Und dieser Irre ist dann einfach schön brav sitzen geblieben?«

»Ihm wurde wohl klar, dass er gar keine andere Wahl hatte. Regeln sind schließlich da, um eingehalten zu werden. Nach einer Weile ging ein gewisser Harry zu dem Irren und fragte ihn, ob er eine Tasse Kaffee oder eine Zigarette wollte, worauf er nickte, klar, gegen einen Kaffee hätte er nichts einzuwenden. ›Ich geh Ihnen schnell mal welchen holen‹, flüsterte ihm Harry zu und ging kurz nach draußen zum nächsten Polizeirevier. Soviel ich weiß, ist das dort gleich um die Ecke ...«

»Das Sechste Revier ist ein paar Straßen weiter in der Tenth.«

»Dann ist er vermutlich dorthin gegangen. Jedenfalls kam er mit ein paar Polizisten zurück, und die griffen sich den Irren und nahmen ihn mit. ›Moment mal‹, protestiert der aber noch. ›Was ist jetzt mit meinen vierzig Dollar? Und wo bleibt mein Kaffee?‹ So was ist wirklich nur in der Perry Street möglich.«

»Ach, woanders könnte das genauso passieren.«

»Na, ich weiß nicht. Höchstens in der Upper East Side vielleicht. Und dort hätten sie für den Kerl wahrscheinlich noch gesammelt – und anschließend versucht, ihm eine Wohnung zu besorgen. Aber wie gesagt, ich will dich nicht länger aufhalten. Du erwartest doch einen Anruf. Aber das musste ich dir einfach erzählen.«

»Schön, dass du an mich gedacht hast.«

Einfach nur zu Hause herumzusitzen und zu warten, kann einen manchmal an den Rand des Wahnsinns treiben. Aber da ich ganz sicher war, dass er anrufen würde, wollte ich mein Zimmer auf keinen Fall verlassen.

Um halb sieben klingelte das Telefon schließlich wieder. Ich nahm ab und sagte Hallo, aber am anderen Ende meldete sich niemand. Ich sagte noch einmal Hallo und wartete. Da ich ziemlich sicher war, dass jemand dran war, sagte ich ein drittes Mal Hallo, und dann hörte ich ein leises Klicken. Aufgelegt.

Ich griff nach meinem Buch, legte es aber sofort wieder beiseite. Nach einer Weile schlug ich in meinem Notizbuch Lyman Warriners Nummer nach und rief ihn in Cambridge an. »Wie bereits gesagt, kriegen Sie von mir keine schriftlichen Berichte«, sagte ich. »Trotzdem wollte ich Ihnen sagen, dass ich ganz gute Fortschritte mache. Zumindest weiß ich inzwischen schon ziemlich genau, wie das Ganze passiert ist.«

»Ist er es also doch gewesen.«

»Das dürfte ziemlich außer Frage stehen. Außerdem scheint ihm das Ganze ziemlich zu schaffen zu machen. Vermutlich hat er ein verdammt schlechtes Gewissen oder auch eine Heidenangst. Er hat vorhin gerade bei mir angerufen. Allerdings ohne ein Wort zu sagen. Er hat schrecklichen Bammel, darüber zu sprechen. Aber ganz offensichtlich hält er es auch nicht mehr aus, nicht darüber zu sprechen. Sonst hätte er mich nicht angerufen. Im Übrigen bin ich ganz sicher, dass er noch mal anrufen wird.«

»Das hört sich ja an, als würden Sie damit rechnen, dass er Ihnen alles beichtet.«

»Genau das hat er wahrscheinlich vor. Zugleich hat er aber auch schreckliche Angst davor. Ich weiß eigentlich gar nicht, warum ich Sie überhaupt angerufen habe. Vermutlich hätte ich lieber warten sollen, bis sich die Sache endgültig geklärt hat.«

»Nein, ich finde es gut, dass Sie mir Bescheid gesagt haben.«

»Ich werde das Gefühl nicht los, dass auf einmal alles ganz schnell gehen wird, sobald die Sache ins Rollen kommt.« Und nach kurzem Zögern fügte ich hinzu: »Der Mord an ihrer Schwester hängt nämlich mit was anderem zusammen.«

»Tatsächlich?«

»Darauf deutet zumindest im Moment einiges hin. Sobald ich Näheres weiß, melde ich mich wieder bei Ihnen. Ich wollte Sie nur auf dem Laufenden halten.«

Um sieben klingelte das Telefon wieder. Ich hatte kaum abgenommen und hallo gesagt, als der Anrufer bereits wieder einhängte. Darauf wählte ich sofort die Nummer seiner Wohnung. Nach viermaligem Läuten schaltete sich der Anrufbeantworter ein. Ich legte auf.

Um halb acht rief er wieder an. Ich sagte hallo, und als sich wieder niemand meldete, sagte ich: »Ich weiß, wer Sie sind. Und Sie können mir ruhig erzählen, was Ihnen auf dem Herzen liegt.«

Schweigen.

»Ich muss jetzt leider weg«, sagte ich nach einer Weile.

»Aber um zehn bin ich wieder zurück. Wenn Sie wollen, können Sie es ja dann noch mal versuchen.«

Ich konnte ihn atmen hören.

»Bis zehn also«, sagte ich und legte auf. Ich wartete etwa zehn Minuten, ob er es sich vielleicht doch noch anders überlegte und gleich noch mal anrief, um es endlich hinter sich zu bringen. Aber so weit war er wohl noch nicht. Ich schlüpfte in meinen Mantel und ging los, um mich mit Danny Boy zu treffen.

Kapitel 15

»Five Borough Cable«, sagte Danny Boy. »Gar kein so schlechtes Konzept für einen Sender, wenn man mal davon ausgeht, dass die meisten New Yorker lieber Sportveranstaltungen von etwas größerem lokalem Interesse sehen als Football nach den australischen Regeln oder die Weltmeisterschaften im Sportangeln. Wie nicht anders zu erwarten, lief das Ganze allerdings erst mal etwas schleppend an, und außerdem haben sie den sehr häufig zu beobachtenden Fehler gemacht, sich nicht genügend Startkapital zu beschaffen. Diesem Problem haben sie vor etwa einem Jahr Abhilfe geschafft, indem sie den Löwenanteil an dem Unternehmen an ein Brüderpaar verkauft haben. Die beiden haben zwar einen unaussprechlichen Namen, aber ich habe mir glaubhaft versichern lassen, dass sie iranischer Herkunft sind. Das ist allerdings schon so ziemlich alles, was irgendjemand über die beiden weiß, wenn man mal davon absieht, dass sie in Los Angeles leben und hier in New York durch einen Anwalt vertreten werden.

Bei Five Borough geht indessen alles weiter seinen gewohnten Gang. Sie sind zwar noch immer nicht aus den roten Zahlen raus, sind andererseits aber auch nicht so tief verschuldet, dass sie gleich das Handtuch werfen müssten, zumal es den neuen Teilhabern auch nichts auszumachen scheint, erst einmal ein paar Jahre nur rote Zahlen zu schreiben. Würde mich übrigens auch nicht wundern, wenn sie nichts dagegen hätten, wenn das immer so bliebe.«

»Ach, jetzt verstehe ich langsam.«

»Na, dann warte erst mal ab. Interessanterweise scheinen sich die neuen Teilhaber, was Entscheidungen über die Zukunft von Five Borough betrifft, sehr im Hintergrund zu halten. Dabei hätte man eigentlich denken können, sie würden gleich als Erstes das gesamte Management auswechseln. Seltsamerweise haben sie jedoch alle alten Führungskräfte beibehalten und niemand neuen hinzugezogen. Mit einer Ausnahme. Seit einiger Zeit ist bei Five Borough ein Mann sehr häufig zu sehen, der allerdings offiziell gar nicht auf ihrer Gehaltsliste steht. Trotzdem vergeht kein Tag, an dem er sich nicht in den Redaktionsbüros herumtreibt.«

»Und wer ist dieser Mann?«

»Eine ausgesprochen interessante Frage, Matt. Er heißt Bergen Stettner.

Klingt irgendwie deutsch, finde ich. Allerdings glaube ich nicht, dass das sein richtiger Name ist. Er bewohnt zusammen mit seiner Frau eine Suite in diesem neuen Hotel von Donald Trump in der Central Park South. Sein Büro hat er im Greybar Building in der Lexington. Er handelt mit ausländischen Devisen und Edelmetallen. Geht dir vielleicht allmählich ein Licht auf?«

›Ja. Das ist wohl der Mann fürs schmutzige Geld.«

»Und Five Borough ist die Geldwaschanlage. Was da freilich genau gespielt wird, entzieht sich leider meiner Kenntnis.« Er schenkte sich etwas Wodka nach. »Ebenso wenig weiß ich natürlich, ob dich das in irgendeiner Weise weiterbringt, Matthew. Über Richard Thurman konnte ich leider gar nichts in Erfahrung bringen. Falls er tatsächlich jemand angeheuert hat, um ihn zu fesseln und sich an seiner Frau zu vergehen, dann hat er sich dafür entweder zwei ganz besonders verschwiegene Burschen ausgesucht oder ihnen auch noch gleich zwei Tickets nach Neuseeland in ihre Lohntüte gesteckt, weil nämlich kein Mensch irgendwas über die Sache weiß.«

»Das passt genau ins Bild.«

»Ja?« Er leerte sein Glas in einem Zug. »Dann kann ich nur hoffen, dass du mit den Informationen über Five Borough wenigsten ein bisschen was anfangen kannst. Du wirst inzwischen sicher auch verstehen, warum ich darüber lieber nicht am Telefon mit dir sprechen wollte. Erstens tue ich so etwas grundsätzlich nicht, und außerdem laufen deine Gespräche doch über die Telefonzentrale des Hotels. Dass dir das auf Dauer nicht zu blöd ist?«

»Ich kann direkt nach draußen anrufen, und außerdem hat es den Vorteil, dass man mir an der Rezeption eine Nachricht hinterlassen kann, wenn ich nicht zu Hause bin.«

»Da hast du natürlich auch wieder recht. Trotzdem hinterlasse ich nicht gern eine Nachricht, wenn es sich irgendwie vermeiden lässt. Ich könnte natürlich versuchen, noch mehr über Stettner herauszufinden. Allerdings dürfte das nicht ganz einfach werden. Dazu hält sich der Bursche zu sehr im Hintergrund. Was hast du denn da?«

»Ich glaube, das ist er«, sagte ich und faltete eines der drei Phantombilder auseinander. Danny Boy sah erst die Zeichnung an, dann mich.

»Du hattest ihn sowieso schon im Visier?«, bemerkte er erstaunt.

»Nein.«

»Du willst doch nicht im Ernst behaupten, du hättest diese Zeichnung rein zufällig bei dir gehabt. Sie ist ja sogar signiert. Wer um alles in der Welt ist Ray Galindez?«

»Der neue Norman Rockwell. Ist dieser Mann Stettner?«

»Das weiß ich nicht, Matthew. Ich habe ihn bisher noch nicht gesehen.«

»In diesem Punkt bin ich dir also ausnahmsweise mal ein Stück voraus. Ich hatte nämlich bereits das Vergnügen, ihn aus nächster Nähe in Augenschein nehmen zu können. Allerdings wusste ich damals noch nicht, wen ich vor mir hatte.« Ich faltete die Zeichnung zusammen und steckte sie wieder ein. »Das bleibt bitte unter uns«, fügte ich hinzu. »Aber wenn alles so läuft, wie ich mir das vorstelle, wird dieser Stettner demnächst sehr, sehr lange aus dem Verkehr gezogen.«

»Nur wegen seines Waschsalons?«

»Nein.« Ich schüttelte den Kopf. »Damit verdient er nur seinen Lebensunterhalt. Zum Verhängnis werden wird ihm sein Hobby.«

Auf dem Heimweg kam ich an St. Paul's vorbei. Da es erst halb zehn war, ging ich in den Versammlungsraum im Souterrain der Kirche, um noch an der letzten halben Stunde des Treffens teilzunehmen. Ich holte mir eine Tasse Kaffee und setzte mich in die hinterste Reihe. Ein paar Reihen vor mir saß Will Haberman. Im Kopf ging ich bereits durch, wie ich ihn gleich auf den neuesten Stand bringen würde. *Was die etwas eigenartige Version des ›Dreckigen Dutzends‹ angeht, die Sie mir mal zum Ansehen gegeben haben, Will, habe ich eben herausbekommen, dass in der Rolle des Manns mit der Gummimaske Bergen Stettner zu sehen war. Sein männlicher Gegenpart war ein junger Bursche mit dem treffenden Namen Happy. Dabei hat es sich übrigens um seinen ersten und letzten Auftritt vor einer Kamera gehandelt. Über die Dame in schwarzem Leder weiß ich noch nichts Genaueres. Es könnte allerdings sein, dass sie Chelsea heißt.*

Das war zumindest der Name, den Thurman bei unserem Treffen im Paris Green hatte fallen lassen. »Wer? Ach, Chelsea meinen Sie? Das ist doch nur ein billiges kleines Flittchen, nichts weiter.« Ich war zwar gern bereit, ihm das zu glauben, aber zugleich gelangte ich zusehends mehr zu der Ansicht, dass das leichtgeschürzte Nummerngirl, das vor jedem Gong seine Runde durch den Ring gedreht hatte, nicht die maskierte Frau in schwarzem Leder war. Ich war so in meine Gedanken versunken, dass ich kaum auf das Treffen achtete. Was die einzelnen Diskussionsteilnehmer sagten, ging mir zum einen Ohr rein und zum anderen wieder raus. Ich war ja auch nicht wegen der Binsenweisheiten, die ich hier zu hören bekam, hergekommen, sondern weil ich das Bedürfnis hatte, mich an einen Ort zurückzuziehen, wo ich mich wenigstens ein paar Minuten lang in Sicherheit fühlen konnte.

Ich schlich mich schon vor dem Ende des Treffens aus dem Saal und war genau zwei Minuten vor zehn in meinem Zimmer zurück. Der Zeiger der Uhr wanderte auf zehn, und nichts geschah. Fünf Minuten später klingelte das Telefon. Ich nahm ab und sagte: »Hier Scudder.«

»Sie wissen also, wer ich bin.«

»Ja.«

»Sagen Sie meinen Namen nicht. Sagen Sie nur, woher Sie mich kennen.«

»Aus dem Paris Green.«

»Ich wusste nur nicht, wie viel Sie gestern Abend schon intus hatten und inwieweit Sie sich noch an mich erinnern würden.«

»Ich habe ein ziemlich gutes Gedächtnis.«

»Das habe ich auch. Aber ich will Ihnen mal was sagen: Es gibt Zeiten, da wäre es mir lieber, es wäre nicht so. Sie sind also Detektiv.«

»Ja.«

»Machen Sie mir auch wirklich nichts vor? Im Telefonbuch konnte ich Sie nämlich nicht finden.«

»Da stehe ich nicht drin.«

»Sie arbeiten also für eine größere Agentur. Ich weiß noch, dass Sie mir Ihre Firmenkarte gezeigt haben. Aber ich habe den Namen der Agentur wieder vergessen.«

»Reliable Investigations. Ich übernehme nur gelegentlich Aufträge von ihnen. Die meiste Zeit arbeite ich selbständig.«

»Demnach könnte ich Sie also direkt anheuern.«

»Ja«, sagte ich. »Das könnten Sie.«

Darauf trat eine längere Pause ein. »Die Sache ist die«, begann er schließlich stockend. »Ich stecke ernsthaft in Schwierigkeiten.«

»Das kann ich mir denken.«

»Was wissen Sie über mich, Scudder?«

»Was jeder über Sie weiß.«

»Gestern Abend wussten Sie nicht mal, wie ich heiße.«

»Das war gestern.«

»Und jetzt ist heute, wie? Na schön. Ich habe das Gefühl, wir sollten uns mal unterhalten.«

»Das finde ich auch.«

»Die Frage ist nur, wo? Jedenfalls nicht im Paris Green.«

»Wie wär's bei Ihnen zu Hause?«

»Nein. Nein, das halte ich für keine gute Idee. Am besten in einem Lokal – aber möglichst in einem, wo mich niemand kennt. Die Bars, die mir im Moment einfallen, kommen dafür allerdings nicht in Frage, weil ich dort bekannt bin wie ein bunter Hund.«

»Ich glaube, ich wüsste da was«, sagte ich.

»Geradezu ideal für unsere Zwecke«, versicherte er mir. »Allerdings wäre ich selbst nicht im Traum auf so was gekommen. Genau das, was man sich unter einer urigen irischen Kneipe vorstellt.«

»So in etwa.«

»Und das alles mehr oder weniger gleich bei mir um die Ecke. Wahrscheinlich bin ich schon zig Mal hier vorbeigekommen, ohne jemals auf den Laden aufmerksam zu werden. Na ja, ist eben eine völlig andere Welt als die, in der ich normalerweise verkehre. Arbeitermilieu. Lauter einfache, aber grundanständige Leute. Sogar das Ambiente stimmt bis aufs i-Tüpfelchen. Angefangen von der blechverkleideten Decke bis hin zum karierten Fliesenboden und dem Dartboard an der Wand. Wie man sich eben eine typisch irische Kneipe vorstellt.«

Natürlich waren wir im Grogan's, weshalb ich auch nicht umhin konnte, mich mit einem verstohlenen Schmunzeln zu fragen, ob seinen Besitzer außer Thurman schon mal jemand als einen einfachen, grundanständigen Mann bezeichnet hatte. Trotzdem war natürlich das Grogan's für unsere Zwecke der ideale Ort. Es war so gut wie nichts los, und es war auch nicht anzunehmen, dass gleich jemand zur Tür hereinkommen würde, der wusste, wer Thurman war.

Als ich ihn fragte, was er trinken wollte, meinte er, ein Bier wäre hier wohl genau das Richtige. Darauf ging ich an die Bar und holte eine Flasche Harp und ein Glas Coke. »Sie haben den Boss nur ganz knapp verpasst«, sagte Burke. »Bis vor ein paar Minuten war er noch hier. Hat ein bisschen gestöhnt, weil Sie wohl wieder mal die Nacht durchgemacht haben.«

Als ich mit den Getränken an unseren Tisch zurückkehrte, warf Thurman einen erstaunten Blick auf mein Coke.

»Da haben Sie gestern Abend aber was anderes getrunken.«

»Und Sie haben sich mit Stingers volllaufen lassen.«

»Erinnern Sie mich bloß nicht. Normalerweise trinke ich eigentlich nie viel. Einen Martini vor dem Essen und vielleicht ein paar Bier. Gestern Abend habe ich allerdings schwer zugeschlagen. Ehrlich gestanden, kann ich mich nicht mehr so recht erinnern, was ich Ihnen eigentlich alles erzählt habe – oder was Sie alles über mich wissen.«

»Inzwischen jedenfalls mehr als gestern Abend.«

»Und auch da haben Sie schon mehr über mich gewusst, als Sie mir gegenüber haben durchblicken lassen.«

»Vielleicht sollten Sie mir einfach mal in aller Ruhe erzählen, wo Sie der Schuh drückt.«

Darüber dachte er kurz nach, bevor er nickte. Dann tastete er seine Taschen ab und holte schließlich die Zeichnung heraus, die ich ihm letzte Nacht gegeben hatte. Er faltete sie auseinander und sah erst das Porträt an, dann mich. Dann fragte er mich, ob ich wüsste, wer der Mann war.

»Warum sagen Sie mir das nicht?«

»Er heißt Bergen Stettner.«

Also doch, dachte ich.

»Ich fürchte, er will mich umbringen.«

»Wie kommen Sie denn darauf? Hat er denn schon mal jemanden umgebracht?«

»Mein Gott«, seufzte er. »Wenn ich nur wüsste, wo ich anfangen soll.«

»Mir ist in meinem Leben noch nie ein Mensch wie Bergen begegnet«, begann er schließlich. »Nach dem Besitzerwechsel bei Five Borough kam er ziemlich häufig in den Redaktionsbüros vorbei. Wir fanden uns spontan sympathisch. Irgendwie lagen wir genau auf der gleichen Wellenlänge, und ich habe ihn sogar ein bisschen bewundert. Er wirkte so energisch und selbstbewusst. Aber vor allem hatte er so ein gewisses Etwas. Man hatte bei ihm unwillkürlich das Gefühl, dass in seiner Gegenwart die gängigen Gesetze von Moral und Anstand plötzlich keine Gültigkeit mehr haben. Nach unserem ersten privaten Treffen nahm er mich anschließend noch in seine Wohnung mit. Wir saßen auf seiner Dachterrasse mit dem Central Park unter uns und tranken Champagner.

Bei meinem nächsten Besuch bei Bergen lernte ich auch seine Frau kennen. Olga. Eine ausgesprochen schöne Frau. Und vor allem hatte sie eine sexuelle Ausstrahlung, wie ich sie vorher noch nie bei einer Frau gespürt habe. Als er zwischendurch mal auf die Toilette verschwand, setzte sie sich zu mir auf die Couch, legte mir die Hand in den Schoß und begann mich ganz ungeniert zu streicheln. >Ich will dir einen blasen<, hauchte sie. >Und ich will, dass du mich von hinten nimmst. Du kannst alles mit mir machen.< Erst blieb mir natürlich die Spucke weg. Ich hatte einen Mordsbammel, dass er jeden Augenblick zurückkäme und uns so sähe, aber als er schließlich wieder auftauchte, saß sie wieder brav in ihrem Sessel und unterhielt sich mit mir über eines ihrer Gemälde.

Am nächsten Tag erzählte mir Bergen ganz unverblümt, dass Olga mächtig beeindruckt von mir gewesen wäre und dass sie mich gern häufiger sehen würde. Daraufhin gingen wir ein paar Tage später mit ihnen essen, meine Frau und ich. Die Atmosphäre war allerdings den ganzen Abend über ziemlich verkrampft, weil nicht zu übersehen war, was zwischen Olga und mir lief. Als wir uns schließlich am Ende des Abends voneinander verabschiedeten, küsste Bergen meiner Frau die Hand, sehr aristokratisch elegant, aber zugleich auch mit einem Hauch von Ironie. Als sich darauf auch Olga die Hand von mir küssen ließ, roch sie ... na ja, sie roch unverkennbar nach Möse. Sie muss wohl selbst an sich rumgemacht haben. Und als ich wieder zu ihr aufsah, lag ein Ausdruck in ihren Augen, der mindestens so vielsagend war wie der Geruch ihrer Finger.

Natürlich war er genauestens im Bilde. Inzwischen weiß ich nämlich, dass sie von Anfang an alles genauestens geplant hatten. Als ich das nächste Mal bei ihnen zu Besuch war, sagte er, er müsste mir unbedingt etwas zeigen, was ich sonst nicht so ohne weiteres zu sehen bekäme. Er spielte mir ein Video vor. Einen Porno, eindeutig eine Amateuraufnahme. Zwei Männer, die es mit einer Frau trieben. Irgendwann kam auch Olga zu uns ins Zimmer und setzte sich neben mich. Im ersten Moment war ich ziemlich baff, weil ich bis dahin angenommen hatte, Bergen und ich wären allein in der Wohnung.

Als die Kassette zu Ende war, nahm sie Bergen heraus und legte eine andere ein. Diesmal waren es zwei Frauen, eine schwarze und eine weiße. Die Schwarze war die Sklavin. Es dauerte eine Weile, bis ich merkte, dass die andere Frau Olga war. Ich konnte meinen Blick nicht von ihr abwenden.

Als das Video zu Ende war, merkte ich, dass Bergen verschwunden war. Olga und ich rissen uns buchstäblich die Kleider vom Leib und fielen übereinander her. Irgendwann merkte ich, dass Bergen im Zimmer war und uns beobachtete. Wir standen auf und gingen alle drei ins Schlafzimmer.«

Neben einer gesalzenen Portion Sex beballerte ihn Stettner auch mit regelmäßigen Dosen seiner ganz speziellen Lebensphilosophie, der zufolge Gesetze nur für diejenigen gemacht waren, denen es an der nötigen Fantasie fehlte, sie zu übertreten. Männer und Frauen wie er und Olga schufen sich ihre eigenen Gesetze. Er berief sich in diesem Zusammenhang immer wieder auf Nietzsche, und Olga verbrämte seine Lehren noch mit ihrer ganz speziellen Sorte von New Age-Esoterik. Ganz besonderen Wert legte sie dabei auf die Feststellung, dass es eigentlich gar keine wirklichen Opfer gab, wenn jemand seine Überlegenheit geltend machte, weil das Schicksal der Betroffenen nichts weiter war als Ausdruck ihres latenten Wunsches nach Unterwerfung. Letztendlich waren die Leidtragenden für ihr Schicksal genauso verantwortlich wie die, die es ihnen zufügten.

Eines Tages rief ihn Stettner im Büro an. »Lass alles stehen und liegen«, forderte er ihn auf. »Komm sofort nach unten und warte am Eingang auf mich. Ich hole dich in einer Viertelstunde ab.« Als sie darauf in Stettners Wagen losfuhren, erzählte ihm Stettner nur, dass er eine Überraschung für ihn hätte. Nach längerer Fahrt hielten sie schließlich in einer Gegend, die Thurman nicht kannte. Stettner führte ihn in den Keller eines Hauses. Dort war eine nackte geknebelte Frau an ein Metallgestell gefesselt. »Sie gehört dir«, sagte Stettner. »Mach mit ihr, was du willst.«

Thurman bediente sich.

Dieses Angebot abzulehnen, hätte er Stettner gegenüber als unhöflich empfunden – genauso, wie er eine Einladung zum Essen oder auf einen Drink nicht hätte ausschlagen können. Außerdem hatte ihn die völlige Wehrlosigkeit der Frau in einem nie gekannten Maß erregt. Nachdem er schließlich mit ihr fertig war, fragte ihn Stettner, ob er sonst noch etwas mit ihr anstellen wollte.

Als Thurman das verneinte, verließen sie den Kellerraum und kehrten zu Stettners Wagen zurück. Sie wollten gerade einsteigen, als Stettner sagte, er hätte etwas vergessen. Er ging noch mal kurz in das Haus, war jedoch gleich wieder zurück und fuhr in die Stadt. Unterwegs fragte er Thurman, ob er bei einer Frau schon mal der Erste gewesen wäre. Das bejahte Thurman.

»Aber das war sicher nicht deine Frau.«

Nein, musste Thurman zugeben. Amanda war keine Jungfrau mehr gewesen, als sie sich kennenlernten.

Darauf sagte Stettner: »Der erste Liebhaber einer Frau warst du also bereits. Eben bist du auch der letzte von einer geworden. Das Mädchen, mit dem du es gerade getrieben hast, wird außer dir niemand mehr anrühren – außer den Würmern vielleicht. Ich habe sie nämlich getötet, als ich vorhin noch mal kurz in den Keller zurückgegangen bin. Ich habe ihr den Knebel aus dem Mund genommen und gesagt: ›Leb wohl, mein Schatz.‹ Und dann habe ich ihr die Kehle durchgeschnitten.«

Thurman wusste nicht, was er darauf sagen sollte.

»Jetzt weißt du natürlich nicht, ob du mir das tatsächlich glauben sollst«, fuhr Stettner mit einem amüsierten Grinsen fort. »Könnte ja auch sein, dass ich nur deshalb zurückgegangen bin, um zu pinkeln oder um sie loszuschneiden. Sollen wir schnell noch mal zurückfahren, damit du dich selbst überzeugen kannst?«

»Nein.«

»Na, siehst du. Du weißt doch, dass ich dir nie was vormachen würde. Oder habe ich dich schon mal belogen? Du bist jetzt natürlich ein bisschen durcheinander und weißt nicht, was du von dem Ganzen halten sollst. Aber es besteht kein Grund zur Aufregung. Du hast ja nichts getan. Das war ganz allein ich. Außerdem hätte sie ja irgendwann sowieso sterben müssen. Niemand lebt ewig.« Er nahm Thurmans Hand in die seine. »Wir stehen uns sehr nahe, du und ich. Wir sind jetzt sozusagen Bluts- und Samenbrüder.«

*   *   *

Thurman hatte schon ziemlich lange gebraucht, um sich sein Bier einzuschenken, und noch länger brauchte er jetzt, um es zu trinken. Er griff nach dem Glas, stellte es aber, ohne daraus zu trinken, wieder ab, um weiterzuerzählen. Eigentlich wollte er auch gar nichts trinken. Er wollte nur reden.

»Ich weiß bis heute nicht, ob er die Frau tatsächlich umgebracht hat. Es könnte ja auch eine Prostituierte gewesen sein, die er extra für diese Gelegenheit engagiert hatte. Vielleicht ist er nur zu ihr zurückgegangen, um sie loszubinden und auszubezahlen. Genauso gut könnte er ihr aber auch tatsächlich die Kehle durchgeschnitten haben.«

Von da an war Thurman ständig zwischen zwei völlig verschiedenen Welten hin und her gewechselt. Nach außen hin war er der aufstrebende junge Fernsehproduzent mit einer schönen Wohnung, einer reichen Frau und einer glänzenden Zukunft. Gleichzeitig lebte er mit Bergen und Olga Stettner im Verborgenen seine geheimen Lüste und Begierden aus.

»Ich habe erstaunlich schnell gelernt, ohne nennenswerte Anpassungsschwierigkeiten von einer dieser Welten in die andere überzuwechseln«, fuhr er fort. »Etwa so, wie man nach Feierabend nach Hause fährt und den ganzen Büroalltag von sich abstreift, legte ich die normale Hälfte meines Ichs einfach ab, wenn ich mit den beiden zusammen war. Ich traf sie in der Regel ein-, zweimal die Woche. Dabei unternahmen wir nicht immer was. Manchmal saßen wir auch nur rum und unterhielten uns. Aber da war immer diese eigenartige Spannung oder Energie oder wie Sie es sonst nennen wollen zwischen uns. Und wenn ich anschließend wieder nach Hause ging, war das alles wie weggeblasen und ich war wieder ein ganz normaler Ehemann.«

Ein paar Monate, nachdem sie sich angefreundet hatten, bat ihn Stettner eines Tages um Hilfe.

»Er wurde erpresst. Es gab da ein Video, das sie mal gemacht hatten. Ich weiß zwar nicht, was da drauf war, aber es muss wohl was ziemlich Übles gewesen sein, weil sich nämlich der Kameramann das Ganze überspielt hatte und nun fünfzigtausend Dollar für diese Kopie wollte.«

»Das war Arnold Leveque«, sagte ich mit einem ernsten Nicken.

Thurman sah mich erstaunt an. »Woher wissen Sie das? Und überhaupt: Was wissen Sie sonst noch?«

»Ich weiß unter anderem, was mit Leveque passiert ist. Waren Sie an seiner Ermordung beteiligt?«

Endlich schaffte er es, einen Schluck Bier zu trinken. Danach wischte er sich mit dem Handrücken den Mund ab und sagte: »Glauben Sie mir, ich hatte wirklich nicht die leiseste Ahnung, dass die Sache so enden würde. Mir gegenüber erklärte Bergen, er wäre bereit, die fünfzigtausend Dollar zu zahlen, könnte sich aber nicht persönlich mit Leveque treffen, da dieser zu viel Angst vor ihm hätte. Das war ja auch durchaus verständlich. Außerdem versicherte er mir, dass es ganz bestimmt bei diesem einen Mal bleiben würde; Leveque wäre nämlich sicher nicht so dumm, die gleiche Nummer noch mal abzuziehen.

Ich traf mich also mit Leveque in einem thailändischen Restaurant in der Tenth Avenue, Ecke Forty-ninth Street. Der Kerl konnte vor Fett kaum gehen und versicherte mir immer wieder, das Ganze wäre ihm zwar furchtbar peinlich, aber er bräuchte nun mal dringend Geld. Je öfter er das sagte, desto jämmerlicher erschien er mir.

Ich gab ihm den Aktenkoffer mit dem Geld und forderte ihn auf, ihn zu öffnen. Als er das viele Geld sah, bekam er es erst recht mit der Angst zu tun. Ich gab mich bei der Übergabe als Bergens Anwalt aus. Deshalb trug ich einen konservativen Nadelstreifenanzug und flocht immer irgendwelche juristischen Fachausdrücke in unsere Unterhaltung ein. Als ob das noch etwas zur Sache getan hätte. Nach der Übergabe gab ich Leveque zu verstehen, er könnte den Koffer mit dem Geld zwar behalten, aber ich dürfte ihn nicht damit gehen lassen, solange ich mich nicht vergewissert hätte, dass es sich auch tatsächlich um die Kassette handelte, die mein Mandant haben wollte. ›Mein Wagen steht gleich um die Ecke‹, schlug ich ihm deshalb vor. ›Und meine Kanzlei ist auch nicht weit von hier. Sobald ich mir dort die ersten fünf Minuten des Videos angesehen habe, können Sie das Geld nehmen und damit machen, was Sie wollen.‹«

Thurman schüttelte den Kopf. »Dabei hätte er nur aufzustehen und das Lokal zu verlassen gebraucht. Wie hätte ich ihn daran hindern sollen? Aber offensichtlich glaubte er mir. Wir gingen also in Richtung Eleventh Avenue los. Dort wartete Bergen in einer dunklen Einfahrt bereits auf uns. Er sollte Leveque eine überziehen, und dann wollten wir uns mit dem Video und dem Geld aus dem Staub machen.«

»Aber es kam anders.«

Er nickte. »Bevor Leveque überhaupt begriff, wie ihm geschah, versetzte ihm Bergen einen Schlag. So sah es zumindest im ersten Moment aus. Doch dann sah ich, dass er ein Messer in der Hand hatte. Er hatte ihn auf offener Straße niedergestochen. Dann packte er ihn, zerrte ihn ein Stück in die Einfahrt und forderte mich auf, den Aktenkoffer zu holen. Das tat ich. Als ich mit dem Koffer zurückkam, hatte er Leveque mit dem Rücken gegen die Wand gedrückt und stach mit dem Messer immer wieder auf ihn ein. Leveque starrte ihn nur fassungslos an. Kann sein, dass er auch schon tot war. Jedenfalls hat er keinen Laut von sich gegeben.«

Anschließend nahmen sie Leveques Schlüssel, durchsuchten seine Wohnung und nahmen zwei große Taschen mit selbst bespielten Videokassetten mit. Stettner war davon ausgegangen, dass Leveque noch eine zweite Kopie von dem Video hatte, mit dem er ihn erpresst hatte. Das war jedoch nicht der Fall.

»In der Hauptsache waren es Filme, die er im Fernsehen aufgenommen hatte«, fuhr Thurman fort. »Meistens alte Schwarzweiß-Klassiker, ein paar Pornos und die eine oder andere Fernsehshow.« Stettner hatte sich alle Kassetten selbst angesehen und schließlich die meisten weggeworfen. Thurman selbst hatte das Video, das Leveque zum Verhängnis geworden war, nie gesehen.

»Aber ich habe es gesehen«, sagte ich ihm. »Darauf ist zu sehen, wie die beiden einen jungen Burschen umbringen.«

»Etwas in der Richtung habe ich mir schon gedacht. Weshalb hätten sie sonst so viel Geld dafür bezahlt? Aber wie kommt es, dass Sie dieses Video gesehen haben?«

»Leveque hatte tatsächlich noch eine Kopie, die Sie allerdings übersehen haben. Er hatte sie auf eine gekaufte Spielfilmkassette überspielt.«

»Davon hatte er eine ganze Menge«, sagte Thurman. »Wirklich sehr clever. Genau die haben wir nämlich nicht mitgenommen.« Er hob sein Glas, stellte es aber, ohne daraus zu trinken, wieder ab. »Genützt hat ihm das allerdings nichts mehr.«

In Stettners Sexualleben spielten Jungen eine wichtige Rolle. Dagegen hatte sich Thurman für so etwas nie erwärmen können. »Ich mag Homosexuelle nicht«, erklärte er kurz und bündig. »Irgendwie habe einfach keinen Draht zu ihnen. Amandas Bruder ist zum Beispiel homosexuell. Er konnte mich ebenso wenig leiden wie ich ihn. Wir waren uns vom ersten Augenblick an unsympathisch. Stettner behauptete übrigens, dass auch er nichts von Schwulen hielt. Sie wären jämmerliche Waschlappen, und AIDS wäre nur dazu da, die Menschheit von diesem Gesindel zu befreien. ›Wenn ich es mit einem Jungen treibe, hat das absolut nichts mit Homosexualität zu tun‹, versuchte er mir plausibel zu machen. ›Man nimmt sie einfach – genauso, wie man eine Frau nimmt. Das ist alles. Sie sind ja auch so einfach rumzukriegen. Es wimmelt nur so von kleinen Jungs, die förmlich darum betteln, dass man sie nimmt. Man kann mit ihnen machen, was man will, und kein Mensch schert sich einen feuchten Dreck darum.‹«

»Wie ist er an diese Jungen gekommen?«

»Keine Ahnung. Wie gesagt, hatte ich damit nichts am Hut. Aber natürlich sah ich ihn manchmal in Begleitung eines Jungen. Er nahm sie zu irgendwelchen Veranstaltungen mit – wie im Fall des Jungen, mit dem Sie ihn letzten Donnerstag beim Boxen gesehen haben. Er spielte dabei meistens den väterlichen Freund, und eines Tages war der Junge dann spurlos verschwunden. Ich habe ihn nie gefragt, was aus ihnen geworden ist.«

»Aber Sie haben es trotzdem gewusst – oder zumindest geahnt.«

»Ehrlich gestanden, habe ich das komplett verdrängt. Mich ging das Ganze ja nichts an. Was hätte ich mir also groß Gedanken darüber machen sollen?«

»Aber so gründlich können Sie das doch gar nicht verdrängt haben, Richard.«

Es war das erste Mal, dass ich ihn bei seinem Vornamen nannte. Vielleicht trug das entscheidend dazu bei, seine letzten Abwehrmechanismen abzubauen. Jedenfalls zuckte er so heftig zusammen, als hätte ihm etwas einen Stich ins Herz versetzt.

»Ich nehme an, dass er sie umgebracht hat«, rückte er schließlich mit der Sprache heraus.

Und als ich darauf nichts sagte, fuhr er fort: »Ich glaube, er hat eine ganze Menge Leute auf dem Gewissen.«

»Und wie ist das mit Ihnen?«

»Ich habe nie jemanden umgebracht«, beeilte er sich, mir zu versichern.

»Aber Sie haben sich der Beihilfe des Mordes an Leveque schuldig gemacht. Vor dem Gesetz sind Sie damit genauso schuldig, als hätten sie ihm das Messer selbst in die Brust gestoßen.«

»Aber ich hatte doch nicht die leiseste Ahnung, dass er ihn töten würde!«

Das hatte er natürlich genauso gewusst, wie ihm von Anfang an klar gewesen war, was aus den Jungen geworden war. Trotzdem ließ ich die Sache vorerst mal auf sich beruhen.

»Aber zumindest wussten Sie, dass Stettner einen Überfall geplant hatte. Und nachdem dieser Überfall für den Überfallenen tödlich geendet hatte, hingen da auch Sie mit drinnen. Selbst wenn Leveque nur infolge des Schrecks einen Herzinfarkt erlitten hätte, hätten Sie sich dadurch eines Mordes schuldig gemacht. Nach dem Gesetz waren Sie auf jeden Fall maßgeblich an seinem Tod beteiligt.«

Thurman atmete ein paarmal tief durch, bevor er schließlich niedergeschlagen zugab: »Das ist mir natürlich klar. Ganz ähnlich verhält es sich ja vermutlich auch im Fall des Mädchens, das er umgebracht hat. Schließlich habe ich sie kurz zuvor vergewaltigt. Sie hat sich zwar nicht gewehrt, aber das konnte sie ja auch nicht.« Er sah mich an. »Es gibt keine Rechtfertigung für das, was ich getan habe. Die beiden haben es sehr raffiniert angestellt, dass ich praktisch alles tat, was sie von mir wollten.«

»Wie haben sie das gemacht, Richard?«

»Sie haben mich einfach ...«

»Wie haben sie Sie dazu gebracht, Ihre Frau umzubringen?«

»O Gott!«, stieß er hervor und schlug die Hände vors Gesicht.

Vielleicht hatten sie auch das von Anfang an geplant. Möglicherweise war es ihnen in erster Linie sogar nur darum gegangen.

»Du solltest dich jetzt besser duschen«, hatte Olga immer gesagt. »Zeit, zu deinem kleinen Frauchen nach Hause zu gehen.« Dein kleines Frauchen, dein Mäuschen, deine entzückende kleine Frau – und immer schwang darin ein unüberhörbar ironischer Unterton mit. Es war, als wollte sie ihm damit suggerieren: Eben hast du das unbezahlbare Privileg genossen, eine Stunde in der Gesellschaft wahrhaft großer Geister zu verbringen, die sich mit hochfliegenden Gedanken und Taten gegen den spießigen Kleinbürgermief einer bis ins Kleinste reglementierten Welt auflehnen, und nun kehrst du schön brav wieder in deine heile kleine Welt zurück, wo dein reizendes Frauchen bereits sehnsüchtig auf dich wartet.

»Wirklich ein Jammer, dass das ganze Geld ihr gehört«, hatte Stettner schon zu Beginn ihrer Bekanntschaft einmal ganz beiläufig bemerkt. »Es muss doch ganz schön an deinem Selbstbewusstsein kratzen, dass deine Frau mehr Geld hat als du.«

Erst hatte er Angst gehabt, Stettner könnte es auf Amanda abgesehen haben. Schließlich hatte er ja auch nichts dagegen einzuwenden gehabt, dass er, Thurman, sich mit Olga vergnügte. Was wäre also naheliegender gewesen, als dass er nun gleiches von ihm erwartete. Diese Vorstellung hatte Thurman ziemlich zu schaffen gemacht, da er von Anfang an sehr darauf bedacht gewesen war, die beiden Welten, in denen er sich nun bewegte, möglichst voneinander getrennt zu halten. Umso größer war seine Erleichterung, als er feststellte, dass die Stettners offensichtlich kein Interesse daran hatten, auch Amanda in ihre Ménage à trois einzubeziehen.« Das erste Treffen, bei dem auch Amanda dabei gewesen war, hatte sich nicht gerade als ein durchschlagender Erfolg erwiesen, und als sich die beiden Paare auch danach noch zweimal zum Essen verabredeten, kam die Unterhaltung nie so recht in Gang.

Es war Stettner gewesen, der ihm schließlich riet, ihre Lebensversicherung zu erhöhen. »Deine Frau erwartet ein Kind«, führte er als Grund an. »Und du wirst doch hoffentlich angemessen für euer Baby vorsorgen – und nicht weniger natürlich auch für die junge Mutter. Angenommen, ihr stößt etwas zu, dann müsstest du auf jeden Fall ein Kindermädchen einstellen. Das wäre über Jahre hinweg eine enorme finanzielle Belastung.« Und nachdem er die Versicherungssumme hatte verdoppeln lassen, kam ihm Stettner plötzlich auf die Tour: »Nun hör mal gut zu, Richard. Du bist ein Mann mit einer reichen Frau. Wenn sie stirbt, bist du ein reicher Mann. Das ist ein feiner, aber sehr gravierender Unterschied, findest du nicht auch?«

Das Ganze nahm ganz allmählich Gestalt an.

»Ich weiß nicht, wie ich es Ihnen erklären soll. Jedenfalls nahm ich das Ganze nie so richtig ernst. Wir machten unsere Witze darüber und machten uns einen Spaß daraus, uns die aberwitzigsten Möglichkeiten auszudenken, wie wir dabei vorgehen sollten. Ich kann mich noch gut erinnern, wie er bei einer dieser Gelegenheiten sagte: ›Wirklich schade, dass Mikrowellenherde so klein sind. Sonst könnten wir Amanda mit einem Apfel im Mund hineinschieben und ganz langsam durchgaren.< Wenn ich allerdings jetzt nur daran denke, wird mir schon übel. Aber damals fand ich es einfach nur komisch, nichts weiter als ein harmloser Witz und ganz sicher nichts, was je konkrete Formen annehmen würde. Aber genau das tat es immer mehr, je länger wir unsere Witze darüber machten.

>Nächsten Donnerstag steigt die Sache<, sagte Bergen zum Beispiel. Und dann dachten wir uns irgendeinen absolut hirnrissigen Plan aus. Wenn dann besagter Donnerstag kam, sagte Olga etwas in der Art wie: >Ach, fast hätten wir's vergessen. Heute wollten wir doch eigentlich Amanda umbringen.< Das wurde sozusagen zu einer Art *running gag*.

Wenn ich mit Amanda allein war – ohne Bergen und Olga –, waren wir ein ganz normales glücklich verheiratetes Paar. Für Sie ist das vermutlich nur schwer vorstellbar, aber es war tatsächlich so. Nun werden Sie natürlich fragen, wie ich mir das auf lange Sicht vorgestellt habe. Vermutlich dachte ich einfach, dass Bergen und Olga eines Tages wieder genauso plötzlich aus meinem Leben verschwinden würden, wie sie aufgetaucht waren, und dass danach alles so weitergehen würde wie bisher. Wie das nun allerdings konkret hätte aussehen sollen, war mir nie so recht klar – ob sie nun eines Tages wegen eines ihrer Verbrechen gefasst würden oder ob sie einfach das Interesse an mir verlieren oder in eine andere Stadt ziehen würden, wie gesagt, darüber habe ich mir nie Gedanken gemacht. Vielleicht hoffte ich auch, sie würden einfach sterben – und diese fremde und finstere Welt, in die ich mich immer tiefer verstricken ließ, würde sich ganz von selbst in Luft auflösen, und Amanda und ich würden weiter eine glückliche Ehe führen.

Ich kann mich jedoch noch gut erinnern, dass ich eines Nachts noch lange wach lag, während sie neben mir schlief. Und dabei ging ich in Gedanken alle nur erdenklichen Möglichkeiten durch, wie ich sie umbringen könnte.

Es muss wohl irgendwann Anfang November gewesen sein, als ich Bergen gegenüber erwähnte, dass die Gottschalks, die unter uns wohnen, den Winter in Florida verbringen würden. >Gut<, war Bergens erste Reaktion darauf. >Dann werden wir Amanda in der Wohnung der Gottschalks umbringen. Wir werden einen Einbruch fingieren. Kein Mensch wird sich was dabei denken. Schließlich ist die Wohnung ein halbes Jahr unbewohnt. Das bringt den Vorteil mit sich, dass wir das Ganze gleich im Haus abwickeln können, und es ist auf jeden Fall besser, als es in deiner eigenen Wohnung zu tun, weil du doch sicher nicht willst, dass dort tagelang die Polizei ein und aus geht. Du machst dir keine Vorstellung, was diese Kerle für ein Chaos anrichten können. Schlimmer als manche Handwerker. Außerdem stehlen sie wie die Raben.‹

Erst hielt ich das Ganze für einen Witz. ›Ach, ihr geht auf eine Party? Wenn ihr nach Hause kommt, warten wir bei den Gottschalks auf euch. Du ertappst zwei Einbrecher auf frischer Tat. Ich hoffe nur, dass ich auch tatsächlich diese blöde Tür aufbekomme. Aber mit dem Schlösserknacken ist es wie mit dem Schwimmen: Wenn man es einmal kann, verlernt man es nicht mehr.‹

Der Abend der Party kam. Mir war nicht recht klar, ob das Ganze nun tatsächlich als Witz gemeint war oder nicht. Ich weiß auch nicht, wie ich es Ihnen erklären soll. Einerseits wusste ich natürlich genau Bescheid, aber andererseits auch wieder nicht. Die beiden Welten, zwischen denen mein Leben hin und her pendelte, hatten sich inzwischen so weit voneinander entfernt und verselbständigt, dass ich allen Ernstes glaubte, nichts, was die eine Hälfte betraf, könnte je irgendwelche Auswirkungen auf die andere haben und umgekehrt. Es war gewissermaßen, als wüsste ich ganz genau, dass sie in der Wohnung der Gottschalks auf uns warten würden, aber zugleich wollte ich es auch nicht wahrhaben.

Nach der Party habe ich Amanda ganz bewusst vorgeschlagen, zu Fuß nach Hause zu gehen. Aus Angst, sie könnten diesmal wirklich ernst machen, wollte ich unsere Heimkehr so lange wie möglich hinauszögern. Unterwegs kamen wir dann auf Amandas Bruder zu sprechen, und sie sagte, dass sie sich wegen seines Gesundheitszustands Sorgen machte. Dadurch ließ ich mich zu einer ziemlich gehässigen Bemerkung hinreißen, und daraus entspann sich ein heftiger Streit, in dessen Verlauf ich irgendwann dachte: Na schön, du blöde Kuh, in einer Stunde gehörst du der Vergangenheit an. Und seltsamerweise hatte diese Vorstellung etwas sehr Faszinierendes.

Wir kamen zu Hause an und gingen nach oben. Als ich sah, dass die Tür der Gottschalks zu war, fiel mir ein Stein vom Herzen. Doch dann sah ich, dass an einer Stelle des Türrahmens ein Stück abgesplittert war und dass sich jemand am Schloss zu schaffen gemacht hatte. Das konnte nur bedeuten, dass sie tatsächlich in der Wohnung waren. Ich dachte noch: Wenn wir keinen

Lärm machen, schaffen wir es vielleicht noch, unbemerkt in unsere Wohnung zu kommen, und dort haben wir dann nichts zu befürchten. Natürlich hätten wir auch wieder nach unten gehen können, aber diese Möglichkeit kam mir in diesem Augenblick kein einziges Mal in den Sinn.

Wir schlichen also auf Zehenspitzen nach oben, und ich wollte gerade aufschließen, als die Tür aufflog und die beiden vor uns standen. Olga hatte dieses Lederdress an, in dem ich sie schon gelegentlich gesehen hatte, und Bergen trug einen langen Ledermantel. Sie sahen aus wie aus einem Comic. Amanda hat sie erst gar nicht erkannt. Sie starrte sie nur fassungslos an, und bevor sie etwas sagen konnte, zischte Bergen: ›Verreck, du Miststück‹, und schlug ihr mit der Faust mit voller Wucht ins Gesicht.

Dann packte er sie, hielt ihr den Mund zu und zerrte sie nach drinnen. Olga riss Amanda die Arme auf den Rücken und legte ihr Handschellen an. Dann verklebten sie ihr mit Heftpflaster den Mund. Als sie damit fertig waren, stieß Olga sie zu Boden und trat ihr mit voller Wucht ins Gesicht.

Dann zogen sie sie aus, schleppten sie ins Schlafzimmer und warfen sie aufs Bett. Erst vergewaltigte sie Bergen von vorn. Dann drehte er sie herum und nahm sie von hinten. Olga schlug ihr mit einem Stemmeisen ins Gesicht, und davon verlor sie, glaube ich, das Bewusstsein. Das meiste hat sie also zum Glück gar nicht mehr mitbekommen.

Zumindest hoffe ich das.

Dann forderten sie mich auf, mich an ihr zu vergehen. Und was nun kam, war das Schlimmste von allem. Ich dachte, dazu wäre ich nie in der Lage, ich müsste mich auf der Stelle übergeben, aber ob Sie's glauben oder nicht, ich war tatsächlich erregt. Ich wollte nicht mit ihr schlafen, ich hatte keine Lust dazu, aber mein Schwanz wollte. Mir wird jetzt noch übel, wenn ich bloß daran denke. Ich kam allerdings nicht zum Orgasmus. Ich versuchte alles Mögliche, aber ich kam einfach nicht. Aber ich wollte unbedingt kommen, damit ich endlich aufhören konnte. Aber es ging einfach nicht.

Dann stand ich plötzlich über ihr. Bergen hatte ihr die Strumpfhose um den Hals geschlungen und drückte mir die beiden Enden in die Hände. Er sagte, ich müsste es tun, aber ich stand nur da. Olga kniete vor mir und blies mir einen, Bergen hielt mich an den Händen, und ich hielt die Enden der Strumpfhose. Er hielt mich so fest, dass ich die Strumpfhose nicht loslassen konnte, und dann zog er meine Hände immer weiter auseinander. Ihre Augen starrten mich an, mit so einem seltsam stieren Blick. Und Olga machte die ganze Zeit weiter, während Bergen mich ganz fest hielt, und es roch nach Blut und Leder und Sex.

Ich hatte einen Orgasmus.

Und Amanda war tot.«

Kapitel 16

»Alles Weitere hat sich ziemlich genau so abgespielt, wie wir es uns bereits ausgemalt haben«, sagte ich zu Joe Durkin. »Sie haben ihn gefesselt und verprügelt, damit er ein paar blaue Flecken hatte, und anschließend die Wohnung auf den Kopf gestellt, dass es auch tatsächlich nach einem Einbruch aussah. Etwa eine Stunde, nachdem sie dann abgezogen sind, hat er bei der Polizei angerufen. Um sich eine passende Erklärung zurechtzulegen, hatte er ja ausreichend Zeit, weil er das Ganze in den Wochen davor mit seinen sauberen Freunden immer wieder zum Spaß durchgespielt hat.«

»Und jetzt will er dich engagieren.«

»Er hat mich bereits engagiert«, korrigierte ich ihn. »Gestern Abend, bevor wir nach Hause gegangen sind.«

»Und warum?«

»Er hat Angst, dass ihn die Stettners umbringen wollen.«

»Wieso denn das?«

»Damit er sie eines Tages nicht doch hinhängt. Er hat offensichtlich starke Schuldgefühle.«

»Das will ich doch hoffen.«

»Ich bin auch ziemlich sicher, dass er mir nichts vormacht. Inzwischen glaubt er, seine Frau wäre der einzige Mensch gewesen, der ihn wirklich geliebt hat.«

»Ganz schön blöd von ihr.«

»Deshalb legt er ja auch solchen Wert auf die Feststellung, dass sie nicht mehr mitbekommen hat, dass er selbst an ihrer Ermordung beteiligt war, dass sie bereits bewusstlos war, als er sie vergewaltigt und dann mit Stettners Hilfe erdrosselt hat.«

»Um das herauszubekommen, braucht er einen Hellseher, keinen Detektiv.«

Es war Donnerstagvormittag. Ich hatte mich nach dem Frühstück auf den Weg ins Midtown North gemacht und dort gewartet, bis Joe zurückkam. Inzwischen saßen wir in seinem Büro. In seinem Aschenbecher qualmte eine Zigarette vor sich hin. Er hatte sicher schon ein Dutzend Mal zu rauchen

aufgehört, seit ich ihn kannte. Aber irgendwie schien er nicht davon loszu-
kommen.

Ich sagte: »Thurman meint, man könnte ihm sein schlechtes Gewissen
förmlich ansehen. Außerdem glaubt er, Stettner braucht ihn nicht mehr.«

»Wann soll ihn Stettner überhaupt mal gebraucht haben, Matt? Das hört
sich ja an, als wollte er Stettner die Schuld in die Schuhe schieben, obwohl
eindeutig er derjenige war, der Stettner für seine Zwecke eingespannt hat.
Nicht umgekehrt. Immerhin sind für Thurman bei der Sache runde anderthalb Millionen herausgesprungen. Und was hatte Stettner davon? Bestenfalls
eine schnelle Nummer mit einer Frau, die schon halb tot war.«

»Für Stettner sind immerhin auch vierhunderttausend Dollar abgefallen.«

»Wie das?«

»Dazu wollte ich gerade kommen. Nachdem die Formalitäten in Zusammenhang mit dem Tod seiner Frau erledigt waren und sich der Presserum-
mel einigermaßen gelegt hatte, kam Stettner eines Tages an und meinte, ihr
kleines Joint Venture wäre doch ein durchschlagender Erfolg gewesen, und
nachdem sie beide maßgeblich an seiner Abwicklung beteiligt gewesen wären, verstünde es sich eigentlich von selbst, dass auch der dabei abfallende
Gewinn entsprechend geteilt würde.«

»Mit anderen Worten: Rück mal schön die Hälfte von dem Geld raus.«

»So in etwa. Großzügigerweise erhob Stettner auf das Geld, das Thurman
von seiner Frau geerbt hatte, keinen Anspruch, aber von der Lebensversicherung wollte er die Hälfte haben. Außerdem bekam Thurman sowieso die doppelte Summe ausbezahlt. Du weißt schon, wegen dieser Klausel, der zufolge
ein Mord als Unfall gilt ...«

»Was ich nie begreifen werde.«

»Ich auch nicht. Aber vermutlich geht man dabei vom Standpunkt des
Opfers aus, und für das ist es ja tatsächlich ein Unfall. Wie dem auch sei,
Thurman bekam also eine runde Million ausbezahlt – steuerfrei, nicht zu vergessen –, und davon wollte Stettner die Hälfte. Die Versicherung hat übrigens
bereits Ende letzten Monats gezahlt, was ich in einem Fall wie diesem ausgesprochen früh finde.«

»Sie haben einen ihrer Leute bei uns vorbeigeschickt«, sagte Durkin. »Er
wollte wissen, ob wir Thurman der Tat verdächtigen. Da das offiziell nicht

der Fall war, musste ich das leider verneinen, obwohl ich persönlich felsenfest davon überzeugt war, dass er's war. Aber das ist dir ja alles nicht neu.«

Ich nickte.

»Als einziges Tatmotiv wäre in Frage gekommen, dass er sie wegen ihres Geldes umgebracht hat. Aber soweit wir das feststellen konnten, war er darauf nicht wirklich angewiesen, und sonst gab es keinen Grund, weshalb er sie hätte um die Ecke bringen sollen.« Er runzelte die Stirn. »Deinen Schilderungen nach zu schließen, hat er dafür ja auch tatsächlich keinen Grund gebraucht.«

»Zumindest nicht so, wie er die Sache darstellt. Die Versicherung hat also gezahlt, und Stettner wollte seinen Anteil. Daraufhin haben Sie sich darauf geeinigt, dass Thurman den fälligen Betrag in Raten von jeweils hunderttausend Dollar abstottert, wobei Stettner diese Zahlungen als Überweisungen für den Aufkauf ausländischer Devisen ausweisen wollte. In Wirklichkeit fließt das Geld natürlich direkt in Stettners Taschen. Thurman bekommt allerdings ein paar getürkte Belege von ihm ausgestellt, sodass er das Ganze als Spekulationsverluste von der Steuer hätte absetzen kann. Das finde ich übrigens das Allerschönste an der Sache, Joe. Man teilt seinen auf verbrecherische Weise erworbenen Gewinn mit seinem Partner und setzt es dann von der Steuer ab.«

»Wirklich keine schlechte Idee. Und er hat bereits vier Raten an Stettner gezahlt?«

»Ja, in Abständen von jeweils einer Woche. Die letzte Rate ist heute Abend fällig. Er trifft sich mit Stettner in Maspeth, wo er die Übertragung einer Boxveranstaltung leitet. Bei dieser Gelegenheit wird er ihm einen Aktenkoffer mit hunderttausend Dollar aushändigen, und damit hat sich die Sache dann.«

»Und dann, fürchtet er, wird ihn Stettner um die Ecke bringen – weil er ihn nicht mehr braucht. Dazu kommt noch, dass seine wachsenden Gewissensbisse ein zunehmend größeres Sicherheitsrisiko für Stettner darstellen, weshalb es für Stettner vermutlich das Vernünftigste wäre, sich ihn so schnell wie möglich vom Hals zu schaffen.«

»Ganz richtig.«

»Und nun möchte er, dass du ihn beschützt«, fuhr Durkin fort. »Hat er zufällig auch gesagt, wie er sich das vorstellt?«

»Um das zu klären, wollten wir uns heute Nachmittag noch mal treffen.«

»Und dann fahrt ihr raus nach ... wie heißt diese Stinksgegend gleich wieder? Ach ja, Maspeth.«

»Wahrscheinlich.«

Er drückte seine Zigarette aus.

»Warum ausgerechnet du?«

»Weil er mich kennt.«

»Ach, er kennt dich. Woher?«

»Wir haben uns in einer Bar kennengelernt.«

»Das hast du mir bereits erzählt. In dieser Klitsche, die deinem Freund Ballou gehört. Mal ganz unter uns gesagt, was findest du eigentlich an dem Kerl?«

»Ganz einfach, er ist ein Freund von mir.«

»Bisher konnte er seinen Kopf immer wieder aus der Schlinge ziehen. Aber eines Tages wird er einen Fehler machen, und ich möchte nicht wissen, wie du dann über die Sache denkst. Eines muss man dem Kerl jedenfalls lassen: Er ist mit allen Wassern gewaschen. Aber eines Tages wird ihm das FBI was anhängen, und dann kann er sich auf einen längeren Aufenthalt in Atlanta einstellen.«

»Thurman und ich haben uns gestern Abend nur deshalb in Ballous Kneipe getroffen, weil wir uns in Ruhe unterhalten wollten. Kennengelernt haben wir uns allerdings schon am Abend zuvor in einer anderen Bar, einem Restaurant gleich bei mir um die Ecke.«

»Ihr seid euch also begegnet, weil du hinter ihm her warst. War ihm das klar?«

»Nein. Er dachte, ich wäre hinter Stettner her.«

»Wieso solltest du hinter Stettner her sein?«

Da bisher nichts darauf hingedeutet hatte, dass das Snuff-Video und Leveques Tod irgendetwas mit der Ermordung Amanda Thurmans zu tun hatten, hatte ich Durkin noch nichts darüber erzählt.

»Ursprünglich war das Ganze nur ein Vorwand, um ihn zu ködern«, sagte ich. »Zufällig besteht jedoch tatsächlich eine Verbindung zwischen ihm und Stettner, und das hat alles ins Rollen gebracht. Und jetzt denkt er, er könnte doch noch ungeschoren davonkommen, wenn er das Ganze Stettner und seiner Frau in die Schuhe schiebt.«

»Glaubst du denn, du kannst ihn überreden, hierherzukommen und ein Geständnis abzulegen, Matt?«

»Das werde ich zumindest versuchen, wenn ich mich heute Nachmittag mit ihm treffe.«

»Ich möchte, dass du dabei auf jeden Fall ein Körpermikrophon trägst.«

»Wenn du meinst.«

»›Wenn du meinst.‹ Das hättest du eigentlich schon gestern Abend tun sollen. Manchmal hat man Glück. Plötzlich kann so ein Kerl einfach nicht mehr an sich halten und schüttet einem sein ganzes Herz aus. Danach fühlt er sich gleich wesentlich besser, aber dann wacht er am nächsten Morgen auf und fragt sich plötzlich, was da am Tag zuvor eigentlich in ihn gefahren ist, und prompt macht er für den Rest seines Lebens den Mund nicht mehr auf. Warum bist du also nicht schon gestern vorbeigekommen und hast dir ein Mikro von uns geben lassen, bevor du dich mit Thurman getroffen hast?«

»Wie stellst du dir das eigentlich vor, Joe? Er hat mich gestern Abend um zehn völlig unerwartet angerufen und wollte sich gleich mit mir treffen. Wärst du außerdem um diese Zeit überhaupt noch hier gewesen?«

»So ein Mikro hätte dir auch jemand anders geben können. Dazu hättest du nun wirklich nicht mich gebraucht.«

»Klar, und ihr hättet vorher auch nur mindestens zwei Stunden rumzutelefonieren gebraucht, um eine Genehmigung zu kriegen, das blöde Ding endlich rauszurücken – ganz abgesehen davon, dass ich nicht wissen konnte, dass er mir gleich beim ersten Mal alles brühwarm erzählen würde.«

»Da hast du natürlich auch wieder recht.«

»Außerdem bin ich ziemlich sicher, dass ich ihn überreden kann, ein Geständnis abzulegen. Wenn mich nicht alles täuscht, will er nämlich genau das.«

»Das wäre natürlich nicht schlecht«, brummte Durkin. »Wenn nicht, wird er zumindest noch mal mit dir reden. Aber dann wirst du auf jeden Fall ein Mikro tragen. Du bist um vier mit ihm verabredet? Wäre das nicht auch ein bisschen früher gegangen?«

»Er hatte schon lauter Termine.«

»Na ja, Geschäft ist Geschäft. Wir treffen uns um drei hier.« Er stand auf. »Aber jetzt muss ich wieder zurück an die Arbeit.«

*   *   *

Ich machte mich zu Fuß auf den Weg zu Elaine und kaufte unterwegs einen Strauß Blumen und einen Beutel Navelorangen.

Nachdem sie die Blumen in eine Vase gestellt und die Orangen in eine blaue Glasschale gelegt hatte, sagte sie, dass es ihr schon wieder wesentlich besser ginge. »Ich fühle mich zwar noch ein bisschen schwach, aber es geht eindeutig wieder aufwärts mit mir. Und wie geht's dir? Alles in Ordnung?«

»Warum fragst du?«

»Du wirkst ziemlich müde. Ist es gestern Nacht wieder spät geworden?«

»Nein, aber ich habe schlecht geschlafen. Mein Fall steht kurz vor der Aufklärung. Es ist nur noch eine Frage von Stunden.«

»Das ging aber plötzlich schnell. Heute ist doch erst Mittwoch? Oder sind in meinem Fieberwahn ein paar Tage einfach so an mir vorbeigegangen?«

»Thurman hat dringend jemanden gesucht, dem er das Herz ausschütten konnte, und zufällig war dieser Glückliche ich. Er fühlt sich mehr und mehr in die Enge getrieben – zum Teil von mir, aber vor allem von Stettner.«

»Wer ist Stettner?«

»Der Mann mit der Gummimaske.« Darauf schilderte ich ihr in kurzen Zügen den Inhalt des Gesprächs, das ich am Abend zuvor im Grogan's mit Thurman geführt hatte. »Zufällig war ich genau zum richtigen Zeitpunkt am richtigen Ort. Ich hatte wirklich mehr Glück als Verstand.«

»Ganz im Gegensatz zu Amanda Thurman.«

»Und einer Menge anderer Leute, wie die Sache inzwischen aussieht. Aber Amanda Thurman ist es, die ihm zum Verhängnis werden wird. Mit Hilfe von Thurmans Aussage und der aktuellen Indizien müssten wir vor Gericht eigentlich problemlos gegen ihn durchkommen.«

»Warum machst du dann so ein Gesicht? Eigentlich hättest du doch allen Grund, dich zu freuen.«

»Vermutlich bin ich einfach nur ein bisschen müde.«

»Und was sonst noch?«

Ich zuckte mit den Achseln. »Keine Ahnung. Ich habe mich gestern Abend ein paar Stunden mit Thurman unterhalten. Das ging mir zwar nicht ganz so an die Nieren wie ihm, aber in Begeisterungsstürme hat mich sein Geständnis auch nicht gerade ausbrechen lassen. Vor einer Woche habe ich noch eine Art kriminelles Genie in ihm gesehen, dem das perfekte Verbrechen geglückt ist, aber inzwischen ist er für mich nur noch ein armes Würstchen, das von ein paar verteufelt raffinierten Perverslingen für ihre Zwecke eingespannt wurde.«

»Jetzt sag bloß, der Kerl tut dir auch noch leid.«

»Das nicht gerade. Er ist weiß Gott kein Unschuldslamm. Nur hatte er diesmal das Pech, an einen Kerl wie Stettner zu geraten, der noch eine Spur gerissener war als er. Ganz abgesehen davon, nehme ich ihm keineswegs alles ab, was er mir gestern erzählt hat. Nicht, dass er mich in irgendeinem Punkt rundum belogen hat, aber ich bin trotzdem fest davon überzeugt, dass er sich insgesamt in einem wesentlich günstigeren Licht dargestellt hat, als das tatsächlich der Fall ist. Unter anderem gehe ich jede Wette ein, dass Amanda nicht der erste Mensch war, den er umgebracht hat.«

»Wie kommst du denn darauf?«

»Weil Stettner nicht auf den Kopf gefallen ist. Er muss gewusst haben, dass die Polizei Thurman nach allen Regeln der Kunst ausquetschen würde, nachdem seine Frau unter so dubiosen Umständen ums Leben gekommen ist. Selbst wenn sie ihn der Tat nicht direkt verdächtigt hätten, hätten sie ihn den Hergang immer wieder schildern lassen, um auch keinen noch so kleinen Anhaltspunkt zu übersehen, der sie vielleicht auf die Spur der Mörder hätte bringen können. Demnach dürfte ihn Stettner also zur Sicherheit schon mal auf diese Prozedur vorbereitet haben und ihn, sozusagen zur Abhärtung, jemand anderen ermorden haben lassen. Nicht zuletzt war Thurman auch dabei, als er Leveque erstochen hat. Damit hat er sich eindeutig der Beihilfe zum Mord schuldig gemacht. Außerdem bin ich ziemlich sicher, dass er ein paarmal dabei war, wenn die Stettners eine ihrer Gewaltnummern abgezogen haben, die der oder die Hauptleidtragende nicht überlebt hat. Zumindest hätte ich das an Stettners Stelle getan.«

»Gott sei Dank hast du es aber nicht getan.«

»Ich bin mir auch nicht sicher, ob Thurmans plötzliche Reue nicht nur Theater ist«, fuhr ich fort. »Dass er vor Angst ganz schön die Hosen voll hat, steht dagegen völlig außer Zweifel. Aus welchem Grund sollte ihn Stettner schließlich auch noch am Leben lassen, sobald er die letzte Rate von seinem Geld bekommen hat? Es sei denn, er will Thurman auch noch den Rest der Versicherungssumme aus der Tasche ziehen. Wäre natürlich durchaus möglich, dass sich Thurman vor allem deshalb solche Sorgen macht. Er möchte nicht auch noch den Rest des Geldes verlieren.«

»Aber er könnte es doch sowieso nicht behalten – zumindest, wenn er ein Geständnis ablegt.«

»Er hat nicht vor, ein Geständnis abzulegen.«

»Aber genau das hast du doch die ganze Zeit über behauptet.«

»Ich habe nur gesagt, dass ich versuchen will, ihn dazu zu bringen. Freiwillig wird er das aber sicher nicht tun. Dazu werde ich ihn genauso manipulieren müssen, wie Stettner das getan hat.«

»Und wie willst du das schaffen? Bei einer seiner Orgien mitmachen und ihm einen blasen?«

»Das wird hoffentlich auch anders gehen.«

»Na, Gott sei Dank.«

»Die Sache ist die, Elaine, ich glaube, dass Thurman mich für seine Zwecke einspannen will. Möglicherweise will er, dass ich ihm Stettner vom Hals schaffe. Das hört sich zwar ziemlich an den Haaren herbeigezogen an, ist aber keineswegs so abwegig. Könnte durchaus sein, dass er Stettner mit meiner Hilfe in eine Situation manövrieren will, die ihm das Genick bricht. Wenn er es geschickt einfädelt, hätte er dann von Stettner nichts mehr zu befürchten.«

»Aber alles Beweismaterial, das er dir in die Hände spielt ...«

»Leite ich unverzüglich an Joe Durkin weiter ... Mist!«

»Was hast du denn plötzlich?«

»Jetzt ist es halb zwölf, und ich bin erst um vier mit ihm verabredet. Ich hätte ihn gestern Abend weiter bearbeiten sollen, sofort ein Geständnis abzulegen, anstatt ihm Zeit zu lassen, sich alles noch mal in Ruhe zu überlegen. Das einzige Problem war, dass wir beide schon ziemlich müde waren. Deshalb habe ich ihm vorgeschlagen, die Sache gleich heute Morgen hinter uns zu bringen. Aber dann kam er mit seinen Terminen an. Ich hätte ihm natürlich klarmachen können, dass er sie ohne weiteres sausen lassen könnte, weil er vorerst sowieso eine Weile aus dem Verkehr gezogen würde. Aber das hätte vermutlich keine sonderlich motivierende Wirkung gehabt. Weißt du übrigens, dass er mich schon gestern Nachmittag ein paarmal angerufen hat, aber kein Wort gesagt hat?«

»Das hast du mir bereits erzählt.«

»Wenn ich ihn schon früher zum Sprechen gebracht hätte, hätten wir vielleicht schon alles hinter uns. Andererseits hätte ich dann auch nicht mehr mit

Danny Boy sprechen können und noch nicht so gut über Stettner Bescheid gewusst.« Ich seufzte. »Na ja, irgendwie kriegen wir das schon geregelt.«

»Klar«, nickte sie. »Willst du nicht erst mal ein Stündchen schlafen? Wenn du willst, kannst du dich in mein Bett legen, oder ich mache dir schnell die Couch zurecht.«

»Ich glaube nicht, dass ich jetzt schlafen kann.«

»Es würde dir aber bestimmt gut tun. Ich wecke dich rechtzeitig auf, damit du noch Zeit hast, in Midtown North vorbeizuschauen und dich von Joe Durkin an so ein Mikro anschließen zu lassen.«

»Ich stehe doch total unter Hochspannung.«

»Was glaubst du eigentlich, wovon ich die ganze Zeit rede?«

Ich nahm an einem Mittagstreffen teil und ging dann ins Hotel zurück. Unterwegs machte ich an einem Pizzastand halt, um im Stehen eine Kleinigkeit zu essen. Vielleicht hatte das Treffen eine beruhigende Wirkung auf mich gehabt. Vielleicht lag es auch nur daran, dass ich einen vollen Bauch hatte. Jedenfalls fühlte ich mich plötzlich doch müde genug, um mich ein Stündchen hinzulegen. Ich stellte den Wecker auf halb drei und rief sicherheitshalber auch noch an der Rezeption an, dass sie mich wecken sollten. Dann zog ich die Schuhe aus, legte mich in voller Kleidung aufs Bett und war auch schon eingeschlafen, bevor ich die Augen richtig zu hatte.

Das nächste, was ich mitbekam, war, dass das Telefon klingelte. Ich setzte mich auf und sah auf die Uhr. Es war erst kurz nach zwei. Wütend riss ich den Hörer von der Gabel, um den Kerl unten an der Rezeption ordentlich zusammenzustauchen, aber es war TJs Stimme, die aus dem Hörer kam. »Wann sind Sie eigentlich mal zu Hause, Mann? Wie soll ich Ihnen erzählen, was ich rausgefunden habe, wenn ich nicht mal weiß, wie ich Sie erreichen kann?«

»Was hast du rausgefunden?«

»Wie der Junge hieß. Der jüngere, meine ich. Ich habe da rein zufällig einen Typen aufgetan, der ihn kennt. Er sagt, dass er Bobby heißt.«

»Hatte Bobby vielleicht auch einen Nachnamen?«

»Wer hat auf der Deuce schon einen Nachnamen, Matt? Ganz abgesehen davon, dass auch die meisten Vornamen nicht echt sind. Meistens sind das nur Spitznamen. Cool Pool oder Hats oder Dagwood und so. Bobby war allerdings noch nicht lang genug da, um schon einen Spitznamen zu haben. Der Typ, mit dem ich gequatscht habe, meint, Bobby wäre erst so um Weihnachten hier aufgetaucht.«

Dann ist ihm New York ziemlich schnell zum Verhängnis geworden, dachte ich unwillkürlich. Bevor ich TJ jedoch sagen konnte, dass das jetzt nicht mehr von Bedeutung wäre, weil der Mann, den ich mit Bobby gesehen hatte, wegen was anderem eingelocht würde und sich so schnell nicht mehr an irgendwelchen kleinen Jungs vergreifen würde, fuhr er bereits fort: »Woher er gekommen ist, hab ich allerdings nicht rausbekommen. Jedenfalls muss es dort eine Menge Kerle gegeben haben, die auf kleine Jungs stehen, weil er sich nämlich gleich von Anfang an auf dieses Geschäft spezialisiert hat. Er war noch kaum aus dem Bus gestiegen, als ihn bereits ein Zuhälter aufgegabelt hat, und für den hat er dann gearbeitet.«

»Welcher Zuhälter?«

»Soll ich das für Sie rausfinden? Wäre wahrscheinlich kein Problem. Würde Sie aber noch mal einen Zwanziger kosten.«

Hatte das Ganze überhaupt noch einen Sinn? Am ehesten ließe sich Stettner wegen des Mordes an Amanda Thurman belangen. In diesem Fall gab es eine Leiche, einen Zeugen und aller Wahrscheinlichkeit nach auch belastendes Beweismaterial – lauter Dinge, die sich im Fall des verschwundenen und vermutlich ermordeten Jungen namens Bobby nicht vorweisen ließen. Warum sich also die Mühe machen, seinen Zuhälter ausfindig zu machen?

Trotzdem sagte ich: »Sieh zu, was du über den Kerl herausbekommen kannst. Und das mit dem Zwanziger geht in Ordnung.«

Um drei Uhr fand ich mich in Midtown North ein. Ich wurde in ein freies Büro geführt. Dort zog ich Jackett und Hemd aus, und ein Kollege von Durkin legte mir das Körpermikro an. »Du kennst dich ja mit so was schon ein bisschen aus«, sagte Durkin. »Bei dieser Hausbesitzerin, die als Todesengel Schlagzeilen gemacht hat, hast du doch auch so ein Ding getragen.«

Ich nickte.

»Du weißt also, wie so was funktioniert. Eigentlich dürftest du mit Thurman keine Probleme haben. Wenn er allerdings mit dir ins Bett gehen will, solltest du besser das Hemd anbehalten.«

»Keine Sorge. Homosexuelle sind nicht sein Fall.«

»Ach ja, nicht die Spur pervers, der gute Richard. Möchtest du eine Weste? Wenn du mich fragst, könnte das auf keinen Fall schaden.«

»Über dem Mikro?«

»Das Ding ist aus Kevlar. Das dürfte den Empfang eigentlich nicht beeinträchtigen. Das Einzige, was so ein Ding tut, ist, eine Kugel zu stoppen.«

»Das halte ich in diesem Fall für überflüssig, Joe. Bisher hat hier noch niemand durch die Gegend geballert. Und ein Messer hält so eine Weste bekanntlich nicht ab.«

»Aber schaden kann es trotzdem nicht.«

»Hilft so ein Ding eigentlich auch gegen eine Strumpfhose um den Hals?«

»Das vermutlich nicht. Aber Spaß beiseite, Matt, ich möchte dich nur nicht völlig ungeschützt zu diesem Treffen schicken.«

»Wer sagt denn, dass du mich da hinschickst? Ich handle doch nicht in deinem Auftrag. Ich bin nichts weiter als eine Privatperson, die aus freien Stücken ihren staatsbürgerlichen Pflichten nachkommt und deshalb dieses Körpermikro trägt. Ich kooperiere zwar mit dir, aber das heißt noch lange nicht, dass du für meine Sicherheit verantwortlich bist.«

»Ich darf auf keinen Fall vergessen, das bei der Anhörung zu erwähnen, wenn du demnächst im Leichenschauhaus auftauchst.«

»Keine Sorge, dazu wird es nicht kommen.«

»Angenommen, Thurman wird heute früh beim Aufstehen klar, dass er gestern zu viel geredet hat und dich deshalb unbedingt zum Schweigen bringen muss, weil du der Einzige bist, der ihm gefährlich werden kann.«

Ich schüttelte den Kopf. »Eine bessere Lebensversicherung als mich gibt es für den Kerl doch gar nicht. Ich bin die beste Garantie dafür, dass Stettner nicht versuchen wird, ihn um die Ecke zu bringen. Hör mal, Joe, er will mich nicht umbringen. Er hat mich angeheuert.«

»Er hat dich engagiert?«

»Gestern Abend. Er hat mir sogar schon einen Vorschuss gezahlt. Hat darauf bestanden, dass ich das Geld unbedingt annehme.«

»Wie viel?«

»Hundert Dollar. Einen nagelneuen Hunderter.«

»Das war aber verdammt großzügig.«

»Ich hab' ihn nicht behalten.«

»Was heißt hier, du hast ihn nicht behalten? Du hast ihn ihm doch hoffentlich nicht zurückgegeben. Wie soll er dir da je über den Weg trauen?«

»Ich habe ihn ihm nicht zurückgegeben. Ich habe ihn weggegeben.«

»Warum? Geld stinkt nicht. Es weiß nicht, von wem es kommt.«

»Kann schon sein.«

»Geld kennt keinen Besitzer. Das ist einer unserer elementarsten Rechtsgrundsätze. Wie bist du den Hunderter losgeworden?«

»Auf dem Heimweg. Wir sind bis zur Ninth Avenue, Ecke Fifty-second Street gegangen. Dort haben sich unsere Wege getrennt. Ich habe den Hunderter dem ersten Kerl in den Becher gedrückt, der mir aus einem Hauseingang entgegengeschlurft ist und mich um Geld angehauen hat. Neuerdings betteln sie einen nämlich alle mit einem Becher an, meistens mit einen Pappbecher für Kaffee.«

»Damit man sie nicht anfassen muss. Du hast den Hunderter also dem erstbesten Penner gegeben, der dir über den Weg gelaufen ist. Was der wohl damit gemacht hat? Glaubst du, das hat irgendwas an seiner Situation geändert?«

»Ist das etwa mein Problem?«

Kapitel 17

Ich ging zu dem Haus, in dem Richard Thurman wohnte, und drückte mich auf der anderen Straßenseite in einen Hauseingang. Bis zu unserer Verabredung um vier blieben mir noch zehn Minuten, die ich damit verbrachte, die vorübergehenden Passanten zu beobachten. Ob in seiner Wohnung Licht brannte, konnte ich von meinem Standort aus nicht erkennen, da sich in den Fenstern der oberen Stockwerke das Licht der Spätnachmittagssonne brach.

Ich wartete bis Punkt vier und ließ dann noch mal zwei Minuten verstreichen, bevor ich die Straße überquerte und auf den Eingang des Hauses zuging. Ich drückte auf den Klingelknopf mit Thurmans Namen und wartete auf das leise Summen des Türöffners. Nichts rührte sich, und als ich darauf noch einmal klingelte, tat sich wieder nichts. Darauf ging ich ins Radicchio, um nachzusehen, ob er vielleicht an der Bar saß und dort auf mich wartete. Wieder Fehlanzeige. Mir fiel nichts Besseres ein, als zu meinem alten Beobachtungsposten auf der anderen Straßenseite zurückzukehren. Dort stand ich noch mal etwa zehn Minuten herum, bis ich zu der Telefonzelle an der Ecke ging und von dort in seiner Wohnung anrief. Es meldete sich jedoch nur der Anrufbeantworter, und beim Pfeifton sagte ich: »Richard, sind Sie zu Hause? Wenn ja, gehen Sie bitte dran.« Aber er ging nicht dran.

Darauf rief ich in meinem Hotel an, ob jemand eine Nachricht für mich hinterlassen hatte. Das war nicht der Fall. Ich rief bei der Auskunft an und ließ mir die Nummer von Five Boroughs geben, und als ich dort mein Glück versuchte, konnte mir seine Sekretärin nur sagen, dass er nicht im Büro war. Sie wusste weder, wo er war, noch wann er zurückerwartet wurde.

Ich überquerte wieder die Straße und klingelte bei dem Reisebüro im ersten Stock. Die Tür ging sofort auf, und ich ging in den ersten Stock hoch und wartete darauf, dass jemand auf den Flur kam und mich fragte, was ich wollte. Das war jedoch nicht der Fall, worauf ich weiter die Treppe hinaufging. Die Wohnungstür der Gottschalks war nach dem Einbruch mit neuen Schlössern versehen worden. Ohne mich jedoch lange auf dieser Etage aufzuhalten, stieg ich noch ein Stockwerk höher, blieb vor Thurmans Tür stehen und lauschte. Es war kein Laut zu hören. Als ich auf die Klingel drückte, konnte ich es irgendwo im Innern der Wohnung läuten hören. Sicherheitshalber klopfte ich trotzdem noch ein paarmal kräftig an die Tür. Aber auch das half nichts.

Darauf begann ich probeweise am Türgriff zu ruckeln. Die Tür war jedoch fest verschlossen. Sie war durch drei Schlösser gesichert. Wie viele davon tatsächlich abgeschlossen waren, konnte ich jedoch nicht feststellen. Zwei davon waren einbruchsichere Medeco-Schlösser, und alle drei waren zusätzlich mit Sicherheitsbeschlägen versehen. Außerdem war die Tür durch ein Winkeleisen, das an Tür und Rahmen angebracht war, gegen gewaltsames Aufbrechen gesichert.

Ich ging wieder nach unten und erkundigte mich in den beiden Büros im ersten Stock, im Reisebüro und in der Konzertkartenverkaufsstelle, ob dort an diesem Tag schon jemand Richard Thurman gesehen hatte und ob er vielleicht eine Nachricht hinterlassen hatte. Beides war nicht der Fall. Das gleiche fragte ich auch im Radicchio. Mit demselben Ergebnis.

Darauf zog ich mich wieder auf meinen Beobachtungsposten auf der anderen Straßenseite zurück, und um fünf rief ich noch einmal im Hotel an. Allerdings war auch in der Zwischenzeit kein Anruf für mich eingegangen, weder von Richard Thurman noch von sonst jemand. Ich legte auf und rief Durkin an.

Als ich Joe sagte, dass Thurman nicht zu unserer Verabredung erschienen war, fluchte er erst einmal ausgiebig, bevor er brummte: »Wie spät ist es jetzt? Fünf. Schon eine Stunde überfällig.«

»Er hat mich auch nicht anzurufen versucht.«

»Vermutlich sitzt der Dreckskerl schon in einer Maschine nach Brasilien.«

»Das halte ich für ziemlich unwahrscheinlich. Eher steht er irgendwo im Stau, oder er wird von einem Kunden oder Sponsor oder wem auch immer aufgehalten.«

»Oder er gibt Mrs. Stettner gerade einen Abschiedskuss.«

»Was ist schon eine Stunde, Joe? Außerdem arbeite ich für ihn. Er kann mich also ruhig warten lassen, ohne gleich fürchten zu müssen, dass ich einen Tobsuchtsanfall kriege. Außerdem weiß ich, wo ich ihn heute Abend finden kann. Eigentlich sollte ich mit ihm zu einer Boxveranstaltung nach Maspeth rausfahren, die im Fernsehen übertragen wird. Ich gebe ihm noch eine Stunde, und wenn er bis dahin noch immer nicht aufgetaucht ist, werde ich draußen in Maspeth nach ihm suchen.«

»Aber das Mikro behältst du immer schön dran.«

»Klar. Es fängt ja erst an zu senden, wenn ich es anstelle. Und das habe ich bisher noch nicht getan.«

Er überlegte kurz. »Klar.«

»Nur noch eines, Joe.«

»Ja?«

»Könntest du vielleicht jemand vorbeischicken, der mal in seiner Wohnung nachsieht?«

»Jetzt gleich?«

»Warum nicht? Würde mich jedenfalls sehr wundern, wenn er in der nächsten Stunde noch auftauchen würde. Wenn doch, fange ich ihn unten ab und gehe einen trinken mit ihm.«

»Wieso willst du unbedingt in seiner Wohnung nachsehen?«

»Einfach nur so.«

Nach kurzem Nachdenken sagte er: »Völlig ausgeschlossen, dass ich dafür einen gerichtlichen Durchsuchungsbefehl bekomme. Was sollte ich dem Richter auch als Begründung angeben? Dass er eine Verabredung mit dir hatte und nicht aufgetaucht ist und dass ich deshalb seine Wohnungstür aufbrechen will? Bis ich außerdem den Durchsuchungsbefehl bekäme, wärst du schon längst nach Maspeth rausgefahren.«

»Angenommen, du vergisst, dir einen Durchsuchungsbefehl zu besorgen.«

»Du hast vielleicht Nerven. Angenommen, wir finden in der Wohnung tatsächlich was. Das hieße automatisch, dass wir nichts damit anfangen können. Er könnte ein ausführliches schriftliches Geständnis auf dem Tisch liegen haben und dazu ein gestochen scharfes Hochglanzfoto von sich, wie er sie gerade erdrosselt, und trotzdem könnten wir es vor Gericht nicht als Beweismaterial verwenden, weil wir es bei einer nicht genehmigten Hausdurchsuchung an uns gebracht haben.« Er seufzte. »Wenn allerdings du die Tür aufbrechen würdest und ich nichts davon wüsste ...«

»Das schaffe ich nicht allein. Er hat einbruchsichere Schlösser. An denen beiße ich mir wahrscheinlich eine Woche lang die Zähne aus und bekomme sie dann doch nicht auf.«

»Dann vergiss das Ganze. Wenn wir diese Bande auffliegen lassen, dann mithilfe von Thurmans Geständnis und nicht anhand irgendwelcher Beweise, die wir in seiner Wohnung finden werden oder auch nicht.«

An diesem Punkt blieb mir nichts anderes übrig, als zu sagen, was ich schon die ganze Zeit gedacht hatte: »Und wenn er in der Wohnung ist.«

»Tot, meinst du? Dann ist ihm sowieso nicht mehr zu helfen, und er wird auch nicht wieder lebendig, ob du ihn nun heute oder erst morgen findest. Nur wenn du morgen noch immer nichts von ihm gehört hast, könnte ich einen Richter unter Umständen dazu bewegen, mir einen Durchsuchungsbefehl auszustellen. Matt, wenn er bereits tot ist, dann hat er dir nichts mehr zu sagen.« Als ich darauf nichts erwiderte, fuhr er fort: »Jetzt mal ganz ehrlich. Du bist vorhin vor seiner Tür gestanden. Hast du das Gefühl gehabt, dass er in der Wohnung ist? Tot, meine ich?«

»Ich bin doch kein Hellseher, Joe.«

»Aber als Polizist hat man für so was doch einen Riecher. Also was würdest du sagen? War er drinnen?«

»Nein«, sagte ich. »Ich hatte eigentlich das Gefühl, dass niemand in der Wohnung war.«

Um sechs war Thurman noch immer nichtaufgetaucht, und ich hatte es satt, in irgendwelchen zugigen Hauseingängen herumzustehen. Ich rief noch einmal im Hotel an, und weil ich schon dabei war, opferte ich auch noch gleich zwei Quarter, um im Paris Green und im Grogan's anzurufen. Wie nicht anders zu erwarten, hatte ihn auch dort niemand gesehen.

Nachdem sich drei Taxifahrer hintereinander geweigert hatten, mich nach Maspeth rauszufahren, stieg ich zu der U-Bahnstation in der Fiftieth, Ecke Eighth hinunter und studierte den Streckenplan. Die M Line wäre zwar direkt nach Maspeth rausgefahren, aber um zur M zu kommen, hätte ich erst ein paarmal umsteigen müssen, ganz abgesehen davon, dass ich, endlich in Maspeth angekommen, nicht gewusst hätte, wie ich von der U-Bahnstation zu der Halle kommen sollte. Ich nahm also die E-Linie zum Queens Plaza, vor dem sicher ein paar Taxis warteten, und fand dort tatsächlich einen Taxifahrer, der nicht nur den Weg nach Maspeth wusste, sondern auch wo die Halle war. Als er mich vor dem Eingang rausließ, standen an derselben Stelle wie vor einer Woche ein paar Übertragungswagen von FBCS herum.

Irgendwie übte ihr Anblick eine beruhigende Wirkung auf mich aus. Ich ging auf die schweren Lkws zu. Von Thurman war jedoch weit und breit nichts zu sehen. Ich kaufte mir eine Eintrittskarte, ging durch die Sperre und fand ziemlich genau an der gleichen Stelle, wo ich letzte Woche mit Mick gesessen hatte, einen freien Platz. Gerade hatte einer der Vorkämpfe begonnen. Die zwei Weltergewichtler, die sich im Ring gegenüberstanden, tasteten sich erst mal eine Weile ziemlich lustlos ab. Ohne weiter auf den Kampf zu achten, ließ ich meinen Blick über die roten Sitzreihen vorne am Ring wandern, wo Bergen Stettner letzte Woche gesessen hatte. Ich sah weder ihn noch den Jungen.

Der Vier-Runden-Kampf ging zu Ende. Während die Punktrichter noch ihre Wertungen abgaben, ging ich an den Ring vor und fragte den Kameramann, wo Richard Thurman war.

»Keine Ahnung, wo der Kerl steckt«, brummte er. »Sollte er denn heute hier sein? Vielleicht ist er draußen im Sendewagen.«

Ich ging nach draußen, aber auch dort wusste niemand, wo Thurman war. Ein Mann, der die Übertragung auf einem Monitor überwachte, sagte, er hätte gehört, dass der Produktionsleiter an diesem Abend erst später vorbeikommen würde, und ein anderer Techniker meinte, Thurman würde heute wohl gar nicht auftauchen. Jedenfalls schien sich wegen seines Ausbleibens niemand graue Haare wachsen zu lassen.

Ich ging wieder in die Halle und kehrte an meinen Platz zurück. Im nächsten Kampf standen sich zwei Federgewichtler gegenüber. Es waren junge Latinos, die beide kräftig zulangten, aber offensichtlich war nicht genügend Saft hinter ihren Schlägen, da der Fight über die volle Länge ging und nach Punkten entschieden wurde. Ich fand die Entscheidung der Kampfrichter völlig in Ordnung, aber das Publikum war diesbezüglich anscheinend anderer Meinung und tat dies auch lautstark kund.

Vor dem Hauptkampf, der über zehn Runden gehen sollte, standen noch zwei Acht-Runden-Kämpfe auf dem Programm. Der erste dauerte allerdings nicht annähernd so lange. Die beiden leicht übergewichtigen Schwergewichtler, die sich auch nicht gerade durch besondere technische Qualitäten auszeichneten, waren kaum eine Minute im Ring, als einer der beiden mit einer rechten Geraden ins Leere traf, sich von seinem Schwung einmal um die eigene Achse drehte und voll in einen linken Haken seines Gegners lief, der ihn mit solcher Wucht auf die Bretter schickte, dass sie ihm einen Eimer

Wasser überkippen mussten, um ihn überhaupt wieder wach zu kriegen. Das Publikum johlte vor Begeisterung.

Die Kontrahenten des letzten Vorkampfs warteten bereits in ihren Ringecken darauf, dass sie der Ansager vorstellte, als ich einen Blick zum Eingang warf und Bergen Stettner entdeckte.

Er trug weder den Gestapomantel, in dem ihn eine ganze Reihe von Leuten gesehen hatte, noch den Blazer, den er letzte Woche angehabt hatte. Diesmal trug er ein hellbraunes Wildlederjackett und ein dunkelbraunes Hemd mit einem passenden Paisley-Halstuch.

Den Jungen hatte er nicht dabei.

Er stand an der Sperre und unterhielt sich mit einem anderen Mann. Nachdem der Ansager die beiden Boxer vorgestellt hatte, ertönte der Gong und der Kampf ging los. Aber ich behielt weiter Stettner im Auge. Nach ein paar Minuten klopfte er dem anderen Mann auf die Schulter und verließ die Halle.

Ich folgte ihm nach draußen, konnte ihn aber nirgendwo entdecken. Deshalb beschloss ich, mich bei den Übertragungswagen noch mal nach Richard Thurman zu erkundigen. Allerdings rechnete ich inzwischen nicht mehr damit, dass er noch auftauchen würde.

Doch dann sah ich plötzlich Stettner hinter der Halle hervorkommen und auf die Lkws zugehen. Er sprach etwa eine Minute lang mit jemand im Übertragungswagen und entfernte sich dann wieder in die Richtung, aus der er gekommen war.

Ich wartete ein paar Minuten, bevor ich auf den Übertragungswagen zuging. Ich streckte meinen Kopf durch die Tür und fragte: »Wo zum Teufel ist eigentlich Stettner? Ich kann ihn nirgendwo finden.«

»Er war gerade hier«, sagte der Mann am Monitor, ohne sich nach mir umzudrehen. »Ist höchstens fünf Minuten her, dass er wieder gegangen ist.«

»So was Blödes. Hat er vielleicht zufällig gesagt, wo Thurman steckt?«

Erst jetzt drehte sich der Mann um. »Ach, stimmt. Sie haben ja vorher schon nach ihm gefragt. Nein, Stettner wollte auch wissen, wo er steckt. Sieht ganz so aus, als könnte sich Thurman gleich auf einiges gefasst machen.«

»Das können Sie laut sagen.«

Als ich wieder in die Halle zurückkehrte, war gerade die vierte Runde in vollem Gang. Ich hätte nicht behaupten können, dass mich der Kampf sonderlich interessierte, und da ich auch keine Lust hatte, wieder an meinen Platz zurückzukehren, kaufte ich mir an einem der Erfrischungsstände einen Becher Coke und postierte mich damit im hinteren Teil der Halle, um nach Stettner Ausschau zu halten. Er war jedoch nirgends zu sehen. Als ich meine Blicke wieder mal zum Eingang hinüberwandern ließ, bemerkte ich eine Frau, die ich im ersten Moment für Chelsea, das Nummerngirl, hielt. Bei genauerem Hinsehen wurde mir jedoch klar, dass es Olga Stettner war.

Sie hatte das lange, glatte Haar aus dem Gesicht frisiert und am Hinterkopf zu einem Knoten hochgesteckt. Man nennt so was, glaube ich, einen Dutt. Diese Frisur brachte ihre vorstehenden Wangenknochen noch stärker zur Geltung und verlieh ihr etwas sehr Strenges – ein Zug, der ihr aber vermutlich grundsätzlich anhaftete. Sie trug eine kurze dunkle Pelzjacke und kniehohe Wildlederstiefel und ließ den Blick durch die Halle wandern, als suchte sie jemand. Mir war jedoch nicht klar, ob sie nach ihrem Mann oder nach Thurman Ausschau hielt. Meiner Person galt ihr Interesse jedenfalls nicht, da mich ihr Blick ohne das leiseste Anzeichen von Erkennen streifte.

Ich weiß nicht, wie ich auf sie reagiert hätte, wenn ich nicht gewusst hätte, wer sie war. Sie war nicht nur eine ausgesprochen attraktive Frau, sondern hatte auch eine geradezu magnetische Ausstrahlung, die allerdings auch damit zusammenhing, dass ich schon so viel, um nicht zu sagen zu viel, über sie wusste. Jedenfalls war es mir ebenso wenig möglich, sie anzusehen, wie ich den Blick von ihr losreißen konnte.

Als ich am Ende des Kampfs wieder zu ihr schaute, stand plötzlich Stettner neben ihr. Stolz erhobenen Hauptes ließen sie ihre Blicke durch die Halle schweifen, als gehörte alles hier ihnen. Der Ansager verkündete die Entscheidung der Punktrichter, worauf die beiden Fighter aus dem Ring kletterten und mit ihren Trainern und Betreuern zu der Treppe links neben dem Eingang gingen. Kaum waren sie verschwunden, kamen die beiden nächsten Boxer mitsamt ihrem Tross aus den Umkleidekabinen im Keller hoch und stolzierten den Mittelgang zum Ring hinunter. Es waren zwei Mittelgewichtler, die beide schon eine stattliche Anzahl von Kämpfen hinter sich hatten. Jedenfalls hatte ich sie schon mal im Madison Square Garden gesehen. Sie waren beide Schwarze, hatten fast alle Kämpfe gewonnen, und vor allem der kleinere und dunklere von beiden hatte ordentlich Dampf hinter seinen

Schlägen. Sein Gegner war zwar nicht ganz so kräftig, dafür aber schneller, und er hatte eine größere Reichweite. Es versprach, ein interessanter Kampf zu werden.

Wie schon letzte Woche wurde vor Beginn des Hauptkampfs die in der Halle anwesende Prominenz vorgestellt. Darunter befand sich auch ein hochrangiger Lokalpolitiker, der jedoch vorwiegend mit lauten Buhrufen, begleitet von hämischem Gelächter, begrüßt wurde. Danach wurde der Ring geräumt und die beiden Boxer vorgestellt. Als ich einen kurzen Blick zu den Stettners hinüberwarf, sah ich, dass sie zu der Treppe gingen, die zu den Umkleidekabinen hinunterführte.

Ich wartete etwa eine Minute, und als der Kampf begann, folgte ich ihnen.

Die Treppe führte zu einem breiten Gang mit unverputzten Betonsteinwänden hinunter. Die erste Tür, an der ich vorbeikam, stand offen. Der Gewinner des vorangegangenen Kampfs hatte eine Flasche Smirnoff in der Hand und schenkte seinen Freunden und Betreuern daraus ein. Zwischendurch nahm er auch selbst kleine Schlucke daraus.

Ohne mich lange bei dieser kleinen Siegesfeier aufzuhalten, ging ich weiter den Flur hinunter und lauschte an einer geschlossenen Tür. Ich versuchte sie zu öffnen, aber sie war abgeschlossen.

Die nächste Tür ließ sich zwar öffnen, aber der Raum dahinter war leer. Er hatte die gleichen unverputzten Betonsteinwände und den gleichen schwarzweißen Fliesenboden wie der Flur. Ich wollte gerade zur nächsten Tür weitergehen, als ich hinter mir eine Männerstimme hörte: »He, Sie da!«

Ich drehte mich um. Es war Stettner mit seiner Frau. Er war etwa fünfzehn, zwanzig Meter von mir entfernt und kam langsam auf mich zu. »Kann ich Ihnen helfen?«, fragte er mich lächelnd. »Suchen Sie was Bestimmtes?«

»Ja«, antwortete ich. »Die Toilette.«

»Die ist oben.«

»Warum hat mich dieser Idiot dann hier runter geschickt?«

»Das dürfen Sie mich nicht fragen. Hier unten ist der Zutritt jedenfalls verboten. Wenn Sie also bitte wieder nach oben gehen würden. Die Toilette ist gleich neben dem Erfrischungsstand.«

»Ah, danke. Wo der ist, weiß ich.«

Ich ging an ihm vorbei und die Treppe hinauf. Dabei glaubte ich die ganze Zeit seine Blicke in meinem Rücken zu spüren.

Ich kehrte zu meinem Platz zurück und versuchte mich auf den Kampf zu konzentrieren. Die beiden Fighter langten zwar kräftig zu, und das Publikum ging begeistert mit, aber trotzdem merkte ich nach zwei Runden, dass ich mit meinen Gedanken ganz woanders war. Deshalb stand ich auf und verließ die Halle.

Draußen hatte es merklich abgekühlt, und es war ein frischer Wind aufgekommen. Da ich mich in dieser Gegend überhaupt nicht auskannte und auch niemand in der Nähe war, den ich nach dem Weg fragen konnte, ging ich einfach aufs Geratewohl los. Aber ich konnte weder ein Taxi noch eine Telefonzelle finden.

Zum Glück kam jedoch in der Grand Avenue nach einer Weile ein freies Taxi vorbei. Der Kerl hatte zwar weder eine Uhr noch eine Lizenz und hätte auch auf offener Straße keine Fahrgäste aufnehmen dürfen, aber außerhalb Manhattans schert sich kein Mensch um diese Bestimmungen. Erst wollte er mir für die Fahrt an einen beliebigen Punkt in Manhattan zwanzig Dollar abknöpfen. Nachdem wir uns auf fünfzehn geeinigt hatten, nannte ich ihm Thurmans Adresse. Nach kurzem Überlegen wurde mir jedoch klar, dass ich keine Lust mehr hatte, noch mal eine Stunde in einem zugigen Hauseingang herumzustehen. Deshalb ließ ich mich in mein Hotel fahren.

Die Kiste war kurz vor dem Auseinanderfallen und hatte solche Löcher und Ritzen im Fußboden, dass man die Auspuffgase durch sie aufsteigen sehen konnte. Ich kurbelte beide Rückfenster bis zum Anschlag nach unten. Im Autoradio lief Polkamusik, und die Ansagen dazwischen waren in irgendeiner unverständlichen Sprache, die ich für Polnisch hielt. Er nahm die Strecke über die Metropolitan Avenue und die Williamsburg Bridge in die Lower East Side, was in meinen Augen nicht unbedingt die kürzeste Route war. Aber da er sowieso keine Uhr laufen hatte, konnte mir das egal sein, und vielleicht war diese Strecke tatsächlich kürzer.

Der einzige Anruf, der im Hotel für mich eingegangen war, war von Joe Durkin. Er hatte mir seine Privatnummer hinterlassen. Ich ging nach oben und versuchte erst mal mein Glück bei Thurman. Als sich jedoch sein Anrufbeantworter meldete, legte ich auf und wählte Joes Nummer. Seine Frau ging dran und rief ihn ans Telefon. Als er den Hörer von ihr übernahm, sagte ich: »Thurman ist zwar nicht in Maspeth aufgetaucht, aber dafür habe ich

Stettner gesehen. Das heißt, beide Stettners. Ganz offensichtlich haben sie auch nach ihm gesucht. Ich bin also nicht der Einzige, der heute von Thurman versetzt worden ist. Von den Fernsehfritzen wusste auch keiner, wo er steckt. Sieht fast so aus, als wäre er ausgeflogen.«

»Das hat er tatsächlich versucht. Nur hat's mit dem Fliegen nicht so recht geklappt.«

»Wie bitte?«

»Im Erdgeschoss des Hauses, in dem er wohnt, ist doch ein Restaurant. Glaubst du, ich könnte mir den Namen des Ladens merken? Es heißt jedenfalls Rettich auf Italienisch.«

»Radicchio ist kein Rettich, sondern eine Salatart.«

»Meinetwegen. Jedenfalls bringt gegen halb sieben, als du gerade nach Maspeth rausgefahren bist, eine Küchenhilfe die Abfälle nach draußen und findet dabei ganz hinten, zwischen zwei Mülltonnen, einen Toten. Und jetzt rate mal, wer das war.«

»Nein!«

»Doch. Er ist aus einem Fenster im vierten Stock gefallen und sah deshalb nicht mehr ganz so gut aus wie sonst, aber von seinem Gesicht war trotzdem noch genügend übrig, um ihn zweifelsfrei identifizieren zu können. Bist du auch sicher, dass es nicht Rettich bedeutet? Ich hab das nämlich von Antonelli, und der müsste das doch eigentlich wissen.«

Kapitel 18

Für die Presse war das Ganze ein gefundenes Fressen. Richard Thurman war nur wenige Meter von der Stelle, wo seine Frau drei Monate zuvor vergewaltigt und ermordet worden war, zu Tode gestürzt. Ein aussichtsreicher Kandidat auf den Pulitzer-Preis äußerte die Vermutung, das letzte, was er in seinem Leben zu sehen bekam, könnte ein Blick in die Wohnung der Gottschalks gewesen sein, als er an ihren Fenstern vorbei in die Tiefe segelte. Mir schien das allerdings ziemlich unwahrscheinlich, da man in der Regel die Jalousien runterlässt, wenn man für sechs Monate und einen Tag nach Florida verreist. Allerdings war mir das Ganze auch wieder nicht so wichtig, um deswegen gleich einen Leserbrief zu schreiben.

Dass es Selbstmord war, schien niemand in Frage zu stellen. Lediglich was das Motiv betraf, schieden sich die Geister. Während die einen meinten, er wäre nicht über den tragischen Tod seiner Frau und seines ungeborenen Kindes hinweggekommen, mutmaßten andere, er hätte die heftigen Schuldgefühle, ihren Tod verschuldet zu haben, nicht mehr ertragen können. Ein Kolumnist der *News* versuchte anhand von Thurmans Schicksal sogar aufzuzeigen, was dabei herauskam, wenn man die zusehends materialistischere Lebenseinstellung der achtziger Jahre auf die Spitze trieb. >Wie oft bekam man in dieser Zeit zuhören, man sollte sich mit nichts geringerem als allem zufriedengeben<, wurde dazu unter anderem angeführt. >Noch vor drei Monaten hatte Richard Thurman alles: Geld auf der Bank, eine große Wohnung, eine schöne Frau, eine glänzende berufliche Zukunft, und seine Frau erwartete ein Baby. Doch von einem Tag auf den anderen wurde das alles zunichte, und die berufliche Karriere und das Geld allein reichten nicht aus, um die tiefe Leere auszufüllen, die dieser schmerzhafte Verlust in Richard Thurmans Leben hinterlassen hatte. Ganz gleich, ob man in ihm nun das Opfer eines grauenhaften Verbrechens sieht oder den Drahtzieher eines teuflischen Plans, der im letzten November auf sein eigenes Betreiben hin in die Tat umgesetzt wurde – Richard Thurman war in jedem Fall ein Mann, der alles erreicht hatte, was man im Leben erreichen kann. Und dennoch hatte er nichts mehr, woran er sich noch klammem konnte, als es ihm wieder genommen wurde.<

* * *

»Du hast wieder mal genau den richtigen Riecher gehabt«, sagte Durkin mit einem beifälligen Nicken. »Du wolltest doch nur deshalb in seine Wohnung, weil du von Anfang befürchtet hast, es könnte ihm was zugestoßen sein. Zugleich hattest du allerdings auch das Gefühl, dass er nicht zu Hause war. War er ja auch nicht. Laut Obduktionsbefund dürfte der Tod zwischen sieben und neun Uhr morgens eingetreten sein. Das könnte in etwa hinkommen. Die Küche des Italieners im Erdgeschoss macht nämlich erst um zehn auf. Und wenn schon irgendjemand vom Küchenpersonal dagewesen wäre, hätten sie eigentlich was hören müssen, als er im Hinterhof aufschlug. Andererseits kann ich mir aber auch nicht so recht vorstellen, warum nicht bis spätestens mittags jemand auf die Leiche aufmerksam geworden ist. Kann natürlich auch sein, dass man nicht viel Zeit hat, sich lange umzuschauen, wenn man eimerweise Küchenabfälle durch die Gegend schleppt. Wahrscheinlich versucht man nur, das Zeug so schnell wie möglich loszuwerden, und dann – schwupp! – schnell wieder zurück ins Warme. Außerdem lag die Leiche ziemlich weit hinten.«

Es war Freitagmorgen, und wir waren in Thurmans Wohnung. Die Spurensicherung war bereits am Abend zuvor hier gewesen, als ich mich noch in Maspeth rumgetrieben hatte. Ohne zu wissen, wonach ich eigentlich suchte, wanderte ich durch die Wohnung. Vielleicht suchte ich auch gar nichts.

»Hier ließe es sich durchaus aushalten«, meinte Durkin. »Die Einrichtung ist zwar ziemlich modern und für meinen Geschmack ein bisschen zu modisch, aber irgendwie trotzdem ganz gemütlich. Hätte ich dem Kerl gar nicht zugetraut.«

»Thurman hat sich nicht selbst aus dem Fenster gestürzt«, unterbrach ich Durkins Betrachtungen über die Wohnungseinrichtung.

»Woher willst du das wissen? Thurman schüttet jemandem – dir – sein Herz aus, kommt nach Hause, legt sich schlafen, wacht am nächsten Morgen auf und merkt, dass er lieber den Mund hätte halten sollen. Er sieht, dass er keine Chance mehr hat – was ja auch tatsächlich der Fall war, weil du ihn ohne weiteres des Mordes an seiner Frau hättest überführen können. Vielleicht meldet sich nun auch zum ersten Mal sein Gewissen. Vielleicht wird ihm auch nur klar, dass er dafür ziemlich lange einsitzen müsste, und er macht sich auch keine Illusionen, dass das kein Zuckerlecken wäre. Also eben mal kurz aus dem Fenster gesprungen, und schon bist du alle Sorgen los.«

»Dazu war Thurman nicht der Typ. Außerdem hatte er nicht vor der Polizei Angst, sondern vor Stettner.«

»Wir haben am Fenster nur seine Fingerabdrücke gefunden, Matt.«

»Stettner trug Handschuhe, als er Amanda erdrosselt hat. Die könnte er auch wieder angezogen haben, um Richard aus dem Fenster zu werfen. Schließlich hat Thurman hier gewohnt. Die Wohnung ist voll von seinen Fingerabdrücken. Außerdem könnte ihn Stettner auch unter einem Vorwand dazu gebracht haben, das Fenster zu öffnen. ›Eine Hitze ist das hier drinnen, Richard. Könntest du vielleicht kurz ein bisschen frische Luft reinlassen?‹«

»Er hat einen Abschiedsbrief hinterlassen.«

»Aber mit Maschine geschrieben.«

»Du würdest dich wundern, wie viele Selbstmörder ihre Abschiedsbriefe tippen. Der Inhalt entspricht so ziemlich dem typischen Standardabschiedsbrief. ›Gott möge mir verzeihen. Ich halte es einfach nicht mehr länger aus.‹ Jedenfalls hat er mit keinem Wort erwähnt, ob er es nun war oder nicht.«

»Weil Stettner nicht wusste, wieviel wir bereits wussten.«

»Oder weil Thurman kein Risiko eingehen wollte. Angenommen, er überlebt den Sturz und liegt anschließend mit jeder Menge Knochenbrüche im Krankenhaus. Das Letzte, was man in so einem Fall brauchen kann, ist doch, wegen so eines bescheuerten Abschiedsbriefs unter Mordanklage gestellt zu werden.«

Er drückte in einem Aschenbecher seine Zigarette aus.

»Damit will ich natürlich nicht sagen, dass es nicht so gewesen sein könnte, wie du behauptest«, räumte er ein. »Die Chancen stehen sogar relativ hoch, dass jemand ein bisschen nachgeholfen hat, als er aus dem Fenster gesprungen ist. Deshalb habe ich die Jungs von der Spurensicherung auch zu allergrößter Sorgfalt angehalten. Wir haben uns sogar umgehört, ob den anderen Hausbewohnern gestern Morgen zufällig eine unbekannte Person im Haus aufgefallen ist. Wäre natürlich schön, wenn das der Fall gewesen wäre, und noch schöner, wenn es sich dabei tatsächlich um Stettner gehandelt hätte. Aber ich kann dir jetzt schon sagen, dass dabei sicher nichts herauskommt. Und selbst wenn es so wäre, brächte uns das nicht weiter. Na schön, er ist also zum fraglichen Zeitpunkt hier gewesen. Aber was lässt sich damit schon beweisen. Thurman war noch am Leben, als er sich von ihm verabschiedet hat. Er wirkte zwar etwas abwesend und niedergeschlagen, aber wer käme deswegen schon auf die Idee, der gute Mann könnte sich das Leben nehmen? Und selbst wenn noch so klar wäre, dass alles nur erstunken und erlogen ist – wie willst du ihm das Gegenteil beweisen?«

Als ich darauf nichts erwiderte, fuhr er fort: »Und wenn schon. Das Ganze ist noch lange kein Grund, sich graue Haare wachsen zu lassen. Wir wissen, dass Thurman seine Frau umgebracht hat, und nun hat ihn seine gerechte Strafe ereilt. Das war zwar nicht unser Verdienst, sondern aller Wahrscheinlichkeit nach das von Stettner ...«

»Natürlich war es Stettner.«

»Was heißt hier ›natürlich‹? Alles, was diese Annahme stützt, sind Thurmans Aussagen, wie er sie dir gegenüber in einem vertraulichen Gespräch wenige Stunden vor seinem Tod gemacht hat. Könnte doch auch sein, dass er dir nur was vorgemacht hat.«

»Natürlich weiß ich, dass er mir was vorzumachen versucht hat, Joe. Während er so getan hat, als wäre er selbst das reinste Unschuldslamm, hat er Stettner als eine Mischung aus Charles Manson und Jack the Ripper hinzustellen versucht.«

»Jedenfalls ist das alles noch lange kein Beweis, dass es tatsächlich Stettner war. Vielleicht hatte Thurman noch ein paar andere Komplizen, vielleicht wollte er Stettner auch aus beruflichen Gründen eins auswischen. Damit will ich selbstverständlich nicht sagen, dass es wirklich so war. Ich weiß, dass das ziemlich weit hergeholt klingt. Was ich damit sagen will, ist nur: Thurman war an der Ermordung seiner Frau beteiligt und ist jetzt tot. Und ich wäre wirklich froh, wenn sich jeder Mordfall, den ich bisher hatte, so schön von selbst erledigt hätte. Und was Stettner betrifft – wenn er es wirklich war und ungeschoren davonkommt –, dann kann ich dazu nur sagen, dass kein Tag vergeht, an dem ich mich nicht mit Schlimmerem abfinden muss. Falls Stettner tatsächlich das Monster wäre, als das ihn Thurman hinzustellen versucht hat, wäre er längst aktenkundig geworden. Das ist allerdings nicht der Fall. Gegen Stettner liegt bisher keine einzige Festnahme, geschweige denn eine Verurteilung vor. Nicht mal einen Strafzettel hat der Kerl bekommen!«

»Jedenfalls hast du schon mal Erkundigungen über ihn eingezogen.«

»Na klar habe ich das. Was denkst du denn? Wenn an den Geschichten, die über den Kerl in Umlauf sind, tatsächlich was Wahres ist, würde ich ihn natürlich liebend gern hinter Gitter bringen. Aber der Bursche hat eine blütenreine Weste, zumindest auf dem Papier.«

»Praktisch ein zweiter Albert Schweitzer.«

»Das nun auch wieder nicht«, brummte Durkin. »Vermutlich ist er ein Kotzbrocken, wie er im Buch steht. Darauf würde ich sogar jede Wette eingehen. Aber das ist nun mal kein Verbrechen.«

Als ich Amanda Thurmans Bruder in Cambridge anrief, konnte ich ihm leider nicht mehr allzu viel Neues berichten. Das hatte mir bereits irgendein übereifriger Journalist abgenommen, der Warriner wegen einer Stellungnahme zu dem Vorfall angerufen hatte. »Natürlich habe ich keinen Kommentar dazu abgegeben«, versicherte er mir. »Ich wusste ja nicht mal, ob das Ganze überhaupt wahr ist. Er hat sich also selbst aus dem Fenster gestürzt.«

»So sieht es zumindest aus.«

»Aha. Wenn ich Sie richtig verstanden habe, ist das jedenfalls nicht als ein eindeutiges Ja aufzufassen.«

»Es ist nicht auszuschließen, dass er von einem Komplizen ermordet wurde. Die Polizei geht dieser Möglichkeit gerade nach. Allerdings glaube ich nicht, dass dabei viel herauskommen wird. Im Augenblick gibt es jedenfalls noch keine Hinweise, die gegen einen Selbstmord sprechen.«

»Aber Sie glauben nicht, dass es Selbstmord war.«

»Nein. Allerdings dürfte meine Meinung kaum jemanden interessieren. Erst vorgestern Abend habe ich noch ein paar Stunden mit Thurman gesprochen. Was er mir bei dieser Gelegenheit erzählt hat, hat im Wesentlichen Ihre Vermutungen bestätigt. Er hat zugegeben, Ihre Schwester ermordet zu haben.«

»Das hat er wirklich zugegeben?«

»Ja. Er hat die Hauptschuld zwar seinem Komplizen in die Schuhe zu schieben versucht, aber er hat dennoch nicht geleugnet, dass dabei auch er eine maßgebliche Rolle gespielt hat.« Das hielt ich für eine passende Gelegenheit, Warriner auf einen ganz bestimmten Punkt in Thurmans Geständnis hinzuweisen. »Dabei legte er übrigens allergrößten Wert auf die Feststellung, dass sie schon sehr bald das Bewusstsein verloren und somit das meiste gar nicht mehr mitbekommen hat.«

»Wenn Sie wüssten, wie gerne ich ihm das glauben würde.«

»Eigentlich hatten wir uns für gestern Nachmittag noch mal verabredet«, fuhr ich fort. »Ich hatte gehofft, ihn dazu bewegen zu können, zur Polizei zu gehen und ein umfassendes Geständnis abzulegen. Für den Fall, dass er dazu nicht bereit war, trug ich ein verstecktes Mikrophon am Körper, um unser Gespräch heimlich aufzuzeichnen und es notfalls der Polizei zu übergeben. Aber bevor es dazu kam ...«

»Hat er sich selbst das Leben genommen. Eines kann ich jedenfalls jetzt schon sagen: Ich bin froh, dass ich Sie engagiert habe.«

»Wieso das?«

»Glauben Sie denn nicht, dass er sich unter anderem auch aufgrund Ihrer Nachforschungen so in die Enge gedrängt fühlte, dass er keinen anderen Ausweg mehr sah, als sich ... na ja, Sie wissen schon.«

Nach kurzem Nachdenken musste ich zugeben: »Damit haben Sie vermutlich nicht ganz Unrecht.«

»Und nicht weniger froh bin ich, dass die Sache so ausgegangen ist. Irgendwie finde ich das angemessener als diese endlosen Gerichtsverhandlungen, zumal nicht einmal gesagt ist, dass er tatsächlich verurteilt worden wäre. Man hört doch immer wieder von Fällen, in denen jemand, dessen Schuld im Grunde genommen vollkommen außer Zweifel steht, freigesprochen wird.«

»So was kommt hin und wieder vor.«

»Und selbst wenn so jemand zu einer Haftstrafe verurteilt wird, dann meistens nie lange genug. Oder er wird wegen guter Führung schon nach ein paar Jahren wieder auf Bewährung entlassen. Nein, ich bin mit dem Ergebnis mehr als zufrieden, Matthew. Bin ich Ihnen für Ihre Bemühungen übrigens noch etwas schuldig?«

»Nein, Sie kriegen wahrscheinlich sogar noch eine Rückerstattung.«

»Das lassen Sie bitte unbedingt bleiben. Ich würde es Ihnen postwendend wieder zurückschicken.«

Weil wir gerade von Geld sprachen, machte ich ihn darauf aufmerksam, dass er vermutlich Ansprüche auf das Vermögen und die Lebensversicherung seiner Schwester geltend machen könnte. »Es gibt ein Gesetz, dass niemand aus den Folgen eines von ihm begangenen Verbrechens Gewinn ziehen darf«, erklärte ich ihm. »Da Thurman Ihre Schwester ermordet hat, kann er sie also nicht beerben oder ihre Versicherung beanspruchen. Ich bin zwar nicht mit den näheren Einzelheiten des Testaments Ihrer Schwester vertraut, aber ich nehme an, dass ihr ganzes Vermögen nun Ihnen zusteht.«

»Das ist anzunehmen.«

»Als erschwerend könnte sich in diesem Zusammenhang allenfalls der Umstand erweisen, dass ihm gerichtlich keine Beteiligung an der Ermordung Ihrer Schwester nachgewiesen werden konnte«, fuhr ich fort. »Und da er inzwischen tot ist, wird er auch nicht mehr unter Anklage gestellt werden. Aber Sie könnten in dieser Angelegenheit ein Zivilverfahren anstreben, und dabei gelten andere Regeln als bei einem Strafprozess. Zum Beispiel würde bei einem Zivilverfahren meinen Aussagen über den Inhalt meines Gesprächs mit Thurman ganz anderes Gewicht beigemessen. Ich würde Ihnen also auf jeden Fall raten, darüber mal mit Ihrem Anwalt zu sprechen. Wenn ich recht informiert bin, müssten Sie nämlich in diesem Fall einen nicht annähernd so lückenlosen Beweis für die Schuld des Angeklagten erbringen, wie das in einem Strafprozess erforderlich wäre. Bei Zivilverfahren werden da etwas andere Maßstäbe angelegt. Aber wie gesagt, das sollten Sie in jedem Fall erst mal mit Ihrem Anwalt besprechen.«

Er schwieg für einen Moment.

»Ich glaube nicht, dass ich das tun werde. Ich weiß zwar nicht, wie die beiden die ganze Vermögensfrage testamentarisch geregelt haben, aber ich gehe mal davon aus, dass sie sich jeweils gegenseitig beerbt haben. Und da er als letzter gestorben ist, geht vermutlich alles an seine Angehörigen.« Er hustete. »Ehrlich gestanden, habe ich nicht die geringste Lust, mich mit seinen Schwestern, Tanten und Cousinen in endlose Erbstreitigkeiten zu verwickeln. Sollen sie das Geld doch meinetwegen haben. Was sollte ich schließlich noch damit anfangen?«

»Das dürfen Sie mich nicht fragen.«

»Ich habe doch sowieso mehr Geld, als ich noch ausgeben kann. Und die wenige Zeit, die ich noch zu leben habe, ist mir viel zu schade, um sie in irgendwelchen muffigen Gerichtssälen und Anwaltskanzleien zu verbringen. Das können Sie doch sicher verstehen, oder?«

»Sehr gut sogar.«

»Das mag sich zwar alles sehr großzügig und tolerant von mir anhören, aber ...«

»Nein«, sagte ich. »So sehe ich das eigentlich nicht.«

Um halb sechs Uhr abends ging ich zu einem Treffen in der Franziskaner-Kirche gleich an der Penn Station. Die Teilnehmer waren eine interessante Mischung aus Feierabendpendlern in korrekten Business-Anzügen und abgerissenen Saufbrüdern im Anfangsstadium des Entzugs, aber sie schienen sich nicht im Geringsten aneinander zu stören.

Bei der Diskussion hob ich die Hand und sagte: »Ich hatte heute den ganzen Tag das starke Bedürfnis, was zu trinken. Im Augenblick befinde ich mich nämlich gerade in einer Situation, in der ich nichts tun kann, obwohl ich ständig das Gefühl habe, unbedingt etwas tun zu müssen. Ich habe bereits alles in meiner Macht Stehende getan, und alle anderen Beteiligten sind mit dem Ausgang der Sache restlos zufrieden, aber ich bin Alkoholiker und will alles perfekt haben, was natürlich sowieso nie möglich ist.«

Zurück im Hotel, warteten zwei Nachrichten auf mich: TJ hatte angerufen. Da ich ihn nicht zurückrufen konnte, ging ich ins Armstrong's, aß dort eine Portion Schwarze-Bohnen-Chili und fand mich dann pünktlich um halb neun zum Schritte-Treffen in St. Paul's ein. An diesem Abend wurde über den zweiten Schritt gesprochen, bei dem es darum ging, dass man an die Existenz einer höheren Macht glaubte, die allein einen wieder auf den Weg der Genesung zurückfuhren konnte. Als ich an die Reihe kam, stand ich auf und sagte: »Ich heiße Matt und bin Alkoholiker, und alles, was ich über meine höhere Macht weiß, ist, dass sie oft sehr verschlungene Pfade einschlägt, um ihre Ziele zu erreichen.« Jim Faber, der neben mir saß, flüsterte mir darauf ins Ohr, ich könnte ja immer noch als Texter für Glücksplätzchen mein Glück versuchen, wenn ich meinen Job als Detektiv mal satt bekäme.

Eine andere Teilnehmerin an dem Treffen sagte: »Wenn ein normaler Mensch morgens aufwacht und feststellt, dass sein Wagen einen Platten hat, ruft er die Pannenhilfe. Ein Alkoholiker ruft die Hotline für Selbstmordgefährdete an.«

Jim versetzte mir einen Rippenstoß.

»Auf mich trifft das aber nicht zu«, murmelte ich. »Ich hab nämlich kein Auto.«

*   *   *

Als ich ins Hotel zurückkam, hatte TJ noch einmal angerufen. Da er auch diesmal wieder nichts hinterlassen hatte, wie ich ihn erreichen konnte, duschte ich und legte mich schlafen. Gerade als ich am Hinüberdämmern war, klingelte das Telefon.

»Na, endlich erwische ich Sie mal«, maulte er. »Sie sind ja wirklich nicht gerade einfach zu erreichen.«

»Du musst gerade reden. Jedenfalls hast du jede Menge Nachrichten für mich hinterlassen.«

»Nur, weil Sie letztes Mal rumgemosert haben, dass ich keine hinterlassen habe.«

»Dafür hast du das diesmal umso gründlicher nachgeholt. Dummerweise hat das Ganze allerdings nicht viel genützt, weil ich nicht wusste, wie ich dich erreichen kann.«

»Sie meinen, ich hätte Ihnen eine Nummer hinterlassen sollen? Damit Sie mich zurückrufen können?«

»Irgendetwas in der Art jedenfalls.«

»Aber ich hab doch gar kein Telefon.«

»Das habe ich mir schon gedacht.«

»Warum ich übrigens anrufe. Ich hab rausgefunden, was Sie wissen wollten.«

»Du meinst, wer der Zuhälter war?«

»Ja, und noch so einiges.«

»Schieß los.«

»Aber doch nicht am Telefon, Mann. Wenn Sie unbedingt meinen, ließe sich vielleicht auch darüber reden, aber ...«

»Nein, du hast vollkommen recht.«

»Wäre ziemlich uncool, oder nicht?«

»Wahrscheinlich.« Ich setzte mich auf. »In der Fifty-eighth, Ecke Ninth gibt es ein Cafe, das Flame. Es liegt an der Südwestecke ...«

»Wenn es dort ist, werde ich es schon finden.«

»Also in einer halben Stunde im Flame.«

Er war bereits da und wartete vor dem Eingang auf mich. Wir gingen nach drinnen und setzten uns an einen Tisch. Als er mir mit einem leicht theatralischen Schnuppern zu verstehen gab, hier röche es aber gut, drückte ich ihm lachend eine Speisekarte in die Hand und forderte ihn auf, sich was auszusuchen. Er entschied sich für einen Cheeseburger mit Schinken, eine Portion Pommes und einen Schokoladenshake mit Sahne. Ich bestellte mir eine Tasse Kaffee und einen Muffin.

»Ich hab da ziemlich weit draußen in Alphabet City so 'ne Tussi aufgetan«, begann er. »Die hat mal für einen gewissen Juke gearbeitet. War aber vermutlich nur sein Künstlername. Mann, hatte die vielleicht Schiss vor dem Kerl! Sie ist diesem Juke schon letzten Sommer abgehauen, aber sie hat immer noch Angst, dass er sie plötzlich doch noch findet. Hat ihr wohl gedroht, dass er ihr die Nase abschneidet, wenn sie auf dumme Gedanken kommt. Sie hat sich beim Reden auch ständig an die Nase gefasst – als wollte sie sehen, dass sie noch dran ist.«

»Wenn sie schon letzten Sommer bei diesem Juke ausgestiegen ist, kann sie Bobby doch gar nicht gekannt haben.«

»Das weiß ich auch, Mann. Aber alles, was der Typ, der Bobby kannte, über seinen Zuhälter wusste, war, dass auch ...« Um ein Haar wäre ihm der Name des Mädchens rausgerutscht. Er brach jedoch gerade noch rechtzeitig mitten im Satz ab und fuhr fort: »Ich hab ihr versprochen, auf keinen Fall ihren Namen zu nennen. Vermutlich könnte ich ihn Ihnen ruhig sagen, aber ...«

»Sicher ist sicher. Außerdem brauche ich ihren Namen gar nicht. Sie hatten also beide denselben Zuhälter, aber nicht zur selben Zeit. Und als du herausgefunden hast, wer ihr Zuhälter war, wusstest du auch, wer der von Bobby war.«

»Genau so ist es.«

»Und das war ein gewisser Juke.«

»Ja. Seinen Nachnamen wusste sie nicht. Wahrscheinlich Box.« Er lachte. »Wo er wohnt, wusste sie auch nicht. Sie hat er damals in Washington Heights einquartiert, aber sie hat gesagt, dass er mehrere Wohnungen hatte, in denen er seine Pferdchen unterbrachte.« Er pickte eine Fritte von seinem Teller und tauchte sie in Ketchup. »Er ist immer auf der Suche nach neuen Jungs. Juke, meine ich.«

»Geht das Geschäft so gut?«

»Sie hat gesagt, er braucht vor allem deshalb immer neue, weil sie meistens nicht lange halten.« Er strengte sich zwar mächtig an, den Eindruck zu erwecken, als ließe ihn das alles völlig kalt, aber so ganz wollte ihm das nicht gelingen. »Er hat ihr und den anderen immer wieder klargemacht, dass es genau zwei Sorten von Touren mit einem Freier gibt. Entweder einfach oder mit Rückfahrkarte. Wissen Sie, was das bedeutet?«

»Nein.«

»Mit Rückfahrkarte kommst du wieder zurück. Einfach nicht. Wenn dich ein Freier also einfach anheuert, braucht er dich nicht mehr zurückbringen. Dann kann er mit dir machen, was er will.« Er sah auf seinen Teller. »Er kann dich sogar umbringen, wenn ihm danach ist, und für Juke wäre das völlig okay. Sie hat gesagt, dass er ihr ständig gedroht hat: ›Wenn du nicht spurst, schicke ich dich mal einfach auf Tour.‹ Und sie hat auch gesagt, dass du natürlich nie weißt, wann du auf eine einfache Tour geschickt wirst. Er sagte dann höchstens: ›Mit dem Freier hast du bestimmt keine Probleme. Der ist sicher nett zu dir. Vielleicht kauft er dir sogar ein paar schicke Klamotten.‹ Aber kaum war sie zur Tür draußen, sagte er zu den anderen: ›Nur damit ihr's wisst. Die werdet ihr bestimmt nie wieder sehen, weil ich sie nämlich gerade einfach losgeschickt habe.‹ Und ein paar fingen dann zu flennen an, wenn sie mit ihr befreundet waren. Aber das war dann auch das letzte, was sie von ihr gesehen haben.«

Als er fertig gegessen hatte, gab ich ihm drei Zwanziger und fragte ihn, ob das in Ordnung ginge. »Klar, Mann«, nickte er. »Ich weiß doch, dass Sie nicht im Geld schwimmen.«

Draußen schärfte ich ihm noch ein: »Und lass jetzt lieber deine Finger von der Sache, TJ. Versuch auf keinen Fall, noch mehr über Juke rauszufinden.«

»Ich könnte höchstens noch ein paar Typen, die ihn auch kennen, über ihn ausquetschen.«

»Nein, tu das lieber nicht.«

»Würde Sie aber nichts kosten.«

»Das ist nicht das Problem. Ich möchte auf keinen Fall, dass Juke merkt, dass du hinter ihm her bist. Sonst kann es dir nämlich passieren, dass er plötzlich hinter dir her ist.«

Er verdrehte die Augen. »Das hätte mir gerade noch gefehlt. Muss nämlich wirklich ein verdammt mieser Sack sein, hat die Kleine gesagt. Und verdammt groß ist er wohl auch – obwohl für die natürlich jeder groß aussieht.«

»Wie alt ist die Kleine überhaupt?«

»Zwölf. Aber sie ist ziemlich klein für ihr Alter.«

Kapitel 19

Am Samstag blieb ich fast den ganzen Tag zu Hause und ging nur mal kurz raus, um ein Sandwich zu essen und nicht weit von Phil Fieldings Videoverleih an einem Mittagstreffen teilzunehmen. Zehn vor acht traf ich mich vor dem Eingang der Carnegie Recital Hall in der Fifty-seventh mit Elaine. Sie hatte ein Kammermusik-Abonnement und fühlte sich inzwischen wieder fit genug, um davon Gebrauch zu machen. Der Abend wurde von einem Streichquartett bestritten. Die Cellistin war eine Schwarze mit kahlrasiertem Kopf. Die anderen drei waren Halbchinesen und gestylt wie angehende Jungmanager.

In der Pause hatten wir noch vor, anschließend ins Paris Green zu gehen und danach vielleicht auch noch einen kurzen Abstecher ins Grogan's zu machen.

Aber am Ende des Konzerts hatte unser Tatendrang so stark nachgelassen, dass wir gleich zu Elaine gingen und uns was Chinesisches kommen ließen. Ich blieb über Nacht, und am nächsten Morgen gingen wir gemeinsam zum Brunch.

Am Sonntagabend war ich mit Jim zum Abendessen verabredet, und anschließend gingen wir zum Halb-Neun-Treffen im Roosevelt Hospital.

Am Montagmorgen machte ich mich auf den Weg nach Midtown North. Da ich vorher angerufen hatte, erwartete mich Joe Durkin bereits. Ich hatte mein Notizbuch und die Kassette mit dem Snuff-Porno dabei.

»Nimm Platz«, forderte mich Durkin auf. »Kaffee?«

»Danke, ich hab schon gefrühstückt.«

»Wenn ich das nur auch von mir behaupten könnte. Wo drückt der Schuh?«

»Bergen Stettner.«

»Hab ich mir fast gedacht.« Er schüttelte den Kopf. »Wenn du dich mal in eine Sache verbeißt. Was hast du denn da?«

Ich gab ihm die Videokassette.

»Toller Film«, murmelte er nach einem kurzen Blick auf das Etikett auf der Hülle. »Was soll damit sein?«

»Die Fassung ist ein bisschen anders, als du den Film vermutlich in

Erinnerung hast. Dramatischer Höhepunkt des Ganzen ist, wie Bergen und Olga Stettner vor laufender Kamera einen Jungen ermorden.«

»Könntest du dich vielleicht etwas verständlicher ausdrücken?«

»Dazu komme ich doch gerade. Jemand hat einen anderen Film auf die Kassette überspielt. Nach fünfzehn Minuten Action mit Lee Marvin kommt plötzlich ein Heimvideo, auf dem Bergen und Olga mit einem jungen Freund zu sehen sind. Und bis das Band zu Ende ist, ist ihr junger Freund tot.«

Er griff nach der Kassette und wog sie eine Weile nachdenklich in seiner Hand. »Soll das heißen, das ist ein Snuff-Film?«

»Ein Snuff-Video, um genau zu sein.«

»Mit den Stettners drauf? Woher zum Teufel ...«

»Das ist eine lange Geschichte.«

»Ich habe Zeit.«

»Kompliziert ist sie aber auch.«

»Zum Glück ist es ja noch ziemlich früh am Morgen«, brummte er. »Ich bin noch frisch und ausgeruht.«

Ich begann mit dem Abend, an dem mich Will Haberman bat, mir das Video mal anzusehen, und erzählte Durkin die ganze Geschichte, ohne irgendetwas auszulassen. Joe hatte einen Spiralblock vor sich liegen, auf dem er sich immer wieder Notizen machte. Er unterbrach mich nur wenige Male, um sich einen Sachverhalt genauer erklären zu lassen. Ansonsten ließ er mich einfach reden.

Als ich nach fast einer Stunde schließlich fertig war, sagte er: »Eine höchst ungewöhnliche Kette von Zufällen. Wenn nicht zufällig dein Bekannter das Video ausgeliehen und sich damit an dich gewandt hätte, wäre die Verbindung zwischen Thurman und Stettner vermutlich nie an den Tag gekommen.«

»Und ich hätte Thurman auch nie dazu bringen können, mir sein Herz auszuschütten«, fügte ich nickend hinzu. »Als ich ihn damals im Paris Green in ein Gespräch verwickelt habe, habe ich das mehr oder weniger auf gut Glück getan. Jedenfalls habe ich mir eigentlich keine großen Chancen ausgerechnet, dass dabei tatsächlich was rauskommen könnte. Ich dachte mir nur, dass er Stettner von Five Boroughs Cable kennen müsste, und außerdem hatte ich beide in der New Maspeth Arena gesehen. Deshalb habe ich ihm das Phantombild ursprünglich nur in der Absicht gezeigt, um ihn ein bisschen aus der Reserve zu locken. Aber genau das hat dann den Stein ins Rollen gebracht.«

»Und ihn aus einem Fenster im vierten Stock fliegen lassen.«

»Verrückterweise haben dabei noch eine ganze Reihe anderer Zufälle eine Rolle gespielt«, fuhr ich fort. »In gewisser Weise war ich in den Fall schon verwickelt, bevor Haberman mit dem Video zu mir kam. Ein Freund von mir hat mich nämlich Leveque empfohlen, als der sich bei ihm nach einem Privatdetektiv erkundigt hat. Wenn er mich damals wirklich angerufen hätte, wäre er vielleicht noch am Leben.«

»Oder ihr wärt beide tot.« Durkin wechselte die Kassette von einer Hand in die andere, als wartete er, dass sie ihm endlich jemand abnahm. »Das werde ich mir wohl oder übel ansehen müssen«, sagte er nach einer Weile. »Wir haben im Aufenthaltsraum einen Videorecorder, falls wir ihn von den faulen Säcken loseisen können, die dort den ganzen Tag rumhängen.« Er stand auf. »Du wirst mir dabei doch Gesellschaft leisten? Nur für den Fall, dass ich einige der Feinheiten übersehen sollte.«

Der Aufenthaltsraum war leer. Er hängte ein Schild an die Tür, damit uns niemand störte. Wir ließen *Das dreckige Dutzend* im Suchlauf durchlaufen, bis die Stettners ihren Auftritt hatten. Erst machte Durkin noch ein paar zynische Bemerkungen über Olgas Verkleidung und ihre Figur, aber sobald es dann richtig losging, wurde er ziemlich schnell still. Was auf dem Video zu sehen war, verschlug einem ja auch buchstäblich die Sprache.

Als ich die Kassette am Schluss zurückspulte, murmelte er betreten: »Nicht zu fassen.«

Ich nickte nur stumm.

»Wie war das noch gleich mit dem Jungen, den sie umgebracht haben? Er hieß also Bobby?«

»Happy«, korrigierte ich ihn. »Bobby war der andere.«

»Den er beim Boxen dabeihatte? Hast du Happy überhaupt mal gesehen?«

»Nein.«

»Klar, wie solltest du auch? Er war ja längst tot, als du das Video gesehen hast – sogar schon, bevor Leveque umgebracht wurde. Wirklich ganz schön kompliziert das Ganze. Aber das hast du ja von Anfang an gesagt.« Er holte eine Zigarette heraus und klopfte sie auf seinem Handrücken fest. »Da werde ich wohl mit einer ganzen Reihe Leute reden müssen – bei uns in der Chefetage und vermutlich auch bei der Staatsanwaltschaft. Eine verdammt haarige Geschichte.«

»Ich weiß.«

»Kann ich den ganzen Krempel behalten, Matt? Bist du noch immer unter deiner alten Nummer zu erreichen? Im Hotel?«

»Ja, aber ich werde heute nur vorübergehend zu Hause sein.«

»Klar. Ich würde an deiner Stelle auch nicht damit rechnen, dass du heute schon von mir hörst. Morgen vielleicht, wenn nicht sogar erst am Mittwoch. Schließlich habe ich auch noch ein paar andere Fälle, um die ich mich kümmern muss. Aber das hier hat auf jeden Fall Vorrang.« Er nahm die Kassette aus dem Recorder. »Das ist vielleicht ein Ding«, murmelte er kopfschüttelnd. »Hast du so was schon mal gesehen?«

»Nein.«

»Wenn du wüsstest, was für eine Scheiße wir uns hier manchmal ansehen müssen. Wenn ich das gewusst hätte, als ich zur Polizei gegangen bin.«

»Ich weiß.«

»Ich hatte ja keine Ahnung«, brummte er. »Nicht den leisesten Schimmer.«

Es wurde Mittwochabend, bis er sich bei mir meldete. Als ich von dem Treffen in St. Paul's zurückkam, hatte er zweimal angerufen. Das erste Mal, um viertel vor neun, hatte er mir noch ausrichten lassen, ich sollte ihn auf dem Revier anrufen. Dann hatte er allerdings eine Dreiviertelstunde später noch mal angerufen und eine andere Nummer hinterlassen.

Als ich unter dieser Nummer anrief, meldete sich ein Mann. Ich fragte, ob ich Joe Durkin sprechen könnte. Darauf konnte ich ihn, obwohl er mit der Hand die Sprechmuschel zuhielt, rufen hören: »Ist ein Joe Durkin hier?« Wenig später kam Joe an den Apparat.

»Wo treibst du dich denn so spät noch rum?«, fragte ich.

»Keine Sorge, ich bin nicht dienstlich hier. Hör zu, hast du gerade ein paar Minuten Zeit? Ich muss dich dringend sprechen.«

»Klar.«

»Könntest du schnell hier vorbeikommen? Wo sind wir hier überhaupt? Einen Augenblick.« Kurz darauf kam er wieder an den Apparat zurück und sagte: »Also, der Laden nennt sich Pete's All-American und liegt …«

»Ich weiß, wo das ist. Also echt.«

»Wieso?«

»Ach, nichts«, brummte ich. »Denkst du, ein Sakko mit Krawatte ist für den Laden fein genug, oder soll ich lieber im Smoking anrücken?«

»Spar dir deine dummen Witze.«

»Wie du meinst.«

»Geht vielleicht nicht besonders nobel zu hier, aber das wird dich doch hoffentlich nicht stören.«

»Überhaupt nicht.«

»Ich fühle mich ja auch dementsprechend beschissen. Oder hätte ich da vielleicht lieber ins Carlyle gehen sollen? In den Rainbow Room?«

»Ich bin gleich da.«

Pete's All-American liegt in der Tenth Avenue, eine Straße weiter als das Grogan's. Obwohl die Bar schon seit Generationen zu den festen Einrichtungen dieses Viertels gehört, dürfte sie trotzdem kaum Gefahr laufen, in die Liste schützenswerter historischer Sehenswürdigkeiten aufgenommen zu werden. Das All-American war seit jeher eine Absteige der allerübelsten Sorte.

Es roch nach abgestandenem Bier und lecken Leitungen. Der Barkeeper sah nur kurz gelangweilt auf, als ich zur Tür hereinkam, und die paar alten Schluckspechte am Tresen machten sich erst gar nicht die Mühe, sich nach mir umzudrehen. Ich ging an ihnen vorbei zu dem Tisch im hinteren Teil, an dem Joe saß. Mit dem Rücken zur Wand. Vor ihm standen ein überquellender Aschenbecher, ein Glas und eine Flasche Hiram Walker Ten High. Eigentlich ist es in einem Lokal nicht erlaubt, harte Sachen flaschenweise zu servieren – das ist gegen das Gesetz –, aber es gibt trotzdem eine Menge Wirte, die schon mal ein Auge zudrücken, wenn ihnen jemand eine Dienstmarke unter die Nase hält.

»Da bist du ja«, begrüßte er mich. »Hol dir auch ein Glas.«

»Nein, danke.«

»Ach so, du trinkst ja nichts mehr.« Er griff nach seinem Glas, nahm einen Schluck, verzog das Gesicht. »Da versäumst du auch nichts. Möchtest du ein Coke oder was? Du musst dir hier deine Getränke allerdings selber holen.«

»Vielleicht später.«

»Dann setz dich.« Er drückte seine Zigarette aus. »Mein Gott, Matt. Ich kann nur sagen: Mein Gott.«

»Wieso? Was ist?«

»Scheiße.« Er griff nach der Videokassette, die neben ihm auf der Sitzbank lag, und warf sie so schwungvoll auf den Tisch, dass sie mir in den Schoß rutschte. »Pass bloß auf, dass du das Ding nicht fallen lässt«, brummte er. »Ich musste Tod und Teufel in Bewegung setzen, um sie wieder zurückzubekommen. Erst wollten sie sie nämlich nicht rausrücken. Sie wollten sie behalten.«

»Wieso? Was ist passiert?«

»Denen habe ich vielleicht ein Theater gemacht«, fuhr er fort, ohne auf meine Frage einzugehen. »Jetzt hört mal gut zu, habe ich gesagt. Wenn ihr der Sache schon nicht nachgehen wollt, dann rückt wenigstens das blöde Video wieder raus. Erst haben sie sich zwar auf dem Ohr taub gestellt, aber ich habe einen Spektakel veranstaltet, dass ihnen Hören und Sehen vergangen ist.« Er leerte sein Glas mit einem Zug und knallte es auf den Tisch. »Stettner können wir uns an den Hut stecken. Die Sache ist gestorben.«

»Was soll das heißen?«

»Hast du nicht gehört? Die Sache ist gestorben. Es wird keine Anklage gegen ihn erhoben. Ich habe mit allen möglichen Leuten bei Polizei und Staatsanwaltschaft gesprochen, und du kannst mir glauben, ich habe mir das Maul fusselig geredet, aber die haben alle nur gemeint, ich hätte da zwar eine ganze Menge hochinteressanter Fakten, die sich aber letztendlich in keinerlei Zusammenhang bringen ließen.«

»Die haben vielleicht Nerven«, sagte ich. »Immerhin haben wir eine Videoaufzeichnung, auf der ganz deutlich zu sehen ist, wie zwei Personen einen Mord begehen.«

»Möchte man meinen«, schnaubte Durkin.

»Genau das ist es zumindest, was ich gesehen habe und was mir nicht mehr aus meinem verdammten Schädel will und weswegen ich mich jetzt in diesem beschissenen Loch mit noch beschissenerem Whiskey volllaufen lasse. Aber was lässt sich mit diesem Video schon beweisen? Er hat sich eine Kapuze übergestreift, die fast sein ganzes Gesicht verdeckt, und sie hat eine Maske auf. Wer sind die beiden also? Du behauptest, es sind Bergen und seine

Olga, und ich sage, vermutlich hast du recht. Aber kannst du dir im Ernst vorstellen, die beiden vor Gericht zu zitieren und den Geschworenen dann das Video vorzuspielen, damit sie anhand dessen eine Identifizierung vornehmen? ›Gerichtsdiener, würden Sie der Angeklagten bitte das Kleid ausziehen, damit die Geschworenen einen Blick auf ihre Titten werfen und sich überzeugen können, dass es dieselben sind wie in dem Film?‹ Ihre Titten sind nämlich das einzige, was man wirklich zu sehen bekommt.«

»Und ihren Mund«, fügte ich hinzu.

»Nur hat sie da die meiste Zeit was drin stecken. Was ich damit sagen will, ist folgendes: Es spricht einiges dagegen, dass die Geschworenen dieses Video je zu sehen bekommen werden. Einen entsprechenden Antrag würde der Verteidiger mit dem simplen Hinweis abschmettern, sein Inhalt wäre aufreizenden Charakters. Und damit hätte er nicht mal Unrecht. Mich hat diese Scheiße jedenfalls zur Weißglut gebracht. Nachdem ich diesen Schund gesehen habe, hatte ich nur noch einen Gedanken: diese perversen Schweine hinter Gitter zu bringen und möglichst auch noch die Zellentür hinter ihnen zuzumauern.«

»Aber den Geschworenen kann man natürlich nicht zumuten, sich so was anzusehen.«

»Außerdem musste ich mir sagen lassen, dass es schon im Vorfeld eine ganze Reihe von Problemen zu überwinden gäbe, bevor es überhaupt so weit käme. Da ist unter anderem die Frage: Was hätte ich den Herren und Damen Geschworenen überhaupt an konkreten Anhaltspunkten vorzuweisen? Oder zuallererst: Wer wurde überhaupt ermordet?«

»Der Junge.«

»Na schön, der Junge. Aber was wissen wir schon über ihn? Dass er Happy hieß und aus Texas oder South Carolina oder sonst irgendeinem Staat kam, wo auf den Highschools viel Football gespielt wird? Und wo ist übrigens seine Leiche? Wissen wir nicht. Wann fand der mutmaßliche Mord statt? Wissen wir nicht. Wurde er tatsächlich umgebracht? Wissen wir nicht.«

»Aber du hast es doch selbst gesehen, Joe.«

»Im Fernsehen und im Kino sieht man ständig, wie irgendwelche Leute umgebracht werden. Spezialeffekte nennt man so was. Ich kann dir sagen, die kriegen das genauso realistisch hin wie Bergen und Olga.«

»Da waren keine Spezialeffekte mit im Spiel, Joe. Das war ein stinknormales Heimvideo.«

»Ist mir völlig klar, Matt. Trotzdem hat das Video keinerlei Beweiskraft, dass tatsächlich ein Mord begangen wurde. Und wenn du außerdem noch berücksichtigst, dass wir nicht den geringsten Anhaltspunkt haben, wann und wo das Ganze passiert ist und dass der Junge tatsächlich umgebracht wurde, würden wir vor Gericht ganz schön dumm dastehen.«

»Und was ist mit Leveque?«

»Was soll mit ihm sein?«

»Über seine Ermordung habt ihr doch eine ganze Akte bei euch rumliegen.«

»Nur enthält diese Akte nichts, wodurch sich irgendein Zusammenhang mit den Stettners herstellen ließe. Alles, womit du das erhärten könntest, wäre die Aussage von Richard Thurman, der dir das alles in einem vertraulichen Gespräch unter vier Augen erzählt hat, das vor Gericht keinerlei Beweiskraft hat. Und da Thurman mittlerweile das Zeitliche gesegnet hat, besteht auch keine Aussicht, dass er seine Aussage vor Gericht noch mal wiederholt. Im Übrigen hätte nicht mal Thurman den Beweis erbringen können, dass die Personen in dem Video Stettner und seine Frau waren. Er hat dir gegenüber behauptet, Leveque hätte Stettner mit einem Video zu erpressen versucht. Zugleich hat er jedoch auch gesagt, dass Stettner das Video wieder in seinen Besitz bringen konnte. Demnach kannst du persönlich noch so fest davon überzeugt sein, dass es sich dabei um ein und dasselbe Video gehandelt haben muss, und du kannst noch so viele scharfsinnige und plausible Gründe anführen, dass Leveque hinter der Kamera gestanden haben muss, als sie den Jungen massakriert haben, aber Beweis ist das noch lange keiner. Ich möchte nicht sehen, wie dir der Verteidiger an die Kehle ginge, wenn du so etwas vor Gericht auch nur andeuten würdest.«

»Und was ist mit dem anderen Jungen? Bobby? Dem jüngeren?«

Resigniert ließ Durkin die Schultern sinken.

»Mein Gott, was haben wir da schon vorzuweisen. Du hast ein Phantombild von einem Jungen, den du bei einem Boxkampf neben Stettner hast sitzen sehen. Dann hast du einen anderen Jungen, den irgendjemand für dich ausfindig gemacht hat und der behauptet, er würde den Jungen auf der Zeichnung kennen und dass er Bobby heißt. Was seinen Nachnamen betrifft oder die Frage, woher dieser Bobby kam und was aus ihm geworden ist, hakt es allerdings schon aus; das weiß er nämlich nicht. Dann hast du noch jemanden, der behauptet, Bobby hätte einen Zuhälter gehabt, der seinen meist minderjährigen Schützlingen damit gedroht hat, sie an einen Freier zu verschachern, der dann alles mit ihnen machen kann, was er will; und angeblich sind ein paar von denen nach so einer Tour tatsächlich nicht wieder aufgetaucht.«

»Der Kerl heißt Juke«, machte ich geltend. »Er dürfte nicht allzu schwer ausfindig zu machen sein.«

»Haben wir sogar schon. Ich bin zwar auch einer von denen, die man ständig fluchen hört, dass heutzutage ohne Computer offensichtlich nichts mehr geht, aber in manchen Fällen erleichtern einem diese blöden Kisten die Arbeit doch ganz enorm. Juke heißt mit richtigem Namen Walter Nicholson. Alias Juke, alias Juke Box. Angefangen hat er mit dem Knacken von Verkaufsautomaten. Daher auch sein Spitzname. Festnahmen wegen Vergewaltigung, Anstiftung Jugendlicher zu Straftaten und unsittlicher Anträge. Mit anderen Worten: lauter typische Fälle von Zuhälterei. Fast wie aus dem Lehrbuch.«

»Könntest du ihn denn nicht festnehmen lassen? Vielleicht könnte er einen Zusammenhang zwischen Bobby und Stettner herstellen.«

»Dazu müsstest du ihn erst mal zum Sprechen bringen. Und das wiederum dürfte nicht gerade einfach werden, solange du nichts hast, womit du ihm ein bisschen einheizen kannst. Und da wäre ich in diesem Fall nicht allzu optimistisch. Außerdem müsstest du auch noch jemand finden, der dir abnimmt, was so eine Type wie Juke erzählt. Aber ganz abgesehen davon, kannst du dir die Mühe sowieso sparen, weil nämlich unser Freund tot ist.«

»Stettner hat also auch ihn zum Schweigen gebracht.«

»Nein, damit hatte Stettner nichts zu tun. Er ...«

»Im Fall Thurman hatte er doch nach außen hin auch nichts mit der Sache zu tun. Verdammte Scheiße, wenn ich bloß gleich bei dir vorbeigekommen wäre und nicht noch das ganze Wochenende gewartet hätte ...«

»Matt, dieser Juke ist schon eine Woche vorher ums Leben gekommen. Stettner kann also gar nichts damit zu tun gehabt haben. Vermutlich weiß er nicht mal, dass der Kerl tot ist. Juke und ein anderer Zuhälter haben sich in einem Club in der Lenox Avenue gegenseitig erschossen. Anlass war ein Streit, bei dem es um ein zehnjähriges Mädchen ging. Muss wirklich ein heißes

Früchtchen gewesen sein, die Kleine, dass sich ihretwegen zwei erwachsene Männer gegenseitig abknallen.«

Als ich darauf nichts erwiderte, fuhr er fort: »Glaub bloß nicht, das Ganze ginge mir nicht ganz gewaltig gegen den Strich. Nachdem sie mir gestern Abend Bescheid gegeben haben, dass da absolut nichts zu machen ist, bin ich heute Morgen noch mal bei ihnen angerückt und hab's noch mal versucht. Aber sie haben selbstverständlich vollkommen recht – auch wenn sie in Wirklichkeit so falsch liegen wie nur was. Übrigens habe ich dich nur deshalb erst heute Abend angerufen, weil ich mich einfach davor gedrückt habe, mich mit dir zu treffen, um dir das alles zu erzählen – und das, obwohl ich deine Gesellschaft sonst sehr schätze, Matt.«

Er schenkte sich kräftig nach. Dabei stieg mir ein Hauch von Whiskeyaroma in die Nase, ohne jedoch irgendwelche Gelüste in mir zu wecken, obwohl in dieser Klitsche weiß Gott schlechtere Gerüche durch die Luft schwirrten.

Nach einer Weile sagte ich: »Ehrlich gestanden, überrascht mich das alles nicht mal so besonders. Mir war von Anfang an klar, dass die Sache nach Thurmans Tod nicht gerade einfach werden würde.«

»Wenn Thurman noch am Leben wäre, hätten wir sie vermutlich schnappen können. Aber da er nun mal tot ist, haben wir nicht den Hauch einer Chance.«

»Und wenn du bei deinen Ermittlungen ganz besonders gründlich vorgehst ...«

»Wie oft soll ich es dir eigentlich noch erklären, Matt? Es besteht nicht einmal ein Anlass, irgendwelche Ermittlungen anzustellen. Uns liegt keine Anzeige vor, um irgendwas zu unternehmen, und wir haben keinen berechtigten Grund, um uns einen Haftbefehl ausstellen zulassen. Wir stehen mit vollkommen leeren Händen da. Zuallererst ist dieser Stettner nicht vorbestraft. Nicht mal eine Festnahme liegt gegen ihn vor. Du glaubst zwar, er hätte Verbindungen zur Mafia, aber sein Name taucht in keinem einzigen Untersuchungsbericht auf. Der Mann hat eine absolut weiße Weste. Wohnt in der Central Park South, handelt mit ausländischen Devisen, verdient gut ...«

»Wenn das keine typische Geldwaschanlage ist.«

»Behauptest du. Aber kannst du es auch beweisen? Er zahlt brav seine Steuern, spendet beträchtliche Summen für wohltätige Zwecke, engagiert sich politisch ...«

»Ach, so ist das also.«

»Nein. Nicht, was du denkst. Er hat keine Rückendeckung von ganz oben. Niemand hat uns irgendwelche Weisungen erteilt, den Fall auf Eis zu legen. Wir sind nicht deshalb völlig machtlos gegen diesen Kerl, weil er einflussreiche Freunde hat, die ihre schützende Hand über ihn legen. Nichts davon trifft zu. Trotzdem ist er nicht irgendein hergelaufener Bimbo, den du mal ordentlich in die Mangel nehmen kannst, ohne dass sich ein Schwein daran stört. Um gegen so jemanden vor Gericht eine Chance zu haben, musst du schon handfeste Beweise vorlegen, und um dir das zu erklären, brauche ich eigentlich nur zwei Worte zu sagen. Willst du diese zwei Worte hören? Ich sage nur: Warren Madison.«

»Ach so.«

»Ja. ›Ach so.‹ Warren Madison, der Schrecken der Bronx. Handelt mit Drogen, hat mit Sicherheit vier andere Dealer gekillt und fünf weitere mit an Sicherheit grenzender Wahrscheinlichkeit. Und als sie diesen Dreckskerl schließlich in der Wohnung seiner Mutter stellen wollen, knallt er erst mal sechs Polizisten über den Haufen, bevor sie ihm Handschellen anlegen können. Ich wiederhole: sechs Polizisten!«

»Ja, ich weiß.«

»Und dann wird er von diesem Wichser Gruliow verteidigt, und was tut dieses Arschloch? Dreht den Spieß einfach um und schiebt der Polizei die Schuld in die Schuhe. Behauptet, sie hätten Madison als Spitzel für sich arbeiten lassen und ihm konfisziertes Kokain gegeben, damit er es verkauft, und irgendwann hätten sie ihn dann umgebracht, um ihn am Singen zu hindern. Hast du da noch Worte? Da werden erst mal sechs Polizisten angeschossen, und keine einzige Kugel trifft Warren Madison, und dann will dieser Rechtsverdreher der Öffentlichkeit weismachen, die Polizei hätte ein Komplott geschmiedet, um diesen Dreckskerl umzulegen.«

»Die Geschworenen haben es ihm jedenfalls abgenommen.«

»Das sieht diesen Bronx-Geschworenen ähnlich. Die hätten sogar Hitler freigesprochen und im Taxi nach Hause geschickt. Nun hatten wir es hier mit einem Dealer zu tun, von dem jeder wusste, dass er jede Menge Dreck am Stecken hat. Aber jetzt stell dir mal vor, was passiert, wenn du gegen einen angesehenen Bürger wie Bergen Stettner Anklage erhebst, ohne wirklich was

Konkretes gegen ihn in der Hand zu haben. Kapierst du langsam, was ich meine, Matt? Oder muss ich dir das Ganze noch mal von vorn erklären?«

Ich hatte es zwar kapiert, aber wir gingen trotzdem noch mal alles durch. Dabei machten sich bei Joe allerdings irgendwann doch die Folgen des Ten High bemerkbar. Über seine Augen legte sich ein glasiger Schimmer, und seine Zunge wurde beim Sprechen immer schwerer. Und dann dauerte es nicht mehr lange, bis er sich ständig zu wiederholen begann und seinen eigenen Gedanken nicht mehr folgen konnte.

»Lass uns woanders hingehen«, schlug ich deshalb vor. »Hast du vielleicht Hunger? Gehen wir wohin, wo es was Anständiges zu essen gibt. Und Kaffee.«

»Was soll'n das nun wieder heißen?«

»Nur, dass ich was zu essen vertragen könnte.«

»Quatsch. Versuch bloß nicht, mich hier rumzugängeln.«

»Tu ich doch gar nicht.«

»Und ob du das tust. Ist es das, was ihr bei euren Treffen lernt? Wie man jemand, der in Ruhe was trinken will, am meisten auf die Nerven gehen kann?«

»Nein.«

»Bloß weil du deine Probleme selbst nicht mehr in den Griff kriegst, heißt das noch lange nicht, dass Gott dich damit beauftragt hat, den Rest der Welt vom Saufen abzubringen.«

»Du hast natürlich vollkommen recht, Joe.«

»Setz dich. Wo willst du überhaupt hin, verdammt noch mal? So setz dich endlich wieder.«

»Ich möchte langsam nach Hause.«

»Hör zu, Matt, ich hab das eben nicht so gemeint. Tut mir leid.«

»War doch nicht weiter schlimm.«

Er entschuldigte sich noch einmal, und ich sagte, es wäre schon in Ordnung, und dann gewann wieder der Schnaps die Oberhand und bestärkte ihn in der Überzeugung, dass ihm der Ton, in dem ich das gesagt hatte, nicht passte. »Einen Augenblick, Joe«, sagte ich deshalb. »Bleib schön sitzen, wo du bist. Ich bin gleich wieder zurück.« Und damit verließ ich das Lokal und ging nach Hause.

Er war schon ziemlich betrunken und hatte noch eine fast volle Flasche vor sich stehen. Außerdem hatte er seinen Dienstrevolver am Gürtel hängen, und wenn mich nicht alles täuschte, war das sein Wagen, der gleich vor dem Eingang neben einem Feuerhydranten stand. Das war eine ziemlich gefährliche Kombination, aber Gott hatte mich nun mal nicht dafür ausersehen, den Rest der Welt vom Trinken abzuhalten oder dafür zu sorgen, dass jeder wohlbehalten nach Hause kam.

Kapitel 20

Als ich mich in meinem Zimmer schlafen legte, lag die Videokassette neben dem Wecker auf dem Nachttisch. Sie war das Erste, was ich am nächsten Morgen beim Aufwachen sah. Ich rührte die Kassette jedoch nicht an, sondern stand auf, frühstückte und ging los, um Verschiedenes zu erledigen. Das war am Donnerstag, und da ich am Abend nicht nach Maspeth rausfuhr, kam ich gerade rechtzeitig nach Hause, um mir den Hauptkampf im Fernsehen anschauen zu können. Aber irgendwie war das nicht dasselbe.

Es verging noch ein Tag, bis mir endlich dämmerte, dass die Videokassette eigentlich in mein Bankschließfach gehörte. Allerdings war inzwischen Samstag und die Bank geschlossen. Am Nachmittag traf ich mich mit Elaine. Wir machten einen ausgedehnten Bummel durch die Galerien von SoHo, aßen bei einem Italiener im Village und hörten uns im Sweet Basil ein Klaviertrio an. Es war ein Tag voller langer Momente der Stille, wie sie nur zwischen zwei Menschen möglich sind, die sich sehr nahe stehen. Als wir im Taxi nach Hause fuhren, hielten wir uns stumm die Hände.

Von meinem Gespräch mit Joe Durkin hatte ich ihr schon früher erzählt, und wir waren seitdem nicht mehr auf dieses Thema zu sprechen gekommen. Am Sonntag traf ich mich mit Jim Faber zu unserem obligatorischen Abendessen. Auch bei dieser Gelegenheit verlor ich kein Wort über die ganze Angelegenheit. Ich dachte zwar im Lauf des Abends ein paarmal daran, aber ich verspürte kein Bedürfnis, mit Jim darüber zu sprechen.

Im Nachhinein mag es vielleicht seltsam klingen, aber ich dachte damals nur sehr wenig an die ganze Geschichte. Das lag nicht daran, dass mir in dieser Zeit so viel anderes durch den Kopf ging. Auch sportlich war damals nicht viel los, was mich hätte ablenken können. Das Ganze fiel nämlich genau in die Zeit zwischen der Super Bowl und dem Beginn der neuen Saison.

Meiner Überzeugung nach besteht der menschliche Geist aus einer ganzen Reihe verschiedener Bewusstseinsebenen und ist deshalb keineswegs nur auf das logisch-rationale Denken angewiesen, wenn es gilt, für eine schwierige Frage eine Lösung zu finden. Wenn in meinem Leben irgendein größeres Problem auftritt, gehe ich nie so an die Sache heran, dass ich mich hinsetze und ganz gezielt darüber nachdenke. Früher oder später komme ich in den meisten Fällen ganz von selbst auf die Lösung, wenn ich genügend Fakten zusammengetragen habe. Wenn allerdings auch noch eine gewisse geistige Eigenleistung meinerseits erforderlich ist, kommt dieser Prozess nie ohne längeres angestrengtes Nachdenken aus, das sich allerdings nicht auf einer bewussten Ebene abspielt. Vielmehr werden dann die verfügbaren Daten in irgendeiner tieferen Bewusstseinsschicht so lange hin und her geschoben, bis sie sich zu einem sinnvollen Ganzen zusammenfügen und in mein Bewusstsein hochsteigen, was immer mit einem großen Aha-Erlebnis verbunden ist.

Deshalb nehme ich an, dass ich in diesem Fall auf einer gänzlich unbewussten Ebene den Entschluss fasste, die Sache mit den Stettners erst einmal auf sich beruhen zu lassen und mir vorerst aus dem Kopf zu schlagen (beziehungsweise in eine tiefere Bewusstseinsschicht absinken zu lassen), bis ich mehr Klarheit hatte, wie ich im Weiteren vorgehen sollte.

Es dauerte nicht allzu lange, bis mir das klar wurde. Was dabei allerdings herauskam, ist eine andere Sache.

Am Dienstagmorgen rief ich bei der Auskunft an und erkundigte mich nach der Nummer von Stettners Wohnung in der Central Park South. Die junge Frau, die ich dran bekam, erklärte mir allerdings, sie dürfe mir die Nummer nicht geben, weil es sich um eine Geheimnummer handle. Aber sie machte mich von sich aus darauf aufmerksam, dass für denselben Fernsprechteilnehmer ein Büroanschluss in der Lexington Avenue eingetragen wäre. Ich lehnte dankend ab, legte auf und wählte noch einmal die Nummer der Auskunft. Diesmal bekam ich einen Mann dran. Ich gab mich als Polizeibeamter aus und nannte ihm, um das Ganze glaubhafter zu machen, einen Namen und eine Dienstnummer. Ich sagte, dass ich eine nicht eingetragene Nummer bräuchte, und gab ihm Namen und Adresse durch. Er suchte mir die Nummer raus, worauf ich mich bei ihm bedankte, auflegte und die Nummer wählte.

Es meldete sich eine Frau. Ich fragte, ob ich Mr. Stettner sprechen könnte. Als sie mir darauf sagte, dass er im Moment nicht zu Hause wäre, fragte ich sie, ob sie Mrs. Stettner wäre. Das bejahte sie nach kurzem Zögern.

Darauf sagte ich: »Mrs. Stettner, ich habe etwas, das Ihnen und Ihrem Mann gehört, und ich nehme an, dass Sie sehr daran interessiert sind, es zurückzubekommen.«

»Mit wem spreche ich bitte?«

»Mein Name ist Scudder«, antwortete ich. »Matthew Scudder.«

»Ich glaube nicht, dass ich Sie kenne.«

»Wir sind uns schon mal begegnet, aber ich glaube nicht, dass Sie sich noch an mich erinnern können. Ich bin ein Freund von Richard Thurman.«

Darauf trat eine längere Pause ein. Vermutlich überlegte sie, ob sie zugeben sollte, dass sie Thurman gekannt hatte. Offensichtlich fiel ihre Entscheidung positiv aus.

»Wirklich tragisch, diese Geschichte mit Richard«, heuchelte sie. »Für meinen Mann und mich war das ein schrecklicher Schock.«

»Das kann ich mir denken.«

»Und Sie sagen, Sie waren mit Richard befreundet?«

»Ja. Ich war auch ein guter Freund von Arnold Leveque.«

Wieder eine Pause. »Von wem?«

»Noch so ein tragischer Fall.«

»Könnten Sie sich vielleicht etwas deutlicher ausdrücken?«

»Er ist ebenfalls tot.«

»Das ist natürlich sehr bedauerlich, aber ich habe diesen Mann nicht gekannt. Wenn Sie mir vielleicht sagen könnten, was Sie eigentlich wollen ...«

»Am Telefon? Sind Sie sicher, dass Sie das möchten?«

»Mein Mann ist im Augenblick leider nicht hier. Aber wenn Sie mir Ihre Nummer hinterlassen, ruft er Sie zurück, sobald er nach Hause kommt.«

So leicht ließ ich mich jedoch nicht abwimmeln. »Ich habe eine Videokassette, die Leveque aufgenommen hat«, fuhr ich deshalb fort. »Wollen Sie wirklich, dass ich Ihnen am Telefon erzähle, was darauf alles zu sehen ist?«

»Nein.«

»Ich möchte unter vier Augen mit Ihnen sprechen. Nur mit Ihnen. Ohne Ihren Mann.«

»Wenn Sie meinen.«

»Am besten in einem Lokal. Allerdings sollte dort nicht zu viel los sein – damit wir uns ungestört unterhalten können.«

»Lassen Sie mich mal überlegen.«

Das tat sie dann auch, mindestens eine Minute lang, bevor sie vorschlug: »Wissen Sie, wo ich wohne? Natürlich. Müssen Sie wohl. Sie haben ja sogar meine Telefonnummer. Wie haben Sie die übrigens herausbekommen? Eigentlich dürfen sie doch eine Geheimnummer gar nicht herausgeben.«

»Wahrscheinlich ist jemandem bei der Auskunft ein Versehen unterlaufen.«

»Was sollte das für ein Versehen gewesen sein? Ach, jetzt verstehe ich. Sie haben die Nummer von Richard. Aber ...«

»Was?«

»Nichts. Sie kennen also meine Adresse. Unten im Haus ist eine Bar. Tagsüber ist dort kaum was los. Am besten, wir treffen uns dort. In einer Stunde.«

»In Ordnung.«

»Augenblick noch. Wie werde ich Sie erkennen?«

»Nicht nötig. Ich kenne Sie. Aber vergessen Sie nicht, die Maske aufzusetzen und die Bluse auszuziehen.«

Die Bar hieß Hadrian's Wall. Hadrian war ein römischer Kaiser, und die nach ihm benannte Mauer war ein steinerner Schutzwall, der quer durch Nordengland lief, um die römischen Siedlungen vor Überfällen der im Norden ansässigen Barbarenstämme zu schützen. Wieso nun allerdings ausgerechnet eine Bar nach diesem historischen Bauwerk benannt worden war, war mir eine Spur zu hoch. Der Einrichtung war auf den ersten Blick anzusehen, dass sie sehr teuer gewesen sein musste, auch wenn sich die Architekten in der hohen Kunst des Understatements geübt hatten. Was dabei herauskam, waren rote Ledersitzbänke und schwarze Resopaltischchen. Die indirekte Beleuchtung war sehr gedämpft, die Musik kaum hörbar.

Ich war fünf Minuten früher da, nahm an einem der Tische Platz und bestellte ein Perrier. Sie verspätete sich zehn Minuten und kam durch einen zweiten Eingang, der direkt in die Eingangshalle des Hauses führte. Sie blieb in dem bogenförmigen Durchgang stehen und ließ ihren Blick durch den Raum wandern. Um mich ihr zu erkennen zu geben, stand ich auf, worauf sie ohne Zögern auf meinen Tisch zusteuerte. »Ich hoffe, ich habe Sie nicht allzu lange warten lassen«, entschuldigte sie sich. »Ich bin Olga Stettner.«

»Matthew Scudder.«

Sie reichte mir die Hand, und ich ergriff sie. Sie fühlte sich kühl und glatt und fest an, wie eine Eisenhand in einem Samthandschuh. Ihre langen, leuchtend rot lackierten Fingernägel hatten denselben Farbton wie ihr Lippenstift.

In dem Video waren auch noch ihre Brustwarzen farblich auf ihr Make-up abgestimmt gewesen.

Kaum hatten wir uns gesetzt, stand bereits ein Kellner an unserem Tisch. Sie sprach ihn mit dem Vornamen an und bestellte ein Glas Weißwein. Ich bat ihn, mir noch ein Perrier zu bringen. Olga Stettner und ich sahen uns nur schweigend an. Erst als der Kellner unsere Getränke gebracht und sich wieder entfernt hatte, sagte sie: »Wenn mich nicht alles täuscht, habe ich Sie schon mal gesehen.«

»Ich habe Ihnen doch gesagt, dass wir uns schon mal begegnet sind.«

»Wo war das nur wieder?« Sie dachte kurz nach. Jetzt fällt es mir wieder ein. Beim Boxen. Unten bei den Umkleidekabinen. Sie haben sich dort rumgetrieben.«

»Ich habe nach der Toilette gesucht.«

»Stimmt, das haben Sie gesagt.« Sie hob ihr Weinglas und nahm einen kleinen Schluck. Eigentlich befeuchtete sie sich nur die Zungenspitze damit. Sie trug eine dunkle Seidenbluse und einen gemusterten Seidenschal, der am Hals mit einer Nadel zusammengehalten war. Der Stein sah aus wie ein Lapislazuli, und auch ihre Augen wirkten blau, obwohl das wegen der gedämpften Beleuchtung nicht mit Sicherheit zu erkennen war.

»Also, was wollen Sie?«, kam sie ohne Umschweife zur Sache.

»Sollte ich Ihnen nicht lieber erst sagen, was ich habe?«

»Wie Sie meinen.«

Ich begann damit, dass ich mal bei der Polizei gewesen war, was sie nicht sonderlich zu überraschen schien. Es muss mir wohl anzusehen sein. »Bei einer Großrazzia am Times Square«, fuhr ich fort, »ging uns unter anderem ein gewisser Arnold Leveque in die Fänge. Er war Verkäufer in einem Sex-Shop, und wir verhafteten ihn wegen Besitz und Verkauf von pornographischem Material.

Ein paar Jahre später quittierte ich meinen Dienst. Zufällig wandte sich nun im April letzten Jahres eben dieser Arnold Leveque an mich. Er hatte gehört, dass ich inzwischen als Privatdetektiv arbeitete. Ich hatte den guten Arnie zwar schon eine Ewigkeit nicht mehr gesehen, aber er war noch immer der alte. Vielleicht noch ein bisschen fetter, aber sonst hatte er sich nicht verändert.«

»Warum erzählen Sie mir das alles? Ich kenne diesen Mann nicht.«

Ohne darauf einzugehen, fuhr ich fort: »Nach einigem Hin und Her erzählte mir Arnie schließlich, dass er von ein paar Leuten als Kameramann angeheuert worden war, um mit ihnen in irgendeinem Kellerloch einen Film zu drehen. Was mich persönlich betrifft, kann ich mir zwar nicht vorstellen, dass ich groß in Stimmung kommen könnte, wenn so ein schleimiger Typ wie Arnie dabei zusieht, aber auf Sie scheint das wohl einen gewissen perversen Reiz ausgeübt zu haben.«

»Wovon reden Sie überhaupt?«

Ich trug kein Abhörmikrophon am Körper, aber das hätte mir auch nicht viel genützt. Sie verriet sich mit keinem Wort. Ihren Blicken nach zu schließen, wusste sie zwar sehr genau, wovon die Rede war, aber sie gab sich große Mühe, sich durch kein unbedachtes Wort zu verraten.

»Wie bereits gesagt«, fuhr ich fort, »wollte Arnie erst nicht so recht mit der Sprache rausrücken. Er hatte sich das Band überspielt und hatte vor, es für viel Geld zu verkaufen. Für wie viel genau, wollte er mir allerdings nicht sagen. Zugleich hatte er jedoch Angst, der Käufer könnte vielleicht gar nicht zahlen wollen, weshalb er sich an mich wandte. Ich sollte gewissermaßen zur Verstärkung mitkommen, damit der Interessent nicht auf dumme Gedanken kam.«

»Und das haben Sie gemacht?«

»Das war der Punkt, an dem sich Arnie selbst ein Bein gestellt hat. Er wollte jemanden als Rückendeckung, aber er war nicht an einem Partner interessiert. Er wollte den ganzen Gewinn allein einstreichen, während für mich bestenfalls ein Tausender Honorar abgefallen wäre. Deshalb beschloss er, die Sache lieber allein in die Hand zu nehmen. Was dabei allerdings herauskam, hat man ja gesehen. Er wurde bei der Übergabe in einem dunklen Hinterhof irgendwo in Hell's Kitchen von seinem Kunden erstochen.«

»Wie bedauerlich.«

»Tja, so was soll hin und wieder vorkommen. Man kann einfach niemandem mehr trauen. Sobald ich von der Sache Wind bekam, fuhr ich zu Arnies Wohnung, hielt der Hausmeisterin ein Stück Blech unter die Nase und sah mich ein bisschen bei ihm um. Dass ich dort viel finden würde, hatte ich von

Anfang an nicht erwartet, weil ja die Polizei bereits dagewesen war, und selbst vor ihnen muss schon jemand in der Wohnung gewesen sein, weil nämlich Arnies Schlüssel fehlten, als seine Leiche entdeckt wurde. Deshalb war mir von vornherein klar, dass dort nicht mehr allzu viel zu holen wäre.«

Ich sah sie einen Moment schweigend an.

»Die Sache ist allerdings die«, fuhr ich schließlich fort. »Ich wusste, dass Arnie eine zweite Kopie des Films hatte. Immerhin so viel hatte er mir erzählt. Also nahm ich sämtliche Kassetten, die noch bei ihm rumlagen, mit zu mir nach Hause. Es müssen an die vierzig Stück gewesen sein, lauter alte Schwarzweißfilme, bei denen Sie sofort auf einen anderen Sender umschalten würden, wenn sie im Fernsehen kämen. Aber er war ganz verrückt nach diesen alten Schwarzweißstreifen. Ich setzte mich also vor den Fernseher, machte den Videorecorder an und sah sie mir der Reihe nach an. Und ob Sie's glauben oder nicht, auf einer Kassette war was anderes drauf, als auf dem Etikett stand. Ich ließ sie wie die anderen im Suchlauf durchlaufen, als plötzlich mitten im Film ein Junge zu sehen war, der an ein Metallgestell wie aus einer Folterkammer der spanischen Inquisition gefesselt war. Und wenig später hatte eine auffallend gut aussehende Frau in Lederhose, Lederhandschuhen, hochhackigen Schuhen und sonst nichts ihren Auftritt. Wie ich sehe, haben Sie auch jetzt eine Lederhose an. Allerdings dürfte das nicht dieselbe wie auf dem Video sein. Bei der war nämlich der Schritt ausgespart.«

»Was war auf diesem Video zu sehen?«

Ich erzählte ihr gerade genug, um alle Zweifel auszuräumen, dass ich den Film tatsächlich gesehen hatte. »Handlungsmäßig gab das Ganze nicht viel her, aber der Schluss hatte es wirklich in sich. Vor allem die letzte Einstellung – wirklich sehr symbolträchtig das viele Blut, das über den schwarzweißgekachelten Boden in das Abflussloch floss. Da hat sich Arnie zu ungeahnten bildgestalterischen Höhen aufgeschwungen, das muss man ihm wirklich lassen. Ach, noch ein Wort zu den schwarzweißen Fliesen. Genauso einen Boden haben sie übrigens auch in den Umkleidekabinen der Halle in Maspeth draußen. Wenn das kein Zufall ist.«

Sie stieß einen kaum hörbaren Pfiff aus. Obwohl sie noch ein halb volles Glas Wein vor sich stehen hatte, rührte sie es nicht an, sondern griff stattdessen nach meinem Glas mit Perrier. Sie nahm einen Schluck davon und stellte es wieder zurück. Dieser scheinbar bedeutungslosen Geste haftete etwas seltsam Intimes an.

»Sie haben vorhin den Namen Richard Thurman fallen gelassen«, sagte sie nach einer Weile.

Ich nickte. »Darauf wollte ich gerade kommen. Ich hatte also Arnies Video. Doch was hätte ich damit anfangen sollen? Leider hat er mir nicht verraten, wer die Leute waren, denen er es verkaufen wollte. Ich hatte also diese Videoaufnahme, für die jemand sehr viel Geld gezahlt hätte. Das Problem war jetzt nur: wie an diese Leute herankommen? Natürlich lief ich von jetzt an immer mit weit aufgesperrten Augen und Ohren durch die Gegend, aber was hätte mir das schon groß genützt, wenn ich nicht zufällig einem Kerl in einem Latexanzug über den Weg gelaufen wäre, dem vorne sein Sie-wissen-schon raushing?«

Ich nahm mein Glas und drehte es so, dass ich von der Stelle trank, die ihre Lippen berührt hatten. Ein Fernkuss sozusagen.

»Doch dann kam eines Tages Thurman ins Spiel«, fuhr ich fort. »Seine Frau war auf tragische Weise ums Leben gekommen, was in der Öffentlichkeit Anlass zu einigen Spekulationen gab, ob er an ihrem Tod wirklich so unschuldig war, wie er behauptete. Ich lernte ihn rein zufällig in einer Bar kennen, und da er beim Fernsehen war, kamen wir fast zwangsläufig auf Arnie zu sprechen, weil der nämlich früher mal für CBS gearbeitet hatte. Und komischerweise fiel dabei auch Ihr Name.«

»Mein Name?«

»Ja. Ihrer und der Ihres Manns. Ziemlich ungewöhnliche Namen, die man auch nach einer durchzechten Nacht nicht so schnell vergisst. Da Thurman schon ziemlich tief ins Glas geschaut hatte, ließ er bei dieser Gelegenheit eine Reihe höchst aufschlussreicher Andeutungen fallen. Deshalb schlug ich ihm vor, uns noch einmal etwas ausführlicher zu unterhalten, aber bevor wir dazu kamen, war er bereits tot. Er soll sich selbst aus dem Fenster gestürzt haben.«

»Wirklich sehr bedauerlich.«

»Und sehr tragisch, wie Sie bereits am Telefon bemerkt haben. An dem Tag, an dem er ums Leben kam, war ich in Maspeth draußen. Wir hatten uns dort verabredet, und er wollte mir Ihren Mann zeigen. Thurman erschien allerdings nicht mehr zu unserem Termin – vermutlich war er zu diesem Zeitpunkt bereits tot –, aber er brauchte mir Ihren Mann gar nicht mehr zu zeigen, weil ich Sie beide nämlich auch ohne Thurmans Hilfe erkannt habe. Anschließend ging ich nach unten zu den Umkleidekabinen und wurde dabei auf den Fußboden aufmerksam. In den Raum, in dem Sie den Film gedreht haben, konnte ich allerdings keinen Blick werfen, da es vermutlich einer von denen war, deren Türen abgeschlossen waren. Oder Sie haben ihn in der Zwischenzeit neu eingerichtet.« Ich hob die Schultern. »Aber das tut jetzt nichts mehr zur Sache – ebenso wenig, wie es noch etwas zur Sache tut, was Thurman mir noch erzählen wollte oder ob vielleicht jemand ein bisschen nachgeholfen hat, als er aus dem Fenster gestürzt ist. Für mich zählt im Augenblick nur, dass ich in der glücklichen Lage bin, jemandem einen Gefallen zu tun, den sich der Betreffende vermutlich einiges kosten lassen wird.«

»Was wollen Sie?«

»Was ich will? Das ist nicht weiter schwer zu beantworten. Im Prinzip will ich dasselbe wie Arnie. Allerdings mit einem kleinen Unterschied.« Ihre Hand lag nur wenige Zentimeter von meiner entfernt auf dem Tisch. Ich streckte einen Finger aus und strich damit über ihren Handrücken. »Ich will nicht dasselbe Schicksal erleiden wie er.«

Sie saß nur da und ließ ihren Blick auf unseren Händen ruhen. Nach einer Weile legte sie ihre Hand auf die meine und schaute mir in die Augen. Jetzt konnte ich ganz deutlich erkennen, dass sie von einem auffallend leuchtenden Blau waren. Es fiel mir nicht leicht, mich von ihren Blicken nicht gefangen nehmen zu lassen.

»Matthew«, sagte sie, als wollte sie den Klang meines Namens auf der Zunge auskosten. »Nein, ich werde Sie lieber Scudder nennen.«

»Ganz, wie Sie wollen.«

Sie stand auf. Erst dachte ich, sie wollte gehen, aber stattdessen kam sie nur um den Tisch herum und winkte, damit ich ein Stück zur Seite rutschte. Dann setzte sie sich neben mich auf die Bank und legte ihre Hand wieder auf die meine.

»Jetzt sind wir schon mal auf derselben Seite«, sagte sie.

Sie hatte sich kräftig einparfümiert. Ein ziemlich schwerer Duft. Hätte mich auch gewundert, wenn sie wie ein taufrischer Frühlingsmorgen geduftet hätte.

»Sie werden sicher verstehen, dass ich mich eben nicht näher zu ihren Behauptungen äußern wollte«, fuhr sie fort. Man hätte eigentlich nicht sagen können, dass sie einen Akzent hatte. Trotzdem hatte sie einen leichten, aber unverkennbaren europäischen Einschlag. »Wäre jedenfalls ziemlich riskant gewesen, wenn ich eben etwas Konkretes gesagt hätte. Könnte ja sein, dass Sie irgendwo unter Ihrer Jacke ein Mikrophon versteckt haben und damit unser Gespräch auf Band festhalten.«

»Ich habe kein Abhörgerät bei mir.«

»Woher soll ich das wissen?« Sie drehte sich zu mir herum und legte mir ihre Hand auf die Brust, direkt unter dem Krawattenknoten. Dann ließ sie ihre Finger über die Krawatte und unter mein Jackett gleiten, um dort sehr gründlich meine Brust abzutasten.

Als sie damit fertig war, sah ich sie an. »Ich hab's Ihnen doch gesagt.«

»Ja«, hauchte sie. Ihre Lippen waren inzwischen ganz dicht an meinem Ohr, und ihr warmer Atem streifte meine Wange. Und dann spürte ich plötzlich, wie sich ihre Hand auf meinen Oberschenkel legte und an seiner Innenseite nach oben glitt. »Hast du das Video dabei?«

»Nein, es liegt in einem Bankschließfach.«

»Schade. Sonst hätten wir nach oben gehen und es uns gemeinsam ansehen können. Was ist in dir vorgegangen, als du es dir angesehen hast?«

»Ich weiß nicht.«

»Was heißt hier, ich weiß nicht? Das ist doch keine Antwort. Es hat dich doch scharf gemacht, oder etwa nicht?«

»Schon möglich.«

»Schon möglich. Und was ist das da, Scudder? Er steht dir doch, dass es fast die Tischplatte abhebt. Ich müsste dich nur ein bisschen streicheln, um dir einen runterzuholen. Wie fändest du das?«

Als ich darauf nichts erwiderte, fuhr sie fort: »Ich muss zugeben, ich bin auch schon ganz schön in Fahrt. Übrigens hab ich nichts an unter meiner Hose. Ist ein geiles Gefühl, wenn man unter so einer engen Lederhose keinen Slip trägt und plötzlich feucht wird. Willst du mit mir nach oben kommen? Ich könnte dort ein paar Dinge mit dir anstellen, dass dir Hören und Sehen vergeht. Weißt du noch, was ich mit dem Jungen gemacht habe?«

»Du hast ihn umgebracht.«

»Glaubst du wirklich, er hat es so schlecht getroffen?« Sie rutschte näher an mich heran und nahm mein Ohrläppchen zwischen ihre Zähne. »Drei Tage lang haben Bergen und ich mit ihm rumgevögelt, bis er nicht mehr wusste, wo oben und unten ist. Wir haben es ihm nach allen Regeln der Kunst besorgt, und dazu konnte er sich noch Stoff reinziehen, soviel er wollte. So viel Spaß, wie er in diesen drei Tagen hatte, haben manche ihr ganzes Leben lang nicht.«

»Vom Ausgang der ganzen Geschichte dürfte er dann allerdings weniger begeistert gewesen sein.«

»Na schön, dann wurde es tatsächlich ein bisschen unerfreulich für ihn.« Ihre Hand streichelte mich im Rhythmus ihrer Worte. »Und hundert Jahre ist er auch nicht alt geworden. Aber wer will das schon?«

»Demnach ist er also glücklich und zufrieden gestorben.«

»Nicht umsonst hieß er Happy.«

»Ich weiß.«

»Sieh mal einer an. Das wusstest du? Aber du bildest dir doch hoffentlich nicht ein, dass dir am Schicksal dieses Jungen etwas liegt? Wenn das wirklich der Fall wäre, Scudder, wie kommt es dann, dass du jetzt einen Steifen hast?«

Eine berechtigte Frage. »Ich habe nie behauptet, dass es mir dabei um ihn geht.«

»Worum geht es dir dann?«

»Ich möchte für das Video Geld haben – und lange genug am Leben bleiben, um es auch noch ausgeben zu können.«

»Und was sonst noch?«

»Fürs erste ist das schon eine ganze Menge.«

»Du willst doch auch mich, oder nicht?«

»Die in der Hölle schmoren, wollen alle Wasser.«

»Bloß kriegen sie keines. Mich kannst du aber haben, wenn du willst. Wir könnten jetzt gleich nach oben gehen.«

»Ich weiß nicht.«

Sie setzte sich zurück. »Du bist aber wirklich ein zäher Brocken. Nicht weichzukriegen, was?«

Als ich darauf nur mit den Schultern zuckte, fuhr sie fort: »Richard würde schon längst unter dem Tisch knien und es mir durch die Lederhose besorgen.«

»Man braucht sich ja nur anzusehen, was ihm das gebracht hat.«

»Er hatte keinen Grund zu klagen.«

»Ich weiß«, nickte ich. »Wer will schon hundert Jahre alt werden? Aber eins würde ich vorher noch gern klarstellen: Bloß weil du mir einen Steifen hinzaubern kannst, heißt das noch lange nicht, dass ich mich daran auch an der Nase von dir herumführen lasse. Natürlich bin ich scharf auf dich. Das war schon so, als ich dich zum ersten Mal in diesem Video gesehen habe.« Ich nahm ihre Hand und legte sie in ihren Schoß zurück. »Wenn wir das Geschäftliche erledigt haben, können wir ja weitersehen.«

»Glaubst du?«

»Ja, glaube ich.«

»Weißt du, an wen du mich erinnerst? An Bergen.«

»Ich weiß allerdings nicht, ob ich in schwarzem Latex auch so eine vorteilhafte Figur abgäbe.«

»Du würdest staunen.«

»Außerdem bin ich beschnitten.«

»Das ließe sich mit einer kleinen Transplantation problemlos beheben. Ganz abgesehen davon, habe ich damit weniger das Aussehen gemeint als die Ausstrahlung. Ihr habt beide etwas sehr Energisches und Unbeugsames. Du warst doch bei der Polizei.«

»Ja.«

»Hast du mal jemanden getötet?«

»Warum?«

»Du brauchst es mir gar nicht zu sagen. Ich kann es ganz deutlich spüren. Hat es dir gefallen?«

»Nicht besonders.«

»Bist du auch wirklich sicher, dass das die Wahrheit ist?«

»Was ist schon die Wahrheit?«

»Eine jahrtausendealte Frage. Ich glaube, ich möchte dir lieber wieder gegenübersitzen. Wenn es um geschäftliche Dinge geht, finde ich es besser, wenn man sich in die Augen sehen kann.«

Ich versicherte ihr, dass ich nicht vorhatte, irgendwelche maßlosen Forderungen zu stellen. Ich wollte lediglich eine einmalige Zahlung von fünfzigtausend Dollar. So viel hatte auch Leveque bekommen, auch wenn er an dem

Geld keine lange Freude gehabt hatte. Da stand es mir doch zu, genauso viel zu verlangen.

»Wer sagt mir, dass du es nicht genauso machst wie er?«, erwiderte sie darauf. »Er hat eine zweite Kopie des Films zurückbehalten, obwohl er uns gegenüber immer wieder das Gegenteil behauptet hat.«

»Dafür gibt es eine ganz einfache Erklärung. Arnie war schlicht und einfach blöd.«

»Weil er eine Kopie zurückbehalten hat?«

»Nein, weil er euch nichts davon gesagt hat. Ich habe auch noch eine Kopie – genau genommen sogar zwei. Eine habe ich bei meinem Anwalt hinterlegt. Die andere liegt im Safe eines Privatdetektivs. Nur für den Fall, dass ich in einem dunklen Hinterhof niedergestochen werde oder aus einem Fenster falle.«

»Andererseits musst du das Ganze aber auch mal von unserem Standpunkt aus sehen. Schließlich könntest du uns mit diesen Kopien noch mal erpressen.«

Ich schüttelte den Kopf.

»Diese Kopien dienen nur zu meiner Absicherung. Und euch müsste eigentlich meine Intelligenz hinreichend Sicherheit bieten. Wenn ich euch eine Kopie des Videos verkaufe, erpresse ich euch nicht, sondern ich tue euch einen Gefallen. Wenn ich das gleiche ein zweites Mal versuchen würde, wärt ihr in der Tat besser beraten, mich aus dem Weg zu räumen. Aber zum Glück bin ich nicht so blöd, um das nicht zu begreifen.«

»Und wenn wir schon beim ersten Mal nicht bezahlen? Gehst du dann zur Polizei?«

»Nein.«

»Warum nicht?«

»Weil das Video vor Gericht keinerlei Beweiskraft hat. Nein, ich würde damit zur Presse gehen. Für die Sensationspresse wäre das ein gefundenes Fressen. Außerdem bräuchten sie bei einer Veröffentlichung keine Verleumdungsklage zu fürchten, da sie genau wissen, dass ihr viel zu viel auf dem Kerbholz habt, um das zu riskieren. Die Presse könnte euch ganz schön die Hölle heiß machen. Auch wenn ihr vielleicht nie vor Gericht gestellt würdet, könnte durch den dadurch hervorgerufenen Skandal das öffentliche Interesse in einem stärkeren Maß auf euch gelenkt werden, als euch lieb ist. Die kalifornischen Freunde deines Mannes sähen es sicher nicht gern, wenn ihr plötzlich derart ins Rampenlicht gerückt würdet, ganz zu schweigen von den komischen Blicken, mit denen euch eure Nachbarn im Lift bedenken würden. Was sind dagegen schon fünfzigtausend Dollar, wenn man bedenkt, wie viel Unannehmlichkeiten ihr euch dadurch erspart? Da würde doch jeder halbwegs vernünftige Mensch zugreifen, ohne lange zu überlegen.«

»Fünfzigtausend sind eine Menge Geld.«

»Findest du? Ich weiß zwar nicht, ob ich von einer Zeitung so viel bekäme, aber die Hälfte müsste auf jeden Fall herausspringen. Wenn sie nämlich mit so einer Story die Auflage nicht ganz gewaltig in die Höhe treiben, verstehen sie ganz offensichtlich nichts von ihrem Geschäft. Ich könnte noch heute Nachmittag bei einer Zeitung vorbeischauen und eine Stunde später um fünfundzwanzigtausend reicher wieder rausgehen, ohne dass ein Mensch auf die Idee käme, mich einen Erpresser zu nennen. Im Gegenteil, man würde mich als journalistisches Naturtalent hinstellen, und vermutlich würde ich nur so überhäuft mit Angeboten, künftig noch mehr Dreck aufzuwirbeln.«

»Ich muss das vorher auf jeden Fall erst mit Bergen besprechen. Auch wenn du glaubst, das wäre gar nicht so viel Geld, würde es doch eine gewisse Zeit dauern, es in bar zu beschaffen.«

»Von wegen«, schnaubte ich. »Seit wann hat jemand, der eine Geldwäscherei betreibt, schon Probleme, Bargeld aufzutreiben? Ich gehe jede Wette ein, dass ihr mindestens das Fünffache dieses Betrags allein in eurer Wohnung rumliegen habt.«

»Du scheinst dir etwas eigenartige Vorstellungen von gewissen Dingen zu machen.«

»Meinetwegen«, brummte ich. »Trotzdem bin ich ganz sicher, dass du das Geld bis morgen Abend auftreiben kannst. Bis dann will ich es nämlich spätestens haben.«

»Wenn du wüsstest, wie sehr du Bergen ähnelst.«

»Was unsere sexuellen Vorlieben betrifft, haben wir bestimmt einen sehr unterschiedlichen Geschmack.«

»Solange du noch nicht alles ausprobiert hast, was es auf diesem Gebiet auszuprobieren gibt, wäre ich mir da an deiner Stelle mal nicht so sicher. Und das hast du doch noch nicht, oder?«

»Zumindest würde ich mich nicht als Kostverächter bezeichnen.«

»Bergen wird sicher gespannt sein, deine Bekanntschaft zu machen.«

»Dazu hat er ja morgen Abend bei der Geldübergabe ausreichend Gelegenheit. Ich bringe das Video mit, damit ihr auch wisst, wofür ihr zahlt. Habt ihr draußen in Maspeth einen Videorecorder?«

»Du willst die Übergabe in der Halle machen?«

»Das ist für beide Seiten das sicherste.«

»Einsam ist es da draußen auf jeden Fall«, murmelte sie. »Außer donnerstagabends könnte man meinen, man hätte sich auf den Mond verirrt. Und selbst dann ist nicht gerade viel los. Was haben wir morgen? Mittwoch? Das ließe sich vielleicht machen. Aber ich muss auf jeden Fall erst mit Bergen sprechen.«

»Natürlich.«

»Und wann?«

»Möglichst spät. Aber die näheren Einzelheiten können wir noch am Telefon besprechen.«

»Gut.« Sie sah auf die Uhr. »Ruf mich so gegen vier an.«

»Mache ich.«

Sie holte etwas Geld aus ihrer Handtasche und legte es für unsere Getränke auf den Tisch. »Und noch was, Scudder. Ich wollte vorhin wirklich mit dir nach oben gehen. Meine Hose war tropfnass. Das war kein Theater.«

»Das habe ich auch nicht gedacht.«

»Und du warst genauso scharf auf mich. Trotzdem bin ich froh, dass wir es nicht getan haben. Und willst du auch wissen, warum?«

»Ja.«

»Weil auf diese Weise der sexuelle Reiz noch länger anhält. Oder kannst du es nicht spüren, dieses Prickeln?«

»Natürlich kann ich das.«

»Und es wird auch morgen Abend noch da sein. Vielleicht werde ich ja für die Übergabe die Hose mit der Öffnung im Schritt anziehen. Wie fändest du das?«

»Ich weiß nicht.«

»Und dazu lange Handschuhe und hochhackige Schuhe.« Sie sah mich an. »Und keine Bluse.«

»Und Lippenstift auf den Brustwarzen.«

»Rouge.«

»Auf jeden Fall dieselbe Farbe wie Lippenstift und Nagellack.«

»Vielleicht läuft ja doch noch was«, hauchte sie. »Vielleicht können wir nach der Übergabe noch eine kleine Nummer schieben, wir drei.«

»Na, ich weiß nicht.«

»Du hast doch nicht etwa Angst, dass wir versuchen könnten, dir das Geld wieder abzuluchsen? Du hättest doch immer noch die Kopien. Eine bei deinem Anwalt, die andere bei einem Privatdetektiv.«

»Das ist nicht, was mich stört.«

»Was dann?«

»Das ›wir drei‹. Ich hatte noch nie viel für Massenveranstaltungen übrig.«

»Keine Sorge, du wirst auf keinen Fall wie eine Nummer behandelt werden«, versicherte sie mir. »Ganz im Gegenteil, so viel Aufmerksamkeit ist dir sicher schon lange nicht mehr zuteil geworden.«

Kapitel 21

Pünktlich um vier rief ich bei Olga Stettner an. Sie muss direkt neben dem Telefon gesessen habe, da sie gleich beim zweiten Läuten abnahm.

»Hier Scudder«, meldete ich mich.

»Auf die Minute pünktlich«, sagte sie. »Ein gutes Zeichen.«

»Wofür?«

»Dass du pünktlich bist. Ich habe bereits mit meinem Mann gesprochen. Er ist mit deinen Bedingungen einverstanden. Auch morgen Abend würde es ihm passen. Was hältst du von zwölf Uhr?«

»Mir wäre eine Stunde später lieber.«

»Ein Uhr früh? Augenblick.«

Darauf trat eine kurze Pause ein, bevor Stettner selbst an den Apparat kam.

»Scudder? Hier spricht Bergen Stettner. Ein Uhr nachts geht in Ordnung.«

»Gut.«

»Ich kann es kaum erwarten, Sie kennenzulernen. Auf meine Frau müssen Sie ja mächtig Eindruck gemacht haben.«

»Das gleiche könnte ich auch von ihr behaupten.«

»Wem sagen Sie das? Wie ich höre, haben wir uns bereits kennengelernt. Sie sind also der Boxfan, der am falschen Ort nach der Toilette gesucht hat. Ehrlich gestanden, kann ich mich aber nicht mehr erinnern, wie Sie ausgesehen haben.«

»Sie werden mich schon erkennen, wenn Sie mich sehen.«

»Ich habe sowieso das Gefühl, als würde ich sie bereits kennen. Da ist nur ein Punkt, in dem ich mit unserer Abmachung etwas Probleme habe. Sie haben also jeweils eine Kopie bei einem Anwalt und einem Agenten hinterlegt. Ist das richtig?«

»Bei einem Anwalt und einem Privatdetektiv.«

»Und vermutlich haben Sie veranlasst, im Fall Ihres Todes entsprechende Schritte einzuleiten. Ist das richtig?«

»Ja.«

»Eine verständliche Vorsichtsmaßnahme. Ich könnte Ihnen natürlich noch so oft versichern, dass sie vollkommen unnötig ist, aber andererseits kann ich durchaus verstehen, dass Sie sich trotzdem gegen alle Eventualitäten absichern wollen.«

»Ganz richtig.«

»Sozusagen nach dem Motto: ›Vertrauen ist gut, Kontrolle ist besser.‹ Umgekehrt werden allerdings auch Sie verstehen, dass bei dieser Regelung mir nicht ganz wohl ist. Angenommen, wir wickeln das Ganze zur allgemeinen Zufriedenheit aller Beteiligten ab. Danach gehen Sie Ihrer Wege, wir unserer. Aber irgendwann in fünf Jahren gehen Sie versehentlich mal bei Rot über die Kreuzung und werden von einem Bus überfahren, wenn Sie verstehen, worauf ich hinauswill.«

»Ja.«

»In diesem Fall wäre es nämlich so ...«

»Ich weiß, was für Sie der Haken bei der Sache ist. Da fällt mir ein, ich kannte mal jemanden, der in einer ganz ähnlichen Situation war. Lassen Sie mich mal kurz überlegen. Vielleicht fällt mir wieder ein, wie er dieses Problem damals gelöst hat.« Ich dachte kurz nach. »Also, was halten Sie davon? Ich werde den beiden Beteiligten Anweisung erteilen, das bei ihnen hinterlegte Material in einem Jahr zu vernichten, wenn ich bis dahin noch nicht das Zeitliche gesegnet habe – es sei denn, dabei wären besondere Umstände im Spiel gewesen.«

»Was wären das für besondere Umstände?«

»Falls zum Beispiel der dringende Verdacht besteht, dass es bei meinem Ableben nicht mit rechten Dingen zugegangen ist, und falls mein Mörder nicht überführt und rechtsgültig verurteilt worden ist. Mit anderen Worten: Sie haben nichts zu befürchten, wenn ich von einem Bus überfahren oder von einem eifersüchtigen Ehemann erschossen werde. Wenn ich allerdings von einem Unbekannten ermordet werde, sitzen Sie in der Tinte.«

»Und falls Sie vor Ablauf eines Jahres sterben?«

»Dann haben Sie Pech gehabt.«

»Selbst, wenn es ein Bus war?«

»Sogar bei einem Herzinfarkt.«

»Das gefällt mir aber gar nicht.«

»Trotzdem kann ich Ihnen nichts Besseres anbieten.«

»Wie geht es Ihnen gesundheitlich?«

»Eigentlich fühle ich mich noch ganz fit.«

»Sie schütten sich doch hoffentlich auch nicht zu viel Coke rein.«

»Ich konnte diesem Zeug noch nie was abgewinnen. Pappsüß und nichts als Kohlensäure.«

Er lachte. »Und Sie haben auch keine gefährlichen Hobbys wie Fallschirmspringen oder Paragliding? Oder haben Sie einen Flugschein und eine eigene Maschine? Mein Gott, ich höre mich ja an, als wollte ich Ihnen eine Lebensversicherung andrehen. Na schön, Sie werden also gut auf sich aufpassen, Scudder.«

»Ich werde mich auch immer schön warm anziehen, damit ich keine Erkältung bekomme.«

»Das will ich hoffen. Wissen Sie was? Olga hatte tatsächlich recht. Ich bin schon richtig gespannt darauf, Sie kennenzulernen. Was haben Sie denn heute Abend vor?«

»Heute Abend?«

»Ja, heute Abend. Warum kommen sie nicht zum Essen vorbei? Wir köpfen ein paar Flaschen Champagner und machen uns einen netten Abend. Bloß weil wir morgen geschäftlich miteinander zu tun haben, heißt das noch lange nicht, dass wir uns heute nicht privat ein bisschen amüsieren können.«

»Das geht leider nicht.«

»Warum nicht?«

»Ich habe bereits was vor.«

»Na, dann sagen sie eben ab. So wichtig kann das doch kaum sein.«

»Ich muss zu einem Treffen der Anonymen Alkoholiker.«

Er lachte schallend los. »Großartig«, prustete er schließlich. »Da fällt mir ein, wir haben ja auch schon was vor. Olga muss zum Tanzkurs und dort die Anstandsdame spielen, und ich muss zu einem, äh …«

»Pfadfindertreffen«, schlug ich vor.

»Genau, das jährliche Festessen zur Ehrung besonders verdienter Mitglieder. Ich soll übrigens die Ehrennadel in Gold für Päderasten erhalten – eine unserer begehrtesten Auszeichnungen. Sie haben wirklich einen ausgesprochen skurrilen Humor, Scudder. Auch wenn Sie mich einen Haufen Geld kosten, hat man bei Ihnen wenigstens auch was zu lachen.«

*   *   *

Nachdem ich aufgelegt hatte, rief ich beim nächsten Autoverleih an und reservierte einen Leihwagen. Dann ging ich zum Coliseum-Buchladen und besorgte mir dort einen Stadtplan von Queens. Beim Verlassen der Buchhandlung fiel mir ein, dass sich ganz in der Nähe die Galerie befand, in die ich die Originalzeichnungen von Ray Galindez zum Rahmen gebracht hatte. Als ich die Phantombilder zum ersten Mal gerahmt und hinter entspiegeltem Glas sah, versuchte ich, sie nur als Kunstwerke zu betrachten und sonst nichts. Das wollte mir aber nicht so recht gelingen. Ich sah immer noch zwei tote Jungen und den Mann, der sie umgebracht hatte.

Nachdem sie mir die Bilder eingepackt hatten und ich mit Kreditkarte bezahlt hatte, ging ich ins Hotel zurück und verstaute sie im Schrank. Dann verbrachte ich ein paar Minuten damit, den Stadtplan von Queens zu studieren. Anschließend ging ich ein Sandwich essen. Ich trank dazu eine Tasse Kaffee und las die Zeitung. Wieder zurück im Hotel, nahm ich mir noch einmal den Stadtplan vor. Gegen sieben ging ich zu dem Autoverleih, und wenig später saß ich am Steuer eines grauen Toyota Corolla mit etwas über hunderttausend Kilometern auf dem Tacho. Der Tank war voll und die Aschenbecher leer, aber der Kerl, der das Wageninnere saubergemacht hatte, war offensichtlich halb blind gewesen.

Ich hatte den Stadtplan zwar sicherheitshalber mitgenommen, musste ihn aber kein einziges Mal zu Rate ziehen. Ich fuhr durch den Midtown Tunnel, nahm den Long Island Expressway und fuhr unmittelbar nach dem BQE-Kreuz ab. Auf dem LIE war zwar immer noch einiges los, aber der Feierabendverkehr war bereits merklich abgeflaut, da die meisten Pendler bereits zu Hause vor ihren Fernsehern hockten. Als ich die New Maspeth Arena erreichte, fuhr ich einmal langsam um den Block, bis ich einen freien Parkplatz fand.

Dort saß ich dann wie ein fauler alter Cop bei einem Observierungsauftrag etwa eine Stunde lang in meinem Wagen herum. Irgendwann musste ich mal. Dummerweise hatte ich nicht daran gedacht, ein leeres Gurkenglas mitzunehmen, wie ich das früher immer gemacht hatte. Aber die Tatsache, dass die Gegend völlig verlassen war und ich seit einer halben Stunde keine Menschenseele gesehen hatte, ließ mich schließlich doch alle Vorsicht vergessen. Ich fuhr zwei Straßen weiter, stieg aus und pinkelte mit wahrer Wonne an eine Wand. Dann fuhr ich wieder zurück und parkte an einer anderen Stelle gegenüber dem Eingang der Halle. Die Straße wäre der Traum eines jeden Autobesitzers gewesen – ein freier Parkplatz nach dem anderen.

Gegen neun stieg ich aus dem Toyota und ging auf den Eingang der Halle zu. Ich ließ mir Zeit und behielt meine Umgebung scharf im Auge. Anschließend kehrte ich wieder zu meinem Wagen zurück und machte mir in meinem Notizbuch ein paar Skizzen. Dazu schaltete ich kurz die Innenbeleuchtung ein.

Um zehn fuhr ich auf einer anderen Strecke wieder in die Stadt zurück. Der Junge in der Garage des Autoverleihs machte mich darauf aufmerksam, dass er mir in jedem Fall einen ganzen Tag berechnen müsste. »Behalten Sie die Karre lieber über Nacht«, riet er mir. »Es kostet Sie keinen Cent mehr, wenn Sie sie erst morgen Nachmittag zurückbringen.«

Ich sagte ihm, dass ich keine Verwendung mehr dafür hätte. Die Garage lag in der Eleventh Avenue zwischen Fifty-seventh und Fifty-eighth. Ich ging einen Block in Richtung Osten, dann nach Süden. Als ich kurz ins Armstrong's schaute, war niemand da, den ich kannte. Einem spontanen Impuls folgend, warf ich auch einen kurzen Blick in Pete's All-American, ob vielleicht Durkin dort war. Das war nicht der Fall. Als ich vor ein paar Tagen mit ihm telefoniert hatte, hatte er erst ein bisschen rumgedruckst und dann gefragt, ob ihm vielleicht neulich irgendwas rausgerutscht wäre. Aber ich versicherte ihm, er hätte sich benommen wie ein echter Gentleman.

»Dann muss das aber das erste Mal gewesen sein«, brummte er. »Ich möchte mir das zwar nicht zur Gewohnheit machen, aber hin und wieder muss man einfach mal ordentlich die Sau rauslassen.« Da konnte ich ihm nur aus vollem Herzen zustimmen.

Mick Ballou war nicht im Grogan's. »Wahrscheinlich schaut er später noch vorbei«, sagte Burke.

Ich setzte mich mit einem Coke an die Bar, und nachdem ich es ausgetrunken hatte, stieg ich auf Mineralwasser um. Nach einer Weile kam Andy Buckley herein, und Burke zapfte ihm ein Guinness vom Fass. Damit setzte sich Andy neben mich und unterhielt sich eine Weile über Baseball mit mir. Früher hatte ich mich dafür zwar auch mal interessiert, aber seit ein paar Jahren hatte ich mir kaum mehr ein Spiel angesehen. Das machte aber nichts, weil er die Unterhaltung sowieso allein bestritt. Er war nämlich am Abend zuvor im Garden gewesen, und die Knicks hatten das Match gerade noch in letzter Sekunde für sich entscheiden können und ihm auf diese Weise zu einem bescheidenen Wettgewinn verholfen.

Dann ließ ich mich von ihm zu einer Partie Darts überreden. Allerdings war ich nicht so blöd, um Geld mit ihm zu spielen. Andy hätte mich sogar mit links problemlos geschlagen. Trotzdem ließ ich mich auch noch zu einer zweiten Partie breitschlagen. Anschließend kehrte ich an die Bar zurück, bestellte mir wieder ein Coke und sah fern, während Andy noch ein bisschen allein trainierte.

Irgendwann begann ich mit dem Gedanken zu spielen, zum Mitternachtstreffen zu gehen. Als ich mit dem Trinken aufhörte, gab es in der Mährischen Kirche in der Lexington, Ecke Thirtieth, jede Nacht um zwölf ein Treffen. Irgendwann konnten die Anonymen Alkoholiker den Raum allerdings nicht mehr weiter nutzen, und sie zogen ins Alanon House um. Das sind die festen Räumlichkeiten der Anonymen Alkoholiker, die in ständig wechselnden Gebäuden im Theaterviertel untergebracht sind und sich im Moment in einer Wohnung im dritten Stock eines Hauses in der West Forty-sixth befinden. Als das Alanon House mal für eine Weile gar keine Räumlichkeiten zur Verfügung hatte, organisierten ein paar Leute ein neues Mitternachtstreffen in der Houston Street, nicht weit von der Varick, wo das Village an SoHo grenzt. Diese Gruppe bietet inzwischen auch noch andere Veranstaltungen an, unter anderem ein Sondertreffen für Schlaflose um zwei Uhr früh.

Ich hätte mir also sogar aussuchen können, an welchem Mitternachtstreffen ich teilnehmen wollte, und außerdem hätte ich Mick durch Burke ausrichten lassen können, dass ich mit ihm sprechen wollte und spätestens bis halb zwei wieder zurück wäre. Aber aus irgendeinem Grund konnte ich mich dann doch nicht dazu aufraffen. Stattdessen blieb ich weiter an der Bar sitzen und bestellte mir noch ein Coke.

Kurz vor eins ging ich aufs Klo. Als ich wieder zurückkam, stand Mick mit seinem geschliffenen Kristallglas und einer Flasche von dem zwölfjährigen JJ&S an der Bar. »Schön, dich zu sehen, Matt«, begrüßte er mich. »Als Burke gesagt hat, dass du hier warst, habe ich ihn gleich einen Pott Kaffee aufstellen lassen. Ich hoffe, du hast Lust, mal wieder eine Nacht durchzumachen.«

»Tut mir leid, aber daraus wird heute nichts.«

»Mal sehen, vielleicht kann ich dich ja doch noch umstimmen.«

Wir setzten uns an unseren gewohnten Platz. Er schenkte sich ein und hielt das Glas gegen das Licht. »Tolle Farbe«, sagte er und nahm einen kräftigen Schluck.

»Es gibt übrigens auch ein Cream Soda, das genau die gleiche Farbe hat«, sagte ich. »Nur für den Fall, dass du mal zu trinken aufhören solltest.«

»Tatsächlich?«

»Du musst es natürlich erst eine Weile abstehen lassen«, sagte ich. »Damit es keine Schaumkrone mehr hat.«

»Aber die ist doch eigentlich der Witz an dem Ganzen.« Er nahm noch einmal einen Schluck und seufzte. »Mein Gott, Cream Soda.«

Nachdem wir uns eine Weile über alle möglichen Belanglosigkeiten unterhalten hatten, beugte ich mich plötzlich vor und sagte: »Brauchst du eigentlich immer noch Geld, Mick?«

»Das kommt ganz darauf an, wie dringend. Aber eigentlich brauche ich immer Geld.«

»Mhm.«

»Warum fragst du?«

»Weil ich weiß, wie du welches kriegen könntest.«

»Ach.« Eine Weile saß er nur da. Dann legte sich plötzlich ein Lächeln über seine Lippen. Es verflog und kam kurz darauf noch einmal zurück. »Wieviel Geld?«

»Mindestens fünfzigtausend. Aber wahrscheinlich wesentlich mehr.«

»Und wem gehört das Geld im Augenblick?«

Das war eine gute Frage. Joe Durkin hatte mal gesagt, Geld kannte keinen Besitzer. Das war, wie er mir ausdrücklich klargemacht hatte, sogar einer unserer elementarsten Rechtsgrundsätze.

»Einem gewissen Stettner und seiner Frau.«

»Drogenhändler?«

»Fast. Er handelt mit ausländischen Devisen und wäscht für zwei iranische Brüder aus Los Angeles schmutziges Geld.«

»Hört sich nicht schlecht an«, sagte er mit sichtlich zunehmendem Interesse. »Vielleicht erzählst du mir noch ein bisschen mehr über die Sache.«

* * *

Es muss etwa zwanzig Minuten gedauert haben, bis ich ihm alles erklärt hatte. Ich hatte auch mein Notizbuch herausgeholt und ihm die Skizzen gezeigt, die ich in Maspeth gemacht hatte. Eigentlich gab es gar nicht so viel zu besprechen, aber bei verschiedenen Punkten hakte er trotzdem noch mal nach, um erst gar keine Unklarheiten aufkommen zu lassen. Als ich fertig war, saß er erst einmal ein paar Minuten nur wortlos da, und dann schenkte er sich sein Glas voll und trank es in einem Zug aus. Man hätte denken können, es enthielt frisches, kühles Quellwasser und keinen zwölfjährigen Jameson.

»Morgen Nacht«, sagte er schließlich. »Vier Mann, würde ich sagen. Außer mir noch zwei und Andy als Fahrer. Tom geht sicher in Ordnung. Und als zweiter Mann kommt entweder Eddie oder John mit. Tom kennst du ja. Eddie und John hast du, glaube ich, bisher noch nicht kennengelernt.«

Tom stand tagsüber hinterm Tresen. Er war ein blasser, schmallippiger Kerl, der aus Belfast stammte. Ich hatte mich schon immer gefragt, was er wohl nach Feierabend machte.

»Maspeth«, fuhr Mick fort. »Ob von da wohl was Gutes kommen kann? Meine Fresse, wir haben den ganzen Abend da draußen rumgesessen und ein paar Niggern dabei zugesehen, wie sie sich gegenseitig die Birne weich geprügelt haben, und währenddessen wurde direkt unter unseren Füßen jede Menge Geld gewaschen. War das der Grund, weshalb du neulich mit mir da rausgefahren bist?«

»Nein, das war wegen eines anderen Falls.«

»Jedenfalls hast du bei dieser Gelegenheit auch anderweitig Augen und Ohren aufgesperrt.«

»Allerdings.«

»Und hast dir zwei und zwei zusammengereimt.« Er machte eine kurze Pause. »Jedenfalls kommt mir dein Vorschlag im Moment sehr gelegen. Allerdings muss ich auch gestehen, dass er mich ziemlich überrascht.«

»Warum?«

»Dass ausgerechnet du mit so einem heißen Tipp zu mir kommst. Das sieht dir eigentlich gar nicht ähnlich. So was tut man eigentlich nicht nur aus purer Freundschaft.«

»Ich nehme ja auch an, dass dabei eine kleine Provision herausspringen wird.«

»Allerdings.« Über seine Augen huschte ein seltsames Leuchten. »Fünf Prozent.«

Dann sagte er, er müsste mal kurz telefonieren. Ich blieb sitzen und starrte die Flasche und das Glas an. Ich hätte etwas von dem Kaffee trinken können, den Burke extra für mich aufgesetzt hatte, aber ich hatte keine Lust darauf. Auf den Whiskey übrigens auch nicht.

Als Mick zurückkam, sagte ich: »Fünf Prozent sind ein bisschen wenig.«

»Ach?« Sein Gesicht verhärtete sich. »So kenne ich dich ja noch gar nicht, Matt. Was gibt's an den fünf Prozent auszusetzen?«

»Nichts«, erwiderte ich. »Als Provision sind fünf Prozent völlig in Ordnung. Nur will ich keine Provision.«

»Was zum Teufel willst du dann?«

»Einen Anteil. Ich will richtig einsteigen.«

Er setzte sich zurück und sah mich an. Dann schenkte er sich etwas von dem Zwölfjährigen nach, rührte das Glas aber nicht an. Stattdessen saß er nur da, atmete ein paarmal tief ein und wieder aus und sah mich dabei wortlos an.

»Da schau mal einer an«, sagte er schließlich. »Wer hätte das gedacht?«

Kapitel 22

Am nächsten Morgen kam ich endlich dazu, die Kassette mit dem *Dreckigen Dutzend* in meinem Bankschließfach zu deponieren. Aber erst nachdem ich mir für die Übergabe in Maspeth eine reguläre Kassette des Films gekauft hatte, begann ich mir Gedanken darüber zu machen, was alles schief gehen konnte. Deshalb ging ich noch mal in die Bank zurück, holte die richtige Kassette aus dem Schließfach und legte stattdessen die neu gekaufte hinein, damit ich sie später nicht versehentlich miteinander verwechselte.

Für den Fall, dass ich in Maspeth ums Leben kam, hätte sich Joe Durkin die Kassette dann auf der verzweifelten Suche nach irgendeinem versteckten Hinweis immer wieder von neuem ansehen können.

Ich wurde den ganzen Tag das Gefühl nicht los, dass ich eigentlich zu einem Treffen gehen sollte. Ich hatte schon seit Sonntagnachmittag an keinem mehr teilgenommen. Erst nahm ich mir vor, zu einem Mittagstreffen zu gehen, was ich dann aber doch nicht tat. Dann wollte ich um halb fünf an einem Feierabendtreffen teilnehmen, und als auch daraus nichts wurde, vertröstete ich mich damit, dass die Zeit noch für die erste Hälfte meines Stammtreffens in St. Paul's reichen würde. Aber auch dazu konnte ich mich nicht aufraffen.

Um halb elf machte ich mich auf den Weg ins Grogan's. Mick war bereits da und führte mich sofort in sein Büro im hinteren Teil des Lokals. Die eher karge Einrichtung bestand aus einem alten Holzschreibtisch, einem Mosler-Safe, ein paar altmodischen Bürostühlen, einer Kunstlederliege und einem alten grünen Ledersofa, auf dem sich Mick hin und wieder ein Stündchen aufs Ohr legte. Er hatte mir mal erzählt, dass er drei Wohnungen hatte, deren Mietverträge aber alle auf einen anderen Namen liefen. Und natürlich war da auch noch die Farm draußen auf dem Land.

»Du bist der erste«, sagte er. »Tom und Andy kommen erst um elf. Hast du es dir wirklich auch noch mal gut überlegt, Matt?«

»Ja.«

»Und dir sind auch im Nachhinein keine Bedenken gekommen?«

»Wieso das denn?«

»Das wäre völlig normal. Immerhin wird es dabei aller Wahrscheinlichkeit nach nicht ohne Blutvergießen abgehen. Aber das habe ich dir ja gestern Abend schon gesagt.«

»Ich weiß.«

»Du wirst eine Waffe bei dir tragen. Und wenn man eine Waffe trägt ...«

»Muss man auch bereit sein, notfalls von ihr Gebrauch zu machen. Auch das weiß ich, Mick.«

»Traust du dir das wirklich zu?«

»Das wird sich zeigen.«

Darauf öffnete er den Safe. Er zeigte mir verschiedene Pistolen und empfahl mir eine SIG Sauer9-mm Automatik. Das Ding wog mindestens eine Tonne, und man hätte damit vermutlich sogar einen voll beladenen Güterzug zum Stehen gebracht. Ich spielte eine Weile damit herum, betätigte den Schieber, nahm das Magazin heraus, schob es wieder rein, und irgendwie lag das Ding gut in der Hand. Es machte einen sehr soliden und zuverlässigen Eindruck und sah vor allem auch verdammt einschüchternd aus. Trotzdem gab ich Mick die SIG wieder zurück und entschied mich stattdessen für einen kurzläufigen .38 S&W-Revolver. Der reichte zwar, was den Einschüchterungseffekt anging, nicht annähernd an die SIG Sauer heran, von seiner Feuerkraft erst gar nicht zu reden, aber dafür passte er wesentlich besser in die Kuhle in meinem Rücken, wo ich ihn mir in den Gürtel steckte. Außerdem unterschied er sich kaum von dem Dienstrevolver, den ich bei der Polizei immer getragen hatte.

Die SIG nahm Mick darauf selbst.

Kurz vor elf kamen auch Tom und Andy und suchten sich eine Waffe aus. Natürlich war die Tür von Micks Büro währenddessen abgeschlossen. Bis es Zeit wurde aufzubrechen, gingen wir alle in dem kleinen Raum auf und ab und redeten uns gegenseitig Mut zu, wie problemlos die Sache über die Bühne gehen würde. Schließlich ging Andy den Wagen holen. Wenig später verließen auch wir das Büro und gingen nach draußen.

Wir hatten einen großen Ford, einen etwa fünf Jahre alten LTD Crown Victoria mit einem geräumigen Kofferraum und ordentlich Power unter der Haube. Erst dachte ich, Mick hätte die Karre eigens für diesen Anlass stehlen lassen, aber dann stellte sich heraus, dass er sie schon vor einiger Zeit gekauft hatte. Andy Buckley hatte den Wagen in einer Garage in der Bronx abgestellt, und wenn er mal zum Einsatz kam, dann vorwiegend bei Gelegenheiten wie dieser. Die Nummernschilder waren zwar echt, aber wenn man über sie den Fahrzeughalter festzustellen versucht hätte, wäre vermutlich nicht viel bei der Sache herausgekommen. Name und Adresse in der Kartei der Kfz-Meldestelle waren falsch.

Andy fuhr erst mal auf der Fifty-seventh Street quer durch die Stadt und nahm dann die Fifty-ninth Street-Brücke nach Queens rüber. Mir gefiel die Strecke, die er fuhr, besser als meine. Seit wir eingestiegen waren, hatte kaum mehr jemand gesprochen, und nachdem wir die Brücke überquert hatten, trat vollends Stille ein. So in etwa stelle ich mir die Atmosphäre in der Kabine unmittelbar vor dem Anpfiff des Super Bowl vor. Aber vielleicht war die Stimmung dort auch nicht so angespannt. Schließlich wurden beim Football die Verlierer nicht erschossen.

Ich glaube nicht, dass wir mehr als eine halbe Stunde unterwegs waren. Es herrschte kaum Verkehr, und Andy hätte den Weg vermutlich auch blind gefunden. Wir müssen also irgendwann gegen Mitternacht draußen bei der Halle angekommen sein. Andy war schon die ganze Zeit nicht schnell gefahren und ging jetzt sogar noch mehr vom Tempo, damit wir die Halle und ihre Umgebung im Vorbeifahren in aller Ruhe in Augenschein nehmen konnten. Wir fuhren eine Straße rauf und die nächste wieder runter, sodass wir immer wieder an der Halle vorbeikamen und sie uns gut ansehen konnten. Die Straßen waren so verlassen wie am Abend zuvor, und wegen der vorgerückten Stunde wirkten sie sogar noch eine Spur trostloser. Nachdem wir etwa zwanzig Minuten so auf und ab gekreuzt waren, sagte Mick zu Andy, dass es nun genug wäre.

»Wenn wir noch länger kreuz und quer durch die Gegend fahren, hält uns am Ende noch ein Streifenwagen an und fragt, ob wir uns verfahren haben.«

»Seit wir über die Brücke sind«, sagte Andy, »habe ich kein einziges Polizeiauto mehr gesehen.«

Mick saß neben ihm auf dem Vordersitz. Ich teilte mir mit Tom, der, seit wir losgefahren waren, den Mund nicht mehr aufgemacht hatte, den Rücksitz.

»Wir sind ein bisschen früh dran«, sagte Andy. »Was sollen wir so lange noch machen?«

»Parke irgendwo in der Nähe der Halle. Aber nicht zu nah dran. Dann bleiben wir einfach im Auto sitzen und warten. Und für den Fall, dass eine

Funkstreife auf uns aufmerksam wird, fahren wir wieder nach Hause und besaufen uns.«

Andy parkte ein paar hundert Meter von der Halle entfernt auf der anderen Straßenseite. Er stellte den Motor ab und schaltete die Lichter aus. Ich überlegte, zu welchem Revier diese Gegend gehörte und wer unter Umständen vorbeikommen und unsere Papiere überprüfen könnte. In Frage kamen dafür nur das 108. oder das 104. Revier. Aber ich konnte mich nicht mehr genau erinnern, wo die Grenze zwischen ihnen verlief. Ich habe keine Ahnung, wie lange ich auf dem Rücksitz saß und mir über den Verlauf der Reviergrenzen von Queens den Kopf zerbrach. Nicht, dass das irgendwas zur Sache getan hätte, aber trotzdem zermarterte ich mir das Gehirn, als hinge von der Lösung dieser Frage das Schicksal der ganzen Menschheit ab.

Ich war noch immer zu keiner Lösung gekommen, als Mick sich umdrehte und auf seine Uhr deutete. Es war ein Uhr. Zeit für mich aufzubrechen.

Natürlich musste ich allein in die Halle gehen. Bisher hatte ich mir dabei eigentlich nicht viel gedacht. Aber als es jetzt ernst wurde, kamen mir doch Bedenken. Schließlich hatte ich keine Ahnung, wie freundlich ich dort drinnen empfangen würde. Angenommen, Bergen Stettner war zu der keineswegs so abwegigen Überzeugung gelangt, dass es für ihn sowohl wesentlich ungefährlicher als auch kostensparender war, mich umzubringen, anstatt mich auszubezahlen, brauchte er mich nur aus dem Hinterhalt abzuknallen, ohne dass ich auch nur den Hauch einer Chance gehabt hätte. Außerdem hätte er in dieser gottverlassenen Gegend mit einer Panzerfaust rumballern können, ohne dass ein Mensch etwas gehört oder sich einen feuchten Dreck darum geschert hätte.

Andererseits war nicht einmal sicher, ob sie überhaupt da waren. Ich war pünktlich zum vereinbarten Zeitpunkt erschienen, aber es war anzunehmen, dass sie schon etwas früher hergekommen waren. Da sie sozusagen die Gastgeber waren, stand nicht zu erwarten, dass sie zu ihrer eigenen Party zu spät kommen würden. Trotzdem hatte ich nirgendwo einen Wagen gesehen, der ihnen hätte gehören können, und soweit das von außen zu erkennen war, deutete auch nichts daraufhin, dass sich jemand in der Halle befand.

Allerdings dürfte es in der Halle mit ziemlicher Sicherheit eine Tiefgarage gegeben haben. Zumindest war mir auf der anderen Seite ein Tor aufgefallen, das wie eine Garagenausfahrt aussah. Jedenfalls hätte ich an Stettners Stelle meinen Wagen hier draußen nicht gern auf offener Straße abgestellt. Ich wusste zwar nicht, welches Modell er fuhr, aber wenn sein Autogeschmack nur halbwegs zu seinem sonstigen Lebensstil passte, handelte es sich dabei sicher nicht um ein Auto, das man in dieser Gegend ruhigen Gewissens im Freien abstellte.

Diese Überlegungen dienten natürlich alle nur dem Zweck, meinen Verstand mit irgendetwas zu beschäftigen – genau so, wie ich die ganze Zeit herauszufinden versucht hatte, zu welchem Revier die Halle gehören könnte. Entweder waren sie da, oder sie waren nicht da. Entweder begrüßten sie mich mit einem Handschlag oder mit einer Kugel. Im Übrigen wusste ich ganz genau, dass sie da waren. Als ich auf den Eingang zuging, konnte ich nämlich ganz deutlich spüren, dass ich beobachtet wurde. In der Annahme, dass sie auf keinen Fall abdrücken würden, bevor sie nicht wussten, dass ich die Kassette tatsächlich dabei hatte, hatte ich sie in meiner Manteltasche verstaut. Den 38er Smith & Wesson hatte ich unter meinem Mantel und meiner Anzugjacke am Rücken im Hosenbund stecken. Natürlich wäre ich wesentlich schneller an ihn rangekommen, wenn ich ihn in der Manteltasche gehabt hätte. Aber ich wollte den Revolver lieber erst griffbereit haben, wenn ich den Mantel abgelegt hatte und …

Ich hatte mich nicht getäuscht. Sie hatten mich schon die ganze Zeit beobachtet. Noch bevor ich dazu kam anzuklopfen, ging bereits die Tür auf. Und niemand richtete eine Waffe auf mich. Nur Bergen Stettner stand vor mir. Er hatte dieselbe Wildlederjacke an, in der ich ihn auch am Donnerstagabend gesehen hatte. Diesmal trug er dazu allerdings eine khakifarbene Hose, die aussah, als gehörte sie zu einem Kampfanzug. Dieser Eindruck wurde noch dadurch verstärkt, dass er die Hosenbeine in die Stiefel gestopft hatte. Eigentlich passte das alles nicht so recht zusammen, aber irgendwie brachte er es doch recht überzeugend rüber.

»Scudder«, begrüßte er mich. »Wie immer auf die Minute pünktlich.« Als er mir die Hand reichte, ergriff ich sie ohne Zögern und schüttelte sie. Sein Griff war zwar fest, aber zum Glück gehörte er nicht zu denen, die einem fast den Mittelhandknochen brechen, bloß um ihre Männlichkeit unter Beweis zu stellen.

»Jetzt kann ich mich wieder an Sie erinnern«, fuhr er fort. »Ich konnte Sie mir zwar nicht mehr vorstellen, aber als ich Sie eben gesehen habe, habe ich Sie sofort wiedererkannt. Olga meint, Sie hätten auffallende Ähnlichkeit mit mir. Nicht vom Aussehen her natürlich. Oder finden Sie, dass wir uns ähnlich sehen?« Er zuckte mit den Achseln. »Selbst kann man so etwas meistens schwer sagen. Sollen wir schon mal nach unten gehen? Meine Frau wartet bereits auf uns.«

Irgendwie hatte sein Auftritt etwas Theatralisches – als spielte er für ein unsichtbares Publikum eine Rolle. Deshalb fragte ich mich kurz, ob er unser Treffen vielleicht auf Video aufzeichnete? Allerdings konnte ich mir nicht vorstellen, warum.

Ich drehte mich um, streckte die Hand nach dem Türgriff aus und zog die Tür zu. Dabei schob ich ein Stück Kaugummi, das ich in meiner Handfläche bereithielt, in die Vertiefung im Türrahmen, damit das Schnappschloss nicht einrasten konnte, wenn die Tür zufiel. Ich war mir zwar nicht sicher, ob das tatsächlich funktionieren würde, aber wenn nicht, wäre es auch nicht weiter tragisch gewesen. Notfalls hätte Mick die Tür aufbrechen oder das Schloss kaputtschießen müssen.

»Kommen Sie«, sagte Stettner. »Die Tür schließt automatisch.«

Als ich mich umdrehte, um ihm zu folgen, stand er bereits an der Treppe und forderte mich mit einem halb höflichen, halb ironischen Nicken auf, ihm zu folgen.

»Nach Ihnen«, sagte er, als ich ihn eingeholt hatte.

Ich ging vor ihm die Treppe hinunter. Unten auf dem Korridor kam er wieder neben mich, nahm meinen Arm und führte mich in einen Raum, der sich deutlich von den übrigen Räumen hier unten unterschied. Eines war mir jedenfalls sofort klar: Hier war das Video nicht aufgenommen worden. Es war ein etwa zehn auf sechs Meter großer, fensterloser Raum mit einem dicken grauen Wollteppichboden und einer eierschalenfarbenen Strukturtapete, die den Betonsteinwänden etwas von ihrer trostlosen Kargheit nahm.

An der Rückwand stand ein gigantisches Wasserbett mit einem Zebrafellüberwurf. Darüber hing ein abstraktes Gemälde, streng geometrisch, mit lauter geraden Linien und rechten Winkeln und in der Farbgebung auf die Grundfarben beschränkt.

In einer Ecke waren ein Fernseher mit einer Projektionswand und ein

Videorecorder aufgebaut. Davor standen eine wuchtige Couch und zwei Sessel. Die anthrazitfarbenen Bezüge der Couch und eines der Sessel waren farblich genau auf den etwas helleren Teppichboden abgestimmt. Der zweite Sessel war weiß. Auf seiner Sitzfläche lag ein rotbrauner Lederkoffer.

An der linken Seitenwand standen eine Stereoanlage und ein Mosler-Safe. Der Safe war knapp zwei Meter hoch und fast genauso breit. Über der Stereoanlage hing ein kleines Ölgemälde von einem Baum, dessen Blätter von einem auffallend intensiven Grün waren. Die gegenüberliegende Wand zierten zwei Gründerzeitporträts in passenden Blattgoldrahmen.

Auf dem Sideboard unter den zwei Porträts war eine kleine Hausbar aufgebaut, und Olga, die sich dort gerade zu schaffen machte, drehte sich mit einem Glas in der Hand zu uns um und fragte mich, was sie mir zu trinken anbieten dürfte.

»Danke, nichts«, winkte ich ab.

»Aber irgendetwas müssen Sie doch trinken«, sagte sie darauf. »Bergen, vielleicht kannst du Scudder dazu überreden, dass er was trinken muss.«

»Wenn er nun mal nichts will«, sagte Stettner achselzuckend.

Olga schmollte. Wie versprochen, war sie tatsächlich genauso aufgemacht wie in dem Video – mit langen Handschuhen, hochhackigen Schuhen, im Schritt offener Lederhose und knallrot geschminkten Brustwarzen. Sie kam auf uns zu. Ihr Glas enthielt eine klare Flüssigkeit und ein paar Eiswürfel. Aquavit, erklärte sie mir, ohne dass ich sie danach gefragt hätte. Und ob ich auch ganz sicher wäre, dass ich nicht doch einen Schluck davon wollte? Ich war jedoch ganz sicher.

»Wirklich sehr schön hier«, sagte ich.

Stettners Gesicht leuchtete auf. »Das hätten Sie wohl nicht gedacht, wie? Hier in diesem trostlosen Betonbunker, im trostlosesten Teil einer noch trostloseren Gegend, haben wir uns sozusagen unser Nest gebaut, einen geheimen Vorposten der Zivilisation inmitten dieser unkultivierten Ödnis. Eigentlich gibt es nur noch eins, was man daran noch besser machen könnte.«

»Und das wäre?«

»Ich würde den Raum lieber noch eine Etage tiefer verlegen.« Mein verständnisloser Gesichtsausdruck entlockte ihm ein Lächeln. »Ich müsste dazu nur das darunter liegende Erdreich ausheben lassen, möglichst gleich die gesamte Grundfläche der Halle. Im Grunde genommen könnte ich dabei so tief gehen, wie ich wollte. Die Decke müsste auf jeden Fall drei Meter hoch sein – was sage ich: vier Meter. Und alles nur über eine Geheimtür erreichbar, damit das Gebäude notfalls von oben bis unten durchsucht werden könnte, ohne dass jemand auf die Idee käme, dass sich direkt unter seinen Füßen eine eigene kleine Welt befindet.«

Als Olga die Augen verdrehte, musste er lachen. »Sie hält mich für verrückt. Vielleicht bin ich das ja auch. Jedenfalls lebe ich so, wie ich will. Das habe ich schon immer getan. Und das habe ich auch in Zukunft vor. Legen Sie doch ab, Scudder. Sie müssen halb umkommen vor Hitze.«

Ich nahm die Kassette aus der Tasche und schlüpfte aus dem Mantel. Stettner nahm ihn mir ab und legte ihn über die Rückenlehne der Couch. Über die Kassette verlor er kein Wort – ebenso wenig wie ich über den Diplomatenkoffer. Wir standen beide unserer Umgebung an Kultiviertheit in nichts nach.

»Das Bild scheint es Ihnen wohl angetan zu haben.« Er deutete auf das kleine Ölgemälde von dem Baum. »Jedenfalls ist mir nicht entgangen, dass Sie es schon die ganze Zeit ansehen. Wissen Sie zufällig auch, von wem es ist?«

»Sieht ganz nach einem Corot aus«, erwiderte ich.

»Alle Achtung«, sagte er sichtlich beeindruckt.

»Ist es auch echt?«

»Im Museum war man zumindest dieser Meinung – genauso übrigens wie der Mann, der es dort gestohlen hat. Angesichts der Umstände, unter denen ich das Bild in meinen Besitz gebracht habe, konnte ich das allerdings schwerlich durch einen Sachverständigen nachprüfen lassen.« Er grinste. »Aber weil wir gerade beim Thema Nachprüfen sind – hätten Sie was dagegen, wenn ich mir mal näher ansehe, was ich von Ihnen kaufen möchte?«

»Bitte, nur zu.«

Als ich ihm die Kassette reichte, las er erst laut den Filmtitel von der Hülle ab, dann brach er in schallendes Gelächter aus. »Demnach war Leveque offensichtlich doch nicht ganz so humorlos, wie ich immer dachte. Wenn Sie sich übrigens schon mal wegen Ihres Honorars vergewissern wollen – bitte, der Aktenkoffer liegt auf dem Sofa.«

Ich ließ die Verschlüsse aufschnappen und klappte den Deckel hoch. Der Koffer war voll mit gebündelten Zwanzigdollarscheinen.

»Ich hoffe, Sie haben gegen die Zwanziger nichts einzuwenden«, bemerkte Stettner dazu. »Aber da Sie, was die Art der Scheine betrifft, keine speziellen Wünsche geäußert haben, nehme ich an, ganz in Ihrem Sinne gehandelt zu haben.«

»Hätte gar nicht besser sein können.«

»Fünfzig Bündel à fünfzig Scheine. Wollen Sie nicht nachzählen?«

»Ich bin fest davon überzeugt, dass Sie sich nicht verzählt haben.«

»Nun geböte es eigentlich der Anstand, dass ich Vertrauen mit Vertrauen erwidere und Ihnen unbesehen abnehme, dass es sich hier um die Kassette handelt, die sich Leveque damals überspielt hat. Aber ich muss gestehen, dass mir doch etwas wohler bei der Sache wäre, wenn ich mich mit eigenen Augen davon überzeugen könnte.«

»Tun Sie sich keinen Zwang an. Ich habe doch auch in den Koffer geschaut.«

»Stimmt. Eigentlich wäre nur das ein echter Vertrauensbeweis gewesen: wenn Sie nicht einmal einen Blick in den Koffer geworfen hätten. Olga, du hattest übrigens recht. Dieser Scudder gefällt mir von Minute zu Minute besser.« Er klopfte mir auf die Schulter. »Wissen Sie was, Scudder? Ich kann mir gut vorstellen, dass wir beide Freunde werden könnten. Sie und ich. Ich glaube sogar, das uns das geradezu vom Schicksal vorherbestimmt ist.«

Unwillkürlich musste ich daran denken, was er zu Richard Thurman gesagt hatte: *Von nun an stehen wir beide uns so nahe wie sonst kaum zwei Menschen. Jetzt sind wir Bluts- und Samenbrüder.*

Er legte die Kassette ein und stellte den Ton ab. Dann drückte er auf die Suchlauftaste, und während *Das dreckige Dutzend* im Zeitraffertempo an uns vorüberrauschte, dachte ich in einem plötzlichen Anfall von Panik, ich hätte in der Bank die beiden Kassetten doch miteinander verwechselt, sodass wir nun gleich die reguläre Fassung von *Das dreckige Dutzend* zu sehen bekommen würden. Nicht, dass das viel zur Sache getan hätte, wenn nur Mick endlich aufgetaucht wäre. Jedenfalls bekam ich zusehends mehr das Gefühl, dass er eigentlich schon längst hätte anrücken müssen.

»Aha«, sagte Stettner plötzlich.

Mir fiel ein Stein vom Herzen. Mit einem Mal huschten nämlich die ersten Einstellungen von dem Jungen an dem Foltergestell in rasendem Tempo über die Großbildwand. Stettner bückte sich, um den Recorder auf normale Abspielgeschwindigkeit zu stellen. Dann richtete er sich wieder auf und stand eine Weile mit in die Hüften gestemmten Fäusten da, um fasziniert dem Geschehen zu folgen. Da das Bild um einiges größer war als auf Elaines Fernseher, war es noch schwerer, sich der grausigen Faszination des Geschehens zu entziehen. Gegen meinen Willen spürte ich, wie meine ganze Aufmerksamkeit davon in Anspruch genommen wurde. Auch Olga, die inzwischen näher an ihren Mann herangerückt war, starrte wie gebannt auf die Leinwand.

»Wie unbeschreiblich schön du bist«, hauchte ihr Stettner ins Ohr. Und an mich gewandt, fügte er hinzu: »Da steht sie nun leibhaftig vor mir, aber ich muss sie trotzdem auf der Leinwand sehen, um ihre Schönheit wirklich würdigen zu können. Komisch, finden Sie nicht auch?«

Was auch immer ich darauf erwiderte, ging im lauten Krachen mehrerer Schüsse unter, die plötzlich von draußen hereindrangen. Erst fielen ganz kurz hintereinander zwei Schüsse, die auf der Stelle von einer länger anhaltenden Salve erwidert wurden. Mit einem lauten Fluch wirbelte Stettner zur Tür herum. Aber ich war schneller als er. Ich machte einen Schritt zurück, riss mit der linken Hand meine Jacke hoch und zog mit der rechten meinen Revolver. Bevor Stettner reagieren konnte, hatte ich mich an die Wand zurückgezogen und hielt ihn und seine Frau mit gezogener Waffe in Schach. Gleichzeitig behielt ich die Tür im Auge.

»Keine Bewegung«, knurrte ich die beiden an.

Auf der Leinwand ließ sich Olga gerade rittlings auf den Jungen nieder und begann in völliger Stille auf ihm zu reiten. Aus dem Augenwinkel konnte ich das Geschehen auf der Leinwand weiter verfolgen, aber Bergen und seine Frau hatten inzwischen andere Dinge im Sinn. Sie standen völlig reglos vor mir und starrten wie hypnotisiert auf den Revolver in meiner Hand. Da keiner von uns auch nur den leisesten Laut von sich gab, lag über dem Raum dieselbe gespenstische Stille, die auch das Geschehen auf der Leinwand untermalte.

Dann zerfetzte ein Schuss diese Stille, gefolgt vom Geräusch von Schritte, die rasch die Treppe herunterkamen.

*   *   *

Gleich darauf konnte ich hören, wie draußen auf dem Flur kurz hintereinander mehrere Türen aufgerissen und wieder zugeschlagen wurden. Stettner wollte gerade etwas sagen, als ich Ballou meinen Namen rufen hörte.

»Hier«, meldete ich mich. »Am Ende des Gangs.«

Wenige Augenblicke später kam Mick zur Tür hereingestürmt. Die große Automatik sah in seiner Pranke wie eine Spielzeugpistole aus. Er hatte die Schürze seines Vaters umgebunden, und sein Gesicht war wutverzerrt.

»Tom hat's erwischt«, stieß er hervor.

»Schlimm?«

»Es geht. Sie haben uns an der Tür aufgelauert. Zum Glück waren sie verdammt schlechte Schützen. Aber Tom hat trotzdem einen Treffer abbekommen, bevor ich sie unschädlich machen konnte.« Er rang keuchend nach Atem. »Der eine war sofort tot, dem anderen habe ich zwei Kugeln in den Bauch verpasst. Und dann habe ich ihm die Pistole in den Mund gesteckt und das Hirn zum Schädel rausgepustet. So eine miese Ratte. Aus dem Hinterhalt auf jemand zu schießen.«

Das also war der Grund, weshalb mir Stettners Begrüßung am Eingang so theatralisch vorgekommen war. Er hatte tatsächlich Publikum gehabt – die zwei Wachen, die am Eingang auf der Lauer gelegen hatten.

»Wo ist das Geld, Matt? Tom muss schleunigst zum Arzt.«

»Da ist Ihr Geld«, sagte Stettner und deutete auf den Aktenkoffer. »Warum haben Sie es nicht einfach mitgenommen? Das war doch völlig unnötig.«

»Und warum haben Sie dann die zwei Kerle am Eingang postiert?«

»Eine reine Vorsichtsmaßnahme. Wie sich herausgestellt hat, war sie nur zu berechtigt. Genützt hat sie allerdings trotzdem nichts.« Er zuckte mit den Achseln. »Da ist Ihr Geld«, sagte er noch einmal. »Nehmen Sie es, und dann verschwinden Sie hier.«

»Es sind fünfzigtausend«, sagte ich zu Ballou. »Aber im Safe ist noch mehr.«

Mick sah erst den riesigen Mosler an, dann Stettner. »Machen Sie ihn auf«, forderte er ihn auf.

»Er enthält nichts, was Sie interessieren könnte.«

»Machen Sie schon den verdammten Safe auf!«

»Er enthält nur ein paar Videos. Allerdings keines so reizvoll wie das, das gerade läuft. Interessant, finden Sie nicht auch?«

Erst jetzt nahm Ballon von dem Video Notiz. Nachdem er dem Geschehen auf dem Bildschirm ein paar Sekunden gefolgt war, hob er seine SIG Sauer und drückte ab. Trotz des enormen Rückstoßes der schweren Waffe zeigte sein Arm nicht die leiseste Erschütterung. Unter ohrenbetäubendem Krachen explodierte die Bildröhre des Fernsehers.

»Machen Sie den Safe auf«, sagte er noch einmal.

»Er enthält kein Geld. Das habe ich auf verschiedene Bankschließfächer verteilt. Und der Rest befindet sich in dem Safe in meinem Büro.«

»Machen Sie das Ding endlich auf, oder Sie können Ihr Testament machen.«

»Das geht leider nicht«, erwiderte Stettner ganz ruhig. »Selbst wenn ich es wollte. Ich kann mir beim besten Willen die Kombination nicht merken.«

Darauf packte ihn Ballou am Hemd, schleuderte ihn rücklings gegen die Wand und schlug ihm mit dem Handrücken mehrere Male ins Gesicht. Dadurch ließ sich Stettner jedoch keine Sekunde aus der Fassung bringen. Aus seiner Nase tropfte zwar etwas Blut, aber falls er sich dessen überhaupt bewusst war, ließ er sich nicht das Geringste anmerken.

»Was soll dieser Blödsinn«, fuhr er Ballou an. »Ich werde den Safe nicht öffnen. Damit würde ich nur unser eigenes Todesurteil unterschreiben.«

»Das tun Sie auch, wenn Sie sich weigern«, knurrte Ballou.

»Dann müssten Sie aber ganz schön blöd sein. Wenn wir am Leben sind, können wir Ihnen noch mehr Geld beschaffen. Sind wir tot, kommen Sie nie in den Safe rein.«

»Wir haben doch sowieso keine Chance mehr«, stieß Olga gehetzt hervor.

»Das muss sich erst noch zeigen«, wandte sich Stettner an sie, um dann, an Ballou gerichtet, fortzufahren: »Sie können natürlich mit uns machen, was Sie wollen. Aber begreifen Sie denn nicht, dass das zu nichts führt? Während wir hier lange diskutieren, verblutet Ihr Mann oben am Eingang vielleicht gerade. Warum also noch länger unnötige Zeit vergeuden? Nehmen Sie Ihre fünfzigtausend und sehen Sie zu, dass Ihr Mann in ärztliche Behandlung kommt.«

Mick sah mich an und fragte, was meiner Meinung nach in dem Safe war.

»Sicher was Hochinteressantes«, sagte ich. »Sonst hätte er ihn längst aufgemacht.«

Mit einem bedächtigen Nicken drehte sich Mick um und legte die SIG

Sauer neben den Aktenkoffer mit dem Geld. Währenddessen hielt ich Stettner und seine Frau weiter mit meinem 38er Smith & Wesson in Schach. Und dann zog Mick das Hackmesser aus einer Tasche an der Seite seiner Schürze. Die Klinge war durch eine Lederscheide geschützt. Als er sie entfernte, war zu sehen, dass sie vom vielen Gebrauch verfärbt und fleckig war. Aber obwohl das riesige Hackmesser nicht einmal auf mich seine Wirkung verfehlte, konnte es Stettner nur einen verächtlichen Blick entlocken.

»Öffnen Sie den Safe!«, forderte ihn Ballou noch einmal auf.

»Auch wenn Sie das noch so oft sagen, werde ich es nicht tun«, erwiderte Stettner seelenruhig.

»Dann hacke ich Ihrer Frau die Titten ab und mache sie anschließend zu Hackfleisch.«

»Davon werden Ihre Taschen auch nicht voll.«

Ich musste an den Drogenhändler aus Jamaica Estates denken, bei dem dieser Trick bestens gewirkt hatte. Allerdings wusste ich nicht, ob Mick auch diesmal nur bluffte, und ich war auch nicht sonderlich scharf darauf, es herauszufinden.

Er packte Olga Stettner am Arm und riss sie an sich.

»Halt«, sagte ich.

Mick sah mich mit eiskalten Augen an.

»Die Bilder«, sagte ich.

»Was?«

»Die Bilder«, sagte ich noch einmal und deutete auf den kleinen Corot. »Sie sind mehr wert als alles, was er in seinem Safe hat.«

»Ich habe nicht vor, irgendwelche Bilder zu verhökern.«

»Ich auch nicht.« Und damit hob ich den Revolver und feuerte einen Schuss ab, der wenige Zentimeter neben dem kleinen Ölbild in die Wand schlug. Die Kugel riss nicht nur in den Beton ein Loch, sondern auch in Stettners Fassade. »Ich schieße das Ding in Fetzen«, zischte ich. »Und die anderen auch.« Ich riss den Revolver herum und feuerte mehr oder weniger aufs Geratewohl einen Schuss auf die zwei Porträts ab. Die Kugel durchschlug die Leinwand wenige Zentimeter über der Stirn der Frau.

»Sie Barbar«, stieß Stettner fassungslos hervor.

»Was regen Sie sich so auf?«, erwiderte ich ruhig. »Ist doch nur ein bisschen Leinwand und Farbe.«

»Um Himmels willen, hören Sie sofort auf! Ich mache den Safe ja schon auf.«

Mit ein paar raschen Handgriffen drehte er am Kombinationsschloss. Bis auf das leise Klicken der Zahlenscheibe herrschte völlige Stille. Ich hatte weiter den Revolver im Anschlag. Der Korditgeruch, der von ihm aufstieg, kitzelte in meiner Nase. Meine Hand hatte von der Wucht des Rückstoßes empfindlich zu schmerzen begonnen. Am liebsten hätte ich das blöde Schießeisen beiseitegelegt. Im Moment war es vollkommen überflüssig. Stettner war mit der Kombination des Safes beschäftigt, und Olga stand schon die ganze Zeit wie gelähmt vor Entsetzen da.

Schließlich hatte Stettner die letzte Ziffer eingegeben. Er drehte am Griff und zog die schweren Doppeltüren auf. Für einen Moment starrten wir alle wie gebannt auf die gebündelten Geldscheine, die dahinter zum Vorschein kamen. Da ich etwas seitlich stand, sah ich als erster, wie Stettners Hand plötzlich nach vorn schnellte. »Mick!« schrie ich. »Er hat eine Waffe!«

In einem Film wäre die nun folgende Szene in Zeitlupe zu sehen gewesen, und genauso habe auch ich sie in Erinnerung behalten. Stettners Hand schoss vor und bekam den Griff einer kleinen automatischen Pistole zu fassen. Im selben Moment riss jedoch Mick schon das Hackmesser hoch, und nachdem es ganz kurz auf dem höchsten Punkt seiner Bahn innegehalten hatte, sauste es mit tödlicher Wucht wieder nach unten, um sich mit fast chirurgischer Präzision in Stettners Handgelenk zu graben, worauf es schien, als machte die Hand einen Satz nach vorn, weg von der Klinge, wie vom Arm befreit.

Stettner wirbelte herum, starrte uns mit weit aufgerissenem Mund fassungslos an und fasste mit der Hand an seinen Armstumpf, aus dem uns wie aus einem Schlauch ein Schwall Blut entgegenspritzte. Als er schließlich einen taumelnden Schritt nach vorn machte, entwich ein seltsam gequälter Laut aus Ballous Kehle, und im selben Augenblick riss er das Hackmesser ein zweites Mal hoch und ließ seine Klinge mit solcher Kraft auf Stettners Halsbeuge niederfahren, dass dieser von der Wucht des Schlags in die Knie ging. Und während wir noch entsetzt vor ihm zurückwichen, sackte er bäuchlings zu Boden und blieb reglos auf dem grauen Teppich liegen, der bereits begierig sein Blut aufzusaugen begann.

Olga stand noch immer wie gelähmt da. Ich glaube, sie hatte sich die ganze Zeit nicht von der Stelle bewegt. Ihr Unterkiefer hing schlaff nach unten, und sie hielt die Hände auf Höhe ihrer Brüste. Das Rot ihres Nagellacks hatte den gleichen Ton wie das Rouge auf ihren Brustwarzen.

Und dann sah ich, wie Ballou sich ihr zuwandte. Seine Schürze war übersät von frischen Blutspritzern, seine Pranke hatte sich noch fester um den Griff des Hackmessers geschlossen.

Ohne zu überlegen, riss ich den Revolver herum. Er bäumte sich wild auf in meiner Hand, als ich abdrückte.

Kapitel 23

Den ersten Schuss hatte ich fast blindlings abgefeuert. Entsprechend weit verfehlte er sein Ziel. Er traf sie in die rechte Schulter. Ohne zu zögern, drückte ich den Ellbogen seitlich gegen meine Rippen und feuerte kurz hintereinander zwei weitere Schüsse ab. Sie trafen sie mitten in die Brust, genau zwischen ihren knallrot geschminkten Brustwarzen. Noch bevor sie auf den Boden schlug, war alles Licht in ihren Augen erloschen.

»Matt.«

Ich stand da, starrte auf sie hinab und hörte, wie Mick meinen Namen sagte. Dann spürte ich seine Hand auf meiner Schulter. Es roch nach Tod. Pulverdampf, Blut und menschliche Exkremente verpesteten die Luft. Ich fühlte mich plötzlich unsäglich matt und müde, meine Kehle war wie zugeschnürt. Irgendetwas versuchte aus ihr zu entweichen, aber es kam einfach nicht heraus.

»Los, Matt. Nichts wie weg hier.«

Sobald meine vorübergehende Lähmung von mir abgefallen war, bewegte ich mich rasch und ohne Zögern. Während Mick den Safe ausräumte und mit dem Unterarm die Geldscheinbündel in ein paar mitgebrachte Leinwandbeutel schaufelte, wischte ich alle Stellen sauber, auf denen einer von uns seine Fingerabdrücke hinterlassen haben könnte. Dann nahm ich die Kassette aus dem Videorecorder, steckte sie in meine Manteltasche und warf mir den Mantel über den Arm. Den Revolver steckte ich wieder in meinen Hosenbund, während ich Micks Sauer in meine Hosentasche schob. Dann nahm ich den Aktenkoffer und folgte Mick zum Ausgang.

Tom saß gleich neben der Tür gegen die Wand gelehnt. Er wirkte beängstigend blass, aber andererseits hatte er noch nie eine besonders gesunde Gesichtsfarbe gehabt. Mick warf die Beutel mit dem Geld auf den Boden, hob Tom hoch und trug ihn zum Auto. Andy hatte bereits die Tür geöffnet, und Mick legte Tom vorsichtig auf den Rücksitz.

Dann kam Mick noch mal zurück, um die Geldsäcke zu holen. Andy hatte währenddessen den Kofferraum geöffnet. Ich warf alles hinein, was ich bei mir hatte. Mick packte die Geldsäcke oben drauf und knallte den Koffer-raumdeckel zu. Darauf ging ich noch mal in die Halle zurück und sah mich gründlich in dem Raum um, in dem alles passiert war. Sie waren beide tot, und mir fiel nichts auf, was wir übersehen hatten. Erst jetzt sah ich auch die beiden Wachen, die oben am Eingang lagen. Auch sie waren beide tot. Für den Fall, dass Tom irgendwelche Fingerabdrücke hinterlassen hatte, wischte ich die Stelle sauber, wo er gesessen hatte. Und zum Schluss puhlte ich noch, so gut es ging, den Kaugummi aus dem Schloss, damit sich die Tür wieder schließen ließ. Anschließend wischte ich auch noch das Schloss und die Teile der Tür sauber, die wir möglicherweise berührt hatten.

Die anderen winkten mir vom Wagen aus bereits zu. Ich schaute mich ein letztes Mal um. Es war keine Menschenseele zu sehen. Ich rannte zum Wa-gen. Die Tür stand offen, der Beifahrersitz war leer. Mick saß hinten bei Tom, presste ihm ein Stück Stoff auf seine Schusswunde und redete beruhigend auf ihn ein. Zum Glück hatte Tom inzwischen zu bluten aufgehört, aber wir wussten nicht, wie viel Blut er bereits verloren hatte.

Ich stieg ein und warf die Tür hinter mir zu. Andy hatte den Wagen bereits gestartet und fuhr sofort los. Mick sagte leise: »Du weißt ja wohin, Andy.«

»Klar, Mick.«

»Und dass uns auf keinen Fall eine Verkehrsstreife anhält, weil wir zu schnell gefahren sind. Sieh aber trotzdem zu, dass du ein bisschen voran-kommst, ja?«

Oben in Ulster County, in der Nähe von Ellenville, hat Mick eine Farm. Da er dort nur selten mal für ein paar Tage auftaucht, sehen auf der Farm ein Mr. O'Mara und seine Frau nach dem Rechten, und sie stehen auch als Besitzer im Grundbuch. Dorthin waren wir jetzt unterwegs. Es war zwischen drei und halb vier Uhr früh, als wir ankamen. Andy hatte zwar während der ganzen Fahrt den Radardetektor eingeschaltet, hielt sich aber trotzdem ziemlich ge-nau an die Geschwindigkeitsbegrenzung.

Wir brachten Tom nach drinnen und legten ihn auf das alte Sofa im Wohnzimmer. Dann fuhr Mick noch mal mit Andy los, um den Doktor zu holen, einen mürrischen kleinen Mann mit jeder Menge Leberflecken auf den Handrücken.

Er war fast eine Stunde bei Tom drinnen, und als er wieder nach draußen kam, wusch er sich in der Küche erst mal ausgiebig die Hände. »Er wird auf jeden Fall durchkommen«, verkündete er schließlich. »Ganz schön hart im Nehmen, der Junge. ›Ist nicht das erste Mal, dass ich was abkriege, Doc‹, hat er gemeint. Und darauf ich: ›Wann wirst du dann endlich mal lernen, den Kopf einzuziehen, wenn's kracht?‹ Ihr braucht aber nicht zu denken, dass ihm das auch nur den Anflug eines Lächelns entlockt hätte. Hat ja auch kein Gesicht, das aussieht, als hätte er schon viel zu lachen gehabt. Jedenfalls wird er wieder auf die Beine kommen – aber wahrscheinlich nur, um sich bei der nächstbesten Gelegenheit gleich wieder eine überbrennen zu lassen. Eines kann ich Ihnen jedenfalls sagen: Sie können wirklich von Glück reden, dass es inzwischen Penicillin gibt. Früher hätte einem nämlich so eine Schusswunde in spätestens zehn Tagen den Garaus gemacht. Aber das ist inzwischen zum Glück anders geworden. Eigentlich ein Wunder, dass wir deshalb trotzdem nicht ewig leben.«

Während der Doktor bei Andy drinnen gewesen war, hatten wir in der Küche gesessen. Mick hatte eine Flasche Whiskey auf den Tisch gestellt, und als Andy den Doktor schließlich nach Hause fuhr, war die Pulle fast leer. Andy selbst hatte ziemlich lange mit einer Flasche Bier ausgehalten. Irgendwann hatte er sich dann aber doch eine zweite aufgemacht. Was mich betraf, hatte ich irgendwo ganz hinten im Kühlschrank noch eine Flasche Ginger Ale aufgestöbert. Und so saßen wir dann da, ohne dass viel gesprochen wurde.

Nachdem Andy den Doktor nach Hause gebracht hatte, kam er uns abholen. Er hielt vor dem Haus und drückte einmal kurz auf die Hupe. Mick setzte sich auf den Beifahrersitz, ich nahm hinten Platz. Tom blieb auf der Farm. Der Doktor hatte ihm ein paar Tage Bettruhe verordnet und wollte am Wochenende noch mal nach ihm sehen; falls er Fieber bekommen sollte, auch schon früher. Ansonsten kümmerte sich Mrs. O'Mara um ihn. Wenn mich nicht alles täuschte, machte sie sowas nicht zum ersten Mal.

Andy fuhr auf demselben Weg zurück, den wir gekommen waren. Als wir schließlich vor dem Grogan's hielten, war es halb sieben Uhr morgens, und ich hatte mich noch nie in meinem Leben so wach gefühlt. Wir trugen die Säcke mit dem Geld nach drinnen, und Mick schloss sie im Safe ein. Dann gaben wir Andy unsere Waffen, damit er sie unterwegs in den Fluss warf.

»Das Finanzielle regeln wir in den nächsten Tagen«, versicherte ihm

Mick. »Wenn ich das Geld gezählt und die einzelnen Anteile ausgerechnet habe. Wird jedenfalls einiges für dich rausspringen. «

»Daran hab ich keinen Moment gezweifelt, Mick. «

»Dann fahr jetzt mal nach Hause«, forderte ihn Ballou auf. »Und grüß deine Mutter schön von mir. Sie ist wirklich eine Seele von einer Frau. Und du bist ein prima Fahrer, Andy. Einsame Spitze, wirklich. «

Wir saßen wieder am selben Tisch. Die Eingangstür war abgeschlossen, und die einzige Lichtquelle war das fahle Morgenlicht, das durch die Fenster fiel. Mick hatte eine Flasche und ein Glas vor sich stehen. Er rührte es jedoch kaum an. Ich hatte mir ein Coke eingeschenkt und einen Schnitz Zitrone hineingegeben, damit es nicht ganz so süß schmeckte. Aber sobald ich das richtige Mischungsverhältnis heraushatte, rührte ich das Zeug kaum mehr an.

Mehr als eine Stunde lang sprachen wir kaum ein Wort. Als Mick schließlich gegen halb acht aufstand, erhob auch ich mich von meinem Platz und folgte ihm. Ich brauchte ihn nicht eigens zu fragen, wohin er wollte. Und er musste auch nicht erst nach hinten gehen, um die Schürze zu holen. Er hatte sie nämlich noch umgebunden.

Ich ging mit ihm zu der Garage, in der er den Cadillac stehen hatte. Schweigend fuhren wir die Ninth Avenue runter bis zur Fourteenth Street. Wir parkten vor Twomey's Bestattungsinstitut, gingen die breite Eingangstreppe hinauf und betraten die Kirche. Als wir in der letzten Reihe der kleinen Kapelle am Ende des linken Seitenschiffs Platz nahmen, waren es noch ein paar Minuten bis zum Beginn der Metzgermesse.

Der Priester, der an diesem Morgen die Messe las, war noch ziemlich jung. Sein frisches, rosiges Jungengesicht sah aus, als bräuchte er sich noch nicht zu rasieren. Da er einen auffallend starken irischen Akzent hatte, musste er erst vor kurzem rübergekommen sein. Trotzdem trat er recht selbstbewusst vor die kleine Versammlung aus Metzgern und Nonnen.

An den Verlauf der Messe kann ich mich nicht mehr erinnern. Ich fühlte mich noch immer ein bisschen weggetreten. Ich stand auf, wenn die anderen aufstanden, setzte mich, wenn sie sich setzten, kniete nieder, wenn sie niederknieten, und murmelte automatisch die Antworten mit. Dabei hatte ich noch immer das Geruchsgemisch aus Kordit und Blut in der Nase, sah immer wieder ein Hackmesser, das in hohem Bogen niedersauste, und spürte, wie sich der Revolver in meiner Hand aufbäumte.

Und dann passierte etwas Eigenartiges.

Als die anderen zur Kommunion nach vorn gingen, blieben Mick und ich, wo wir waren. Doch während der junge Priester die Reihe der Gläubigen abschritt und die Hostien austeilte, stand ich plötzlich auf, ging nach vorn und stellte mich zu den anderen. Ich spürte ein seltsames Kribbeln in den Handflächen, und meine Kehle fühlte sich zugeschnürt an.

»Der Leib Christi«, murmelte der junge Geistliche immer wieder, während er die Reihe der Gläubigen abschritt und die Hostien austeilte. »Amen«, kam die Antwort nach Empfang der Kommunion. Schließlich war ich an der Reihe. Ballou stand direkt neben mir.

»Der Leib Christi«, sagte der Priester.

»Amen«, sagte ich und spürte die Hostie auf der Zunge.

Kapitel 24

Draußen schien die Sonne, und die Luft war klar und kalt. Auf halbem Weg die Kirchentreppe hinunter holte Mick mich ein und nahm mich mit einem grimmigen Lächeln am Arm.

»Jetzt kommen wir garantiert in die Hölle«, zischte er. »Mit Blut an den Händen zur Kommunion zu gehen! So was kann auch nur dir einfallen. Eine sicherere Methode, um in die Hölle zu kommen, gibt es gar nicht. Ich war schon dreißig Jahre nicht mehr beichten, meine Schürze ist noch feucht vom Blut dieses Drecksacks, und dann fällt mir nichts Besseres ein, als zur Kommunion zu gehen.« Er gab einen tiefen Seufzer von sich. »Das darf man nämlich nur, wenn man vorher alle schweren Sünden, die man seit der letzten Beichte begangen hat, gebeichtet hat. Und du erst! Du bist ja nicht mal katholisch! Bist du überhaupt getauft?«

»Ich glaube nicht.«

»Allmächtiger, ein Heide bei der Kommunion und ich nichts wie hinterher! Was hast du dir dabei eigentlich gedacht, Matt?«

»Ich weiß auch nicht.«

»Erst neulich habe ich gesagt, du steckst voller Überraschungen. Und das war erst der Anfang. Komm!«

»Wo willst du hin?«

»Ich brauche jetzt unbedingt was zu trinken. Und ich möchte, dass du mir Gesellschaft leistest.«

Wir gingen in eine Schlachthofkneipe an der Ecke von Thirteenth und Washington, in der wir schon öfter gewesen waren.

Der Boden war mit Sägemehl bestreut und die Luft vom Zigarrenqualm des Barkeepers verpestet. Wir setzten uns an einen Tisch. Whiskey für Mick, starker schwarzer Kaffee für mich.

Nach längerem Schweigen sagte er: »Warum?«

Ich dachte kurz nach und schüttelte schließlich den Kopf.

»Ich weiß auch nicht. Es ist einfach über mich gekommen. Irgendetwas hat mich aufstehen und zum Altar vor gehen lassen.«

»Das ist nicht, was ich gemeint habe.«

»Was dann?«

»Warum hast du gestern Nacht mitgemacht? Warum wolltest du nach Maspeth mitkommen?«

»Tja.« Ich zuckte mit den Achseln.

»Was soll dieses Rumgedruckse? Ich hab dir eine Frage gestellt.«

Ich pustete auf meinen Kaffee, damit er schneller kalt wurde. »Sie ist bloß nicht so leicht zu beantworten.«

»Erzähl mir bloß nicht, es war wegen des Gelds. Du hättest ihm nur das Video auszuhändigen brauchen und hättest um fünfzigtausend Dollar reicher nach Hause gehen können. Ich weiß zwar nicht, wieviel jetzt bei der Sache für jeden rausspringen wird, aber auf fünfzigtausend kommst du sicher nicht. Warum bist du also für weniger Geld ein größeres Risiko eingegangen?«

»Das Geld hat dabei eigentlich so gut wie keine Rolle gespielt.«

»Es hat überhaupt keine Rolle gespielt«, korrigierte er mich. »Wann hast du dich schon mal für Geld interessiert.« Er nahm einen Schluck Whiskey. »Ich will dir mal was sagen. Mir liegt übrigens auch nichts an Geld. Ich brauche zwar ständig welches, aber an sich ist es mir scheißegal.«

»Ich weiß.«

»Du hattest nie vor, ihnen das Video zu verkaufen, oder?«

»Nein. Ich wollte nur eins: diese Schweine umbringen.«

Er nickte. »Weißt du, an wen ich in letzter Zeit immer wieder denken musste? An diesen alten Iren, von dem du mir kürzlich erzählt hast – du weißt schon, der dein Partner war, als du bei der Polizei angefangen hast.«

»Mahaffey.«

»Genau der. Ich musste in letzter Zeit öfter an Mahaffey denken.«

»Wieso das denn?«

»Hast du mir nicht erzählt, dass er mal zu dir gesagt hat: ›Tu nie was selber, was du nicht genauso gut jemand anderen für dich erledigen lassen kannst.‹«

»Hört sich jedenfalls ganz vernünftig an.«

»Das will ich doch meinen. Warum also die Drecksarbeit nicht den Kerlen mit den blutigen Schürzen überlassen? Doch dann wolltest du dich plötzlich nicht mehr mit einer Provision abspeisen lassen, sondern selbst mitmachen. Ehrlich gestanden habe ich in diesem Moment allen Ernstes gedacht, ich hätte mich in dir getäuscht.«

»Ich weiß. Und deswegen hast du dir Sorgen gemacht.«

»Allerdings. Bis dahin hatte ich eigentlich nicht den Eindruck, dass dir Geld wichtig ist. Und das hätte geheißen, dass du gar nicht der bist, für den ich dich immer gehalten habe. Das hat mir ziemlich zu schaffen gemacht. Aber dann waren diese Zweifel sehr schnell ausgeräumt – als du nämlich gesagt hast, du wolltest voll einsteigen und selbst mitkommen.«

Ich nickte.

»Warum?«

»Weil es sich so leichter durchziehen ließ. Stettner hat fest damit gerechnet, dass ich mit der Kassette erscheinen würde. Ich wäre als einziger ohne Probleme in die Halle reingekommen.«

»Das war aber nicht der wahre Grund.«

»Nein. Wahrscheinlich bin ich einfach zu der Überzeugung gelangt, dass Mahaffey doch nicht recht hatte – oder zumindest, dass sein Spruch auf diese Situation nicht zutrifft. Jedenfalls hätte ich es nicht in Ordnung gefunden, die Drecksarbeit jemand anderem zu überlassen. Nachdem ich sie schon zum Tod verurteilt hatte, war es doch das Mindeste, dass ich auch bei ihrer Hinrichtung dabei war.«

Mick nahm einen Schluck Whiskey und schnitt ein Gesicht. »Eines kann ich dir jedenfalls mit Sicherheit sagen. Bei mir kriegst du besseren Whiskey.«

»Kein Mensch zwingt dich, diesen Fusel zu trinken, wenn er nichts taugt.«

Darauf nahm er noch einmal einen Schluck und behielt ihn eine Weile prüfend im Mund. »Richtig schlecht ist er aber auch nicht«, sagte er schließlich. »Wie du weißt, bin ich kein großer Bier- oder Weintrinker, obwohl ich von beidem schon mehr als genug in mich reingeschüttet habe. Und da war auch Bier darunter, das dünner als Wasser, und Wein, der saurer als Essig war. Und ich weiß auch, wie verdorbenes Fleisch schmeckt oder faule Eier oder schlecht zubereitetes oder gammliges Essen. Aber schlechten Whiskey habe ich mein ganzes Leben lang noch nicht getrunken.«

»Stimmt«, pflichtete ich ihm bei. »Ich auch nicht.«

»Wie fühlst du dich jetzt, Matt?«

»Wie ich mich fühle? Keine Ahnung. Ich bin Alkoholiker. Ich weiß nie, wie ich mich fühle.«

»Ach?«

»Ich fühl mich nüchtern. Mehr nicht.«

»Von wegen.« Er sah mich über den Rand seines Glases an. »Ich würde sagen, sie haben den Tod verdient.«

»Findest du?«

Er nickte. »Wenn überhaupt jemand, dann die beiden.«

»Vermutlich verdienen wir alle den Tod. Vielleicht ist das ja auch der Grund, weshalb hier keiner lebend rauskommt. Ehrlich gesagt, möchte ich mir eigentlich nicht anmaßen, darüber zu entscheiden, ob jemand den Tod verdient hat oder nicht. Wir haben da draußen vier Menschen getötet, und zwei davon habe ich vorher nicht mal gesehen. Haben die beiden wirklich den Tod verdient?«

»Immerhin waren beide bewaffnet. Und meines Wissens hat sie niemand gezwungen, bei der Sache mitzumachen.«

»Aber haben sie deshalb gleich den Tod verdient? Wenn wir alle bekämen, was wir verdient haben ...«

»Gott bewahre.« Mick hob die Hände, und nach einer Weile sagte er ernst: »Da ist etwas, was ich dich schon die ganze Zeit fragen wollte, Matt. Warum hast du die Frau erschossen?«

»Irgendjemand musste es schließlich tun.«

»Aber nicht unbedingt du.«

Ich dachte eine Weile nach, bevor ich antwortete: »Da bin ich mir selbst nicht so sicher. Im Augenblick fällt mir jedenfalls nur eine Erklärung dafür ein.«

»Dann lass mal hören.«

»Ich weiß auch nicht, aber vielleicht wollte ich einfach ein bisschen Blut an meiner Schürze haben.«

Am Sonntagabend ging ich mit Jim Faber essen. Ich erzählte ihm die ganze Geschichte von Anfang bis Ende, und das nahm so viel Zeit in Anspruch, dass wir es an diesem Abend nicht mehr zum Treffen schafften. Als sie in St. Paul's beim Schlussgebet waren, saßen wir noch immer in dem chinesischen Restaurant.

»Das ist ja ein Ding.« Jim schüttelte den Kopf und atmete tief aus. »Aber letzten Endes ist doch noch alles gut ausgegangen. Du hast nichts getrunken und du kommst nicht ins Gefängnis. Das wirst du doch nicht, oder?«

»Nein.«

»Muss ein eigenartiges Gefühl sein, sich zum Richter über Leben und Tod aufzuspielen und ganz allein zu entscheiden, wer am Leben bleiben darf und wer nicht. Fast, als würde man Gott spielen.«

»So kann man es durchaus nennen.«

»Glaubst du, dass das bei dir zur Gewohnheit werden könnte?«

Ich schüttelte den Kopf.

»Ich glaube nicht, dass ich so was je wieder tun werde. Andererseits hätte ich mir aber auch nicht vorstellen können, dass es jemals so weit kommen könnte. Natürlich habe ich es mit dem Gesetz noch nie so genau genommen – nicht, als ich noch bei der Polizei war, und nicht danach. Ich habe Verdächtigen getürktes Beweismaterial untergeschoben, Sachverhalte falsch dargestellt ...«

»Das ist aber was anderes.«

»Natürlich. Aber seit ich letzten Sommer dieses Video gesehen habe, wollte mir das Ganze einfach nicht mehr aus dem Kopf. Und dann laufe ich diesem Drecksack ein halbes Jahr später rein zufällig über den Weg. Ich erkenne ihn praktisch nur anhand einer einzigen Handbewegung wieder – wie er dem Jungen das Haar aus der Stirn streicht. Vermutlich hat das sein Vater mit ihm genauso gemacht.«

»Wie kommst du denn darauf?«

»Weil irgendetwas ganz Gravierendes passiert sein muss, dass so eine perverse Bestie aus ihm geworden ist. Vielleicht hat ihn sein Vater missbraucht, vielleicht wurde er als Kind vergewaltigt. Das wäre zumindest eine mögliche Erklärung. Vermutlich wäre es mir gar nicht mal so schwer gefallen, ein gewisses Verständnis für Stettner aufzubringen, wenn nicht sogar Mitgefühl.«

»Das ist ein Punkt, auf den ich dich eigentlich schon die ganze Zeit ansprechen wollte«, bestätigte mir Jim. »Wenn man dich so über ihn reden hört, hat man eigentlich nicht den Eindruck, dass du diesen Mann besonders gehasst oder verabscheut hast.«

»Warum hätte ich ihn auch hassen sollen? Er hatte durchaus auch sympathische Züge. Er war gebildet, geistreich, kultiviert. Wenn du die Menschheit in Gut und Böse unterteilen wolltest, käme er mit Sicherheit auf die Seite der Bösen. Aber ich weiß nicht, ob das so einfach geht. Früher hatte ich da weniger Probleme, aber inzwischen fällt es mir zunehmend schwerer, mich in solchen Fragen zum Richter aufzuspielen.«

Ich beugte mich vor. »Sie hätten immer so weitergemacht. Sie haben diese Morde rein zu ihrem Vergnügen begangen. Ich werde zwar nie verstehen, wie man an so was Spaß haben kann, aber es gibt ja auch jede Menge Leute, die nicht verstehen können, wie es mir Spaß machen kann, einen Boxkampf anzusehen. Vielleicht ist die Frage, was jemandem Spaß macht und was nicht, auch etwas, was sich jeder Beurteilung entzieht.

Aber genau das ist der springende Punkt. Die beiden haben diese grauenhaften Dinge getan, ohne dass ein Mensch etwas davon erfahren hätte, und dann stolpere ich eines Tages rein zufällig über dieses Video und komme ihnen auf die Schliche. Obwohl ich genau wusste, was sie für schreckliche Dinge getan hatten, hätte es keinerlei Konsequenzen für sie gehabt. Es gab keine Anzeige gegen sie, keine Festnahme und keinen Prozess; ja, man hat es nicht einmal für nötig befunden, Ermittlungen gegen sie anzustellen. Das fand ein ziemlich guter Polizist immerhin so frustrierend, dass er sich deswegen halb bewusstlos gesoffen hat – wovon ich lieber Abstand genommen habe.«

»Was ich übrigens sehr lobenswert finde«, bemerkte Jim. »Und dann dachtest du eben: Das ist leider etwas, was ich unmöglich auf sich beruhen lassen kann. Das kriegt Gott allein einfach nicht hin. Da muss schon ich einspringen und ihm ein bisschen unter die Arme greifen.«

»Gott«, schnaubte ich.

»Na schön, dann nenne ihn eben, wie du willst. Höheres Wesen, Urkraft des Universums, Großes Vielleicht. So hat ihn übrigens Rabelais genannt. Das Große Vielleicht. Wie dem auch sei, du dachtest, dem Großen Vielleicht wäre die Sache über den Kopf gewachsen und deshalb müsstest du mal ran und ihm ein bisschen helfen.«

»Nein«, sagte ich. »So war es keineswegs.«

»Wie war es dann?«

»Ich dachte, ich könnte das Ganze sich selbst überlassen; es würde sich schon alles von allein so regeln, wie es sein sollte. So ist es doch mit allem. Damit habe ich an den Tagen, an denen ich an das Große Vielleicht glaube, keine Probleme. Und ich habe damit nicht mal an den Tagen meine Probleme, wenn das Höhere Wesen eigentlich eher ein Großes Vielleicht Nicht ist.

Und vor allem eines steht für mich grundsätzlich nie in Frage: Ganz gleich, ob es einen Gott gibt oder nicht – ich bin jedenfalls nicht er.«

»Warum hast du dann getan, was du getan hast?«

»Weil ich nicht wollte, dass die beiden noch länger am Leben bleiben. Und dafür war ich auch bereit, die Verantwortung zu übernehmen. Trotzdem werde ich so etwas nicht wieder tun.«

»Und deinen Anteil hast du dir anschließend ausbezahlen lassen?«

»Ja.«

»Fünfunddreißigtausend?«

»Fünfunddreißigtausend für jeden. Für Mick muss etwa eine Viertelmillion rausgesprungen sein – ein großer Teil davon natürlich in ausländischen Währungen. Keine Ahnung, wieviel am Ende tatsächlich für ihn übrigbleibt.«

»Jedenfalls streicht er den Löwenanteil vom Gewinn ein.«

»Ja.«

»Und was machst du mit deinem Geld?«

»Keine Ahnung. Im Augenblick liegt es in meinem Bankschließfach, zusammen mit dem Video, das alles ins Rollen gebracht hat. Zehn Prozent kriegt vielleicht das Testament House. Das fände ich jedenfalls keine schlechte Idee.«

»Du könntest auch alles dem Testament House vermachen.«

»Könnte ich natürlich«, erwiderte ich. »Aber ich glaube nicht, dass ich das tun werde. Den Rest behalte ich lieber selbst. Warum auch nicht? Schließlich habe ich ja auch was dafür getan.«

»Da hast du vermutlich nicht ganz unrecht.«

»Außerdem möchte ich auch selbst ein bisschen was auf der hohen Kante haben, wenn ich Elaine heirate.«

»Wirst du Elaine denn heiraten?«

»Woher soll ich das wissen?«

»Was weißt du eigentlich überhaupt? Warum bist du zur Messe gegangen?«

»Das habe ich schon öfter getan, mit Ballou. Im Moment habe ich dafür keine bessere Erklärung, als dass es einfach ein wichtiger Bestandteil unserer Freundschaft ist.«

»Warum bist du zur Kommunion gegangen?«

»Das weiß ich nicht.«

»Aber irgendeine vage Vorstellung musst du doch haben.«

»Nein«, sagte ich. »Ich weiß es wirklich nicht. Außerdem gibt es eine ganze Menge Dinge, von denen ich nicht weiß, warum ich sie tue. Ehrlich gestanden, weiß ich auch die meiste Zeit nicht, warum ich eigentlich nichts trinke – genauso übrigens, wie ich früher, als ich noch getrunken habe, die meiste Zeit nicht gewusst habe, warum ich trinke.«

»Mhm. Und wie soll es jetzt weitergehen?«

»Um das rauszufinden, gibt es nur eine Möglichkeit«, sagte ich. »Dranbleiben und nicht auf einen anderen Sender umschalten.«

An meine deutschen Leser: Ich hoffe, dass Sie Gefallen an diesem Matthew-Scudder-Roman gefunden haben. Wenn Sie über zukünftige Veröffentlichungen meiner Bücher auf Deutsch informiert werden möchten, schicken Sie einfach eine E-Mail mit dem Betreff "German mailing list" an lawbloc@gmail.com. (Ich versende auch einen Newsletter auf Englisch und würde Sie mit Freude auch auf diese Liste setzen; falls gewünscht, fügen Sie einfach "English also" hinzu.)

Über den Autor

Lawrence Block schreibt seit einem halben Jahrhundert preisgekrönte Kriminalromane und Spannungsliteratur. Sein neuestes Buch ist *In Sunlight or in Shadow*, eine Anthologie mit 17 neuen Kurzgeschichten, die jeweils von einem Gemälde von Edward Hopper inspiriert wurden; zu den vertretenen Autoren gehören Stephen King, Joyce Carol Oates, Lee Child, Megan Abbott, Michael Connelly, Jeffery Deaver und Joe Lansdale.

Blocks zuletzt erschienener Roman ist *The Girl with the Deep Blue Eyes*, von seinem Hollywood-Agenten als »James M. Cain auf Viagra« gerühmt. Zu seinen neueren Romanen zählen außerdem *The Burglar Who Counted the Spoons*, in dem Bernie Rhodenbarr im Mittelpunkt steht, *Hit Me* mit dem Briefmarkensammler und Auftragsmörder Keller sowie *A Drop of the Hard Stuff* mit Matthew Scudder. 2014 wurde Scudder von Liam Neeson in der Verfilmung von *Ruhet in Frieden – A Walk Among the Tombstones* brillant auf der Leinwand verkörpert. Auch andere Romane Blocks wurden verfilmt, allerdings mit geringerem Erfolg.

Block erhielt auch für seine Bücher für Autoren große Anerkennung, darunter Klassiker wie *Telling Lies for Fun & Profit* und *Write for Your Life*. Zuletzt hat er mit *The Crime of Our Lives* eine Sammlung von Aufsätzen über das Genre des Kriminalromans und dessen Vertreter veröffentlicht.

Neben seinen Prosawerken hat Block auch Drehbücher für die Fernsehserie *Tilt* und den Film *My Blueberry Nights* von Wong Kar-wai geschrieben. Block soll ein zurückhaltender und bescheidener Mann sein, auch wenn man das aufgrund dieser autobiographischen Skizze keinesfalls erwarten würde.

Email: lawbloc@gmail.com
Twitter: @LawrenceBlock
Facebook: lawrence.block
Homepage: lawrenceblock.com

Über den Übersetzer:

Sepp Leeb hat Amerikanistik und Germanistik studiert und lebt als Übersetzer in München. Neben Lawrence Block hat er auch Thomas Harris und Michael Connelly ins Deutsche übersetzt.

Die Matthew-Scudder-Romane:

#1 *Die Sünden der Väter* (*The Sins of the Fathers*)

#2 *Drei am Haken* (*Time to Murder and Create*)

#3 *Mitten im Tod* (*In the Midst of Death*)

#4 *A Stab in the Dark*

#5 *Acht Millionen Wege zu sterben* (*Eight Million Ways to Die*)

#6 *Nach der Sperrstunde* (*When the Sacred Ginmill Closes*)

#7 *Am Rand des Abgrunds* (*Out on the Cutting Edge*)

#8 *Ein Ticket für den Friedhof* (*A Ticket to the Boneyard*)

#9 *Tanz im Schlachthof* (*A Dance at the Slaughterhouse*)

#10 *Ruhet in Frieden* (*A Walk Among the Tombstones*)

#11 *In Teufels Küche* (*The Devil Knows You're Dead*)

#12 *Der Privatclub* (*A Long Line of Dead Men*)

#13 *Im Namen des Volkes* (*Even the Wicked*)

#14 *Everybody Dies*

#15 *Hope to Die*

#16 *All the Flowers are Dying*

#17 *A Drop of the Hard Stuff*

#18 *The Night and the Music* (the complete short stories)

Auf Deutsch erschienene Matthew-Scudder-Kurzgeschichten:

#1 Aus dem Fenster (Out the Window)

#2 Eine Kerze für die Stadtstreicherin (A Candle for the Bag Lady)

#3 Im frühen Licht des Tages (By the Dawn's Early Light)

#4 Batmans Gehilfen (Batman's Helpers)

Weitere Bücher von Lawrence Block:

Mit leichtem Gepäck (*Resume Speed*)